virgo *lovers*

Leslie Delha

# virgo

*lovers*

Leslie Delhaes

Bibliografische Information der Deutschen Nationalbibliothek:
Die Deutsche Nationalbibliothek verzeichnet diese Publikation in
der Deutschen Nationalbibliografie; detaillierte bibliografische
Daten sind im Internet über http://dnb.dnb.de abrufbar.

Korrektorat: Nicole Leppen
Verwendete Fotos:
© iStock.com/klerik78
© iStock.com/chaluk

Impressum: c/o H. Eßer, Auestr. 87, 52382 Niederzier

Herstellung und Verlag: BoD – Books on Demand, Norderstedt

ISBN: 978-3-7526-0629-4

Für euch,

die ihr meine Bücher liebt,

meinen Humor teilt

und

meine Vorliebe für ungewöhnliche

Protagonisten und Geschichten

# kapitel 1

»Das ist ja so romantisch«, haucht Fiona entzückt und lässt sich zurück in das Kissen sinken. Sie hat das Sofa in unserem ausrangierten Wohnwagen in seiner vollen Breite in Beschlag genommen, während ich den Sessel mit den hohen Lehnen vorziehe.

»Das ist nicht romantisch«, fauche ich ungehalten und wende mich fassungslos über so viel Idiotie und leicht angewidert ab. »Das ist einfach nur dumm.«

Ehrlich, keine Ahnung, was mit Max passiert ist, dumm war sie nämlich noch nie. Gerade aber, macht sie das Dämlichste, was jemals ein Mensch zustande gebracht hat. Sie küsst einen Mann.

Wenn es nur irgendein Mann wäre, dann wäre es natürlich nach wie vor widernatürlich und ekelhaft, aber leider ist es genau der eine, den sie niemals küssen dürfte.

Adrian, der Finstere. Der Typ, vor dem jede von uns panische Angst hat. Der dich mit einem einzigen Blick töten könnte. Und der noch dazu einen wahren Killerkörper hat – groß, breitschultrig und muskelbepackt. Schneller als jeder andere Mensch und mit einer unendlichen Ausdauer.

Und in diesem Augenblick klebt eine meiner besten Freundinnen intensiv an seinen Lippen und tauscht Spucke mit ihm aus. Mich schüttelt es.

Der deutsche Kameramann hat überhaupt keinen Funken Anstand im Leib, er nimmt die beiden in Großaufnahme ins Bild und sendet diesen obszönen Anblick in die ganze Welt. Es gucken doch auch Kinder zu.

Bis gerade eben war ich ja noch fast beeindruckt. Dieser letzte Lauf, den der Typ da abgeliefert hat, war schon phänomenal. Auch wenn ich nicht so auf sportliche Leistungen abfahre, nicht so wie Maxine, anerkennen kann ich sie durchaus.

»Wieso ist das denn dumm?« Fiona kapiert mal wieder gar nichts. Damit es irgendwie bei ihr ankommt, muss man mit ihr reden wie mit einem zurückgebliebenen Kleinkind.

»Glaubst du, wir sind die Einzigen, die sich den letzten Teil vom Zehnkampf angesehen haben? Und die gratis dazu diesen Anblick geliefert bekommen?«, frage ich langsam und deutlich.

»Nein.«

»Wer kann es denn alles gesehen haben?«

»Die ganze Welt, Amber.« Fiona rollt mit den Augen und denkt noch immer, ich dramatisiere. »Das ist mir schon klar. Aber der Kuss ist trotzdem romantisch, schließlich hat Adrian gerade den Zehnkampf gewonnen. Das ist doch schier unfassbar.«

»Ich beschwere mich ja auch nicht über den Sieg, der macht den beiden noch keine Probleme. Vielleicht denkst du mal etwas weiter?«

Sie versucht es. Aber wie gehabt kommt nichts außer einer verzweifelten Miene dabei herum. Manchmal ist mir echt schleierhaft, wie ausgerechnet ich mit so einer begriffsstutzigen Person wie Fiona befreundet sein kann.

Dann kommt mir ein schrecklicher Gedanke.

»Hättest du etwa diesen Tobias nach seinem Sieg im Kugelstoßen geküsst, wenn du vor Ort gewesen wärst?«

Fiona wird rot, so tomatenrot, wie ich es noch nie gesehen habe. Nicht einmal bei ihr.

»Er hat schließlich auch olympisches Gold geholt. Das passiert ja nicht alle Tage.«

»Nee, bestenfalls alle vier Jahre«, werfe ich ein, aber Ironie war an Fiona schon immer verschwendet. Was für ein Glück, dass sie nicht mitreisen konnte, sondern unter meiner Aufsicht geblieben ist. Irgendwie muss ich dafür sorgen, dass sie nicht denselben Kapitalfehler begeht wie Max. Max, die das Gesabber in diesem Moment beendet und Adrian angrinst, als hätte sie eine Gehirnamputation hinter sich.

Ich versuche mich mal weiter an dem Projekt, dem Fräulein-kapiert-gar-nichts zu erklären, was die Zukunft für Maxine und Adrian nun in petto hält.

»Wenn die ganze Welt es gesehen hat, wer denn dann auch?«

»Wie wer denn dann auch? Alle sind alle.«

»Etwa Leute aus unserem Land?«

»Klar, wir beide zum Beispiel.«

»Und eventuell die Frauen, die die Sportler zu Olympia geschickt haben?«

Ich könnte es einfacher haben. Aber wenn ich eines im Laufe unserer gemeinsamen Schulzeit gelernt habe, dann, dass Fiona sich meine Gedankengänge Stück für Stück und überaus mühsam erarbeiten muss, wenn sie eine Chance haben will, es zu verstehen.

»Vielleicht?« Sie zieht die Nase kraus und denkt laut weiter. »Doch bestimmt. Die wollen ja auch sehen, wie gut die Jungs abschneiden. Sie werden vor Freude aus dem Häuschen sein.«

Frustriert seufze ich auf. Das hier ist wirklich sehr, sehr kraftraubend und bringt meine Geduld ans Limit. Wieso sind bloß Emily und Sophie nicht bei uns? Die sind deutlich schneller im Kopf.

»Die Freude hat sich spätestens in Luft aufgelöst, als Max anfing, den Sieger wie einen Keks anzuknabbern.«

»Meinst du?«

»Wie erfreut war denn die Richterin beim Prozess, als sie glaubte, wir hätten uns nackte Männerkörper ansehen wollen?«

Nur mit Schaudern denke ich an den Prozess zurück. Von mir aus hätten all diese Männerkörper auf der Stelle behandelt werden können, damit sie ein für alle Mal ihre Triebe verlieren, so wie das jedem Mann in unserem Land widerfährt. Von mir aus hätte sogar die Todesstrafe für diesen grässlichen Adrian durchgeführt werden können, denn er hatte die Flucht de facto angezettelt und riskiert, acht erwachsene, unbehandelte Männer auf die Bevölkerung loszulassen. Die freie, selbstbestimmte, weibliche Bevölkerung wohlgemerkt. Und dann habe ich mich irgendwie breitschlagen lassen, die Anklage ad absurdum zu führen. Durch gewisse illegale Aktivitäten und vor allem eine faustdicke und überaus peinliche Lüge. Ich hätte unverhüllte Muskeln bestaunen wollen – igitt.

Fiona war selbstverständlich genauso dabei. Und hat wie erwartet Tobias angeschmachtet und breit lächelnd zugegeben, absolut auf diese Sportlerkörper zu stehen – bei ihr leider noch nicht einmal gelogen. Jetzt denkt sie ebenfalls an den Prozess zurück.

»Nicht so sehr. Sie hat Max ganz schön ausgeschimpft.«

Na ja, sie hat Max genau genommen bis aufs Blut blamiert und zu einer öffentlichen Entschuldigung gezwungen, aber ich will auch nicht allzu kleinlich sein.

»Wie erfreut wird sie denn jetzt sein, wenn sie diesen Kuss«, mich schüttelt es schon nur beim Aussprechen des Wortes, »gesehen hat? Max ist schließlich als Betreuerin und Aufsicht dabei, nicht als Vergnügungseinheit.«

»Oh.« Fiona überlegt. Lange. »Vielleicht findet sie das tatsächlich nicht so gut.«

Wir kommen der Sache näher.

»Ganz bestimmt findet sie das nicht so gut. Und die Regierung? Die alle Männer wegsperren und behandeln lässt. Und nur eine Ausnahme bei diesen acht befürwortet hat, damit sie bei den Olympischen Sommerspielen eindrucksvoll unser Land vertreten können. Und ich muss dazu sagen, dass ich persönlich nicht den geringsten Wunsch habe, mich von unbehandelten Männern unterdrücken zu lassen, so wie das allen anderen Frauen in allen anderen Ländern widerfährt.

Wie gut findet also unsere Premierministerin es, dass eine ihrer offiziellen Vertreterinnen bei genau diesem Großereignis in aller Öffentlichkeit, live gefilmt und gesendet, einen der unbehandelten und gefährlichen Männer küsst? Und damit unser ganzes System lächerlich macht? Wird sie gerade klatschen und sagen: Das hat er nach seinem Sieg verdient? Wird sie es auch romantisch finden? Einen Blumenstrauß zur Hochzeit schicken?«

Fiona ist ganz still geworden. Und leichenblass.

»Ach du Scheiße«, murmelt sie endlich.

Sie hat es kapiert.

»Was glaubst du passiert jetzt?«, krächzt sie.

»Ich glaube nicht nur, ich bin mir verdammt sicher, dass auf der Stelle eine Horde von Sicherheitsleuten die ganze Truppe wieder abholen wird. Leise und diskret, aber überaus angepisst. Und dann stehen wir exakt da, wo wir vor dem Prozess standen. Nur dass diesmal Maxine ebenfalls auf der Anklagebank sitzt – in Handschellen, Fiona.«

»Amber, das müssen wir verhindern.«

Fiona fixiert mich entsetzt mit diesem treuherzigen Blick, der jeden schwach macht. Diesem Du-musst-mich-retten-Blick, der leider auch bei mir immer wieder zieht. Im aktuellen Fall ist es ein Du-musst-Maxine-retten-Blick. Maxine und acht riesengroße, muskelbepackte Modellathleten, die vollkommen ihren männlichen Trieben ausgeliefert sind.

Ich will das nicht machen. Ich will noch nicht einmal darüber nachdenken, was jetzt die beste Taktik ist. Leider hat mein Gehirn längst begonnen, sämtliche Möglichkeiten durchzuspielen, schon in dem Augenblick, in dem Maxine sich in Adrians Arme schmiss und das Unheil seinen Lauf nahm. Manchmal wäre es nett, mein Gehirn ausschalten zu können und nur einmal im Leben so unbedarft zu sein wie Fiona. Einfach hilflos mit den Augen klimpern und gerettet werden.

Aber was soll ich sagen – ich habe längst einen Plan. Einen Plan, der genauso peinlich und entgegen meinen persönlichen Prinzipien ist wie schon die letzte Rettungsaktion.

Während Adrian mit der Flagge unseres Landes durch das Stadion läuft und keine Ahnung hat, wie nah er mal wieder einem Todesurteil ist, klappe ich den Laptop auf und logge mich in meinen bevorzugten sozialen Netzwerken ein. Dann suche ich, ob es schon Reaktionen auf den Kuss gibt, denn höchstwahrscheinlich hat ein Großteil unserer Nation dieses Finale live gesehen.

Nach einer Weile stößt Fiona mich unsanft in die Seite und macht mich auf ein Interview aufmerksam, in dem Adrian laut verkündet, wie sehr er unser Land hasst und wie brennend er immer nur wegwollte. Damit versetzt er sich persönlich den Todesstoß. Genauso gut könnte er öffentlich erklären, dass wir im Prozess alle für ihn gelogen haben. Er macht das Drama noch tausendmal prekärer und ich würde ihn am liebsten eigenhändig umbringen.

Ungerührt spricht er weiter.

»Es ist definitiv der schönste Tag in meinem Leben. Aber nicht wegen der Medaille, Maxine, die bedeutet mir nicht allzu viel. Sondern wegen dir.« Adrian fixiert Maxine und sieht mit einem Mal nicht mehr aus wie der geborene Massenmörder.

Fiona seufzt verzückt und ich frage mich verwirrt, wieso man einen anderen Menschen außergewöhnlicher finden kann als eine Goldmedaille bei Olympia, die höchste Auszeichnung im Sport. Das Konzept Romantik, welches Fiona angeboren ist, verstehe ich einfach nicht. »Wegen des Kusses, in aller Öffentlichkeit. Das hat mich zum glücklichsten Menschen der ganzen Welt gemacht.«

Hm, das ist möglicherweise gar nicht so übel. Ich wende den Blick ab, denn die beiden knutschen schon wieder, aber mit diesem einen Satz, in dem sogar ich eine gewisse Schönheit erkenne, kann ich arbeiten.

Ein klein wenig nützlich machen darf Fiona sich aber durchaus. Ich beauftrage sie, so schnell wie irgend möglich Sophie und Emily zusammenzutrommeln.

»Emily ist mit ihrer Mutter auf dem offiziellen Empfang. Diesem Regierungsempfang zu Ehren des Zehnkampffinales. Da kann ich sie nicht rausholen«, ziert sie sich.

»Doch, eben deshalb musst du sie rausholen. Erstens hat sie live und in Farbe mitbekommen, wie unsere oberste Riege reagiert. Zweitens ist sie clever, ideenreich und kaltblütig. Und drittens sind wir nur zusammen ein wirklich unschlagbares Team. Meinst du nicht, wir brauchen sofort alle Unterstützung, die wir bekommen können? So tief haben Max und diese Sportler noch nie in der Scheiße gesessen.«

»Okay«, murmelt Fiona halbherzig und macht sich endlich an die Arbeit.

»Sie kommen«, verkündet sie ein paar Minuten später. »Und sie sagen, sie waren eh schon auf dem Weg.«

»Emily auch?«

»Ja, sie ist beim Empfang rausgeflogen.«

»Hat sie wieder in den Blumentopf gekotzt?«

»Nein, das war doch damals Maxine, die die Blumen ruiniert hat. Nicht Emily.« Fiona verdreht die Augen über mein schlechtes Gedächtnis. Aber ehrlich gesagt, mein Kopf ist so voll mit wirklich wichtigem Wissen – wer, wann und weshalb wohin kotzt gehört nicht dazu.

»Und aus welchem Grund ist sie dann rausgeflogen?«

»Hat sie nicht gesagt.«

Super, nur Fiona lässt sich mit Halbwissen abspeisen. Jetzt muss ich meine Neugierde bezähmen, bis Emily hier ist.

Naserümpfend bastle ich weiter an dem Post.

Fiona sieht mir über die Schulter.

13

»Ist das dein Ernst?«, fragt sie fassungslos und schnaubt laut und unmissverständlich abwertend.

»Was ist falsch daran?«

»Das klingt nicht ehrlich.«

Entnervt lache ich auf.

»Wie soll es denn ehrlich klingen, wenn ich gerade das Blaue vom Himmel lüge?« Trotz alledem versuche ich, gut Wetter für diese Sportler zu machen, ausgerechnet ich, und ich finde, ich mache es ausgezeichnet. In Anbetracht der Umstände.

»*Ein Mann, der sagt, ein Kuss hat mehr Bedeutung als der Gewinn der Goldmedaille bei den Olympischen Sommerspielen – kann das wahr sein?*«, liest Fiona laut die Einleitung. »Was hast du überhaupt vor? Was soll das bewirken?«

»Ich versuche, die Stimmung ins Positive zu lenken.«

Denn das ist der peinliche Plan, mal wieder. Bisher zeigt sich die junge, englische Bevölkerung zwischen Ekel und vorsichtigem Interesse hin- und hergerissen und ist äußerst leicht zu beeinflussen. Das wollte ich mir zunutze machen.

»Aber doch nicht so. Das weckt nur Zweifel.«

Fiona schiebt mich vehement von meinem Platz, löscht den Beitrag und hämmert enthusiastisch in die Tasten. Und ich rolle entnervt die Augen. Abschicken werde ich sie das nämlich nicht lassen.

Nicht in meinem Namen.

*Maxine Summer ist ein Mädchen wie wir alle. Mit denselben Zielen wie wir, denselben Wünschen und demselben Empfinden für Recht und Ordnung. Vor drei Monaten bekam sie die Aufgabe, im Jungeninternat die olympische Mannschaft zu beaufsichtigen und zu trainieren, und musste Tag für Tag mit jungen, unbehandelten Männern umgehen. Niemand kennt diese Sportler so gut wie Maxine – meine Freundin Maxine.*

*Auch ich bin überrascht, dass sie einen von ihnen küsst. Aber eines weiß ich genau: Wenn sie das macht, dann nicht ohne Grund. Nicht, weil sie ein willenloses, unterwürfiges Mädchen ist, gezwungen und unterdrückt. Sie ist die stärkste Person, die ich kenne, unbeirrbar und mutig. So wie wir alle.*

*Wenn sie ihn küsst, dann kann es nur einen Grund dafür geben: Dass er es wert ist.‹*

Erstaunt reiße ich die Augen auf. Niemals hätte ich so einen Text geschrieben. Leider. Denn er ist gut, verdammt gut.

Fragend schaut Fiona zu mir auf. »Und?«

»Wow. Ich …« Unbeholfen klopfe ich ihr auf die Schulter. »Schick es ab.«

Während ich weiter im Internet nach Reaktionen suche, plündert Fiona die Keksdose.

»Stress macht mich immer hungrig.«

»Eben hast du gesagt, Sport macht dich immer hungrig.«

»Ja, das auch.«

Darüber kann ich nur den Kopf schütteln. Bei mir ist nämlich genau das Gegenteil der Fall. Ich esse eigentlich ununterbrochen, nur wenn es anstrengend wird, dann partout nichts mehr. Da ich trotz allem kein Gramm ansetze, höre ich ständig nur, ich wäre zu mager. Bei Fiona macht sich darüber niemand Sorgen.

»Ihr glaubt nicht, was passiert ist!«, platzt endlich Emily mit lautem Getöse in den Wohnwagen. Dicht gefolgt von Sophie.

»Danke, wir haben es selbst gesehen.« Schnell hebe ich die Hand. »Du brauchst das eklige K-Wort nicht zu nennen.«

»Ich meine doch nicht das eklige K-Wort«, schnaubt Emily, die eine ähnlich gesunde Einstellung zu diesen Jungs hat wie ich. »Dass Max schon längst die angemessene Distanz zu sämtlichen K-Wörtern verloren hat, ist mir nichts Neues. Ich spreche von der Premierministerin.«

»Was ist mit der Premierministerin?«, frage ich alarmiert.

»Was meinst du mit passender Distanz?«, äußert sich Sophie mit neutraler Stimme. Sophie, deren Einstellung sowohl zu den Sportlern als auch zum Küssen mir nach wie vor ein Rätsel ist.

Fiona dagegen brüllt fast.»Wen hat sie noch geküsst?«
So sind also bei uns die Prioritäten verteilt.

»Geküsst hat sie Paul, was ja wohl auf absolut mangelnde
Distanz hindeutet, und die Premierministerin hat sowohl
Anne als auch mich und meine Mutter auf der Stelle des Rau-
mes verwiesen.«

Das ist ungünstig. Ich hatte ein wenig auf Insiderwissen
aus dieser Ecke gehofft.

»Da ist also die Kacke am Dampfen. Noch ernster als erwartet«, stelle ich fest.

»Da sagst du was.« Emily lässt sich auf das Sofa fallen und
langt nach der Keksdose, während sich Fiona mit großen,
entsetzten Augen in ihre Ecke der Sitzgelegenheit verkriecht.
»Aber Tobias hat sie nicht geküsst, oder?«, fragt sie tonlos.

»Was weiß denn ich? Sie hat doch scheinbar völlig den
Verstand verloren, wenn sie es jetzt schon mit dem gruseligen
Adrian macht.«

Fiona gibt ein kleines, klagendes Geräusch von sich. Emily
verdreht entnervt die Augen und schiebt ihr das größte Plätzchen, das sie findet, in den Mund.»Da, nimm das. Ein Cookie
ist noch niemandem fremdgegangen.«

»Wer sagt denn was von fremdgehen?«, protestiert Fiona,
knabbert aber brav an ihrem Keks.

»Was machen wir jetzt?« Auch Sophie nimmt Platz und
macht sich über die Süßigkeiten her.

»Wir machen ja schon längst was.« Ich deute auf den Post,
der auf meinem Laptop zu sehen ist und immer weitere Kommentare nach sich zieht.

»Die Leute sind noch nicht überzeugt«, murmelt Sophie,
die sich alles im Schnelldurchlauf reinzieht.»Es wäre leichter,
zu rechtfertigen, wenn es einer der anderen Jungs wäre. Aber
ausgerechnet Adrian. Der kommt echt nicht gut rüber.«

»Tatsache, die da will wissen, warum sie nicht Paul küsst.
Oder Andrew«, stimmt Emily zu, während sie auf den Laptop
deutet.

»Aber hier sind ein paar der Mädels, die bei unserer Pro-Boys-Aktion dabei waren. Die sind gar nicht so geschockt«, stellt Sophie erleichtert fest.

Bei dem Gedanken an die Pro-Boys-Group dreht sich mir nach wie vor der Magen um. Die ist leider genauso auf meinem Mist gewachsen, allerdings ohne den schwachsinnigen Namen, den wir Fiona zu verdanken haben. Aber was macht man nicht alles, wenn es darum geht, heilloses Chaos zu veranstalten. Es war echt genial. Und hat dann irgendwie auch Spaß gemacht, zumindest solange ich den Grund unserer Aktion verdrängen konnte.

»Die wollen die Gruppe wieder aufleben lassen«, staunt Fiona jetzt. »Da wäre ich wohl auch dabei.«

»Da sind wir alle dabei«, werfe ich ungehalten ein. »Und alle Frauen und Mädchen, die wir noch auf die Straße bekommen können. Wenn nämlich das ganze Land auf die Barrikaden geht – und dafür werde ich sorgen – können sie Max nicht verurteilen.«

»Ah, das hast du vor.« Fiona lächelt mich zufrieden an, jetzt da sie meinen Plan durchschaut hat. »Ich bastle gleich morgen früh ein paar Plakate. Was haltet ihr von ›*Free to Kiss*‹?«

In Gedanken sehe ich mich schon mit solch einem Plakat durch die Straßen ziehen. Öffentlich. Ich werde aussehen, wie eine Frau, die unbedingt geküsst werden will. Max wird das nie wiedergutmachen können.

# kapitel 2

Ganz so kaltgestellt, wie sie dachte, hat die Premierministerin Emilys und Max' Mütter dann doch nicht. Denn Anne hat zum einen eine wirklich enge Freundin im Parlament, die sie auch jetzt noch rund um die Uhr mit relevanten Informationen versorgt, und zum anderen keine Hemmungen, alles auf der Stelle mit Emily und ihrer Mutter zu teilen.

Am nächsten Morgen werde ich daher durch eine MKS-Nachricht grob aus dem Schlaf gerissen.

»Was ist los?«, schreibe ich noch im Halbschlaf zurück, denn bevor ich nicht mindestens zwei Tassen Kaffee getrunken habe, bin ich nicht einsatzbereit.

Und vor allem keiner Mädchenkrisensitzung gewachsen. Nicht ohne zu wissen, ob es sich lohnt, das Koffein im Eiltempo hinunterzukippen.

»Wirst du dann sehen«, antwortet Emily lapidar, und ich fülle wohl oder übel die Kaffeemaschine mit dem Maximum, räume schnell meine Schlafsachen vom Sofa und fahre mir mit den Händen durch die Haare, um sie ein wenig zu richten.

»Haben sie Max schon in Ketten abgeführt?«, frage ich laut gähnend, als alle drei gleichzeitig im Wohnwagen ankommen und erschreckend wach aussehen.

»Nein, viel besser.« Emily grinst wie ein Honigkuchenpferd.

»Sie haben die Sportler an Ort und Stelle kastriert und Max laufen lassen?«

»Amber!«, ruft Fiona geschockt. »Wie kannst du so was sagen?«

»Weil es die Ideallösung wäre«, murmle ich und tunke ein Plätzchen in meinen Kaffee. Ein anderes Frühstück ist gerade nicht greifbar.

»Maxine hat bewiesen, dass sie sich doch noch einen Rest Verstand bewahrt hat. Sie hat nämlich die Flucht ergriffen. Und zwar bevor die deutsche Polizei sie einkassieren konnte«, triumphiert Emily.

»Na, Gott sei Dank.« Ich stelle meinen Becher ab. »Dann kann ich wieder ins Bett gehen. Hättest du mir das nicht einfach schreiben können?«

»Hast du eigentlich hier geschlafen?«, fragt Sophie, die eindeutig die beste Beobachterin von uns ist, und hebt eine liegengebliebene Socke auf.

»Natürlich nicht.« Ich verdrehe die Augen, als wäre das die dümmste Frage der Welt. Es gibt Dinge, die auch die besten Freundinnen nicht wissen müssen.

»Na ja, es gibt trotzdem ein Problem«, wendet Fiona aufgebracht ein. Wieso ist die schon so munter? Die trinkt morgens nicht einmal Kaffee.

»Sind die Sportler ebenfalls entkommen?«

Jetzt ernte ich einen verwirrten Blick.

»Ja, aber das ist nicht das Problem. Das ist doch gut so.« Na, wenn sie meint. Für mich ist die Sache erst erledigt, sobald Max wieder zurück im Wohnwagen ist und das Thema Männer ein für alle Mal beendet. »Der Punkt ist, dass niemand weiß, wo sie sind.«

»Himmel, Fiona, dass du so begriffsstutzig bist, ist mir schon klar. Aber eigentlich befinden sich zwei denkende Menschen an deiner Seite. Können dir Emily und Sophie nicht einfach sagen, dass man Max anrufen kann? Über das Handy. Auch im Ausland.«

Fiona verschränkt bockig die Arme vor der Brust.

»Dann mach es doch, du Klugscheißerin.«

Mache ich auch. Mit etwas Glück kann ich im Anschluss alle rausschmeißen und noch zwei oder drei Stündchen Schlaf bekommen.

»Die von ihnen gewählte Nummer existiert nicht«, sagt mir die unpersönliche Telefonstimme.

»Ach, Scheiße.«

Fiona ist sauer auf mich. Das sehe ich an ihrem Blick, der selten angepisst ist, jetzt aber so was von. Ich bin in meinem üblichen Sarkasmus wohl etwas übers Ziel hinausgeschossen. »Du hättest ja auch gleich sagen können, dass ihr das schon längst versucht habt.« Selbsterkenntnis ist nicht so mein Ding. Ich ernte nur eisiges Schweigen.

»Also, ich fasse mal zusammen. Max ist noch in der Nacht geflohen, gemeinsam mit allen acht Sportlern. Und niemand weiß, wo sie sind und wie man sie erreichen könnte oder auch nur, was sie jetzt überhaupt vorhaben. Und deshalb sind wir natürlich alle verdammt besorgt, da sie auf diese Art keine Hilfe von uns bekommen kann.« Entschlossen hole ich tief Luft und Fionas Laune bessert sich sichtbar, nur weil ich bereit bin, mich einzubringen. »Ich denke mal, die Premierministerin ist jetzt noch wütender als vorher, so wütend, dass sie auf der Stelle Maxines Nummer deaktiviert hat, um sie im Ausland in die Ecke zu drängen. Mittlerweile hat sie nämlich nicht nur eine hemmungslos knutschende Vorzeigemitarbeiterin an der Backe, sondern auch noch acht unbehandelte, freilaufende Ungetüme und keine Ahnung, wie sie das im restlichen Europa rechtfertigen soll.«

»Genau genommen hätten sie gar nicht fliehen können«, fügt Emily an. »Die Sportler hatten nämlich einen Peilsender im Körper. Den haben sie aber vor der Flucht entfernt, laut der Freundin von Anne eine verdammt blutige Sache. Die Blutspuren führten durch das ganze Treppenhaus. Es sind also acht unbehandelte, freilaufende und blutende Ungetüme.

Wirklich nahezu unmöglich, das in Deutschland irgendwie schönzureden.«

»Ihr zwei seid widerlich. Könnt ihr euch vorstellen, wie schmerzhaft das sein muss. Und wie viel Angst die Jungs jetzt haben, verletzt und auf der Flucht. In einem fremden Land, in dem eine Sprache üblich ist, die sie nicht sprechen.« Fiona ist so wütend, dass sie ein Kissen nach mir wirft. Zumindest versucht sie es, das Kissen fliegt in eine völlig falsche Richtung und reißt meinen Becher um. Eine Weile sind wir damit beschäftigt, die Sauerei aufzuwischen.

Selbstverständlich kann ich mir vorstellen, wie viel Angst die Sportler haben müssen. Es ist mir allerdings herzlich egal. Was mir nicht egal ist, ist, dass Max mitten unter ihnen ist. Nur beschützt von einem schwarzen Gürtel im Judo und im Jiu Jitsu. Meine Freundinnen haben durchaus recht, wir haben ein Problem.

Da ich eine Thermoskanne Kaffee gekocht habe, werfe ich Fiona einen mahnenden Blick zu und fülle meinen Becher wieder auf. Nach einem großen Schluck begebe ich mich erneut an die Internetrecherche.

»Das ist unbegreiflich. Man sollte meinen, diese Flucht wäre ein Topthema, aber nichts«, stelle ich erstaunt fest. Langsam werde ich munter. »Keine einzige offizielle Berichterstattung. Weder zu diesem Kuss noch zur Flucht. Nicht einmal die Goldmedaille wird erwähnt. Als ob all das gar nicht stattgefunden hätte.«

»Echt gruselig.« Sophie lehnt sich zu mir rüber. »Es kann nichts Gutes bedeuten, wenn sie es totschweigen. Diesen Prozess gegen Adrian und die anderen, den hätten sie auch am liebsten unter Ausschluss der Öffentlichkeit geführt. Ganz schnell und unauffällig die Todesstrafe verhängt und fertig. Hätte ja auch geklappt, wenn nicht wir uns eingemischt hätten.«

»Ja, wir und die Pro-Boys-Group«, murmelt Fiona, die sich längst abgeregt hat.

Pro-Boys-Group, schon wieder. Ich ziehe es vor, das Thema zu wechseln, und beginne, laut und nachdrücklich in meine Tastatur zu hämmern.

»Wenn die Regierung die Flucht unter den Teppich kehren will, dann sorgen wir dafür, dass genau das nicht geschieht«, erkläre ich, während ich einen neuen Text verfasse, der exakt beschreibt, was wir hinterrücks in Erfahrung bringen konnten. Erwiesenermaßen kann ich keine pathetischen Artikel formulieren, um einen Kuss positiv dastehen zu lassen, aber einen Tatsachenbericht, der nichts unter den Teppich kehrt, den mache ich ohne Weiteres.

»Außerdem müssen wir Max finden. Und zwar bevor die Regierung es tut«, füge ich hinzu.

»Ja, aber wie? Ohne Handy ist es unmöglich. Man kann sie ja noch nicht einmal orten, die Polizei ist da genauso machtlos wie wir.« Sophie streicht sich verzweifelt durch die Haare und bringt ihren ordentlichen Zopf durcheinander.

»Früher ging es auch ohne Handy. Die Leute haben sich ganz ohne Technik gefunden. Wir müssen es nur genauso machen.«

Fiona guckt mich an wie ein Auto. »Morsezeichen oder was?«

Jetzt haben wir den Status quo wieder hergestellt. Fiona versteht erneut nur Bahnhof und ich bin schlauer als alle anderen. Erleichtert atme ich auf.

»Ich gehe nach Hamburg. Die Olympischen Spiele enden erst am Sonntag, bis dahin habe ich Zeit, die Spur vor Ort aufzunehmen.«

Emily beginnt, haltlos zu lachen.

»Ausgerechnet du willst nach Deutschland? Du weißt schon, dass Männer da frei herumlaufen. Keine Medikamente, keine Fesseln, kein Benehmen. Und du hast keinen schwarzen Gürtel, in rein gar nichts, höchstens für deine bissigen Kommentare.«

»Wer soll es denn sonst machen?«, blaffe ich sie an. Ich will da doch auch nicht hin. Aus genau den Gründen, die Emily so treffend aufgezählt hat. Aber was bleibt mir anderes übrig? »Ich könnte es machen«, sagt Fiona entschlossen. »Ich habe nämlich keine Angst vor Männern.«

»Klar, weil du zu wenig Verstand hast. Du würdest dich auf der Stelle herumschubsen und unterdrücken lassen. Dich muss man doch vor dir selbst beschützen und deshalb darfst du auf keinen Fall ins Ausland.«

»Emily muss definitiv hierbleiben«, denkt Sophie laut. »Sie hat den Kontakt zu Anne Summer und sitzt damit als Einzige an der Quelle. Auf dem Laufenden zu bleiben, hat oberste Priorität.«

»Und du sprichst kein Deutsch«, füge ich hinzu. Emily und Sophie sind zweifelsohne raus. Die haben es gut.

»Geht doch zusammen.« Emily klingt nach wie vor leicht erheitert. »Ihr bildet ein unschlagbares Team. Fiona himmelt jeden Männerkörper an und Amber kratzt den Typen dann die Augen aus.«

Jetzt werfe ich das Kissen. Und ich treffe. Leider ist es nur ein Kissen, weich und flauschig und wirklich nichts, was Schmerzen bereitet.

»Wieso glaubst du eigentlich, dass du in Hamburg in Erfahrung bringst, wo Max ist? Unser Eingreiftrupp ist doch auch mit leeren Händen zurückgekehrt und die wurden von der deutschen Polizei unterstützt. Ich will gar nicht wissen, wie sauer die waren.«

»Ganz so leer waren die Hände allerdings nicht«, wendet Emily ein und beweist damit, wie ausgezeichnet sie informiert ist und dass sie auf keinen Fall London verlassen darf. »Sie haben immerhin die Trainer verhaftet. In deren Haut will ich jetzt nicht stecken.«

»Aber die haben doch nichts angestellt«, quietscht Fiona entsetzt.

»Sie haben die Flucht nicht verhindert.« Emily zuckt mitleidslos die Schultern. »Das wird sie teuer zu stehen kommen.

Irgendeinen Schuldigen brauchen sie jetzt, um ihren Frust abzureagieren. Und da es nur Männer sind und sich niemand drum kümmert, was mit ihnen geschieht, trifft es eben die Trainer.«

»Ist da nicht dieser Thomas bei? Der Max so nett unterstützt hat?« Fionas Miene verwandelt sich auf der Stelle in diesen von mir gefürchteten Gesichtsausdruck, mit den riesigen Kulleraugen und dem Schmollmund. Ich sehe das Unheil bereits auf mich zukommen.

»So arg wird es schon nicht werden«, sage ich schnell, ehe Emily Fiona auf dumme Gedanken bringt. »Ich meine, sicher haben sie es verbockt, aber was sollen sie ihnen denn noch antun? Die sind doch längst behandelt.«

»Denk an das, was sie mit Adrian vorhatten. Der wäre froh gewesen, wenn er nur Medikamente bekommen hätte. Ehrlich, der tat mir so leid.« Unter Garantie ist Fiona der erste und einzige Mensch, der mit diesem angsteinflößenden Typen Mitleid haben kann. Ich kann es nicht. Und ich ziehe es definitiv vor, nicht über Max und deren Motive nachzudenken.

»Laut meinen Kontakten werden die Trainer morgen schon vor Gericht gestellt. Möglichst unauffällig und ohne Zeit zu verlieren. Und es soll ein Exempel an ihnen statuiert werden«, verpatzt Emily es endgültig.

»Das klingt gar nicht gut«, wimmert Fiona wie erwartet.

Nein, tut es nicht, aber was geht uns das an?

»Amber, das können wir nicht zulassen. Das würde Max nicht wollen. Stell dir mal vor, Thomas muss für das büßen, was Max angestellt hat.« Jetzt wendet sie ihn wieder an. Den Ich-blinkere-Amber-so-lange-mit-Tränen-in-den-Augen-an-bis-sie-alles-macht-was-ich-will-Blick.

Emily und Sophie kennen diese Taktik so gut wie ich. Sie kichern.

Und ich lege resigniert den Kopf auf den Tisch.

Irgendwie ist es ja auch eine Herausforderung. Ich liebe Herausforderungen. Denn auf den ersten Blick können wir da rein gar nichts verhindern. Diese Trainer sind eindeutig schuldig. Und da wir nicht mal ansatzweise in der Nähe waren, können wir uns nicht schon wieder eine irre Lügengeschichte ausdenken.

Es dauert fünf Minuten. Dann habe ich eine Idee.

Dem Internet sei Dank benötige ich im Anschluss nur noch ein paar Klicks, um alle relevanten Informationen zusammenzutragen, die in der Lage sind, diesen Prozess fulminant gegen die Wand fahren zu lassen. Ein glückliches Grinsen schiebt sich in mein Gesicht. Obwohl mir das Schicksal der Trainer völlig egal ist, hat die Aussicht, das Unmögliche möglich zu machen, durchaus seinen Reiz.

»Na gut, meinetwegen.« Logischerweise bemühe ich mich trotz allem, meine Stimme ärgerlich klingen zu lassen. Fiona soll unbedingt weiterhin davon ausgehen, sie wäre mir was schuldig. »Dann reisen wir erst Donnerstagabend ab. Freitag und Samstag reichen hoffentlich, um uns auf die Fersen von Max zu heften. Immerhin gibt es eine Blutspur, der man folgen kann.« Fiona verzieht bei meinem lahmen Witz gequält das Gesicht. »Und bestimmt noch andere Spuren. Fiona, pack bloß nicht zu viel ein. Mehr als einen Rucksack, den du mühelos auf den Schultern tragen kannst, darfst du nämlich nicht mitnehmen.« Jetzt grinse ich allerdings zufrieden. »Und vorher lassen wir so nebenher den Prozess gegen die Trainer platzen. Mädels, trommelt die Pro-Boys-Group zusammen, wir brauchen noch mehr Chaos als beim letzten Mal.«

# kapitel 3

Der Plan lässt sich ausgezeichnet an.

Im Saal sitzt schon ein großer Teil der Pro-Boys-Group, die sich erschreckenderweise bereits in PB-Group abgekürzt hat, dadurch noch geläufiger klingt und eine Dimension angenommen hat, die ich mir in meinen kühnsten Träumen nicht ausgemalt hätte. Keine Ahnung, wie wir das jemals wieder stoppen sollen. In diesem Moment beobachten die Mädchen, wie die Trainer hereingeführt werden und die Anklage verlesen wird. Emilys Mutter ist ebenfalls darunter, bereit, uns zu signalisieren, wann das Vorgeplänkel vorbei ist, Richterin Martin sich auf der Zielgeraden wähnt und somit gut gelaunt, entspannt und im Geiste schon im Feierabend ist. Und komplett ahnungslos.

Fiona kontrolliert ein letztes Mal, dass ihre Plakate die Anfahrt wohlbehalten überstanden haben. Sie hat sich unglaublich ins Zeug gelegt und künstlerisches Talent konnte ihr noch nie jemand absprechen. Die Poster sind bunt, schrill und mit außerordentlich peinlichen Slogans übersät. Und sie machen schon auf den ersten Blick verdammt gute Laune.

»Hier, nimm das.«

Fiona drückt mir eine Tafel in die Hand. ›*Free love*‹, steht darauf. So viele Herzchen in unterschiedlichen Rottönen und ineinander geschachtelt habe ich noch nie gesehen.

»Vergiss es, das halte ich nicht hoch. Wie kommst du auf diesen hirnrissigen Spruch?« Irgendwie habe ich das ungute Gefühl, dass hinter dem Satz mehr steckt, als uns bewusst ist. »Das habe ich aus dem Internet«, lächelt sie mich stolz an. »Da gibt es tausende.« Sie wedelt mit dem Plakat, das sie selbst trägt, vor meiner Nase herum. *If kisses were raindrops, I'd send you showers!* Das hier wird immer bedenklicher. Ich gebe das Poster schnell an Sophie weiter, die viel zu freundlich ist, um es zu verweigern. Emily knufft mich unsanft in die Seite, da sie in diesem Moment die erwartete Nachricht von ihrer Mutter erhält. »Die Anklage ist durch, die Richterin fragt gerade nach Einwänden gegen die geforderte Strafe. Sie wollen sie lebenslang ins Gefängnis stecken.«

»Es geht los«, erwidere ich breit grinsend und reiße die Tür zum Saal mit Schwung auf.

Richterin Martin hat schon ihr Hämmerchen in der Luft und will überaus zufrieden über dieses kurze, schmerzlose Zwischenspiel zum Urteilsspruch ansetzen. Wir kommen in letzter Sekunde, genau wie beabsichtigt. Der Raum fällt sanft nach unten ab, auf diese Weise bietet jeder Sitzplatz ungehinderten Blick auf das Geschehen in der Mitte, auf die Richterin und vor allem auf die Angeklagten.

Wenn es keine Männer wären, hätte ich sicherlich Mitleid. Schon die Jungs machten bei ihrem Prozess einen dermaßen verstörten Eindruck und diese drei hier sind ebenso kläglich dran. Aber es sind nun mal Männer, per se schuldig und gefährlich. So verängstigt vielleicht sogar noch mehr.

Langsam lasse ich meinen Blick über die Zuschauer schweifen, jedes einzelne Gesicht hat sich zu mir umgedreht. Kein Wunder bei dem Radau, den ich veranstaltet habe. In den Mienen der eingeweihten Mädchen macht sich unverhohlen Erwartung breit.

Nicht nur ich habe einen prima Blick auf alles, ich selbst bin ebenfalls kaum zu übersehen.

»Mein Name ist Amber Wilson-Smith«, sage ich laut und ein klein wenig theatralisch und mache mich gemächlich auf den Weg in die Raummitte. Die Richterin seufzt laut und vernehmlich auf.

»Das ist mir leider noch allzu deutlich bewusst, Miss Wilson-Smith. Ich habe diesen Prozess und ihren außerordentlich peinlichen Auftritt nicht vergessen.« Sie lässt die Augen über meine Begleitung wandern. »Und auch Fiona Baker und die anderen Damen sind mir in Erinnerung, leider.« Nicht nur meine Freundinnen sind mir in den Saal gefolgt. Der Rest der PB-Group drängt sich hinterher, quetscht sich in jede freie Ecke und innerhalb weniger Sekunden ist der Raum absolut überfüllt.

Richterin Martins Blick flackert und wechselt dann von gelassen und zielgerichtet zu resigniert. Sie hat begriffen, dass der Prozess kein Selbstläufer wird.

»Sie wollen jetzt aber nicht angeben, dass Sie diese Herren ebenfalls nackt sehen wollten. Obwohl das so oder so weder den Prozess betrifft noch das Urteil beeinflusst, ich wünsche ernsthaft und aufrichtig, dass Sie nicht aus diesem Grund hier sind.«

Kurz stockt mein Schritt, als ich realisiere, wie sehr mein Ruf im Keller ist. Dann gehe ich unbeirrt die letzten Stufen hinab.

»Was werfen Sie diesen drei Männern konkret vor?«

»Miss Wilson-Smith, wären Sie pünktlich hier gewesen, hätten auch Sie die Anklage vernommen. Ich werde es jetzt nicht noch einmal durchkauen.« Richterin Martin seufzt unüberhörbar gereizt.

»Ich war ja hier. Die Anklage benennt allerdings nur den Vorwurf, die Trainer wären ihrer Verantwortung nicht nachgekommen. Konkret nannten Sie es Verweigerung der Aufsichtspflicht unseren Olympiateilnehmern gegenüber.«

»Das ist korrekt«, wirft nun Dr. Higgs ein, die ebenfalls anwesend ist und die Anklage vertritt. Mal wieder.

»Aber was genau bedeutet das? Haben Sie mehr Medaillen erwartet und ist das die Schuld der Trainer? Haben die Sportler sich vor Ort mangelhaft ernährt oder zu wenig getrunken und deshalb nicht gut genug abgeliefert? Der Weitspringer hat es ja noch nicht einmal ins Finale geschafft.«

»Das ist doch lächerlich und das wissen Sie selbst. Die Trainer haben die Sportler aus den Augen verloren. Das ist unverzeihlich«, zischt Dr. Higgs.

»Ah. Wo sind die Sportler denn jetzt?«

»Das ist für diesen Prozess irrelevant, Miss Wilson-Smith«, übernimmt die Richterin erneut das Ruder und wirft einen entnervten Blick auf Dr. Higgs. Deren ständiges Einmischen kommt nicht positiv an. »Ich frage mich allerdings gerade, mit welchem Recht Sie hier auftauchen und diese unverschämten Nachfragen stellen?«

Jetzt kommt der Moment der Wahrheit. Hoffentlich sind Männer doch nicht gar so begriffsstutzig, wie ich annehme und Maxine in letzter Zeit immer wieder abgestritten hat.

»Ich bin die Verteidigerin der drei Angeklagten«, haue ich also raus und werfe einen auffordernden Blick zur Anklagebank.

Dr. Higgs schnaubt auf.

»Sie sind ein Schulmädchen, keine Anwältin. Sie haben weder Jura studiert noch eine vergleichbare Ausbildung vorzuweisen.«

»Noch nicht, ich bin aber immatrikuliert«, kontere ich. Leider hat noch keine einzige Vorlesung stattgefunden, denn das Semester beginnt erst in zwei Monaten.

»Ist das Ihre Anwältin?« Richterin Martin knurrt fast, als sie die Trainer um die Bestätigung bittet, aber laut unserem Rechtssystem bleibt ihr nichts anderes übrig.

Ich fixiere Thomas. In ein paar Jahren sehe ich mich genau in diesem Saal und dann wird niemand mehr an meiner Kompetenz zweifeln. Ich habe felsenfest vor, mir den Ruf der besten Anwältin des Landes zu erwerben.

Zumindest Thomas Ward ist nicht auf den Kopf gefallen und kann Hilfe erkennen, wenn sie sich genau vor seiner Nase befindet. »Das ist sie«, bestätigt er und wirkt mit einem Mal nicht mehr ganz so hoffnungslos.

Ungehalten schlägt Richterin Martin mit ihrem Richterhammer gegen die eigene Hand, da sie nicht auf den Tisch schlagen kann. Falls es nach mir geht, kann sie das noch eine ganze Weile nicht. »Wenn es also sein muss, was haben Sie vorzubringen?«, fragt sie dann widerstrebend.

»Ich möchte wissen, wo die Sportler aktuell sind und was genau die Trainer verbrochen haben. Und ehe sie jetzt wieder behaupten, das sei irrelevant, versichere ich ihnen, dass es das nicht ist.«

»Also bitte!«, geht die Aufforderung an Dr. Higgs.

Die presst wütend die Lippen aufeinander und in dem Moment erkenne ich, was Maxine immer mit dieser Frau hatte. Ich kann sie nämlich genauso wenig leiden. Antworten muss sie trotzdem.

»Die Sportler sind nicht mehr auffindbar und damit ist offenkundig, dass die Trainer ihre Aufsichtspflicht vernachlässigt haben.«

»Sind sie verloren gegangen oder was genau heißt das?«, frage ich und finde selbst, dass das lächerlich klingt.

»Selbstverständlich nicht.«

»Sie wollen doch sagen, dass sie geflohen sind.«

»Sind sie«, muss Dr. Higgs mir zähneknirschend bestätigen. »Geben Sie nun zu, dass diese Tatsache eindeutig beweist, dass Sie alle im vorigen Prozess gelogen haben? Denn da wollten die Sportler auch schon fliehen und ich habe es in letzter Sekunde verhindert.«

Na ja, genau genommen war das Maxine, aber egal.

»Warum wird denn nicht öffentlich berichtet, dass acht erwachsene, unbehandelte Männer auf der Flucht sind? Sollte die englische Bevölkerung das nicht wissen?«

»Sie sind ja nicht in unserem Land unterwegs.«

»Hat die Flucht etwas mit dem Kuss zwischen Maxine Summer und dem Zehnkampfgewinner zu tun?«, frage ich scheinheilig.

Bei dem Wort Kuss zuckt sowohl Dr. Higgs als auch Richterin Martin schmerzhaft zusammen. Ich eigentlich ebenso, aber momentan kann ich mir solche Zimperlichkeiten nicht leisten. »Wohl kaum.« Dr. Higgs sitzt angespannt auf ihrem Platz und krampft die Hände ineinander.

»Wie man es nimmt«, lächle ich in die Runde. »Die Flucht wurde ja eher dadurch ausgelöst, dass nach dem Kuss ein Trupp schwerbewaffneter Wachleute nach Hamburg reiste, um alle zu verhaften und dafür zu bestrafen. Alle Sportler dafür zu bestrafen, dass Maxine einen von ihnen geküsst hat. Und das möchte ich noch einmal betonen, der Geküsste konnte nämlich gar nichts dafür. Dieser Kuss war die Entscheidung einer Frau, einer freien Frau.«

Die PB-Group steht geschlossen auf und beginnt zu jubeln. Sie halten die Plakate hoch und pfeifen, skandieren mit einem Mal Slogans und von allen Seiten schallt es zu mir herunter. Irgendwie ganz cool. Irgendwie auch verstörend, denn ich weiß leider allzu gut, was genau die Mädchen da rufen.

Jetzt schlägt die Richterin mit ihrem Hammer auf den Tisch. Nicht nur einmal, nicht zaghaft.

»Ruhe, verdammt noch mal, Ruhe. So kann ich nicht arbeiten.« Das ist allerdings genau das Chaos, das ich hier veranstalten wollte. »Miss Wilson-Smith, worauf wollen Sie hinaus?«

Sinn der Sache war, dass Dr. Higgs endlich publik macht, dass unsere Olympioniken über alle Berge sind und aus welchem Grund das geschehen ist. So, dass nicht weiter die Wahrheit unter den Teppich gekehrt wird. Das Ziel habe ich erreicht.

»Ich wollte deutlich machen, dass die geflohenen Sportler nicht behandelt sind«, behaupte ich scheinheilig. »Warum genau sind sie noch nicht behandelt?«, wende ich mich so liebenswürdig wie möglich an die Internatsleitung. »Weil sie dann nicht mehr die nötigen sportlichen Leistungen bringen können«, knurrt diese. »Stimmt. Sie wären nicht mehr schnell und stark und kraftvoll. Diese drei dagegen sind behandelt. Korrekt?« »Selbstverständlich. Ich beschäftige doch keine unbehandelten Männer im Internat.« »Was bedeutet, dass diese drei auch nicht ansatzweise sportliche Höchstleistungen erbringen könnten.« Jetzt wende ich mich direkt an die Richterin. »Es besagt genau genommen, dass die Trainer seit Jahren übergewichtig sind, langsam und phlegmatisch, antriebslos und leicht zufriedenzustellen. Sie sind nicht nur nicht in der Lage, Sport zu machen, sie sind genauso wenig in der Lage, acht durchtrainierte Hammerathleten aufzuhalten, die ihnen körperlich extrem überlegen sind.« Jetzt drehe ich mich zum Publikum. »Weiß irgendjemand von Ihnen, wie Männer behandelt werden und welche Auswirkungen das hat? Maxine Summer hat es live erlebt und mir berichtet. Es verwandelt einen kraftstrotzenden, gesunden Jungen in ein kotzendes, apathisches Wrack, das nichts mehr will, nichts mehr kann und dessen Leben vorbei ist. Und Sie werfen den Trainern, die schon seit Jahren unter höchstem Medikamenteneinfluss stehen, vor, unsere Olympioniken nicht aufgehalten zu haben. Eventuell sollten wir uns eher fragen, warum diese acht lieber durch ein Land irren, dessen Sprache sie nicht sprechen, als stolz und gefeiert mit ihren Medaillen nach Hause zu kommen.«

Jetzt werden meine Mädchen wieder laut und diesmal sind es empörte Buhrufe. Die Richterin setzt erneut vehement ihren Hammer ein.

»Und weil die Trainer körperlich nicht in der Lage waren, die Sportler aufzuhalten, soll ich darüber hinwegsehen, dass sie es nicht einmal versucht haben?«, sagt sie völlig entnervt, als man endlich wieder sein eigenes Wort verstehen kann. Von einem bunten, grellen Schilderwald sind wir jedoch nach wie vor umgeben. Die PB-Group kann ihre Meinung auch sehr gekonnt leise kundtun.

»Sie konnten es nicht versuchen, da es mitten in der Nacht war und die Trainer schliefen. Behandelte Männer sind übrigens dauernd müde und erschöpft.«

»Das reicht nicht, Miss Wilson-Smith. Ich kann sie unmöglich einfach laufen lassen. Nicht mit dem Wissen, was für eine unkalkulierbare Gefahr sie auf die Menschheit losgelassen haben und welchen internationalen Skandal das ausgelöst hat. Das muss Konsequenzen haben.«

Na gut, jetzt ist wohl der Zeitpunkt für Plan B gekommen. Ich wäre unglaublich enttäuscht gewesen, hätte sich dieser Teil als nicht notwendig erwiesen.

»Richterin Martin, bei allem gebührenden Respekt ihrer Position gegenüber«, bei den Worten johle ich regelrecht innerlich auf, denn genau diese Phrase wollte ich schon immer einmal laut sagen, »muss ich leider anmerken, dass sie unmöglich einen Urteilsspruch fällen können. Schließlich sind sie befangen.«

Jetzt lacht die Richterin laut auf. Ein fröhliches Lachen ist es nicht. »Wie bitteschön sollte ich befangen sein? Ich kenne die Angeklagten nicht, ich habe sie nie zuvor gesehen.«

»Richterin Martin, laut meiner Recherche sind Sie neununddreißig Jahre alt. Stimmt das?«

»Das ist korrekt, Miss Wilson-Smith. Und ich bin seit mehr als fünf Jahren Richterin an diesem Gericht und habe solche Prozesse wie diejenigen, bei denen Sie auftauchen, noch nie zuvor erlebt. Ich war abgesehen davon zu meiner Zeit die jüngste Richterin, die je vereidigt wurde.«

»Das ist beeindruckend, Richterin Martin, Sie sind definitiv mein Vorbild.« Ich drehe mich wieder zur Anklagebank. »Und Sie, Thomas, wie alt sind Sie?«

»Fünfundfünfzig, Miss Wilson-Smith.«

Wie ich es mir dachte.

»Thomas, bitte verzeihen Sie mir, wenn ich Ihnen eine indiskrete Frage stellen muss.«Die Frage würde ich in der Tat lieber überspringen, aber eine Anwältin muss hin und wieder auch eklige Dinge tun. Thomas nickt ergeben, er ist laut Maxine eh so einiges gewohnt.»Vor ihrer Behandlung, zu dem Zeitpunkt, als Sie noch zeugungsfähig waren, haben Sie da jemals Samenspenden getätigt.«

Igitt, diese Worte aus meinem Mund. Sobald ich hier raus bin, werde ich mir als Allererstes die Zähne putzen.

»Gewiss, Miss Wilson-Smith.« Thomas bleibt völlig gelassen.»Das habe ich getan.«

»Und wie alt waren Sie da?«

»Ungefähr vierzehn oder fünfzehn. Ich habe zwei Jahre lang Samen gespendet.«

»Dann waren Sie also ein Spender, als Richterin Martin gezeugt wurde«, sage ich triumphierend und bemerke augenrollend, dass Fiona angestrengt versucht, das nachzurechnen. Sie war schon immer eine Niete im Kopfrechnen und ich hatte sie nicht in meinen Notfallplan eingeweiht.

Die Richterin ist leichenblass geworden.

Gerade geht ihr auf, worauf ich hinaus will.

»Richterin Martin«, sage ich langsam und genüsslich,»es ist durchaus nicht unwahrscheinlich, dass Thomas Ward ihr Vater ist. Sie können unmöglich in einem Prozess ihren eigenen Vater verurteilen.«

Ich schiebe bedeutungsvoll meine Brille auf der Nase zurecht und beglückwünsche mich zu der überaus weisen Entscheidung, sie mir schon vor Jahren zugelegt zu haben. Diese Brille ist Gold wert.

Im Saal herrscht atemlose, andächtige Stille. Schockierte Blicke wandern zwischen Thomas und der Richterin hin und her, so als ob ich soeben unmissverständlich bewiesen hätte, dass er ihr Vater ist, und nicht nur eine Möglichkeit aufgezeigt hätte. Menschen sind so leicht zu beeinflussen. Sie hören meistens nur einen Teil der Aussage.

Dr. Higgs hat es leider nicht die Sprache verschlagen.

»Nur für den Fall, dass Sie gerade annehmen, diesen Prozess erfolgreich gestoppt zu haben, Miss Wilson-Smith, sage ich Ihnen eins: Das hier ist noch nicht vorbei. Ich werde die Trainer wieder zurück ins Gefängnis überführen lassen und eine andere Richterin anfordern. Eine ältere, die über jeden Zweifel erhaben ist.«

Der Blick, der von Richterin Martin auf Dr. Higgs fällt, ist kälter als ein Eisberg. Es sich mit der wichtigsten Juristin des Landes zu verscherzen, ist nicht clever. Ich dagegen bin klug genug, Richterin Martin nicht weiter zu provozieren.

Eine Frage liegt mir jedoch aus persönlicher Neugierde auf dem Herzen.

»Haben Sie diese Samenspenden freiwillig gemacht, Thomas?«

»Was heißt schon freiwillig?« Der Trainer zeigt noch immer dieses friedfertige Lächeln, bei dem man seine wahren Emotionen nicht erkennen kann. »Wir haben doch keine andere Wahl.«

»Hat man Sie gezwungen?« Das wäre illegal. Verständlicherweise werden solche Themen nicht in der Schule behandelt, aber ich habe mich in der letzten Nacht schlaugemacht.

»Zu meiner Zeit hat man es noch auf eine sanfte Art getan. Wer mitmachte, wurde belohnt. Besseres Essen, mehr Freiheiten, weniger unangenehme Arbeiten. Die meisten hat das überzeugt.«

»Und heutzutage?«

»Ich denke, das tut hier wirklich nichts zur Sache, Thomas«, faucht Dr. Higgs wuterfüllt.

»Nein, Dr. Higgs, vermutlich nicht. Aber ist es nicht ein Gebot der Höflichkeit, einer Dame ihre Frage zu beantworten?«

Hm, dieser Mann ist alles andere als dumm. Wider Willen

bin ich beeindruckt. Er leistet auf eine so geschickte Art Widerstand, wie ich es nicht hinbekommen würde.

»Allerdings, Thomas. Wie werden die unbehandelten Männer heutzutage zur Samenspende überredet?«, hake ich nach und merke missmutig, wie weich meine Stimme bei dieser Frage ist.

»Sie werden nicht überredet. Wenn sie es nicht machen, werden sie bestraft. Geschlagen, in Einzelhaft gesetzt, im schlimmsten Fall in absoluter Dunkelheit. Tagelang. Da knickt jeder ein.« Er holt tief Luft, seine Stimme ist belegt. »Fast jeder.«

»Unter der Aufsicht von Dr. Higgs?«

»Genau.«

Die so Beschuldigte ist mittlerweile rot vor Wut, hat aber keine Möglichkeit, dieses Verhör zu unterbinden.

»Sie mögen ja aufrichtig empört sein, Miss Wilson-Smith«, zischt sie. »Wenn Sie allerdings in ein paar Jahren in die Kinderwunschklinik gehen und man Ihnen dort mitteilt, dass es leider keinen passenden Spender gibt, weil die Männer nun mal gerade keine rechte Lust dazu hatten, dann sehen Sie das anders.«

Eher nicht. Ich bin mir sicher, dass ich nie in eine Kinderwunschklinik gehen werde, denn Gene für gute Mütter sind in meiner Familie nicht vorhanden.

Unsere Richterin hat sich so langsam von ihrem Schock erholt.

»Dr. Higgs, die Vorwürfe gegen Sie werden wir gesondert behandeln. Momentan muss ich erst einmal sicherstellen, dass diese drei Männer nicht wieder in Ihre Obhut kommen.«

Das hat sich Dr. Higgs selbst zuzuschreiben. Ich verstecke mein hämisches Grinsen hinter einer gelangweilten Miene.

»Sie können in meine Obhut kommen«, meldet sich eine vergnügte Stimme aus dem Publikum. »Ich kann in der Praxis ein paar helfende Hände brauchen und Platz habe ich genügend.«

»Dr. Fitzgerald«, sagt die Richterin. Man kennt sich. Carmen Fitzgerald hat einen hervorragenden Ruf. Aktuell sitzt sie neben Anne Summer und lächelt.

»Außerdem bin ich alt genug, so dass Thomas Ward oder einer der anderen Herren unmöglich mein Vater sein kann.« Das Zwinkern, das sie mir schickt, signalisiert Anerkennung. Das geht runter wie Butter, denn Dr. Fitzgerald ist eine bedeutende Frau.

Richterin Martin lässt ein letztes Mal ihren Blick über alle Beteiligten schweifen. Über die PB-Group mit ihren schrillen Plakaten eindeutig entnervt, über mich regelrecht entrüstet, über Dr. Higgs verdammt angefressen und über die Angeklagten, allen voran Thomas, vollkommen verunsichert.

Ob sie sich jetzt allen Ernstes fragt, ob sie die Hälfte ihres Genmaterials von diesem dicken Mann mit dem freundlichen Gesicht hat?

»Dr. Fitzgerald, dann nehmen Sie in Gottes Namen die Trainer mit. Meinetwegen auch gerne die Horde junger Frauen, die dieser Spezies mehr Beachtung schenkt, als es schicklich ist, noch dazu. Und um Sie, Dr. Higgs, werde ich mich persönlich kümmern.«

Himmel, dieser Prozess hat so viel Spaß gemacht. Ich habe nicht nur meine Zukunft geprobt und so was von Blut geleckt, ich habe gleichzeitig heilloses Chaos verbreitet, Dr. Higgs gedemütigt und in Schwierigkeiten gebracht und das ganze Land in Aufruhr gestürzt.

Denn eines der PB-Mädchen hat den Prozess von Anfang bis zum Ende gefilmt und live ins Internet gestellt.

Dass ich so nebenbei noch drei Männer gerettet habe, lässt sich durchaus verschmerzen. Perfekt ist dann halt doch nichts.

# kapitel 4

Mit Schwung werfe ich meinen Rucksack in Emilys Kofferraum.

»Ich halte es nach wie vor für eine schwachsinnige Idee«, sagt sie, als ich mich auf den Beifahrersitz fallen lasse.

»Ich halte es nach wie vor für die einzige Möglichkeit, Max aufzustöbern, und ich war schon immer schlauer als du.« Emily verdreht nur die Augen, ihr haben meine klaren Worte noch nie etwas ausgemacht.

»Der einzige Fehler dabei ist, Fiona mitzunehmen«, füge ich hinzu.

»Sehe ich genauso.«

Wir werfen uns einen Blick zu, einen einzigen. Und ohne ein weiteres Wort biegt Emily auf den direkten Weg Richtung Küste ab, ohne wie verabredet Fiona abzuholen.

»Kennst du die Frau mit dem Boot?«, fragt Emily unentspannt.

»Nein. Diese Nichte von ihr, die uns die Überfahrt organisiert hat, die habe ich erst durch die PB-Group kennengelernt.« Jetzt benutze ich das Wort sogar selbst. Oh Mann.

»Wird schon klappen.«

»Du weißt also nicht mal, ob das Boot groß genug ist, um sicher den Ärmelkanal zu überqueren?«

»Ist ja nicht die Hochsee. Und außerdem macht sie das

nicht zum ersten Mal. Also, nicht das irgendjemand das zugeben würde, es ist ja illegal.«

»Prima, dann übergebe ich gleich eine meiner besten Freundinnen einer Verbrecherin und hoffe, dass sie sie bei ihrer nächsten illegalen Aktivität nicht abmurkst. Aus Versehen oder absichtlich.«

»So in etwa.«

»Dann ist ja alles gut.«

Wir brauchen ungefähr eine Stunde bis Dover. Eine Stunde, in der Emily mir noch einmal ausführlich all ihre Bedenken darlegt.

»Willst du jetzt ernsthaft, dass ich hierbleibe und Max ihrem Schicksal überlasse?«

»Verdient hätte sie es.« Sie schlägt ungehalten gegen das Lenkrad, während sie auf die Straße abbiegt, die am Strand endet. »Nein, in Wahrheit will ich wohl selbst gehen. Ich habe Gewissensbisse, weil ich dich dabei allein lasse.«

»Und der Kontakt zu Anne Summer? Und damit zu diesem intriganten Haufen, der sich Regierung nennt?«

»Jaja, ich weiß, das ist auch wichtig.«

Hysterisch fangen wir beide an zu lachen, denn mit diesem blöden Spruch haben wir Fiona immer abgespeist, wenn sie mal wieder zu langsam oder zu begriffsstutzig war, um mitzuhalten.

Das Lachen bleibt uns allerdings schon nach wenigen Sekunden im Hals stecken. Denn dieses Mal war Fiona eindeutig weder langsam noch begriffsstutzig. Sie steht nämlich am verabredeten Treffpunkt und unterhält sich angeregt mit einer Frau. Regenjacke, obwohl den ganzen Tag die Sonne geschienen hat, robuste Schuhe, Schirmmütze. Leider ist nur unsere Bootsführerin so gekleidet, Fiona sieht aus, als stünde ein Shoppingtrip an. Kurz hoffe ich, dass auch ihr bewusst ist, dass sie für diese Aktion nicht geeignet ist, und mich nur verabschieden will. Jedoch nur so lange, bis ich den riesigen Koffer entdecke, der neben ihr steht.

Wir steigen aus und jetzt habe ich doch ein schlechtes Gewissen, weil wir sie nicht abgeholt haben. Gleichzeitig ärgere ich mich über ihr unpassendes Outfit. Fiona gibt tapfer vor, nicht zu bemerken, wie wir sie ausbooten wollten. Allerdings weiß ich, dass sie das nicht lange durchhält, in spätestens einer halben Stunde wird sie mich mit ihren verletzten Blicken richtig fertigmachen.

»Der kommt nicht mit«, sage ich zur Begrüßung und deute auf den Koffer. Ich hatte doch laut und deutlich Rucksack gesagt.

»Soll ich nackt ins Ausland gehen, oder was? Das ist definitiv nicht der korrekte Umgang mit freien Männern«, erwidert sie fassungslos.

»Du brauchst einen Rucksack und darin nur die nötigsten Wechselklamotten. Feste Schuhe, mit denen man wandern kann, und regenfeste Kleidung.«

Fiona hat zwar nicht ihre hochhackigen Stiefel an, diese roten auf denen auch nur sie trittsicher durch die Innenstadt läuft, aber viel besser ist es nicht.

»Wird das ein Wanderurlaub? Wir suchen doch nur Maxine und klettern nicht durch die Alpen.«

»Wir werden aber irgendwo an der französischen Küste abgesetzt. Werden wir doch, oder? Ist vielleicht nicht das Klügste ohne Einreisegenehmigung in Calais im Hafen einzulaufen«, wende ich mich an die Bootsführerin.

Die verfolgt amüsiert unser Gezanke.

»Stimmt. Ich suche einen einsamen Küstenstreifen und lasse euch da raus. Danach seid ihr auf euch gestellt und werdet sicherlich eine Weile zu Fuß unterwegs sein, bevor ihr in einen Ort mit Bus- oder Bahnverbindung kommt«, stimmt sie mir gut gelaunt zu.

Fionas Laune ist inzwischen im Keller.

»Das wusste ich doch nicht. Ich dachte, wir setzen nett über, bei Sonnenschein, plaudern dabei ein wenig mit Michelle, unserer Kapitänin, und reisen dann gemütlich mit dem Zug nach Hamburg. Hast du wenigstens ein Hotel gebucht?«

»Selbstverständlich habe ich kein Hotel gebucht«, fauche ich sie an. »Das ist eine Geheimmission, Fiona, geheim! Niemand darf es wissen, auch kein Reisebüro. Vor allem nicht die Spionageabteilung der Regierung, die mich eh schon auf dem Kicker hat. Und außerdem – wer weiß, wie lange wir bleiben und wohin es uns im Anschluss verschlägt. Vielleicht versteckt sich Max ja tatsächlich in den Alpen, in einer einsamen Berghütte, zu der man mindestens fünf Stunden zu Fuß steil bergauf klettern muss. Etwas, das nur Olympiateilnehmer schaffen. Und du stehst da in Pumps.«

»Das sind keine Pumps. Die sind im Koffer.«

»Sind da auch Wanderschuhe?«

»Die Wanderschuhe habe ich doch an.«

Resigniert schaue ich zu Emily, die nur mit Mühe ein Lachen zurückhalten kann. »Ich nehme sie nicht mit.«

»Du wolltest mich von Anfang an nicht mitnehmen, deshalb musste ich mich ja von meiner Mutter herbringen lassen.« Der erste verletzte, vorwurfsvolle Blick trifft mich.

»Ich wusste von Anfang an, dass du nicht robust genug für eine Reise ins Ungewisse bist. Sieh dich doch an. Und dann erst diesen Koffer.«

»Mädels, einen Rucksack kann ich euch leihen. Und ihr zwei«, Michelle deutet auf Emily und Fiona, »tauscht einfach die Schuhe. Wir sollten uns mal langsam auf den Weg machen. Im Dunkeln muss ich nämlich nicht noch herumschippern.«

Ich wette, sie schippert im Normalfall nur im Dunkeln herum.

Ungehalten reiße ich Fionas Koffer auf und wühle darin. Ich packe zwei T-Shirts in den Rucksack, den Michelle aus dem Boot geholt hat, und raufe mir dann verzweifelt die Haare. Fiona zieht einen Rock hervor, grün, leicht ausgestellt, mit diesem Blümchendruck, den ich so hasse.

»Vergiss es«, fauche ich.

»Du gönnst mir ja nicht einmal eine frische Unterhose«, sagt sie entsetzt. »Das ist unhygienisch.«

»Aus welchem Grund nehme ich sie nochmal mit?«, frage ich entnervt Emily, während ich Unterwäsche einpacke. Allerdings nur einen Bruchteil von der, die Fiona dabei hat.

»Welche geheimen Qualitäten sind es, die mir gerade komplett entfallen sind?«

Es ist Michelle, die antwortet.

»Sie ist freundlich und liebenswert. Und schließt leicht Kontakte und bewirkt, dass andere Menschen ihr gerne behilflich sind.«

Okay, ich erkenne Kritik, auch wenn sie überaus indirekt und höflich formuliert ist. Deshalb schließe ich meinen Mund und widme mich wieder der Klamottenauswahl.

»Das hier geht doch. Die Hose zerreißt wenigstens nicht bei der ersten Belastung«, versuche ich, Fiona aufzumuntern.

»Das ist meine Notfallhose. Wenn wirklich alles andere dreckig ist. Die sitzt nämlich nicht allzu gut.«

»Jetzt ist es deine Notfallhose, da es die einzige Hose ist, die ich einpacke.«

Der Rucksack ist voll.

Laut murrend tauscht Fiona ihre Schuhe mit Emily, die definitiv eher so gekleidet ist wie jemand, der gefährliches Ausland bereisen wird.

Leider klammert sich nun Emily panisch an mir fest.

»Scheiße, Fiona, wie soll ich darauf laufen? Geschweige denn Auto fahren«, beschwert sie sich entsetzt bei Fiona, die nur Augen für ihre eigenen Füße hat.

»Mir doch egal. Ich sehe aus wie ein Bauarbeiter. Das ist nicht auszuhalten.«

Ein letztes Mal nehme ich Emily fest in den Arm.

»Du kannst durchaus barfuß zurückfahren. Da ist zumindest kein Balanceakt nötig. Und ich schwöre, wir kommen erst wieder, wenn wir Max im Gepäck haben. Und dann bin ich sogar bereit, dafür einen Koffer zu schleppen.«

Fiona streckt mir die Zunge raus und steigt mit beleidigter Miene ins Boot. Ins verdammt stark schwankende Boot. Die nächsten anderthalb Stunden ist mir kotzübel und ich grüble eine Weile über diese Sache mit dem miesen Karma nach. Meine Verfassung hat durchaus einen Vorteil. Fiona spart sich nämlich ihre anklagenden Blicke. Der nicht schönzuredende Nachteil ist jedoch gravierender. Mir geht es ungelogen hundeelend. So mies ging es mir noch nie, nie bei einem Magen-Darm-Virus, nie nach unseren exzessiven Achterbahn-Experimenten, nie nach Alkoholmissbrauch. Zweimal übergebe ich mich über die Reling und vermeide es nur, mich selbst vollzuspucken, weil Michelle mich im letzten Moment in die richtige Richtung dreht.

Einmal glaube ich ein ›kleine Sünden bestraft der liebe Gott sofort‹ von Fiona zu hören, als ich aber wieder in der Lage bin, sie anzusehen, blickt sie mich mit großen Unschuldsaugen mitleidig an. Vielleicht habe ich mich ja geirrt.

Als wir endlich an der Küste abgesetzt werden, schwanke ich nach wie vor und kralle mich an Fiona fest, die die Überfahrt weggesteckt hat wie nichts.

»Macht es gut, Mädels. Lasst euch nicht von freilaufenden Männern unterwerfen und denkt dran: Im Zweifelsfall immer schön in die Eier.«

»Das wird ja wohl nicht nötig sein«, sagt Fiona vorwurfsvoll, aber Michelle ist schon mit Elan auf das Boot gesprungen und legt ab.

Zu Hause habe ich ja mit meinem idealen Schuhwerk angegeben, trotzdem ist es Fiona, die mich stützen muss, als wir losmarschieren. Tagsüber ist vermutlich durchaus was los an diesem Strandabschnitt, vor allem im Sommer, denn es ist wirklich malerisch hier. Jetzt aber sind alle Badegäste verschwunden und wir beide sind weit und breit die einzigen Menschen. Eine Weile stampfen wir orientierungslos durch den Sand und Fiona beginnt zu schnaufen.

Glücklicherweise habe ich inzwischen meine Übelkeit überwunden.

»Da führt ein Weg ins Landesinnere.«

Ich ziehe sie die nächste Düne hoch. In der Tat, es ist total hübsch hier. Schmale Wege führen durch die Dünenlandschaft, zwischen all dem Grün blitzt immer wieder der Sand durch. Leider ist es auch erschreckend einsam. Und da wir de facto keinen netten Wanderurlaub planen, suboptimal für uns. Laut seufze ich auf und zerre Fiona entschlossen hinter mir her. Über kurz oder lang werden wir schon auf Zivilisation treffen. Wenn auch in anderer Form, als wir es gewohnt sind.

»Ich kann nicht mehr«, jammert Fiona nach wenigen Schritten.

»Wir sind höchsten einen Kilometer gegangen.«

»Oh mein Gott, so weit schon. So weit bin ich noch nie gewandert.« Theatralisch drückt sie eine Hand auf ihr Herz und holt demonstrativ tief Luft.

»Alles unter zehn Kilometern nennt man nicht wandern, sondern spazieren gehen. Ich denke, du hattest begonnen zu laufen.« Wäre unsere Mission nicht so gefahrvoll und ungewiss und meine Begleitung etwas enthusiastischer, würde ich das hier glatt genießen. Ich liebe Meer und Dünen und einsame Strände. Im Normalfall.

»Hatte ich ja. Aber dann bin ich umgeknickt und konnte nicht weitermachen. Mein Knöchel schmerzt jetzt auch wieder.«

»Ist okay, Fiona. Bleib einfach hier stehen. Ich hole dich ab, sobald ich Max gefunden habe. Kann ein paar Wochen dauern, aber das macht doch sicherlich nichts.«

Unbarmherzig zerre ich sie weiter, obwohl sie furchtbar langsam ist und immer wieder versucht, stehenzubleiben.

»Aber wir können doch wenigstens mal eine Pause machen.«

»Und deswegen im Dunkeln hier stranden? Ganz schlechte Idee.«

Eine Weile schweigt sie.

»Ich höre Autos«, sagt sie dann.

»Mann, Fiona, darauf falle ich nicht rein. Du willst nur, dass ich anhalte, um nach den imaginären Autos zu lauschen«, knurre ich sie an. »Ich kenne deine Tricks.«

»Du kennst aber auch mein gutes Gehör.«

Da ist was dran. Fiona hört Dinge, bevor sie geschehen. Widerwillig bleibe ich stehen und lausche. Tatsächlich, nicht weit vor uns deutet dezentes Motorengeräusch auf eine Straße hin. Zivilisation.

Es ist keine stark befahrene Route. Und es dauert ein paar Minuten, bis das nächste Auto erscheint. Die Scheinwerfer sind schon eingeschaltet, langsam dämmert es und ich will wirklich extrem ungern die Nacht auf der Straße verbringen. Als der Fahrer hält, beuge ich mich erleichtert hinunter. Nur um sofort wieder zurückzuweichen. Es ist nämlich ein Mann. Das geht gar nicht.

»Kann ich Ihnen helfen?«

Jetzt steigt er zu allem Überfluss aus dem Auto.

»Nein, danke«, erwidere ich spitz.

»Was sagt er?« Fiona rammt mir ihren Ellbogen in die Seite, sie spricht kein Wort Französisch. Wie gesagt, mir ist schleierhaft, welchen Nutzen ich von ihr habe.

»Er will dich verschleppen und unterdrücken«, erkläre ich ihr, während ich den Mann mit finsteren Blicken bombardiere.

»Das hat er gesagt?«

»Indirekt.«

»Sind Sie liegengeblieben?« Der potentielle Entführer lässt seine Augen die Straße auf- und abwandern, aber da ist kein kaputtes Auto weit und breit in Sicht. »Oder haben Sie sich verlaufen?«

»Weder noch. Uns geht es bestens und Sie können jetzt weiterfahren.«

»Sind Sie sicher?«

Er sieht aus wie ein unberechenbarer Psychopath. Dunkle Haare, braune Augen mit Lachfalten und ein Vollbart. Ungefähr so alt wie meine Mutter. Meiner Meinung nach irre gefährlich und weder Fiona noch ich sind bewaffnet.

Da ich nicht mehr antworte, zuckt er die Schultern und steigt zurück in sein Auto. Er fährt davon und ich atme auf. Das war knapp. Ich hätte mir zu Hause eine Waffe organisieren müssen. Es stellt sich heraus, dass ich doch nicht so ausgezeichnet vorbereitet bin, wie ich dachte.

Schon wieder erkenne ich Scheinwerfer, die sich uns nähern. Diesmal aus der anderen Richtung. Doch der Wagen fährt an uns vorbei, ohne auch nur abzubremsen. Der nächste ebenfalls. Verständnislos schüttle ich den Kopf, denn das würde bei uns niemand machen. An zwei einsamen Fußgängerinnen vorbeifahren, die verloren an der Straße stehen.

Noch dazu am späten Abend.

»Wir müssen weitergehen«, sage ich zu Fiona. Die hat sich jetzt eh lange genug ausgeruht.

Eine Weile trotten wir an der Straße entlang.

»Da kommt noch ein Auto«, freut Fiona sich.

»Die halten in diesem Land aber nicht an.«

»Das erste hat angehalten. Was war falsch damit?«

»Es saß ein Mann am Steuer«, seufze ich.

»Ach so, du hast recht, da hatte ich nicht dran gedacht. Männer können ja gar nicht Auto fahren. Also, der tat es zwar, aber sicherlich nicht gut. Das wäre viel zu gefährlich gewesen.«

Ich hatte andere Sorgen, an Fionas Einwand ist jedenfalls ebenso etwas dran. Das Auto, welches sich uns von hinten nähert, wird langsamer und rollt schließlich im Schritttempo neben uns her. Das Fenster auf der Beifahrerseite wird hinuntergedreht. Fiona und ich ignorieren es tapfer.

»Es sind noch sieben Kilometer bis zum nächsten Ort. Und ihr seht nicht aus wie Pilger.«

Der Typ, der uns anmacht, hatte eine echt helle Stimme,

so jung, dass ich einen Blick riskiere. Baseballkappe falsch herum, braune fransig geschnittene Haare, die zu allen Seiten herauslugen.

Völlig bartlos. Irgendwie harmlos.

Und mit einem frechen Grinsen.

Und auf dem Fahrersitz hockt eine Frau.

»Wir sind auch keine Pilger.« Unter diesen Umständen ist eine Antwort vertretbar.

»Sollen wir euch ein Stück mitnehmen?«

Fragend werfe ich einen Blick zu Fiona. Die humpelt schon, möglichst theatralisch, aber wahrscheinlich echt.

»Da fährt eine Frau«, stellt sie hoffnungsvoll fest. »Dann kann doch nichts schiefgehen, oder?«

Ich nicke leicht unentschlossen. Es kann jede Menge schiefgehen, aber das ist momentan die beste Option, die wir haben.

Wir steigen ein.

»Wo wollt ihr eigentlich hin?« Der Typ auf dem Beifahrersitz, der sich so weit umdreht, wie der Gurt es zulässt, ist echt neugierig. Und wirkt so aus der Nähe noch jünger.

»Nach Hamburg.«

»Aber doch nicht zu Fuß, oder?«, fragt die Fahrerin verblüfft. »Ich bin übrigens Clementine.«

»Möglichst wenig zu Fuß. Ich heiße Amber und sie hier Fiona.«

»Und wo kommt ihr her?«

Eigentlich bräuchten wir ein Visum zur Einreise und das haben wir nicht. Deshalb auch die Nacht-und-Nebel-Aktion mit dem illegalen Boot. Die Nettigkeit von Clementine mit einer Lüge zu beantworten, ist jedoch nicht meine Art.

Das Schweigen wird richtig interpretiert.

»Habt ihr was mit den geflohenen englischen Olympiateilnehmer zu tun? Ihr hört euch nämlich so an. So englisch«, sagt der Junge und grinst noch breiter.

»Wäre das ein Problem?«

»Im Gegenteil. Die fand ich echt total cool. Hoffentlich kassieren sie die nie wieder ein.«

»Das hoffen wir auch«, sage ich und versuche, höflich zu sein, obwohl er das falsche Geschlecht hat. »Wie heißt denn du?«

»Fabienne.«

Diese französischen Namen sind merkwürdig. Ich erkenne keinen Unterschied zwischen Frauen- und Männernamen. Inzwischen durchqueren wir einen kleinen Ort. Es sieht anders aus als bei uns. Ich kann nicht genau sagen, was es ist, aber es gefällt mir.

»Wir können euch bis Calais mitnehmen. Von da aus fahren genug Züge«, bietet Clementine an.

»Das wäre toll. Danke.«

Leise erkläre ich Fiona, was wir für ein Glück haben.

»Hatte ich nicht von Anfang an vorgeschlagen, mit dem Boot bis Calais zu fahren?«, zickt sie mich an.

»Hatte ich dir nicht von Anfang an erklärt, dass wir dort unter den Augen von viel zu vielen Zuschauern ausgestiegen wären. Wir sind illegal in diesem Land.«

»Scheint Fabienne und Clementine nicht zu stören.«

»Weil wir schon da sind. Da macht sich niemand mehr Gedanken darüber, dass wir eventuell nicht hier sein dürften.«

»Muss blöd für deine Freundin sein, wenn sie die Reise über kein Wort versteht«, sagt Clementine, die durch den Rückspiegel unsere Diskussion beobachtet hat.

»In Hamburg kommt sie besser klar. Deutsch spricht sie ganz gut.«

Wir nähern uns der Stadt. Der Verkehr nimmt deutlich zu, die Straßen werden breiter. Die erste Etappe unserer Tour haben wir erstaunlich unproblematisch gemeistert. Mit dem riesigen Glück, Clementine begegnet zu sein, die ihren kleinen Bruder Fabienne gut im Griff hat.

Hoffentlich treffen wir mehr von diesen durchsetzungs-starken Frauen.

Am Bahnhof steigen wir alle aus und Clementine erklärt uns unseren weiteren Weg.

Dann drückt sie mich spontan.

»Ich halte euch die Daumen.«

Ehe ich es verhindern kann, schließen sich auch Fabiennes Arme um mich und ich breche vor Schreck fast zusammen. Der Junge hat nämlich Brüste.

Dann schiebt Fabienne sich noch einmal die Kappe zurecht und verschwindet mit einem Zwinkern im Auto.

# kapitel 5

»Du willst dir einen Boxkampf ansehen? Ausgerechnet du?«, fragt Fiona und lacht ungläubig in sich hinein. Sie amüsiert sich schon seit heute Morgen über meinen neuesten Plan. Mittlerweile stehen wir am Eingang und sie kichert nach wie vor.

»Wie sollen wir denn sonst an diesen Boxer rankommen? Ich bin einer anderen Idee gegenüber durchaus aufgeschlossen.«

»Willst du gleich in den Ring? Oder was hast du vor? Vom Zugucken allein bekommen wir keine Informationen.«

Das werden wir dann sehen. Ich werde alles tun, was nötig ist. Wir schieben uns mit den anderen Zuschauern an den Kontrolleuren vorbei und ich werfe einen ungeduldigen Blick über die Publikumsplätze.

»Ins olympische Dorf kommen wir nicht hinein, wie du dich erinnerst«, maule ich.

»Ja, ich erinnere mich. Du hast eine geschlagene halbe Stunde mit dem Wachmann diskutiert und er hat uns trotzdem nicht hineingelassen.«

Das ist wohl wahr. Irgendwie müssen wir uns Anton, den Boxer, greifen, denn er ist der einzige Kontakt, den wir haben. Diese zwei Schwimmer, von denen Max ebenfalls hin und wieder erzählte, sind mit unseren Leuten spurlos verschwunden. Nur der Boxer ist nach der Flucht zurückgekehrt, was mir meine Internetrecherche verraten hat. Andere Namen haben wir nicht.

Wenigstens habe ich Eintrittskarten ergattert. Zwar von einem Verbrecher, der die Karten zu einem unverschämt hohen Preis vor der Halle verkaufte, aber besser als nichts. Keine Ahnung, wie ich diese Ausgabe Anne Summer erklären soll, die unsere Reise finanziert.

Immerhin sind es ausgezeichnete Plätze, die wir nun einnehmen. Ganz nah am Ring, mit einem prima Blick. Dieser Boxer wird in Reichweite sein.

Laut Zeitplan ist der Kampf, auf den wir warten, der dritte. Ungeduldig rutsche ich auf meinem Sitz hin und her. Ehrlich gesagt, ich langweile mich. Fiona macht ununterbrochen Quietschgeräusche, bei jedem Schlag, den einer der Kontrahenten anbringt. Warum auch immer. Die Boxer haben schön dick gepolsterte Handschuhe, es wirkt nicht riskant, wenn sie treffen.

»Wie kannst du dir das so ungerührt ansehen?«, zischt Fiona mich schließlich an. »Das ist schrecklich.«

»Wieso?«

Ich habe die Arme vor der Brust verschränkt und lehne mich entspannt zurück, während meine mimosenhafte Begleitung immer wieder den Kopf in den Händen versteckt.

»Die tun sich doch weh«, schnieft sie.

»Und wenn schon. Das geschieht ihnen recht.«

»Weshalb denn das? Du kennst die gar nicht.«

»Es sind Männer, Fiona. Reicht das nicht.«

Tatsache, genau das hier, das ist die Männerwelt, vor der uns immer wieder gewarnt wurde. So gehen diese Menschen eben miteinander um. Mittlerweile habe ich durchaus realisiert, dass die Treffer trotz der Handschuhe doch nicht so harmlos sind. Beide Kämpfer sehen nämlich ab der dritten Runde eindeutig lädiert aus, mit dicken Lippen, mindestens einer blutigen Nase und diversen Blessuren im Gesicht.

Der erste Kampf geht vorüber. Wie gesagt, es ist langweilig. Für mich. Das Publikum sieht das anders, denn die schreien und johlen bei jedem Treffer und die Stimmung wird immer aufgeheizter. Sogar die Frauen sind so. Ob das der Einfluss des Testosterons ist, das ungehindert durch die Luft wabert und bewirkt, dass die Aggressivität auf alle abfärbt? Bei der nächsten Partie gähne ich hemmungslos, lange halte ich das nicht aus, ohne einzuschlafen. Vor Langeweile und Schlafmangel, denn die letzte Nacht war nicht erholsam. Ich habe den Eindruck, dass die Boxer sich nur hinter ihren Handschuhen verstecken und dabei abwartend hin- und hertänzeln, und befürchte, dass das ewig so weitergehen wird. Doch dann trifft in der zweiten Runde einer den anderen endlich mittig am Kopf. Der Getroffene taumelt und geht zu Boden. Er versucht, wieder aufzustehen, sinkt aber schwankend zurück. Der Kampf ist glücklicherweise sofort beendet und die Zuschauer johlen erfreut. Ich vermute, dass sie genau so etwas sehen wollen.

Ich stoße Fiona an und bin auf der Stelle hellwach.

»Jetzt wird es interessant. Der Deutsche ist dran.«

Fiona hat sich seit dem letzten Treffer gar nicht mehr hinter ihren Händen hervorgewagt.

»Ist mir egal. Ich sehe nicht hin. Sag mir Bescheid, wenn wir endlich gehen können.«

Man kann prima erkennen, wer hier wer ist. Schließlich laufen die Sportler unter der Landesflagge ein und auf dem Trikot ist deutlich gekennzeichnet, wer für welches Land antritt. Und der Lokalpatriot wird selbstverständlich mit frenetischem Beifall begrüßt. Es muss ein überwältigendes Gefühl sein, die eigene Nation so zu repräsentieren, und kurz überkommt mich Neid.

Leider bin ich nicht ansatzweise sportlich.

Keinen der bisherigen Boxer würde ich zu einem gemütlichen Kaffeekränzchen einladen, aber insgeheim habe ich doch erwartet, dass Anton eine Ausnahme bildet. Das ist jedoch nicht der Fall. Max hat nicht nur in einem Anfall der Verwirrung diesen Adrian geküsst, sie scheint sich auch Tag für Tag freiwillig mit brutalen Verbrechern umgeben zu haben. Anton, der Boxer, ist ein wahres Tier. Abgesehen von diesem riesigen, muskelbepackten Körper hat er Gesichtszüge, in die jeder einfach reinschlagen möchte. Eine breite Nase, die so schief ist, wie ich es noch nie gesehen habe, und ein rundes Gesicht, das ebenfalls genug Platz für Treffer bietet. Ich bin aufrichtig entsetzt.

Es steht zu befürchten, dass auch die beiden Schwimmer in dieselbe Kategorie Mensch fallen, da Maxine eindeutig an Geschmacksverirrung leidet.

Nach der Vorstellung und elend langen, albernen Siegerposen hüpfen auch diese zwei wieder umeinander, wie Kinder, die sich nicht recht an den Kuchen trauen. Ich fürchte, endgültig einzuschlafen, wenn das so weitergeht.

Anton scheint zu verlieren. Er steckt zumindest einige üble Treffer ein und gerät dadurch immer wieder ins Taumeln. Hoffentlich wird er nicht ohnmächtig und muss hinausgetragen werden. Das würde meinen Plan gewaltig versauen.

Glücklicherweise passiert es nicht. Mühsam wankend hält er trotz allem die drei Runden durch, während ich genervt herumzapple.

Als er endlich geschlagen aus dem Ring schlurft, schlüpfe ich unauffällig unter der Absperrung durch und springe den Meter hinunter, der die Zuschauer vom Bereich um den Boxring trennt. Fiona bemerkt nichts, sie versteckt ihr Gesicht hinter den Haaren und stellt sich tot. Ich renne hinter dem Boxer her, der mit hängendem Kopf aus der Arena schleicht.

»He, warte mal. Ich muss dich was fragen.«

»Ich gebe keine Autogramme, nicht nach einem verlorenen Kampf«, knurrt er, ohne mir einen Blick zu gönnen. Jetzt werden ein paar Wachleute auf mich aufmerksam und nähern sich. Entspannt sehen die nicht aus.

»Das trifft sich gut, ich will eh kein Autogramm von dir. Ich will nur wissen, wo Maxine ist.«

Anton, der mich abwimmeln wollte, ohne dabei stehenzubleiben, wendet sich jetzt doch um.

»Was hast du mit Maxine zu tun?«

»Ich bin ihre Freundin.«

»Oder eine Spionin.« Er kneift die Augen zusammen und mustert mich von oben herab. »Ich denke, du bist eine englische Agentin, die herausfinden soll, wo sie und die Jungs sich versteckt halten, damit ihr sie kidnappen könnt. Kidnappen und kastrieren. So siehst du nämlich aus. Und so hörst du dich auch an, ich erkenne mittlerweile einen englischen Akzent.« Er sagt das in einem Ton, als drohe den Sportlern die Todesstrafe, und ich verdrehe die Augen.

Als ob kastrieren so schlimm wäre.

»Logisch bin ich Engländerin, ich bin schon ewig mit Maxine befreundet. Das spricht doch für mich.«

Die Wachen wenden sich glücklicherweise von mir und dem Boxer ab, denn in diesem Moment entsteht Radau in ihrem Rücken. Fiona hat bemerkt, dass ich nicht mehr da bin, und versucht, mir zu folgen. Wenig überraschend hängt sie an der Absperrung fest und zappelt hilflos mit den Beinen.

»Tut es nicht, eure Regierung ist hinterhältig. Ich habe das selbst erlebt.«

»Stell dich nicht so dämlich an. Wenn ich von der Regierung geschickt wäre, hätte man mich ins olympische Dorf gelassen und ich hätte mir nicht drei überaus idiotische Boxkämpfe ansehen müssen, um mit dir sprechen zu können.«

Ich bin heilfroh über die Zeit, die Fiona mir durch ihre Slapstickeinlage verschafft, Zeit, die ich dringend benötige, um diesen Koloss zu überzeugen.

Gerade wird sie von den Ordnern aus der Absperrung gezogen.

»Idiotisch?« Angepisst kneift der Boxer die Augen zusammen.

»Wie auch immer. Ich bin nicht gerne hier. Ich muss nur unbedingt Maxine finden. Also?«

»Vergiss es. Ich verpfeife meine Freunde nicht.«

Mit einem letzten misstrauischen Blick will er sich endgültig abwenden. In dem Moment erreicht uns eine übelst zerzauste Fiona, zwei Wachen im Schlepptau.

»Hättest du nicht auf mich warten können?«, jammert sie. »Oder mir wenigstens Bescheid geben, was du vorhast?«

Dann fällt ihr Blick auf Anton.

»Oh mein Gott, du hast schon ein blaues Auge. Und du blutest. Das muss alles höllisch wehtun. Geht es dir trotzdem gut?«

»Ich habe den Kampf verloren. Selbstverständlich geht es mir nicht gut.« Trotz seiner Worte mustert Anton Fiona nicht so misstrauisch wie mich.

»Ist denn kein Arzt hier? Man kann dich doch nicht einfach so gehen lassen, du Armer. Was sind das bloß für Leute?«

Fionas Miene spricht Bände, sie leidet eindeutig mit, mit einem Mann.

Mich schüttelt es.

»Ich hab schon Schlimmeres erlebt.« Anton richtet sich stolz zu seiner vollen Körpergröße auf und sieht wohlwollend zu Fiona herab. Ein völlig anderer Blick, als der, den er für mich hatte. »Mehrere technische K.O.s und einen kompletten Knockout. Da musste ich aus dem Ring getragen werden. Das hier ist gar nichts.«

»Ich denke trotzdem, dass du dich verarzten lassen solltest. Du musst wirklich schlimme Schmerzen haben.«

»Sie kommen jetzt mit.« Grob werde ich von einer Wachfrau am Ellbogen gefasst. »Zuschauer sind hier unten nicht erlaubt.«

Wenn ich die Frau ignoriere, kann sie mich wohl kaum rauszerren, hoffe ich. Ich darf nicht einfach so aufgeben.

»Hör mal auf, Fiona«, fahre ich meine Freundin an, um ihr klarzumachen, dass wir keine Zeit für unnötiges Geplänkel haben. »Das ist ein Boxer. Der geht in den Ring, um sich verprügeln zu lassen. Und er will uns nicht sagen, wo Maxine ist.«

»Echt nicht?« Fiona wirft einen ihrer Klein-Mädchen-Blicke zu Anton. »Warum denn?«

»Weil wir Spione der englischen Regierung sind«, kann ich mir nicht verkneifen zu sagen.

»Wir?«, quietscht Fiona.

»Na ja, du eher nicht«, erwidert Anton verlegen. »Aber sie hier doch auf jeden Fall.«

»Amber doch nicht.« Fiona ist empört. »Amber hat schon zweimal in einem Prozess einen Freispruch bewirkt. Einmal für die Jungs, damit die überhaupt zu den Olympischen Spielen fahren konnten und erst gestern noch für die Trainer. Die wollten die lebenslang ins Gefängnis stecken.«

Die Wachfrau an meinem Arm wird ungeduldig und ruft nach Verstärkung. Gegen zwei Wachen, die mich nun unnachgiebig in die Mitte nehmen, richte ich nichts mehr aus. In dem Augenblick, in dem auch Fiona weggezerrt wird, beugt Anton sich zu ihr hinunter und flüstert ihr etwas ins Ohr. Jetzt kann ich nur noch beten, dass ihr herzerweichender Blick ebenfalls bei Männern zieht und der Boxer ihr verraten hat, wo wir Max finden.

»Sie schmeißen uns raus?«, fragt Fiona ängstlich die Ordner, die uns entschlossen und schlecht gelaunt zum Ausgang bugsieren.

»Sie haben den Zuschauerbereich verlassen und einen Olympioniken belästigt. Natürlich schmeißen wir Sie jetzt raus.«

»Gott sei Dank.« Fiona dreht sich zwar nicht zu mir um, ihr erleichtertes Lächeln kann ich aber trotzdem sehen.

Mittlerweile sind wir relativ unsanft und würdelos wieder auf der Straße gelandet. Egal.

»Was hat der Boxer gesagt? Wo finden wir Maxine?«

»Keine Ahnung.«

»Aber er hat dir doch heimlich etwas zugeflüstert.«

»Na ja, er meinte, dass ich mir ganz genau überlegen soll, ob ich es dir überhaupt mitteile oder besser nicht.« Fiona kichert überaus vergnügt. »Er glaubt noch immer, dass du eine Spionin bist. Eine, die sich nur als Freundin ausgibt, um sich unser Vertrauen zu erschleichen. So eine Art Doppelagentin.«

»Das meinst du doch nicht ernst. Wir sind seit über acht Jahren befreundet, acht Jahre, Fiona. Denkst du tatsächlich, dass damals irgendjemand vorausgesehen hat, dass irgendwann einmal Maxine mit ausgewachsenen, unbehandelten Männern auf der Flucht ist und gesucht wird. Und dass man zu diesem Zeitpunkt eine Freundin in ihrem Umfeld braucht, die ihr Vertrauen hat.«

Fiona denkt angestrengt nach und ich falle vom Glauben ab. Dann lacht sie laut.

»Reg dich nicht so auf. Ich weiß, dass du nur eine spitze Zunge hast, aber ein Herz aus Gold. Und ich weiß, dass du Max genauso sehr liebst, wie wir alle.«

Gequält verziehe ich das Gesicht. Ich habe bestimmt kein Herz aus Gold, das ist kitschig und schnulzig und deshalb echt ekelhaft. Ich selbst würde mich eher als knallhart und rational bezeichnen.

»Er will sich mit uns treffen. In zwei Stunden. Das hat er gesagt«, grinst Fiona mich triumphierend an.

Das ist eine Falle.

Wir stehen an einer unzureichend beleuchteten und menschenleeren S-Bahn-Station, zwar in Reichweite des olympischen Dorfes, aber nicht in Sichtweite der Wachleute am Eingang.

Bei mir schrillen in jedem Fall sämtliche Alarmglocken und mein Verstand rät mir, auf der Stelle das Weite zu suchen. Zwei Mädchen allein im Dunkeln mit einem hünenhaften Boxer, der vor zwei Stunden übel vermöbelt wurde. Nein, so dumm hierzubleiben, bin ich im Normalfall nicht. Nur leider bin ich so verzweifelt, dass mir keine Alternative einfällt.

Anton ist unsere einzige Spur.

Fiona neben mir ist völlig entspannt und ich bin ausnahmsweise so nett, sie nicht auf unsere prekäre Lage hinzuweisen.

Die Gestalt, die sich wenig später der Haltestelle nähert, ist unbestreitbar entsetzlich. Ich erkenne bloß eine dunkle Silhouette, unförmig, riesig und bedrohlich. Und ich habe nach wie vor keine Waffe. Aus der Nähe sieht Anton dann noch verheerender aus. Die Stunden seit dem Kampf haben bewirkt, dass diverse Prellungen in seinem Gesicht angeschwollen sind und die Augenpartie nun in interessanten Farben schillert.

»Wo willst du hin?«, fragt Fiona, ihren Blick fest auf den überdimensionalen Koffer geheftet, den der Schläger hinter sich herzieht.

»Nach Hause.«

»Ist Olympia denn vorbei?«

»Für mich schon. Ich bin raus. Und ich habe meine Familie seit drei Wochen nicht gesehen und halte es keine Sekunde länger aus.«

Fiona rammt mir mit aller Wucht ihren Ellbogen in die Seite.

»Siehst du sein Gepäck?« Es ist nicht zu übersehen, denn es blockiert den gesamten Bahnsteig.

Dann dreht sie sich zurück zu dem Boxer und präsentiert ihren Rucksack. »Ich durfte überhaupt nichts einpacken. Eine einzige Hose, zwei Shirts. Und damit soll ich monatelang über die Runden kommen.«

»Echt? Mädchen, das ist ja krass. Ich habe hier unseren kleinsten Koffer dabei. Meine Familie braucht immer mindestens zwei und die sind doppelt so groß. Und das ist dann nur für eine Wochenendreise.«

Fiona schnieft theatralisch auf.

Und ich verdrehe zwar die Augen, bin aber klug genug, einfach mal die Klappe zu halten. Aus irgendeinem Grund kommt Fiona mit dem Boxer besser klar als ich. Hoffentlich hat sie nicht komplett vergessen, weshalb wir hier sind.

»Was habt ihr zwei denn vor?«

»Wir müssen Max finden. Ihr Handy wurde deaktiviert, direkt nach der Flucht und wir können sie nicht mehr erreichen.«

»Und wenn ihr sie gefunden habt?«

Fionas Blick wandert zu mir.

»Das wird sich zeigen. Wir haben zu Hause eine Gruppe, die bereits den Aufstand probt. Wir haben die drei Trainer aus den Fängen der Justiz geholt. Mir wird schon was einfallen, wie wir auch Max und die Sportler aus der Scheiße ziehen, in der sie mal wieder sitzen«, werfe ich ein. »Aber dazu müssen wir sie erst einmal finden.«

Der Boxer überlegt. Dann seufzt er auf.

»Ich kann euch nicht helfen.«

»Was?«, schreie ich ihn an. Haben wir ihn denn noch immer nicht überzeugt?

»Ich weiß auch nicht, wo sie sind. Wir haben uns nach der Flucht an der niederländischen Grenze getrennt. Jule und Lukas sind bei den Engländern geblieben, deren Wettkampf war eh schon gelaufen. Aber meiner eben noch nicht.«

Fiona fängt an zu heulen. Das kann sie gut. Und der Boxer schmilzt dahin wie Schnee in der Sonne. Zaghaft versucht er, sie zu trösten, tätschelt unbeholfen mit seiner riesigen Pranke auf ihren Oberarm. Dann wirft er mir einen verzweifelten Blick zu.

»Kannst du da nichts machen?«

»Nein, mir ist gerade auch nach Heulen zumute«, erwidere ich patzig. Das stimmt zwar nicht, ich heule nämlich nie, drückt aber meine momentane Stimmung ziemlich präzise aus.

»Und wo wollt ihr jetzt hin? Mitten in der Nacht?«, fragt er zaghaft. »Mit all eurem Gepäck.«

»Am besten erst einmal ein Hotel suchen. Die letzte Nacht

haben wir im Zug verbracht, Fiona braucht wahrscheinlich einfach eine Dusche und ein richtiges Bett. Dann wird es schon wieder.«

»Du wirst hier kein Hotelzimmer bekommen. Nicht, solange die Olympischen Spiele laufen. Da ist seit über einem Jahr alles ausgebucht.«

Fiona heult noch lauter.

»Ach Scheiße, Mädels, dann kommt halt mit zu mir. Mit dem Zug brauchen wir drei Stunden. Und ein Gästezimmer habe ich auch.«

Ja klar, als ob wir so dumm wären.

Fiona allerdings hebt hoffnungsvoll den Kopf. Unter Tränen stammelt sie:»Echt? Das würdest du für uns tun?«

»Ich lasse doch keine hilflosen Mädchen allein auf der Straße. Was denkst du von mir?«

Ich denke, er führt Übles im Schilde. Habe ich in der Schule gelernt. Männer machen Frauen gerne abhängig und nutzen sie dann aus. Sexuell. Fiona hat alles wieder vergessen.

»Danke«, haucht sie.

»Vergiss es«, interveniere ich.

»Du musst ja nicht mitkommen«, sagt Anton augenrollend zu mir.»Ich sage nur kurz meiner Frau Bescheid. Die richtet dann das Gästezimmer für die Kleine her. Wird spät, ehe wir da sind, und ihr seht jetzt schon todmüde aus.«

Frau?

»Meinst du Frau im Sinne von Ehefrau?«

»In welchem Sinne denn sonst, Mädchen?«

Sklavin? Dienstmädchen? Prostituierte?

»Du bist echt verheiratet? Das finde ich so schön.« Fiona hat ihren Tränenanfall überwunden und putzt sich lautstark die Nase.

»Ich habe sogar eine kleine Tochter. Die ist neun Monate alt. Ella, heißt sie.« Ein Grinsen schiebt sich in sein Gesicht und lässt ihn leicht debil aussehen. Aber besser geistig zurückgeblieben als gemeingefährlich.

»Oh, toll. Ich würde deine Frau und deine Tochter so gerne kennenlernen. Wenn ihr das recht ist, dass wir mitkommen«, flötet Fiona.

Ehefrau und kleine Tochter. Das ändert natürlich so einiges. Nicht, dass ich dem Typen jetzt vertrauen würde, ich bin ja nicht blöd. Aber man kann zumindest in Erwägung ziehen, ihn zu begleiten.

Eventuell weiß er ja doch mehr, als er zugibt.

Wir steigen in die nächste S-Bahn, die uns zum Bahnhof bringt. Inzwischen ist es Abend, aber hier ist nach wie vor die Hölle los. Genau wie heute Vormittag, als wir ankamen.

Anton zieht Tickets für uns alle.

»Das ist nicht nötig. Ich kann für uns bezahlen«, wende ich ein.

»Jaja, schon klar. Aber wenn ich jemanden einlade, dann zahle ich auch«, brummt er.

Ungehalten wedle ich mit meinen Scheinen vor seiner Nase, leider habe ich nicht mitbekommen, wie viel er bezahlt hat. Aber dann sehe ich etwas, was mir noch wichtiger ist. Ein Geschäft mit lebensrettenden Gerätschaften. Auf dem Absatz mache ich kehrt und stürme den Laden.

Schon nach wenigen Minuten komme ich mit meiner Beute wieder heraus. Breit grinsend und endlich voller Gewissheit, mich jeder Bedrohung gewachsen zu sehen.

Anton hat meinen Kauf beobachtet und schüttelt verwundert den Kopf.

»Was hast du vor? Glaubst du, du landest in gefährlichen Gegenden? Ich denke nicht, dass Max und die Jungs die Zivilisation verlassen haben.«

»Ich bin längst in einer gefährlichen Gegend gelandet, nämlich in Deutschland«, erwidere ich spitz. Ich bin schon den zweiten Tag potentiell gefährdet.

»Sehr lustig. Was soll denn hier bedrohlich sein?«

»Du, zum Beispiel. Und nur damit das klar ist, ich bin kein kleines, wehrloses Mädchen. Eine falsche Bewegung und ich sprühe dir eine volle Ladung ins Gesicht. Ich habe keine Hemmungen, dich zu verletzen.«

»Nur damit das klar ist, ich bin Boxer. Ich bin nicht nur stark, ich bin auch verdammt schnell. Ehe du auch nur die Kappe von dem Spielzeug abgenommen hast, hab ich dich schon zehnmal K.O. geschlagen, Püppchen. Und zu deinem Glück habe ich sehr große Hemmungen, dich zu verletzen. Ich schlage nämlich keine Frauen.«

Püppchen! Ich bin so sehr in Versuchung, mein Pfefferspray auf der Stelle an ihm auszuprobieren. Nur Fionas warnender Blick hindert mich. Und das Wissen, dass er uns danach möglicherweise nicht mehr hilft.

Auf seine Unschuldsbeteuerungen dagegen falle ich nicht ansatzweise herein.

# kapitel 6

Das Taxi hält vor einem netten, kleinen Einfamilienhaus. Liebevoll bepflanzter Vorgarten, ein großer Van vor der Tür und eine freundlich beleuchtete Eingangstür, denn inzwischen ist es schon mitten in der Nacht und Fiona hat mehr als einmal laut gegähnt.

»Ella schläft bestimmt, zumindest, wenn sie keinen Entwicklungsschub hat. Dann ist sie immer sehr unruhig«, erklärt Anton, als er die Tür aufschließt und uns bedeutet, leise zu sein.

Hoffentlich fängt er jetzt nicht wieder von vorne an, denn auf der Bahnfahrt hat er uns bereits ununterbrochen mit Babygeschichten gelangweilt. Mich hat er definitiv in den Wahnsinn getrieben, Fiona jedoch hat entweder überzeugend Interesse geheuchelt oder wollte es wirklich alles wissen.

Zuzutrauen wäre es ihr.

Eine Frau erscheint im Hausflur gefolgt von einem Rauhaardackel, der eindeutig gelernt hat, wann er still zu sein hat. Noch während wir unentschlossen in Schuhen und Jacken dort stehen und versuchen, möglichst leise zu atmen, stürzt er sich mit wild wedelndem Schwanz auf Anton und schleckt ihn ab.

Ich bemühe mich, noch lautloser Luft zu holen, nach Babygeschrei ist mir jetzt nämlich echt nicht.

Die Frau ist winzig klein. Als sie sich jedoch vor Anton aufbaut und ihn wütend mustert, die Arme in die Seiten gestemmt, sieht sie trotzdem bedrohlich aus.

»Hast du ein Glück, dass, so wie du aussiehst, irgendwer dir schon die Prügel verabreicht hat, die du verdient hast. Sonst hättest du sie nämlich von mir kassiert«, zischt sie ihn an, beeindruckend leise und angepisst gleichermaßen.

»Ach Schatz«, Anton sieht zärtlich zu ihr hinunter, »du wärst die Letzte, die die Engländer nicht aus dem Land geschmuggelt hätte.«

»Aber ich hätte dabei nicht zwei Polizeibeamte ohnmächtig geschlagen«, faucht sie.

Anton öffnet den Mund, um sich weiter zu verteidigen, sie stoppt ihn jedoch mit einer einzigen Geste.

»Ich will nichts mehr hören. Bevor du die nächsten Dummheiten machst und ich es wieder ausbaden muss, kommst du direkt zu mir. Denn das hast du ja diesmal richtig gemacht.«

Jetzt fasst sie uns ins Auge. Dabei nimmt sie die Arme runter. Auf der Stelle ändert sich ihre Ausstrahlung und wird herzlich.

»Fiona und Amber also. Aus England. Auf der Suche nach den entflohenen Olympiateilnehmern.«

»Auf der Suche nach ihrer Freundin Maxine«, stelle ich richtig. Was dabei aus den Männern wird, ist mir sowas von schnuppe.

»Ich bin übrigens Denise. Legt mal eure Sachen ab, dann zeige ich euch das Gästezimmer.« Denise lacht leise, als Fiona das nächste Gähnen nicht verhindern kann.

»Was ist denn passiert? Auf der Flucht?«, frage ich, während ich brav meine Schuhe aufschnüre und zu der Schuhsammlung an der Garderobe stelle.

»Ach, nichts weiter«, wiegelt Anton ab. »Denise übertreibt nur.«

»Von wegen übertreiben. Anton hat euch echt kein Wort

davon erzählt? Ich fasse es nicht. Er hat auf der Flucht eurer Landsleute zwei Polizisten K.O. geschlagen. K.O.! Knockout! Völlig weg! Und ich hatte mitten in der Nacht Polizeibeamte vor der Tür, die ihn zu Hause suchten. Ihn und acht Engländer auf der Flucht, bei denen mir partout niemand sagen wollte, was sie ausgefressen hatten.«

»Ja, weil sie nichts ausgefressen hatten«, wirft der Boxer ein, ist es aber scheinbar gewohnt nicht mehr als ein paar Worte beisteuern zu können.

Die Frau gefällt mir.

Jetzt scheucht sie Anton weg.

»Geh du mal deinen Kram wegräumen. Nimm Bestie mit und steh nicht wieder so lange an Ellas Bett, bis du sie wach geguckt hast.« Sie verdreht die Augen. »Das macht er jedes Mal, wenn er ein paar Tage weg war, und dann ist Ella die restliche Nacht hellwach und aufgedreht.«

»Bestie?«, frage ich fassungslos und sehe dem winzigen Hund nach, der auf seinen Stummelbeinchen begeistert hechelnd hinter Anton herläuft.

»Ach ja, rat mal, wer den Namen ausgesucht hat.«

»Ist es bei euch keine Körperverletzung, wenn jemand einen anderen K.O. schlägt? Außerhalb des Boxringes, meine ich?«, erkundigt Fiona sich erstaunt, während wir das Gästezimmer besichtigen. Ein Doppelbett, frisch bezogen, ein großer Schrank, sogar ein Fernseher. Hellgelb gestrichen, mit Kunstdrucken an den Wänden. Gemütlich. Freundlich. Wir haben echt unverschämtes Glück.

Ich persönlich denke ja, bei jemandem wie Anton ist ein K.O. sogar schwere Körperverletzung.

»Selbstverständlich ist es das. Und einen Polizeibeamten während seines Dienstes anzugreifen, ist noch einmal viel, viel übler. Wenn die beiden Opfer nicht absolute Fans von eurem Zehnkampfgenie und über die Aktion mit dem Auslieferungsabkommen nicht so entrüstet wären, hätte es eine verdammt heikle Anzeige gegeben. Inklusive Knast und so weiter. Aber so haben sie darauf verzichtet und alle Augen zugedrückt. Anton hat echt mehr Glück als Verstand. Er durfte ja sogar seinen Wettkampf wieder aufnehmen.«

Glück braucht er meiner Meinung sowieso, denn an dem Verstand eines Mannes zweifle ich per se. Und an dem eines Boxers noch viel mehr.

»Bin ich froh. Anton ist so ein netter Mensch.« Fiona lässt sich quer über das Bett fallen und schließt die Augen. Sie sieht nicht so aus, als ob sie sich jemals wieder bewegen wird.

»Geht schlafen. Wir überlegen morgen, wie wir euch helfen können.« Denise lächelt mich an, und ich mache mich an die mühevolle Aufgabe, Fiona so auf eine Hälfte des Bettes zu schieben, dass auch etwas Platz für mich bleibt.

Am nächsten Morgen werde ich durch Babygeräusche geweckt. In Kombination mit dem Geruch nach Kaffee, der durchs Haus zieht, ist das gar nicht so schlimm. Fiona schnarcht. Sie liegt mit offenem Mund auf dem Rücken und gibt in unregelmäßigen Abständen merkwürdig schnaufende Töne von sich. Ich ziehe es vor, aufzustehen.

In der Küche finde ich die kleine Familie. Sie geben ein irritierendes Bild ab. Denise sitzt auf Antons Schoß, statt auf einem eigenen Stuhl, und beide schauen verträumt zu, wie ihr Baby versucht, sich am Tisch hochzuziehen. Auf wackeligen, extrem krummen Beinen.

Der Hund liegt in seinem Körbchen und schläft.

»Ja, du schaffst das, Schätzchen, guck mal, wie stark du schon bist«, säuselt Anton. Anton, der Boxer, der locker zwei Polizeibeamte K.O. schlägt, sagt seiner Tochter, die noch nicht einmal stehen kann, sie sei stark. Der hat echt einen Vollschaden.

»Sollte sie das nicht besser erst üben, wenn sie etwas längere Beine hat? Oder wenn wenigstens der Kopf nicht mehr so überdimensional groß ist?«, frage ich vorsichtig in die Runde. Denn in diesem Moment plumpst das Baby wieder zurück auf den Po. Sophie hat ja einen unüberschaubaren Haufen an kleinen Schwestern, aber von denen habe ich mich wohlweislich immer ferngehalten.

Denise lacht.

»Guten Morgen, Amber. Trinkst du Kaffee?«

»Ich liebe Kaffee«, antworte ich andächtig. »Tiefschwarz und in rauen Mengen.« Ich bekomme einen riesigen Becher bis zum Rand gefüllt mit meinem Lebenselixier.

»Und du hast wirklich keine Idee, wie man die Engländer jetzt erreichen kann, Anton?«, übernimmt Denise mein anvisiertes Kreuzverhör. Diese Frau kann Gedanken lesen.

»Auch nicht über Jule und Lukas?«

»Hab ich doch schon versucht. Aber die haben angekündigt, sie würden die Handys ausschalten, damit sie nicht geortet werden können.«

»Zuletzt gesehen hast du sie also an der niederländischen Grenze?«, frage ich. Inzwischen versucht der Zwerg, sich an meinen Beinen hochzuziehen. Ich kann sie schlecht von mir schubsen, nicht mit den Eltern als Gastgeber.

»Ist sie nicht unbeschreiblich süß?«, haucht Anton.

Ich ignoriere ihn. »Dann sollten Fiona und ich die Spur dort aufnehmen.«

»Ich glaube nicht, dass sie in den Niederlanden geblieben sind. Wegen der Sprache. Max liebäugelte mit Frankreich, aber auch das war nicht sicher.«

»Frankreich?« Denise horcht auf. »Vielleicht kann ich euch da helfen. Ich habe einen Exfreund in Frankreich. Der nimmt euch eventuell in Empfang.«

»Exfreund?« Antons Stimme ist mit einem Mal merkwürdig hoch. »Von einem französischen Ex habe ich noch nie etwas gehört.«

»Weil er nie wichtig war.«

»Und jetzt ist er wichtig? Du bist doch noch immer sauer auf mich.«

»Ja, bin ich, aber das hat nichts mit Julien zu tun.«

»Ach, Julien heißt er. Das klingt etwas exotischer als Anton, oder?«

Anton benimmt sich gerade ziemlich albern. Ich runzle die Stirn.

»Reg dich ab, Schatz. Ich rufe jetzt mal Julien an und dann frage ich, ob er unseren zwei gestrandeten Schönheiten helfen kann.«

»Du hast sogar noch seine Nummer«, brüllt Anton hinter ihr her, während ich mich irgendwie über die Schönheiten aufrege. Das Baby beginnt, bei dem Radau zu weinen.

Noch ehe ich Anton auf seine Vaterpflichten aufmerksam machen kann, rennt er hinter Denise aus dem Raum, und ich bleibe allein mit dem heulenden Blag zurück. Das Geschrei schmerzt in den Ohren. Wohl oder übel hebe ich es auf. Dieses Kind muss an Geschmacksverirrung leiden. Es strahlt mich nämlich auf der Stelle an wie ein Honigkuchenpferd – mich! Merkt es denn nicht, dass ich es nicht ausstehen kann?

»Oh, wie süß. Das muss die kleine Ella sein.«

Fiona ist genau im richtigen Moment aufgewacht. Sie ist meine Rettung und hat das Kind auf dem Arm, bevor sie noch ›Eiteitei‹ oder ›Putzipu‹ sagen kann. Oder was auch immer sie vorhatte.

»Anton und Denise streiten sich«, informiere ich triumphierend Fiona. Die soll ruhig mal sehen, dass zwischen Männern und Frauen definitiv kein idyllisches Familienleben herrscht, sondern Krieg.

»Worüber?«

Gute Frage, Antons Problem habe ich nicht nachvollziehen können.

Leider machen unsere Gastgeber wieder alles kaputt, indem sie kurz darauf freudestrahlend und kichernd zurück in die Küche kommen. Denise lässt sich von Anton auf dem Rücken tragen und bedeckt sein lädiertes Gesicht ununterbrochen mit Küssen.

»In der Tat, die streiten sich ja abartig heftig«, sagt Fiona auf Englisch und verdreht die Augen.

»Dieser Julien ist ein Meter fünfundsechzig groß und wiegt keine sechzig Kilo«, informiert uns Anton breit grinsend. »Das ist kein echter Mann, das ist ein Männlein.«

Seine Welt ist eindeutig wieder in Ordnung und ich schnaube enttäuscht.

»Und er ist aktuell beruflich in China unterwegs«, fügt Denise bedauernd hinzu. »Er versucht, uns seinen kleinen Bruder zu schicken. Der hat gerade Semesterferien und angeblich Zeit.«

»Kleiner Bruder?« Anton lacht hämisch in sich hinein. »Wenn der Bruder von Julien noch kleiner ist, müssen die Mädchen hier auf ihn aufpassen und nicht umgekehrt.«

»Auf mich muss niemand aufpassen«, sage ich empört. So weit kommt es noch.

»Jaja, wie du meinst, Püppchen.« Anton zwinkert mir zu, bevor ich mich richtig aufregen kann. Er hat schon begriffen, wie sehr mich solche Anspielungen auf die Palme bringen, und nutzt es gnadenlos aus. Ich nehme mir fest vor, in Zukunft Contenance zu bewahren. Egal, was da noch auf mich zukommt.

Dann frühstücken wir. Mami, Papi, Klein-Ella und zwei Engländerinnen, die gar nicht hier sein dürften. Und eine von ihnen betrachtet immer wieder den riesigen Boxer, der ohne mit der Wimper zu zucken, einem anderen mitten auf die Nase schlägt, so dass das Blut in alle Richtungen spritzt, und der nun mit überaus sanften Bewegungen ein winziges Mäulchen stopft. Männer sind ziemlich unverständliche Wesen und ich hoffe, das werden sie für immer bleiben.

Der kleine Bruder von Julien, dem französischen Liebhaber, meldet sich im Laufe des Tages. Fiona und ich sollen ihn in Groningen treffen. Im Eifer des Gefechts hat Denise versäumt, mich zu fragen, ob ich die Begleitung eines kleinen

Franzosen wünsche. Denn das tue ich überhaupt nicht. Fiona dagegen ist Feuer und Flamme.

»Ich spreche leider kein Französisch«, jammert sie Denise an und schuckelt enthusiastisch Ella. »Ist das ein Problem?« »Deshalb ist es ja so günstig, dass er Zeit für euch hat. Er spricht nicht nur Deutsch, sondern sogar eure Sprache. Er hat ein Jahr in den USA verbracht, sagt Julien.«

»Sagt Julien«, äfft Anton sie nach. »Ich höre immer nur Julien hier, Julien da. Komisch, da ich diesen Namen vorher kein einziges Mal vernommen habe.«

»Ach, du großer Muffelbär.« Denise lacht. »Du hast den Namen aus gutem Grund nie gehört. Weil ich ihn schon vergessen hatte, in dem Augenblick, in dem ich dich gesehen habe.«

Anton ist wieder besänftigt und versucht, Ella zu sich zu locken. »He, Baby-Ella, komm zu Papa.«

»Du kannst sie jeden Tag haben«, sagt Fiona empört. »Aber ich muss morgen abreisen und sehe sie dann vielleicht nie wieder.«

»Du wirst uns ja wohl noch einmal besuchen kommen«, wirft Denise ein. »Verschwindet nicht einfach auf Nimmerwiedersehen zurück auf eure Insel.«

»Ja, aber wer weiß, wann das ist. Bis dahin ist die kleine Maus vielleicht schon groß. Das geht in dem Alter doch so schnell.«

Ich ignoriere das Hin und Her. In diesem Haus bin ich die einzige Person, die prima ohne Aufmerksamkeit des Winzlings klarkommt. Und ich bin unverständlicherweise diejenige, die sie zielsicher anvisiert, sobald sie es auf den Boden geschafft hat.

Ich verstehe weder Männer noch Babys.

# kapitel 7

»Oh Mann, der hat eine Frisur wie ein Mädchen«, stelle ich angewidert fest, als wir in Groningen aus dem Zug steigen und einen Blick den Bahnsteig entlangschweifen lassen. Der Mann, der lässig an der Wand lehnt und eindeutig auf uns wartet, hat lange Haare, zu einem Dutt weggebunden, und wirkt damit auf mich absolut albern.

»Der sieht aber sonst nicht aus wie ein Mädchen«, haucht Fiona, eindeutig angetan. »Nicht mit dem Bart. Und nicht mit diesem Körper.«

Das stimmt leider. Der Franzose ist nämlich nicht ein Meter fünfundsechzig, wie erhofft. Oder kleiner. Oder wenigstens schmächtig. Da hat Anton uns wirklich einen Bärendienst erwiesen, denn der Typ hat keine nette und harmlose Ausstrahlung, sondern die Aura eines Menschen, vor dem man Frauen beschützen muss. Körperlich überlegen und selbstbewusst bis zum Abwinken.

Ich taste nach dem Pfefferspray, das griffbereit in meiner Tasche liegt. Das macht mich mutig genug, auf ihn zuzugehen.

»Juliens kleiner Bruder?«, frage ich auf Englisch. Mal schauen, wie weit es mit seinen Sprachkenntnissen in Wahrheit ist.

»Olivier.«

Sein Blick gleitet an mir auf und ab und ich presse zornig die Lippen aufeinander. So abgecheckt zu werden, passt mir gar nicht. Und das Fazit, zu dem er kommt und das man ihm ansieht, passt mir auch nicht.

Dann mustert er Fiona. Sie lächelt er an.

»Hey Kleine«, begrüßt er sie.

Fiona kichert. »Eigentlich bin ich nicht klein. Nicht wirklich. Aber hier auf dem Festland sind alle so groß, vor allem ihr Männer. Das bin ich ja echt nicht gewohnt.«

Herr, schmeiß Hirn vom Himmel. Fiona hat es sowas von nötig, jetzt noch mehr als jemals zuvor.

»Ich will zur niederländischen Polizei«, unterbreche ich rüde das Gekicher meiner überaus nichtsnutzigen Begleitung. Wenn Emily wüsste, wie Fiona sich hier aufführt, hätte sie sie zu Hause in Ketten gelegt. »Und zwar so schnell wie möglich. Meine Freundin hat inzwischen vier Tage Vorsprung, das müssen wir aufholen.«

»Vier Tage, soso.«

Er bewegt sich keinen Millimeter. Sind alle Franzosen so träge?

»Wenn du nicht mitkommst, finde ich den Weg zur nächsten Wache auch prima allein.«

Zielstrebig marschiere ich in Richtung Bahnhofshalle. Vielleicht haben wir ja mal richtig Glück und werden ihn auf der Stelle wieder los.

»Warte, Amber«, ruft Fiona hinter mir her.

Tu ich aber nicht.

Es ist ein schöner Bahnhof. Aufwändig gestaltete Decke, Zierfenster, die von allen Seiten das Licht aus unterschiedlichen Winkeln hereinlassen, eine echte Straßenlaterne in der Mitte. Wenn ich Zeit hätte, würde ich durchaus die Halle auf mich wirken lassen, ich habe aber keine Zeit.

In vier Tagen kann Max schon in der ganzen Welt gelandet sein und sie ist vollkommen auf sich gestellt. Und in gemeingefährlicher Gesellschaft.

Apropos gefährlicher, unbehandelter Mann. Ich habe vor ein paar Minuten Fiona mit genau so einem zurückgelassen. Und so, wie es aussah, ist der ebenfalls körperlich extrem überlegen. Scheiße.

Widerstrebend drehe ich mich um. Ich kann ihm Fiona wirklich nicht einfach ausliefern, ob ich will oder nicht.

Die beiden folgen mir jedoch schon. In einiger Entfernung schlendern sie entspannt hinter mir her und reden angeregt. Seine Sprachkenntnisse scheinen passabel zu sein.

»Siehst du«, sagt Fiona breit grinsend zu dem Typen, als sie mich erreichen. »Ich habe doch gesagt, dass sie nur knurrt und bellt und dann doch auf uns wartet. Amber hat nur eine raue Schale.« Gut gelaunt wendet sie sich an mich, als wäre es das Selbstverständlichste der Welt, dass sie einem Wildfremden so offenherzig Einblick in meinen Charakter gibt. Einen falschen Einblick wohlgemerkt, denn ich bin durchaus in der Lage, auch zuzubeißen. »Olivier hat übrigens ein Auto.«

»Olivier war übrigens schon bei der niederländischen Polizei«, fügt der überhebliche Franzose hinzu und grinst dabei auf eine Art auf mich herab, bei der ich ihn mitten ins Gesicht schlagen möchte. Mehr sagt er dann nicht. Grinst und grinst und rückt einfach nicht mit den notwendigen Informationen heraus.

»Hat ja anscheinend nichts gebracht«, fahre ich ihn schließlich an. »Nur zur Polizei zu gehen, nützt nämlich nichts. Man muss da auch in Erfahrung bringen, was man wissen muss. Und erstmal wissen, was man wissen muss, muss man auch.«

Himmel, was habe ich da für einen Satz gebaut? Kann ich nicht mehr klar denken? Nur weil der Kerl mich so wütend macht.

Fiona kichert. Mal wieder.

Und Olivier zieht die Augenbrauen hoch.

»Ich weiß schon, was ich wissen muss, Kratzbürste. Nicht nur über euch, sondern auch über eure Freunde.«

»Freundin!«, korrigiere ich ihn.

Hier geht es allein und ausschließlich um Max.

»Die Niederländer haben unsere Leute nach Frankreich weitergeleitet. Da sie es so wünschten. Asyl hätten sie ihnen nämlich liebend gerne gewährt, schon allein, um unsere Regierung zu ärgern«, sagt meine Kicherfreundin, die ihre Plauderstunde wohl genutzt hat. Manchmal unterschätze ich Fiona. »Aber noch nicht einmal Max kam mit der Sprache hier zurecht.«

»Meinetwegen, dann können wir uns ja in den nächsten Zug nach Frankreich setzen, da wir praktischerweise schon am Bahnhof stehen«, sage ich entschlossen. »Vielen Dank für deine Hilfe, Juliens kleiner Bruder, wir kommen jetzt wunderbar allein zurecht.«

Der Typ lacht nur.

»Ich habe mit Fiona längst abgemacht, dass wir weiter nach Frankreich fahren. Meinem Heimatland wohlgemerkt. Und Fiona ist nicht der Meinung, dass ihr allein zurechtkommt. Schon mal gar nicht wunderbar.«

Er marschiert Richtung Ausgang, ohne meine Reaktion abzuwarten. Und Fiona dackelt hinterher wie ein willenloses Hündchen.

»Er hat ein Auto«, flötet sie mir zu. »Ich habe das ewige Zugfahren so satt.«

Na gut, ich auch. Die Züge sind nämlich nicht annähernd so sauber, wie ich das von zu Hause gewohnt bin. Außerdem fahren die allermerkwürdigsten Gestalten damit. Sogar Männer. Keine Sekunde kann man sich unter diesen Umständen entspannen. Leider bin ich mir sicher, mit dem arroganten Schönling in einem Auto ebenfalls nicht durchatmen zu können. Da Fiona jedoch keine Anstalten macht, mit mir darüber zu diskutieren oder auch nur auf mich zu warten, renne ich schließlich doch hinter den beiden her.

Oliviers Wagen ist eine Klapperkiste. Das ist nicht das Problem. Die Schwierigkeit ist, dass er sich wie selbstverständlich ans Steuer setzt.

»Hör mal, ich bin echt beeindruckt, dass du dein Auto unfallfrei hierhergefahren hast«, sage ich und lehne mich dabei an die Fahrertür, die ich wieder geöffnet habe. Mit dem unfallfrei bin ich mir nicht so sicher, denn einige Beulen hat das Ding schon, aber ich versuche es gerade ausnahmsweise mit Höflichkeit. Fionas Taktik scheint nämlich effektiver zu sein als meine. »Jetzt jedoch kannst du dich entspannt zurücklehnen und mich fahren lassen. Wir wollen ja heil in Frankreich ankommen.«

Kapiert er leider nicht, die höfliche Variante. Er sieht mich nämlich an, als hätte ich einen Schaden.

»Vergiss es, Kratzbürste. Ich lass doch keine Frau an meine geliebte Kiste. Mir ist noch keine begegnet, die vernünftig Autofahren konnte.«

Ich hole ergeben tief Luft, war ja klar, dass es nicht mühelos sein kann.

»Lass es mich so erklären: Du bist ja bloß ein Mann. Das möchte ich dir ja auch gar nicht vorwerfen. Aber sogar euch muss doch bewusst sein, dass Männer nicht allzu intelligent sind. Und zum sicheren Autofahren ist Intelligenz nicht ganz unnötig. Rutsch einfach auf die Rückbank und gut ist. Wenn du magst, kannst du mir ja den Weg weisen. Das schaffst du doch, nicht wahr?« Ich drehe mich zu Fiona um. »So, das war jetzt freundlich genug, oder? Und sogar verständlich für einen Mann.«

Fiona guckt mit großen Augen zwischen mir und dem uneinsichtigen Autobesitzer hin und her.

»Amber ist eine ausgezeichnete Autofahrerin«, springt sie mir dann zur Seite. »Und das muss dir nicht peinlich sein, wir erwarten gar nicht, dass du ein guter Fahrer bist.«

Jetzt geht ihm endgültig die Klappe runter.

»Ihr habt doch einen Knall«, sagt er fassungslos und schlägt mit voller Wucht die Fahrertür zu. Genau vor meiner Nase, die ich gerade noch retten kann. Er lässt den Motor an und fährt mit quietschenden Reifen los, ohne uns. Ich atme erleichtert auf. Wenn er sich jetzt allein totfährt, ist es schließlich nicht mein Problem. Mehr, als ihm Hilfe anbieten, kann ich auch nicht tun.

»Los geht's, Fiona, wir nehmen den Zug«, fordere ich meine Freundin zufrieden auf.

Weit kommen wir allerdings nicht. Dann braust der Irre mit Vollgas auf uns zu und hält neben uns an.

»Okay, ich habe nachgedacht. Ich wusste ja, aus welchem Land ihr kommt und worauf ich mich mit euch einlasse. Leider habe ich meinem Bruder versprochen, auf euch aufzupassen, warum auch immer. Und ich halte mein Wort«, knurrt er uns an. »Also, steigt jetzt in dieses Auto, verdammt noch mal.«

Das machen wir ganz bestimmt nicht. Leider greife ich zu langsam nach Fionas Hand, um sie weiter zum Bahnhof zu schleifen. Wenn sie will, kann sie nämlich höllisch fix sein, und ehe ich sie hindern kann, sitzt sie glücklich auf dem Beifahrersitz und ihre Schmolllippe hat sich in Sekunden in Wohlgefallen aufgelöst.

»Ich bin übrigens eine grottenschlechte Autofahrerin«, sagt sie dann mit einem dieser Augenaufschläge, die mich wahnsinnig machen.

»Und was ist mit dir, Kratzbürste? Steigst du ein und bleibst bei deiner cleveren Freundin oder nimmst du lieber allein den Zug. Wir können dich ja in Lille wieder aufsammeln.«

Mein Stolz kämpft mit der Verantwortung Fiona gegenüber. Scheiße, ist sie nicht alt genug? Volljährig! Theoretisch erwachsen! Aber nur theoretisch, denn Fiona ist im Ausland wie ein neugeborenes Baby. Völlig hilflos. Zitternd vor Wut steige ich ein und schnalle mich sorgfältig an.

»Kommst du nicht lieber nach hinten?«, frage ich Fiona. »Auf der Rücksitzbank bekommst du bei einem Frontalaufprall weniger ab.«

Olivier lacht laut auf, irgendwie ungläubig.

Dann fährt er los, ohne Fiona die Gelegenheit zu geben, sich wenigstens ein wenig sicherer zu platzieren. Wir verlassen Groningen und rasen Richtung Autobahn. Ich habe Mühe, mich zu entspannen, obwohl ich nach und nach bemerke, dass es gar nicht so gefährlich ist, wie ich erwartet habe. Und durch das Fahren ist der Typ immerhin gezwungen, seine Hände am Steuer zu lassen.

Wir sind Stunden unterwegs, quer durch die Niederlande und Belgien, und ich lehne den Kopf an die Fensterscheibe und lausche halbherzig Fionas Geplapper. Sie erzählt für meinen Geschmack viel zu viel über uns, über den Wohnwagen, in dem wir uns treffen, über unsere Schulzeit, darüber wie ideal wir uns ergänzen, vor allem, wenn es schwierig wird.

Umgekehrt erfahre ich viel mehr über Olivier, als ich jemals wissen wollte. Er spielt Basketball, steht auf französischen Rap und hat neben Julien noch eine kleine Schwester. Momentan studiert er im fünften Semester an der Sorbonne. Nach seinem Studiengang fragt Fiona leider nicht und genau das wäre das Einzige, das mich dabei interessiert. Was um Gottes Willen kann ein Mann denn studieren?

Ich werde den Teufel tun und ihn selbst fragen.

Irgendwann erhält er einen Anruf.

»Julien? Natürlich habe ich die Engländerinnen eingesammelt.« Da er Französisch spricht, ist Fiona raus. Sie beginnt gelangweilt, im Radio nach einem neuen Sender zu suchen. »Die kleine Blonde ist echt süß. Kulleraugen und plappert die ganze Zeit. Von der anderen spreche ich besser nicht.« Eine kurze Pause, leider kann ich nicht hören, was Julien sagt. »Warum? Weil sie eine Schreckschraube ist. Potthässlich und zickig bis zum Abwinken. Und ich bin ja ein Gentleman und spreche lieber nicht laut aus, wie grässlich ich sie finde.« Das Lachen von Julien kann ich nun sogar bis hier vernehmen. »Jaja, ich setze sie trotzdem nicht mitten in Belgien aus, versprochen. Ich warte, bis wir eine wirklich einsame Gegend erreicht haben. Am besten eine, in der Frauen noch gegen Kamele getauscht werden. Aber Spaß beiseite, nach der Aktion hier schuldest du mir echt was.«

Als er das Telefonat beendet, lächelt ihn Fiona an. »Ist es ein Problem, dass ich kein Wort Französisch spreche?«, fragt sie ihn.

»Nein, dafür bin ich doch da.«

Fiona sieht zu mir nach hinten und öffnet schon den Mund. Ich schüttle nachdrücklich den Kopf, um sie am Reden zu hindern. Verwirrt schweigt sie.

»Das war übrigens mein Bruder. Er wollte wissen, wie es euch geht.«

»Uns geht es hervorragend«, strahlt Fiona ihn an. »Wir fühlen uns sehr sicher bei dir. Du bist ebenfalls ein ausgezeichneter Autofahrer.«

Abfällig schnaube ich. Zwischen ausgezeichnet und er-hat-uns-noch-nicht-totgefahren liegen Welten. Olivier freut sich trotzdem. Und wirft einen triumphierenden Blick durch den Rückspiegel in meine Richtung.

Bei Antwerpen machen wir eine Pause, da Fiona dringend auf Toilette muss. Ich ebenso, aber lieber würde ich mir in die Hose pinkeln, als es zuzugeben.

»Wieso sollte ich Olivier nicht sagen, dass du Französisch sprichst. Du bist so gut, ich habe dich doch mit den französischen Mädchen sprechen hören, Fabienne und Clementine. Man hörte echt keinen Unterschied.«

Hörte man doch. Aber egal. Wieso hat Fiona eigentlich so problemlos erkannt, dass Fabienne kein Junge war? Ich wasche mir die Hände möglichst gründlich und denke über eine passende Antwort nach.

»Er hat am Telefon nicht nett über mich gesprochen. Über dich schon, keine Sorge. Aber ich wollte ihn nicht in Verlegenheit bringen, indem ich zugebe, dass ich jedes Wort verstanden habe. Das ist besser so, glaub mir Fiona.«

Das klingt jetzt so, als wäre ich nett. Dabei ist alles gelogen. Ich würde ihn nämlich liebend gern in Bedrängnis bringen.

Taktisch klüger ist es jedoch, wenn ich verstehe, was er denkt, hinter unserem Rücken zu sagen. Und taktisch klug ist nun mal wichtiger als mein Stolz. Denn der ist irgendwie verletzt. Dabei ist es mir durchaus recht, potthässlich zu sein. Vor allem in einer Welt wie dieser, in der Frauen so schnell auf ihr Äußeres reduziert werden. Und Schreckschraube nehme ich eh als Kompliment.

»Vielleicht könntest du etwas freundlicher zu ihm sein. Immerhin hilft er uns und hat selbst überhaupt keinen Nutzen davon. Das ist so selbstlos. Aber anstatt dankbar zu sein, bist du biestig. Wie soll er da nett über dich reden?«

»Er soll gar nicht nett über mich reden«, bleibe ich stur.

Um über meine wahren Gefühle hinwegzutäuschen, spritze ich Fiona mit Wasser nass und scheuche sie dann zurück zum Auto.

Während der letzten Etappe stelle ich fest, dass wir mehr oder weniger wieder dahin zurückkommen, wo wir übergesetzt haben. Wir haben nun zwei Tage damit verbracht, quer durch Europa zu reisen und merkwürdige Leute kennenzulernen. Näher gekommen sind wir Max kein Stück.

Deprimiert lasse ich den Kopf hängen.

# kapitel 8

»Das ist nicht die Polizeiwache.«

»Ich weiß.«

Der Typ macht mich echt wahnsinnig. Alles muss man ihm aus der Nase ziehen. Dabei würde ich am liebsten gar nicht mit ihm sprechen.

Da er nun aber lässig den Laden betritt und Fiona ihm wie immer folgt, laufe auch ich widerwillig hinterher. Ebenfalls wie immer. Ich hasse es.

»Die junge Dame hier benötigt eine neue Brille«, sagt er breit grinsend zur Optikerin, die uns in Empfang nimmt, und deutet dabei auf mich. Auf mich! »Sie spricht kein Wort Französisch, aber ich übersetze gerne. Das gibt uns immerhin die Möglichkeit, in Ruhe alle Probleme offen anzusprechen, denn wir sehen ja beide, dass es mit einer neuen Brille nicht getan ist. Aber es wäre zumindest der erste Schritt.«

Die dumme Pute lacht laut auf und ich bin kurz davor, meine Tarnung auffliegen zu lassen und ihr ins Gesicht zu springen. Jetzt kann ich mir sogar anhören, wie offen über mich gelästert wird. Und ich zwinge mich trotzdem, weiterhin vorzugeben, nichts davon zu verstehen. Dennoch bin ich schnell genug, als der Arsch versucht, mir die Brille abzunehmen. Ich gehe rasch aus seiner Reichweite in Richtung Ausgang. Er tritt mir in den Weg.

»Warte, Kratzbürste, hier geht es um dich.«

»Wieso?«

»Weil wir dir jetzt eine neue Brille besorgen. Oder noch besser Kontaktlinsen.«

»Das ist nicht nötig, meine Brillenstärke ist perfekt«, erkläre ich so, als ob ich nicht wüsste, um was es in Wirklichkeit geht.

»Das mag sein, aber gegen die Gläser habe ich auch nichts. Du brauchst dringend ein neues Brillengestell.«

»Das Gestell ist in Ordnung. Es sitzt super und ist angenehm für mich.« Ich kann mich hervorragend dumm stellen. Olivier kennt mich nicht und könnte drauf reinfallen.

»Es ist aber unangenehm für mich. Und für jeden anderen, der dich ansehen muss.« Er deutet an die Wand, die von oben bis unten mit Regalen vollgepflastert ist. Brillen über Brillen und keine sieht aus wie meine. »Lass dich von mir beraten.«

»Nein, danke.«

Ich gehe einen Schritt zur Seite, den er mir leider Gottes folgt. Die blöde Verkäuferin hinter mir beobachtet unseren Tanz und kichert leise.

»Dann muss ich es deutlicher sagen. Ich habe noch nie eine so hässliche Brille gesehen. So kann man dich nicht länger unter die Leute lassen.«

»Mein Aussehen ist aber doch nicht dein Problem«, antworte ich möglichst würdevoll und schlucke weiterhin die wachsende Wut hinunter.

»Ist es doch. Zumindest solange du mit mir durch die Gegend läufst.«

»Prima, dann lösen wir die Sache auf meine Art. Ich laufe nämlich liebend gern nicht mit dir durch die Gegend.«

Geschickt husche ich an ihm vorbei und erreiche die rettende Straße. So gerade eben, ohne die Optikerin getreten oder dem Idioten einen Brillenbügel ins Auge gerammt zu haben.

Fiona folgt mir.

»Was ist denn mal wieder mit dir los? Das war doch nur nett von Olivier«, sagt sie perplex zu mir. »Die Franzosen haben tolle Brillen, die sind eh immer so gut angezogen. Und Kontaktlinsen wären bestimmt eine praktische Alternative, Amber.«

»Ich liebe diese Brille. Das weißt du genau.« Schließlich habe ich vor Jahren ganze Stunden beim Optiker verbracht, bevor ich dieses Modell entdeckt habe. Ich finde nämlich, es macht aus meinem Gesicht ein kluges und eindrucksvolles Gesicht. Fiona und die anderen mussten sich tagelang meine Überlegungen anhören.

»Mag sein. Aber jetzt ist sie alt. Und schön fand ich sie noch nie.«

Momentan rausche ich die Einkaufsstraße entlang, leider ohne konkreten Plan wohin, und Fiona folgt mir und nicht diesem entsetzlichen Franzosen. Endlich wieder so, wie es sein soll.

»Sie sollte noch nie schön sein. Und ich auch nicht. So basta, Themenwechsel. Wo ist die Polizeiwache?«

»Können wir wenigstens mit dir zum Frisör gehen?«, mault Olivier, der uns einholt, während ich mich suchend umblicke.

»Nein.«

»Und weshalb nicht? Du hättest dringend einen richtigen Schnitt nötig. Und etwas Farbe. Deine Haare hängen einfach so herab und sind langweilig mausbraun.«

»Das sagt ja der Richtige. Ich habe noch nie etwas so Lächerliches gesehen wie deine Frisur. Und diesen grässlichen Bart. Kümmre dich um dein eigenes Aussehen, du Blödmann, ehe du andere kritisierst.«

Mit blitzenden Augen stehen wir uns gegenüber.

Bis Fiona einschreitet.

»So, das reicht jetzt mit euch. Ich kann nicht die nächsten Tage mit Leuten verbringen, die sich ununterbrochen streiten. Ihr gebt euch auf der Stelle die Hand und dann spricht niemand mehr blöd über den anderen oder zickt rum oder motzt grundlos. Wir müssen schließlich zusammenhalten, wenn wir Max und die Jungs retten wollen. Und das ist ja wohl wichtiger als euer blöder Zickenkrieg.«

Noch niemals habe ich eine Strafpredigt von Fiona erhalten. Perplex blicke ich sie an, aber sie ist gerade tatsächlich auf hundertachtzig. Zickenkrieg, puh. Ich spare mir den Hinweis, dass Olivier kein Mädchen ist, obwohl er so aussieht. Auch er ist einigermaßen beeindruckt.

Halbherzig reicht er mir die Hand.

»Okay, sie hat ja recht. Waffenstillstand, Kratzbürste?«

»Amber!«, sage ich und ignoriere die ausgestreckte Hand. Ich schaue ihm nur entschlossen in die Augen. Wenn man sich mal diesen Bart, der fast die Hälfte seines Gesichts bedeckt, und dieses Zöpfchen wegdenkt, wäre der Typ gar nicht so unattraktiv, schießt es mir durch den Kopf. Leider. Denn die Augen sind schon phänomenal. Wütend über meine Gedanken presse ich die Lippen aufeinander. Ich interessiere mich nämlich nicht für Männeraugen, egal, wie unergründlich graugrün sie sind.

»Waffenstillstand, Amber?«, lenkt er ein, irgendwie sanft.

Mal sehen.

Er weiß ja nach wie vor nicht, dass ich jedes seiner französischen Worte verstehe.

Es wird sich also zeigen, ob er sein Angebot ernst meint.

»Waffenstillstand, Olivier«, sage ich trotzdem und nehme seine Hand.

Sie fühlt sich merkwürdig an. Viel zu groß, viel zu schwielig und kraftvoll. Schnell lasse ich wieder los. Männerhände sind ebenfalls nichts, mit dem ich jemals in Berührung kommen wollte.

Max schuldet mir immer mehr.

»Gut, dann steht noch etwas anderes an«, beschließt Olivier ungerührt von meinem so rasch abgebrochenen Händedruck. »Wir kümmern uns um eine Aufenthaltsgenehmigung. Ihr habt doch eure Ausweise dabei, oder?«

Erneut marschiert er los, ohne unsere Antwort oder Einwilligung abzuwarten. Meinen bissigen Kommentar darüber verkneife ich mir, da dieser Vorschlag ja ausnahmsweise Sinn macht.

Die Diskussion in der Verwaltung höre ich mir dann überaus interessiert an, gebe jedoch weiterhin vor, kein Wort davon zu verstehen.

»Ein Visum muss aber vor der Einreise gestellt werden. Nachträglich geht das einfach nicht«, zickt die Dame im Amt und ich amüsiere mich gerade königlich. Da ich nicht mehr zickig zu Olivier sein darf, gefällt es mir umso mehr, wenn andere es sind.

»Das ist aber ein Notfall. Die beiden hätten sonst nicht ausreisen dürfen. Sie wissen doch, wie die englische Regierung drauf ist.«

Olivier kämpft mit allen Mitteln. Mit Lächeln und Charme und treuherzigem Blick.

Es ist abstoßend.

»Früher hätten die Damen gar kein Visum benötigt.«

Es fällt mir unglaublich schwer, mich nicht einzumischen. Ich würde die Frau liebend gern an die Wand diskutieren. Ihr klarmachen, warum der englische Weg der einzig richtige ist und wie blendend es uns dadurch geht. Wie frei wir leben. Wie zivilisiert wir sind. Dass wir so gut wie keine Verbrechen im Land haben. Wie befreiend es ist, ohne Angst durch die Straßen zu gehen, auch nachts. Dass uns alle Möglichkeiten offenstehen, unser Leben zu gestalten und zu genießen.

Das wäre hilfreicher als diese jämmerlichen Flirtversuche. Und Spaß würde es mir auch noch machen.

Olivier bleibt bei seiner Taktik.

»Ich weiß. Bitte helfen Sie mir. Die beiden sind doch meine Gäste. Soll ich ihnen sagen, sie müssten auf der Stelle wieder abreisen?«

»Das müssen Sie ja noch nicht einmal persönlich machen. Ich kann die Polizei einschalten und sie abschieben lassen.«

Dann seufzt sie theatralisch auf und erliegt doch Oliviers Charme. Leider. Ich hätte ihn so gerne weiter zappeln gesehen. Auf der anderen Seite brauchen wir das Visum ja tatsächlich.

»Ich stelle Ihnen ein Besuchervisum aus. Das geht in Ihrem Fall, wenn wir Sie persönlich mit eintragen. Ich benötige dafür von allen die Personalausweise und Passbilder.«

»Passbilder?«

»Draußen steht ein Automat.«

Olivier schiebt als Erstes Fiona vor die Linse.

»Wir wollen ja nicht, dass der Apparat vor Schreck sofort seinen Geist aufgibt«, murmelt er dabei leise vor sich hin.

Es kostet mich einiges an Selbstbeherrschung, ihm nicht den Ellbogen in die Seite zu rammen. Oder zu testen, an welcher anderen Stelle mein Ellbogen noch größere Wirkung haben könnte.

Fiona kokettiert vor der Kamera.

»Wow, du bist absolut fotogen«, lobt Olivier, als er die fertigen Bilder in Empfang nimmt.

Fiona kichert und ich übernehme augenrollend ihren Platz, um möglichst seriös in die Kamera zu blicken. Das sind ja keine Spaßbilder, das ist wichtig.

»Du darfst lächeln, Amber. Das wirkt auf Bildern viel netter«, versucht Fiona, mich negativ zu beeinflussen.

Ich werfe ihr einen finsteren Blick zu, genau in dem Augenblick, in dem der Automat auslöst. Das Ergebnis verunsichert sogar mich.

»Wir können gerne ein neues Foto schießen«, sagt Olivier und verkneift sich nur mühsam ein Grinsen.

Das gibt den Ausschlag.

»Auf keinen Fall. Ich wollte es genau so«, erwidere ich und warte nicht auf eine Antwort.

»Schade, dass wir keine Bilder von dir brauchen«, höre ich Fiona in meinem Rücken säuseln, ehe ich das Büro erreiche und die Tür laut hinter mir ins Schloss fallen lasse.

Die Sachbearbeiterin ist mit dem Ausfüllen und Stempeln von Formularen beschäftigt. Ich ärgere mich haltlos, dass wir als Oliviers Gäste eingetragen werden. Jetzt sind wir zwar nicht mehr illegal im Land, allerdings nur, solange wir mit dem dämlichen Franzosen unterwegs sind. Illegal hatte wenigstens etwas Verbotenes und Spannendes an sich, etwas in Geheimagentenmanier. Das jetzt ist nur noch demütigend.

Fiona zuliebe halte ich trotzdem den Mund.

»Hier«, sagt die Frau endlich und reicht Olivier einen Stapel Papiere. »Immer nur Ärger mit den Engländern. Und Arbeit ohne Ende.«

Ich horche auf. Wie weise ich jetzt diesen unglaublich bornierten Franzosen unauffällig darauf hin, dass wir uns möglicherweise an einer Informationsquelle befinden?

»Sie ist nicht allzu glücklich über unsere Ankunft«, sage ich vorsichtig auf Englisch.

»Nee, wer ist das schon?«, antwortet er.

Ich werfe einen Blick zu Fiona, denn jetzt sollte sie mit ihm schimpfen. Aber das hat sie natürlich nicht gehört.

»Trotzdem ist es erstaunlich, dass sie weiß, was zu tun ist. Unser Land hat ja inzwischen einen Sonderstatus.«

»Ja, echt erstaunlich.«

Gott, ist der dumm. Den muss man ja mit der Nase drauf stoßen.

»Ich überlege, ob sie nicht weiß, was zu tun ist, weil sie es schon mal gemacht hat.«

»Möglich.«

Olivier blättert noch immer durch die Unterlagen, die er an mehreren Stellen unterschreiben muss, und hört mir nicht wirklich zu.

»Ist es nicht denkbar, dass meine Freundin hier war, genau hier, bei genau dieser Frau?« Jetzt guckt er hoch und mustert mich mit einem aufmerksamen Blick. Habe ich zu viel verraten? »Wir befinden uns doch exakt an der Grenze, oder?«

»Hm?«

Glücklicherweise fixiert er jetzt die Sachbearbeiterin, die an ihrem Computer zugange ist.

»Hatten Sie vor ein paar Tagen schon mal Engländer hier?«, fragt er dann. Endlich.

»Allerdings. Hat mich einen ganzen Tag gekostet. Hoffentlich kommen nicht noch mehr von denen.«

Bestimmt nicht. Wer von uns will schon freiwillig in ein Land, in dem Männer frei herumlaufen. In dem man ununterbrochen auf der Hut sein muss und keine Sekunde entspannen kann. Ich lächle höflich und unecht in die Runde, um meine Gedanken zu verbergen.

Olivier blickt mich irritiert an und ich stelle das Lächeln rasch wieder ein. Fühlt sich so auch besser an.

»Das waren aber nicht die geflohenen englischen Sportler mit ihrer Betreuerin?«

»Doch, genau die«, grinst die Frau. »Mit zwei Goldmedaillen im Gepäck. Ich habe sogar Fotos gemacht.«

»Dürfen wir die Bilder mal sehen? Das ist ja wirklich beeindruckend. Echten Olympioniken begegnet man ja auch nicht jeden Tag«, beginnt Olivier erneut mit seiner schmierigen Schmeicheltaktik.

Die muss ich auch unbedingt sehen. Wenn ich Max wenigstens auf einem Foto erblicke, habe ich das Gefühl, ihr näher zu kommen.

Ungeduldig drängle ich mich neben Olivier und begutachte die Bilder, die die Frau uns stolz auf ihrem Handy präsentiert. Max ist jedoch nicht darauf. Nur die Französin mit ihren rosa angemalten Lippen, ihrer künstlichen Lockenmähne und der aufwändig verzierten Brille, die sich auf dem ersten Foto an den verstörten Kugelstoßer schmiegt und dessen Medaille in die Luft hebt. Und dieselbe Frau auf einem weiteren Bild, diesmal mit großem Abstand zu Adrian, der mir sogar im Handyformat das Blut in den Adern gefrieren lässt.

»Da ist Tobias«, haucht Fiona. »Er sieht noch immer genauso aus wie zu Hause.«

»Was soll sich auch verändert haben? Sind ja keine Jahre vergangen«, sage ich enttäuscht.

»Mir kommt es aber so vor.«

Na gut, es ist so viel geschehen. Mir kommt es auch so vor.

»Weiß die Frau, wo unsere Leute jetzt sind?«

Weiß sie nicht. Sie hat nur ewig lange Papiere ausgefüllt, ihre Fotosession gemacht und dann von den Polizeibeamten erfahren, dass die Engländer weiterreisen. Mit unbekanntem Ziel, damit niemand sie aufstöbern kann. Alles höchst geheim und vertraulich. Und wirklich keine Information, die man weitertratschen sollte.

»Sie haben doch wohl nichts mit der englischen Regierung zu tun?«, fragt sie in unsere Richtung. »Denn dann hätte ich Ihnen ja diese Bilder nicht zeigen dürfen.«

Ich verdrehe über so viel Dummheit nur die Augen und verlasse grußlos das Büro. Da nicht damit zu rechnen ist, dass alle Franzosen so einfältig sind, wird ausgerechnet Fiona und mir niemand verraten, wo Max sich verborgen hält. Den Besuch bei der Polizei können wir uns damit ebenfalls sparen. Die werden uns im besten Fall trotz Visum in den Ärmelkanal befördern.

Zum ersten Mal stehe ich völlig ohne Plan da.

Olivier gibt mir meinen Ausweis zurück.

»Du warst ja mal ganz niedlich.«

Verstört werfe ich einen Blick auf das Bild. Da war ich zwölf. Zahnspange, die ich breit grinsend präsentiere, weil sie neu ist. Noch keine Brille und kein Gedanke daran, dass ich möglichst klug und gerne ein wenig beängstigend wirken möchte. Wird höchste Zeit für einen neuen Ausweis, denn das ist nicht die Realität.

»Ich mochte dich da schon auf den ersten Blick«, erklärt Fiona. »Ich hatte nur so viel Angst vor dir. Bis ich gemerkt habe, dass du gar nicht so bist, wie du dich gibst.«

»Natürlich bin ich so, wie ich mich gebe.« Das empört mich jetzt schon.

»Aber nicht so unnahbar, wie du immer vorgibst. Tief in dir drin bist du ein wundervoller Mensch. Warmherzig und loyal und man kann sich zu hundert Prozent auf dich verlassen. Du tust dich nur schwer, es zu zeigen.«

Ich verdrehe die Augen bei dem schwachsinnigen Gerede. Olivier auch.

»Aber was machen wir jetzt? Niemand wird uns sagen, wo wir unsere Leute finden.« Sogar Fiona hat den Kern des Problems erfasst und schaut mich erwartungsvoll an.

Leider kann ich nur die Achseln zucken.

»Gib mir den Abend zum Nachdenken. So spontan fällt mir nichts ein«, murmle ich. Der Tag neigt sich eh dem Ende zu. Wir stehen neben der alten Schrottkiste und sind mal wieder seit Stunden unterwegs. Langsam habe ich das Reisen satt.

»Ich lade euch zum Essen ein«, mischt sich Olivier ein. »Bei einem guten Abendessen lässt sich viel besser nachdenken.«

»Oh ja, ich habe einen Bärenhunger«, jubelt Fiona, während ich gleichzeitig abwinke. Dann lenke ich doch ein, denn mit Fiona ist nicht zu spaßen, wenn sie hungrig wird.

»Wir zahlen selbst.«

»Ist mir recht. Ich bin Student und nicht auf Rosen gebettet«, erwidert er gelassen.

»Wären wir nie drauf gekommen.« Ich klopfe sacht auf eine Roststelle an Oliviers Auto und dann auf eine Beule direkt daneben.

»Mach meine Kiste nicht mies. Die fahre ich seit drei Jahren und bin noch nie mit ihr liegengeblieben.«

»Was die Wahrscheinlichkeit erhöht, dass du nun jeden Moment liegenbleibst. Bitte nicht, wenn wir dabei sind.«

Fiona guckt misstrauisch zwischen uns hin und her und überlegt verzweifelt, ob das noch als akzeptable Unterhaltung durchgeht oder schon Gezanke ist.

»Können wir jetzt ein Restaurant suchen?« Sie hat sich entschlossen, nicht zu schimpfen. Sondern mich mit Essen abzulenken.

Eine Taktik, die meistens aufgeht.

Auch heute.

Während wir gemütlich an einem Tisch sitzen und auf das Essen warten, nippen Fiona und ich immer wieder an unserem französischen Rotwein, den Olivier uns aufgeschwatzt hat. Er selbst begnügt sich mit einer Cola und für heute werde ich mich bestimmt nicht mehr als Fahrerin aufdrängen. Dieser Wein ist nämlich ausgezeichnet.

»Was studierst du eigentlich?«, rutscht es mir doch heraus.

»Wirtschaftswissenschaften.«

Verwundert ziehe ich die Augenbrauen hoch.

»Und das machen sie auf einem so niedrigen Niveau, dass Männer das auch verstehen? Oder gibt es getrennte Studiengänge für die Geschlechter?«

Eine Weile starrt Olivier mich sprachlos an. Seine Miene wechselt zwischen angepisst und verwirrt hin und her und ist ein wahres Schauspiel, das ich dank des Weins hemmungslos genieße.

»Ich weiß echt nicht, was ich von dir halten soll«, sagt er dann. »Entweder du verarschst mich ununterbrochen oder du hast tatsächlich einen an der Waffel.«

Fiona versucht, die Stimmung zu retten.

»Ärger dich nicht über Amber. Sie ist halt so.« Fiona lächelt und lächelt und Oliviers Gesichtsausdruck entspannt sich wieder. »Niemand erwartet allen Ernstes, dass Männer allzu schlau sind. Echt, es ist völlig in Ordnung so, wie es ist.«

Jetzt entgleiten seine Gesichtszüge endgültig.

So ein Glück, dass in diesem Moment das Essen kommt, auf das ich mich hemmungslos stürze. Oder so ein Pech, wie man es nimmt. Ich habe die Unterhaltung nämlich gerade sehr genossen.

Irgendwann legt Olivier seine Gabel neben den Teller.

»Soll ich einen Intelligenztest für euch machen? Ehrlich, Amber, mich hat noch nie jemand als dumm bezeichnet.«

»Deine Pasta wird kalt«, erwidere ich ungerührt. Es ist eindeutig das erste Mal, dass ich bei diesem Typen Oberwasser habe.

Er isst weiter, langsam, unmotiviert, der Appetit scheint ihm vergangen zu sein. Mir schmeckt es umso besser.

»Falls du satt bist, nehme ich gerne deinen Rest.« Ich fuchtle mit der Gabel vor seinem Teller hin und her. »Das sieht nämlich lecker aus.«

Pasta mit Garnelen, wenn es auch nur annähernd so schmeckt, wie es aussieht, ist es jede Sünde wert. Meine eigene riesige Portion Risotto habe ich schon verdrückt. Olivier sieht mich zwar ungläubig an, schiebt mir dann aber wortlos seinen Teller rüber.

»Amber kann essen, was und soviel sie will, und bleibt dünn wie ein Strich«, jammert Fiona. »Und sie isst wirklich dauernd.«

Sie selbst hat gerade mal die Hälfte ihrer Pizza gegessen. Ich zucke die Achseln.

»Möglicherweise macht Amber so viel Sport, dass sie all die Kalorien braucht?«, wendet Olivier ein, ist aber in Gedanken nicht so ganz bei unserem Gespräch.

»Amber macht nie Sport«, mault Fiona.

»Du doch auch nicht.«

»Ich bin ja nicht so dünn.«

»Was ihr Mädchen immer mit eurem Gewicht habt«, sagt Olivier. »Ihr seid toll, so wie ihr seid. Akzeptiert das doch einfach mal.«

Hm, das sind ja mal irgendwie nette Worte aus seinem Mund.

»Kennst du viele Mädchen?«, fragt Fiona, die ihren Teller von sich schiebt, mit einem unerträglich großen Rest. »Willst du meine Pizza noch haben, Amber?«

»Nee, nach Pizza ist mir heute nicht. Aber du kannst es einpacken lassen. Pizza schmeckt auch kalt.«

»Wenn ich es einpacken lasse, isst ja doch du es auf. Wahrscheinlich um Mitternacht.«

Ich zucke schon wieder die Achseln. Die ständige Diskussion über mein Essverhalten geht mir nämlich auf den Keks. Und sicherlich wird sich Fionas Vermutung als wahr erweisen. Ich liebe Mitternachtssnacks.

»Ich kenne schon so einige Mädchen«, antwortet Olivier. »Und keine von denen denkt, ich wäre minderbemittelt.« Ah, da sind wir wieder beim Thema.

»Und wie sind die französischen Mädchen so?« Nee, Fiona ist bei einem anderen Thema, leise und unauffällig lache ich in mich hinein.

»Tja, nicht so sehr anders als du Fiona. Und sehr viel anders als Amber.«

»Und was soll das heißen?«, fragt Fiona verwirrt.

Aus irgendeinem Grund hat er erneut die Kontrolle über das Gespräch und seinen Schock über unsere Intelligenzdiskussion überwunden. Enttäuscht ziehe ich eine Schnute. Ein beleidigter Olivier gefällt mir nämlich sehr viel besser als der überhebliche.

»Das soll heißen, Fiona, dass du dich bei meinen Freunden in Amiens wohlfühlen wirst. Denn du wirst mit allen prima auskommen.«

»Amber nicht?«, fragt Fiona.

»Wieso Freunde in Amiens?«, will ich gleichzeitig wissen.

Beantwortet wird mal wieder nur die unwichtige Frage und inzwischen bin ich mir sicher, dass das keine Dummheit, sondern pure Bosheit von ihm ist.

»Nein, Amber nicht. Sie wird nämlich innerhalb von Sekunden alle vor den Kopf stoßen. Denn das ist ja ihre Spezialität.«

# kapitel 9

In dieser Wohnung bleibe ich definitiv keine fünf Minuten. Womöglich ist das schon lang genug, um sich wirklich üble Krankheiten einzufangen.

»Ich überlege gerade, ob mein Impfstatus noch aktuell ist«, antworte ich daher auf das freundliche Hallo des dunkelhaarigen Typen, der uns die Tür öffnet.

Olivier wirft mir einen Hab-ich-dir-doch-gesagt-Blick zu.

»Mathieu, das ist Amber«, sagt er dann auf Französisch. »Sie ist eine Hexe, nimm dich vor ihr in Acht, und ich entschuldige mich jetzt schon dafür, sie hier anzuschleppen.«

Mathieu lacht nur.

»Sie ist witzig. Ich weiß selbst, dass ich dringend putzen muss. Ich habe eben aktuell andere Prioritäten.«

»Sie spricht übrigens kein Französisch. Du kannst also alles, was du auf dem Herzen hast, einfach raushauen. Die höfliche Variante dann bitte immer auf Englisch.«

Mathieu wiederholt seine Worte mit einem Lächeln in meiner Sprache und ich gebe vor, sie jetzt erst zu verstehen. Genauso wie sein Freund hat auch Mathieu einige Zeit in den USA verbracht. Solange ich vorgeben muss, kein Französisch zu sprechen, ein klarer Vorteil.

»Ich werde dir nicht beim Putzen helfen«, informiere ich ihn trotzdem.

»Ich kann dir helfen«, bietet Fiona an, die uns in diesem Moment schwer atmend erreicht. Fünf Etagen ohne Aufzug sind für sie ein Sportprogramm. »Ich putze gern.« Dann lässt sie ihren Blick durch die Wohnung wandern. »Und hier hat man einen phantastischen Vorher-Nachher-Effekt.« Mathieu hat wirklich Humor, er lacht nämlich noch lauter. »Und das ist Fiona, Ambers Gegenpart. Sie macht alles wieder wett, was die Hässliche verbockt.«

»Amber ist aber doch nicht hässlich«, sagt Mathieu kopfschüttelnd. »Ich finde, sie hat was.«

Scheiße, eventuell muss ich mich vor Mathieu mehr in Acht nehmen als vor Olivier. Und der ist schon eine unkalkulierbare Gefahr.

»Wenn du auf die Domina-Nummer stehst, vielleicht. Also bei mir geht da gar nichts.«

Mathieu schüttelt Fiona enthusiastisch die Hand. »Willkommen. Ich werde auf keinen Fall ein so hübsches Mädchen wie dich putzen lassen. Egal, wie nötig die Wohnung es hat.« Er zwinkert mir zu. »Und das gilt auch für dich, Amber. Ihr seid meine Gäste.«

»Was machen wir hier eigentlich?«, will ich wissen und versuche, die Frage nicht ganz so unhöflich klingen zu lassen. Gerade habe ich beschlossen, zu Mathieu richtig nett zu sein. Nachdem Olivier mich so übel angekündigt hat, bleibt mir kaum etwas anderes übrig. Auf jeden Fall nicht, wenn ich ihn blöd dastehen lassen will. Ich zwinge mir ein Lächeln ins Gesicht. »So schlimm ist es gar nicht. Ich habe noch keine einzige Kakerlake gesehen.«

»Wirst du auch nicht. Die werden von den Ratten gefressen«, erwidert er trocken.

Jetzt muss ich aufrichtig lachen. Der hat echt einen hammerguten Humor. Nur Olivier kneift die Augen zusammen und wirkt angepisst. Meine Laune wird immer besser.

»Ich habe euch doch gesagt, ich hätte einen Plan«, erklärt er dann. »Wir können eine Weile hierbleiben. Mathieu hat

Kontakt zu einer Gruppe, die sich nach dieser Olympiasache gebildet hat. Nachdem publik wurde, was da mit den englischen Männern geschieht.«

»Oh«, jubelt Fiona, »so eine Gruppe haben wir auch. Das ist die Pro-Boys-Group, kurz PBs.«

»He, das ist cool, ein Name fehlt uns nämlich noch.« Mathieu bugsiert uns ins Wohnzimmer und räumt einen Berg Wäsche vom Sofa. Er schichtet einige leere Pizzakartons auf einen Stapel und schiebt Flaschen zusammen.

»Ernährst du dich nur von Pizza?«, fragt Fiona mit großen Augen. »Ich habe noch Reste von unserem Abendessen. Wenn du schneller bist als Amber, kannst du sie haben.«

»Nö, manchmal hole ich auch was vom China-Imbiss.« Davon sind ebenfalls Reste zu finden.

»Niemand ist schneller als ich, wenn es um Essen geht. Wir sind also wegen dieser Männergruppe hier?«, frage ich Olivier, während ich mich vorsichtig auf den einzigen Sessel setze. Nachdem ich einen Sportschuh und einen mehrfach getragenen Pullover entfernt habe. Diese Sitzgelegenheit sieht deutlich sauberer aus als das Sofa. Zu spät bemerke ich, dass die Lehne klebt.

»Oh Mist, da ist mir vorgestern Bier ausgelaufen.« Mathieu wirkt ansatzweise verlegen. »Keine Ahnung, wie das passieren konnte.«

»Du warst wahrscheinlich betrunken«, sage ich. Es klingt sogar einigermaßen freundlich.

»Na ja, ich war mit den Jungs aus. Und danach brauchte ich noch ein Bier für die nötige Bettschwere. Da war nämlich dieses Mädchen, so eine süße Dunkelhaarige und die hat einfach nicht auf meine Flirtversuche reagiert. Ich bin wohl aus der Übung.«

»Mathieu, du warst noch nie in Übung«, wendet Olivier ein. »Eine Frau solange aus der Ferne anzuschmachten, bis sie freiwillig kommt, kann man nicht flirten nennen.«

»Ach was, bei Monique hat es funktioniert.«

»Wie du siehst, hat es nicht funktioniert, sie ist nämlich wieder weg.«

»Das sagt ja der Richtige.«

Nun ist Mathieu beleidigt. Er wendet sich Fiona und mir zu und zeigt anklagend auf Olivier. »Kann sein, dass er hier der Womanizer schlechthin ist, aber seine Affären halten nie länger als ein paar Wochen. Monique dagegen hat über ein Jahr hier gewohnt.«

»Monique ist übrigens seine Exfreundin«, erklärt Olivier achselzuckend. »Und sie ist vor zwei Monaten ausgezogen, nachdem sie ihn mit einem gemeinsamen Freund betrogen hat.«

»Freund würde ich das jetzt nicht nennen«, wende ich ein. Mit dem Thema ›Betrügen‹ kenne ich mich nicht aus, aber dass Freunde so etwas nicht machen, ist auch für mich völlig klar.

»Da hast du recht, Amber. Ich werde mit dem Typen nie wieder etwas zu schaffen haben.«

»Und vor allem mit Monique wirst du nichts mehr zu tun haben, hoffe ich doch mal«, knurrt Olivier. »Die hat dich von Anfang an nur ausgenutzt.«

»Hat sie nicht. Was soll der Scheiß? Wir haben uns geliebt.«

»Hat sie Miete gezahlt?«

»Natürlich hat sie das nicht. Ich lasse doch keine Studentin Miete zahlen. Dafür verdiene ich einfach zu gut.«

»Siehst du, Mathieu. Sie hat dich ausgenutzt. Und ich wette, die hat vorher schon fremdgevögelt, da hast du sie nur nicht erwischt.«

»Ein traumatisches Erlebnis«, seufzt er mit einem bemitleidenswerten Augenaufschlag. »Möchte nicht eine von euch mich trösten.«

»Oh, armer Mathieu«, sage ich leicht verwirrt. Fiona verfolgt das Hin und Her mit genauso irritierter Miene wie ich. Ich kann nicht beurteilen, ob Mathieu in der Tat verletzt ist oder ob das nur Show ist. »Ich könnte dir eine heiße Schokolade machen, das ist das Einzige, was meiner Erfahrung nach bei Kummer hilft.«

Olivier lacht hämisch. Dann spricht er wieder französisch. »Körperlichen Trost kannst du dir bei der abschminken. Ich wette, Amber kann dich schneller kastrieren, als du deine Hose geöffnet hast.«

»Das würde sie gegebenenfalls bei dir machen und das durchaus zu Recht. Auf mich dagegen steht sie, sie hat mir heiße Schokolade angeboten.« Er lächelt mich erneut an und zwinkert. »Ich nehme deinen Vorschlag sehr gerne an. Morgen, nachdem ich die Küche geputzt habe. Soll ich euch jetzt zeigen, wo ihr schlaft?«

In dieser Wohnung will ich nicht schlafen. Sie ist versifft und unhygienisch und das Unhygienischste sind eindeutig diese zwei Männer, die sich hier befinden.

»Wir nehmen ein Hotel«, sage ich also zu Mathieu. »Du bist noch viel zu mitgenommen und traurig, um für uns den Gastgeber zu spielen. Das wollen wir dir wirklich nicht antun.«

Fiona will widersprechen, ich bringe sie mit einem einzigen Blick zum Schweigen. Bei Mathieu wirkt das leider nicht.

»Ihr zwei seid genau der Trost und die Ablenkung, die ich jetzt brauche. Ehrlich, im Nachhinein glaube ich, ich habe nur all die Zeit auf euch gewartet. Ihr seid mein Sonnenschein, mein Streif am Horizont.«

Wenn Mathieu sich nicht aufs Flirten versteht, was bitteschön ist das? Und was hat Olivier drauf, wenn er im Vergleich der Womanizer schlechthin ist. Ich muss hier weg.

Mir fällt nur keine höfliche Ausrede ein.

So übel ist das Zimmer nicht. Es wurde nur eine Weile nicht mehr betreten und ist ein wenig staubig. Im Vergleich zu dem Rest der Wohnung ist das ein steriler Raum. Unser Gastgeber organisiert Bettwäsche und beginnt, das Doppelbett zu beziehen. Fiona und ich packen mit an, während Olivier mit verschränkten Armen in der Tür steht.

»Du hast ja Hausmannqualitäten«, lobt Fiona.

»Klar. Ich bin der Traumtyp jeder Frau, sie sehen es nur leider nicht. Vielleicht bin ich einfach zu hässlich.«

»Du bist alles andere als hässlich«, sage ich und überlege krampfhaft, wie ich möglichst freundlich sein kann. Zu einem Mann, der mit mir sein Äußeres diskutiert. »Du hast weder Zöpfchen noch einen Bart. Also, alles prima.«

Mathieu kichert hämisch.

»Da steht wohl nicht jeder auf deinen Bad-Boy-Look«, triumphiert er zu Olivier, der mich finster mustert. »Hast du keine anderen Ansprüche?«, fragt er mich.

»Selbstverständlich nicht.« Meine Ansprüche an einen Mann bestehen darin, dass er sich möglichst weit weg von mir befindet. Am liebsten in einem anderen Land oder hinter dicken Mauern. Es ist allerdings ungezogen, das seinem männlichen Gastgeber so zu sagen. Ich entscheide mich für eine taktische Antwort. »Es kommt ja auf die inneren Werte an.«

Mathieu nimmt mir den unteren Teil der Decke ab und gemeinsam ziehen wir sie gerade.

»Ist dir egal, ob der Mann blond ist oder dunkelhaarig? Augenfarbe, Größe, Statur?«, fragt er und beobachtet mich aufmerksam. Ich schüttle den Kopf. »Sportlich oder eher der musische Typ? Ob er kochen kann? Ob er raucht und mal ein Bier zu viel trinkt?« Ich schüttle zu allem den Kopf.

»Ist mir alles egal«, erkläre ich dann. »Solange er drei Meter Abstand zu mir hält.«

Mathieu macht einen gespielt erschrockenen Satz rückwärts, blickt dann auf den Boden und kontrolliert die Entfernung.

»Puh, das dürften drei Meter sein.«

Jetzt lache ich wieder.

»Bei Männern mit Humor sind auch zwei Meter akzeptabel.«

Das bringt mir ein aufrichtiges Lächeln ein.

»Sag ich doch, Amber, du bist meine Rettung in dieser

meiner schwersten Stunde. Du und der blonde, schweigsame Engel an deiner Seite.« Er zwinkert Fiona zu. Wieso die so wortkarg ist, ist mir allerdings ein Rätsel. Mit Olivier hat sie geplappert wie ein Papagei.»Und jetzt kümmere ich mich um das Badezimmer und mache es frauenbesuchstauglich. Allein.«

Im Vorbeigehen stößt er Olivier unsanft an und wechselt wieder ins Französische.

»Ich weiß nicht, was du hast. Amber ist hinreißend hübsch. Wenn sie lacht, hat sie Grübchen. Ich steh voll auf Grübchen.«

»Ich habe sie ja vorher noch nie lachen gesehen.«

»Ach was, die hat so einen tollen, trockenen Humor. Und es ist echt leicht, sie zum Lachen zu bringen. Ich denke, du hast nur ihren Humor nicht verstanden, du Banause.«

Die Tür fällt hinter ihnen ins Schloss.

»Warum bist du eigentlich mit einem Mal so schweigsam? Mit Olivier hast du meine Ohren blutig gequatscht.«

»Mit Olivier musste ich für positive Stimmung sorgen, weil du so unerträglich warst. Das ist ja seltsamerweise jetzt nicht nötig.«

»Mathieu ist ja auch um Längen netter als Olivier.«

»Findest du? Ich denke, sie sind beide in Ordnung.«

Am nächsten Morgen wache ich in absoluter Stille auf. Kein brabbelndes Kleinkind und keine Mama, die sich bemüht, die schlafenden Gäste nicht zu stören. Normalerweise bin ich eine Langschläferin. Aber in einer Situation wie dieser, im Ausland mit freilaufenden Männern im Haus, da kann niemand tief schlafen. Bis auf Fiona. Leise stehe ich auf, um ins Bad zu schleichen und zu duschen. Das Badezimmer ist immerhin abschließbar.

Auf dem Sofa im Wohnzimmer liegt eine Gestalt und atmet unhörbar. Es ist Olivier, für den kein Bett mehr frei war. Ich muss wohl oder übel an ihm vorbei und das ist durchaus gruselig. Ein schlafender Mann in einem ansonsten stillen Haus hat irgendwie Horrorfilm-Charakter. Einen Blick auf ihn kann ich mir aber doch nicht verkneifen. Mund leicht geöffnet, Haare ohne Dutt und ziemlich wirr verstrubbelt. Weniger beängstigend als tagsüber. Leise kichernd zücke ich mein Handy und schieße ein Foto von ihm. Grinsend schicke ich es an Emily und Sophie, die sich über einen langhaarigen Mann mit Dutt genauso amüsiert haben wie ich und schon gestern nach einem Bild quengelten.

Nach einer ausgiebigen Dusche, die das Bad in wundervollen, warmen Dampf hüllt, werfe ich einen Blick in die Küche. Auch hier haben die beiden gestern Abend wahre Wunder bewirkt. Denn während Fiona und ich früh schlafen gingen, hat Olivier sich erbarmt und Mathieu putzen geholfen. Ich setze Kaffee auf.

»Hi Frühaufsteherin.«

Mathieu schlurft in die Küche, und ich weiß nicht, ob ich schreien oder lachen soll. Auf der einen Seite ist er viel zu leicht bekleidet, nur mit T-Shirt und kurzer Hose, und bietet eindeutig einen Grund zum Schreien und Weglaufen. Andererseits ist er heillos verschlafen mit verknautschtem Gesicht und Haaren, die in alle Richtungen abstehen. So ist er alles andere als bedrohlich. Eher wie ein herrenloser Welpe, der dringend Hilfe benötigt. Ich biete Hilfe in Form einer Tasse Kaffee an.

»Du weißt, wie man Männer glücklich macht, Amber.«

Eindeutig nicht, aber ich weiß, wie ich mich glücklich mache.

»Ein kleines Dankeschön für die Unterkunft.«

»Hast du einigermaßen geschlafen? Olivier sagt immer, das Bett quietscht bei jeder Bewegung.«

»Ich bin eine ruhige Schläferin.«

»Na ja, ich glaube, schlafen ist auch nicht das Problem. Olivier nutzt das Bett bei jedem Besuch für Turnübungen der erotischen Art.«

Ich brauche eine Weile, bis ich kapiere, was er meint. Dann schüttelt es mich.

»Kann ich bitte eine andere Schlafgelegenheit haben?«, frage ich. Ich bezweifle, dass ich den Ekel verbergen kann.

»Klar, du kannst liebend gerne mit mir tauschen. Ich übernehme das Doppelbett mitsamt Fiona.« Olivier steht im Türrahmen und biegt seinen Rücken durch. »Ich werde mich nie wieder über das Bett beschweren, nicht mit dem Wissen, wie übel deine Couch ist.«

Mathieu grinst breit.

»Die beste Schlafgelegenheit ist eh neben mir. Hast du schon einmal in einem Wasserbett gelegen, Amber?«

Ich habe keine Ahnung, was das ist.

Mathieu erklärt es mir mit glücklichem Gesichtsausdruck.

»Ehrlich, es ist, wie schlafen auf Wolken. Und außerdem habe ich seitdem den besten Sex weltweit.«

»Du hast seit zwei Monaten gar keinen Sex mehr, da deine Flamme dir in genau diesem Wasserbett fremdgegangen ist. Am Bett lag es also nicht«, stichelt Olivier. »Was dir echt zu denken geben sollte, Kumpel.«

Mathieu hat genug Coolness, um über die Beleidigung wegzusehen. Er wird mir immer sympathischer, obwohl ich mir aufrichtig wünsche, die beiden würden das Thema wechseln.

»Magst du mal probeliegen, Amber.«

Olivier lacht dreckig.

»Mathieu legt sich dann probehalber obendrauf, Amber. Das ist doch genau das, was du in Wahrheit hier suchst. Die Sportler sind doch nur Tarnung.«

»Die Sportler gehen mir am Arsch vorbei. Ich suche nur Max.«

»Ist Max dein Freund?«, wirft Mathieu ein. »Ich hoffe, er ist kein jähzorniger, muskulöser Riese, der mich in Sekunden krankenhausreif schlägt, nur weil ich seine Freundin attraktiv finde.«

»Und weil du ununterbrochen versuchst, sie flachzulegen«, fügt Olivier hinzu. »Was zeigt, wie groß deine Verzweiflung momentan ist.«

»Max ist meine Freundin«, stelle ich richtig. »Und sie schlägt dich problemlos in Sekunden krankenhausreif, wenn das nötig ist. Schwarzer Gürtel in so jeder Kampfsportart, die du dir vorstellen kannst.«

»Oh, wow. Und du? Bist du auch so gefährlich?«

Wenn ich jetzt zugebe, so harmlos zu sein, wie ich es leider bin, mache ich eventuell doch noch nähere Bekanntschaft mit dem Wasserbett und den merkwürdigen Andeutungen, denen ich hier ausgesetzt bin. Und egal, wie nett Mathieu zu mir ist, das ist nicht drin.

»Soll ich es dir demonstrieren?«, antworte ich ausweichend.

Mathieu bekommt einen faszinierten und gleichzeitig besorgten Ausdruck im Gesicht und ich befürchte, etwas gesagt zu haben, was ich so nicht wollte.

»Liebend gern. Komm mit«, sagt er trotzdem und wirft Olivier einen für mich nicht zu deutenden Blick zu.

Ich will ihm schon meinen heißen Kaffee ins Gesicht kippen, um ganz deutlich klarzustellen, was ich über das Angebot denke, dann aber bemerke ich Oliviers Miene. Denn der ärgert sich gerade kolossal.

Das macht mich neugierig.

»Okay«, sage ich daher und folge Mathieu langsam aus der Küche, ohne eine Ahnung zu haben, auf was ich mich da gerade aus reinem Trotz einlasse. Olivier presst die Lippen aufeinander, als sein Freund ihn breit angrinst und mit den Augenbrauen wackelt. So angepisst wie in diesem Augenblick habe ich ihn noch nie gesehen.

Dann stehen wir in Mathieus Zimmer. Hier sieht es nach wie vor aus wie in einem Schweinestall und ich sehe mich empört um.

»Für das Schlafzimmer hatte ich gestern keine Zeit mehr, es steht aber auf meiner To-do-Liste ganz oben.« Mathieu zuckt mit den Schultern. »Ich verstehe es selbst nicht, in zwei Monaten kann sich erschreckend viel Müll ansammeln.«

Ehrlich gesagt, es sieht aus wie die Höhle eines Neandertalers. Oder eines Mannes. Was mich wieder dazu bringt, mich zu fragen, wie ich hier überhaupt gelandet bin.

»Du wolltest jetzt aber nicht wirklich mit mir ins Bett, oder?«, fragt Mathieu mit einem Mal ziemlich verlegen. Das Bett ist allerdings der mit Abstand attraktivste Platz in diesem Raum.

Ohne Müll. Ohne Dreck. Ohne Essensreste.

»Natürlich nicht. Ich wollte nur wissen, warum Olivier so wütend wurde«, erkläre ich und klettere doch auf dieses Wasserding. Es schaukelt und ich kann mir ein Lachen nicht verkneifen. »Das ist ja witzig.«

»Olivier ist eifersüchtig«, antwortet Mathieu und lässt sich erleichtert auf der Bettkante nieder. »Er betont ununterbrochen so nachdrücklich, wie schrecklich er dich findet, dass ich mir sicher bin, dass er in Wahrheit auf dich steht. Allerdings ist er mein Freund und ich sollte ihm eigentlich nicht so in den Rücken fallen, wie ich es gerade tue.«

»Doch, genau das solltest du.« Ich nicke ihm auffordernd zu. »Er stichelt unaufhörlich gegen dich. Wegen dieser dummen Exfreundin. Ein bisschen Rache ist da durchaus drin.«

»Stimmt auch wieder.«

Er macht eine Bewegung und das Bett schaukelt wie irre.

»Wie kannst du hier drin schlafen? Wird man da nicht seekrank?«

»Ein bisschen muss man sich daran gewöhnen.« Mathieu streicht mit einer Hand eine Falte glatt. »Aber danach ist es einfach genial.«

»Ich weiß nicht. Ich habe mich schon bei der Überfahrt aus Dover ununterbrochen übergeben. Und bezüglich Olivier, ich weiß zufällig sehr genau, dass er mich verabscheut. Und ich finde ihn nicht nur unattraktiv, sondern auch arrogant und unerträglich eingebildet. Tut mir leid, wenn ich gerade deinen Freund disse, aber er geht mir schon seit unserer ersten Begegnung auf den Keks.«

»Normalerweise stehen die Frauen ausnahmslos auf ihn. Und es stimmt, er ist da schon ein wenig überheblich und kommt nicht damit klar, wenn ihm ein Charakter wie deiner begegnet. Falls du ihn fertigmachen willst, dann geb vor, den Spaß deines Lebens mit mir zu haben.«

»Und wie soll ich das machen? Ich werde jetzt nicht mit dir…« Bei diesem Thema fehlt mir das passende Vokabular und ich wedle unbestimmt mit den Händen über das Bett.

»Kein Problem, ich finde dich zwar in der Tat irre süß und sexy, aber ich bin noch nicht über Monique hinweg. Und ich kann mich auch nicht mit einer anderen Frau trösten, so wie Monsieur Draufgänger da draußen das immer macht. Deshalb laufen meine Flirtversuche alle gegen die Wand.« Puh, ein erleichtertes Lächeln schiebt sich mir ins Gesicht, obwohl Mathieu mich aufrichtig bekümmert ansieht. »Jeder meiner Freunde sagt mir, ich solle mich ablenken, eine andere flachlegen und dann wäre alles wieder gut. Aber ich schaffe es einfach nicht.«

Mit jedem dieser Sätze mag ich Mathieu mehr. Er ist so ganz anders als sein hochnäsiger Freund und ich bin durchaus gewillt, ihn zu unterstützen. Solange das keine körperlichen Dinge beinhaltet.

»Aber es reicht doch, wenn Olivier denkt, dass wir zwei poppen.« Mathieu grinst mich an. »Dann platzt er vor Eifersucht, du hast deine Rache und ich brauche mir keine blöden Sprüche mehr anzuhören. Muss ja niemand wissen, dass das nur Fake ist.«

»Glaubt er das nicht eh schon?«

Dabei müsste jedem denkenden Menschen klar sein, dass ich mich zu so was nicht herablassen würde. Aber egal, Olivier fällt nicht in die Kategorie denkender Mensch.

»Vielleicht. Lass uns richtig laut werden, dann dreht er definitiv ab.«

Zögernd nicke ich. Eher skeptisch, aber Mathieu hat mit einem Mal so ein vergnügtes Funkeln in den Augen. Ich will ihn nicht enttäuschen.

»Amber! Wow!«, stöhnt er laut. »Woher kannst du so etwas?«

Verstört sehe ich ihn an und er kichert leise.

»Mach mit«, flüstert er dann.

»Wie denn?«

»Er reicht, wenn du laut stöhnst.«

Begeistert klettert er zu mir und setzt sich mir gegenüber. Er bringt das Bett zum Schaukeln und macht wieder so ein Geräusch. Verlegen versuche ich, es ihm gleichzutun.

»Das geht enthusiastischer. Bitte«, murmelt Mathieu. »So zerstörst du nur meinen Ruf.«

Jetzt stöhne ich vernehmlicher, breche aber sofort in ein Kichern aus.

»Besser«, sagt Mathieu leise und stöhnt laut.

»Oh Gott, Amber, du fühlst dich so gut an.«

»Mathieu«, falle ich mit ein und merke, dass es mir irgendwie Spaß macht. »Ja, genau so.«

»Ich wusste, dass du das magst.«

Er bringt das Bett stärker zum Schaukeln und ich falle in seine Bewegungen ein. In meinem Rücken klopft der Rahmen rhythmisch gegen die Wand und Mathieu gibt mir ein Daumen-hoch-Zeichen. Wir stöhnen immer lauter, immer wilder und enthemmter. Das Kichern ist mir vergangen, obwohl mir bewusst ist, wie lächerlich die Situation ist.

Zwischendurch sagt Mathieu immer wieder meinen Namen auf eine Art, die mir Gänsehaut macht und durchaus meine Neugierde weckt. Vielleicht ist diese Sache mit dem Sex, wenn er real stattfindet, auch für Frauen nicht ganz so schrecklich, wie ich dachte.

»So, wir setzen zum Endspurt an«, flüstert Mathieu schließlich und stöhnt noch stärker.

»Amber, ich halte es nicht mehr aus. Ich komme gleich.«

»Oh ja, ich auch«, erwidere ich in derselben Tonlage und frage mich, wohin wir wohl kommen werden.

»Scheiße, du bist so heiß«, schreit er fast, diesmal auf Französisch und ich muss an mich halten, nicht passend zu antworten. Es ist nicht anständig, diesem netten Typen vorzuenthalten, dass ich alles verstehe, aber wegen Olivier ist es leider nach wie vor nötig. Das hat er mir inzwischen diverse Male bewiesen.

Mathieus Worte gehen in ein langanhaltendes Stöhnen über, mit geschlossenen Augen und geöffnetem Mund. Kurz präge ich mir ein, wie er es macht, und falle ein.

»So, das war der Orgasmus. Du warst echt der Hammer, Amber. Das war definitiv der beste Nicht-Sex, den ich je hatte«, sagt er dann leise, die Stimme etwas heiser.

»Das muss am Wasserbett liegen.«

Mathieu lacht laut. »Gut, dass du nie deinen Humor verlierst.« Er lässt sich neben mich plumpsen. »Nach dem Sex muss ein Mann erst regenerieren, sonst ist er nicht glaubwürdig.«

»Muss eine Frau das nicht?«

Mathieu rollt sich auf die Seite und sieht mich prüfend an. »Sag mal, ist das mit den Männern bei euch tatsächlich so, wie man sagt?«

»Wie sagt man denn?«

»Dass ihr sie wegsperrt. Und kastriert. Dass sie keine Rechte haben und wie Tiere gehalten werden, wie Nutztiere wohlgemerkt.«

»Sie werden nicht kastriert«, antworte ich und der Mann in meinem Bett atmet erleichtert auf. Allerdings nur kurz. »Ausschließlich in Ausnahmefällen. Wenn sie ein nicht kalkulierbares Risiko sind, dann werden sie logischerweise kastriert. Und sie haben durchaus Rechte, jedoch nicht so viele wie Frauen. Und natürlich halten wir sie wie Tiere, denn das sind sie ja auch.«

Mathieu beißt sich verunsichert auf die Lippen.

»Was ist an den englischen Männern anders als an den französischen?«, fragt er und sieht mich nachdrücklich an.

Darauf kann ich nicht antworten.

»Denkst du also, auch ich bin nur ein Tier? Eines, das weniger Rechte haben sollte als eine Frau und am besten kastriert wäre«, fährt er dann fort. Er schafft es, nicht vorwurfsvoll zu klingen, sondern ausschließlich verwirrt.

»Du nicht«, sage ich lahm und merke selbst, dass irgendetwas nicht stimmt.

»Ich nicht?«

»Nein, du bist …« Ja, was ist an Mathieu bloß anders, so anders, dass mit ihm zusammen zu sein sich anfühlt wie mit einer Freundin? »Vor dir habe ich keine Angst.«

»Ist das jetzt gut oder schlecht?«

»Gut.«

»Zeigt das nicht vielmehr, dass du mich nicht als richtigen Mann siehst?«

Ich setze mich abrupt auf und sehe ihn konzentriert an.

»Und das fragst du mich, nach dem, was wir gerade getan haben?«

»Das war ja kein Sex. Und ja, das frage ich mich gerade wirklich. Olivier sagt immer, ich sei zu nett zu den Frauen.«

»Mathieu, ich mag dich total gerne. Und du bist der erste und einzige Mann, bei dem das so ist. Bleib bloß so nett, wie du bist, und werde niemals so ein Arsch, wie Olivier es ist. Und über diese andere Sache, da muss ich nachdenken. Vielleicht sind auch andere Männer keine Tiere, keine unkalkulierbare Gefahr. Vielleicht. Der deutsche Boxer war irgendwie auch ganz in Ordnung.«

»Okay, da habe ich für heute ja schon viel erreicht. Oder?« Nun lächelt er doch. »Dann war das gerade dein erstes Mal? Obwohl es eigentlich kein Mal war?«

»In der Tat, das war es. War doch okay, oder?«

»Es war mehr als okay, es war grandios. Und wenn man bedenkt, dass du das überhaupt nicht kanntest, was du da machst, war es genial. Aber dass du genial bist, wusste ich eh schon.«

Geschmeichelt klettere ich aus dem Bett.

»So, hat der Mann in dir sich genügend erholt?«

»Muss er wohl, so wie es aussieht.« Er grinst. »Warte kurz. Kannst du dein Shirt falsch rum anziehen?«

Ich mache es, aber nur, weil er sich brav umdreht und mich dabei nicht ansieht. Bevor wir das Zimmer verlassen, verwuschelt er mir und sich selbst die Haare.

Olivier sitzt nach wie vor in der Küche. Wo soll er auch sonst hin?

Er schaut uns jedoch nicht an, als wir uns neben ihn an den Tisch setzen und ich meinem Pseudo-Liebhaber und mir jeweils breit lächelnd eine Tasse Kaffee einschenke. Stattdessen gibt er sich vertieft in seinen Laptop.

»Amber ist wirklich genial, hatte ich das schon gesagt?«, fragt Mathieu und pustet in die Tasse.

»Ich schätze, sie muss im Bett ihr Aussehen durch Technik kompensieren«, murmelt Olivier auf Französisch und gibt vor, mich nicht zu bemerken.

»Du Idiot«, antwortet Mathieu und zieht den Laptop zu sich. Er sucht eine Internetseite auf und startet ein Video.

»Ich meine das hier.«

Es ist das Video des Prozesses gegen die Trainer. Ich wusste nicht, dass man das sogar im Ausland aufrufen kann. Neugierig schiebe ich mich neben die Jungs, denn den ersten Teil, den habe ich auch nie gesehen. Da stand ich noch vor der Tür, leise betend, dass mein überaus leichtsinniger Plan nicht in die Hose geht.

»Das ist kaum zu fassen. Die wollen echt die armen Kerle für etwas wegsperren, das sie nie im Leben hätten verhindern können«, sagt Olivier nach einer Weile fassungslos und sieht mich an, als wäre ich persönlich für all das verantwortlich. »Ihr seid noch viel übler, als ich vermutet habe. Hexe ist ein Kompliment für dich.«

»Sieh es dir doch mal bis zum Ende an«, motzt Mathieu. »Du immer mit deinen voreiligen Schlüssen, echt.«

Das Video läuft weiter. Zu dem Zeitpunkt ging es mir nicht um die Männer. Mir ging es darum, Fionas Betteleien zu entkommen. Und vor allem ging es mir um die Herausforderung, ums Gewinnen. Oliviers Schlüsse und Anschuldigungen sind zwar voreilig, falsch sind sie jedoch nicht.

Nun stürme ich ins Bild. Und die anderen PB-Mädchen.

»Jetzt geht es richtig los, ehrlich, das ist der Hammer«, jubelt Mathieu und reibt sich die Hände. Dann lächelt er mich an, und mit einem Mal bin ich regelrecht euphorisch, mit ihm in sein Zimmer gegangen zu sein. Der Mann ist so ein netter Kerl, er verdient es, glücklich zu sein, und wenn diese dumme Monique das nicht genauso sieht, dann Gnade ihr Gott, dass sie mir nie begegnet.

Meiner Rede lausche ich nur noch halbherzig, die kenne ich ja bereits. Ich beobachte lieber die Jungs und ihre Mienen. Mathieu, der den Internetauftritt mit leuchtenden Augen verfolgt, und Olivier, aus dessen Blick langsam die Wut und die Verachtung weichen und etwas anderem Platz machen.

Der Prozess löst sich in Chaos auf, und ich kann mir mein Siegergrinsen nicht verkneifen. Olivier wendet sich mir zu.

»Clever bist du ja, das muss man dir lassen«, gibt er dann mit zusammengebissenen Zähnen zu.

»Clever?« Fiona ist mittlerweile aufgewacht und betritt gerade die Küche. Ich hoffe, sie hat nichts von unserer irritierend fremden Geräuscheinlage mitbekommen. »Wer Amber als clever bezeichnet, redet vollkommen am Kern vorbei. Ich schätze, sie ist schlauer als Albert Einstein.«

»Bist du?«, fragt Olivier mich mit hochgezogenen Augenbrauen.

»Woher soll ich das wissen?«

»Hast du mal einen Intelligenztest gemacht?«

»Natürlich nicht. Wozu sollte das nötig sein?«

»Na, damit du es weißt. Wie schlau du bist.«

»Und aus welchem Grund sollte ich das wissen wollen?« Ich kann in Sekunden alles begreifen, was mir begegnet, ich kann schneller lernen als alle anderen, ich kann Lösungen für sämtliche Probleme finden. Was sollte ich also noch mehr wissen wollen?«

Olivier und ich lassen uns jetzt nicht mehr aus den Augen. Mathieu hat recht. Diese Nummer im Wasserbett hat ihn definitiv nicht kaltgelassen. Und auch wenn ich mich für die schlaueste Person halte, die mir je begegnet ist, das verstehe ich nicht. Ärgert er sich über den schlechten Geschmack seines Freundes? Da ich ja hässlich wie die Nacht bin.

»Wie auch immer, ich bin dein größter Fan«, sagt Mathieu. »In definitiv jeder Hinsicht.«

Klingt so, als mache er mir Komplimente, die mehr als nur mein juristisches Geschick betreffen. Ich weiß es ja besser, aber bei Olivier verkrampft sich der Kiefer.

»Trotzdem bist du nicht klug genug, dich korrekt anzuziehen«, kichert Fiona in dem Moment und zupft an meinem Shirt. »Zumindest heute. Und deine Haare sehen ebenfalls aus wie gerade aus dem Bett gekommen. Ich denke, du hast geduscht?«

Ich gebe erstaunt vor, es erst jetzt zu bemerken, und verkneife mir ein Lachen. Mathieu hat erneut dieses erfreute Funkeln in den Augen.

»Habt ihr auch gesehen, wie Amber die Sportler rausgehauen hat? Vor den Olympischen Spielen war das«, fragt Fiona, während sie weiterhin versucht, meine Haare zu ordnen. »Gibt es eigentlich Frühstück? Ich habe Hunger, habe ich morgens immer.«

Hunger habe ich auch.

»Nein, das kenne ich nicht«, sagt Mathieu.

Ungehalten winke ich ab. »Das war doch nicht meine alleinige Aktion. Das haben wir alle zusammen gemacht.«

»Das war aber dein Plan, Amber. Ohne deine Idee wäre da nichts draus geworden.«

»Es war trotzdem Maxine, die ihren Kopf hinhalten musste.« Ich hätte das niemals persönlich gemacht. Nicht zu dem Zeitpunkt. Nicht für die Sportler.

Mathieu hat sich während unseres Gezankes wieder der Internetrecherche gewidmet. Er ist fündig geworden. Von diesem Prozess gibt es leider ebenfalls einen Beweis im Netz. Auch jetzt weckt das Video einfach nur heiße Scham in mir. Nie zuvor in meinem Leben habe ich mich so dermaßen bloßgestellt. Maxine noch viel mehr. Die Hitze, die ich sogleich wieder in den Wangen spüre, lässt mich alles erneut so erleben, als wäre es gerade erst geschehen. Die acht erbärmlichen Gestalten, die an Händen und Füßen gefesselt hineingeführt werden. Die Anklage, so langweilig von Dr. Higgs vorgetragen, dass nicht nur ich mit dem Gähnen kämpfe. Adrian, der bockig und beängstigend seine Aussage verweigert. Und schließlich Maxine mit ihrer abstrusen Geschichte, die tatsächlich peinlicherweise meinem Hirn entsprungen ist.

Fiona sagt aus, mit einem so entspannten Lächeln, als würde sie gar nicht begreifen, dass sie zugibt, oberkörperfreie Männer attraktiv zu finden. Dann kommt mein Auftritt. Ich verstecke mich hinter den Händen, trotzdem höre ich, wie ich meinen Namen nenne. Da war ich noch kühl und gefasst.

»Sie hatten also ebenfalls Interesse daran, die Oberkörpermuskulatur der Olympiakandidaten zu betrachten?«, fragt Richterin Martin skeptisch irritiert und Fiona kichert. Am liebsten würde ich lauthals verkünden, dass ja alles gelogen war. Mathieu und Olivier müssen unaussprechliche Dinge von mir denken. In diesem Moment höre ich mich selbst im Video »Ja« sagen. Vorsichtig wage ich einen Blick auf die Jungs, um zu kontrollieren, ob sie mich schon auslachen. Aber sie starren nur gebannt auf den Bildschirm.

»Können Sie mir irgendeinen vernünftigen Grund nennen, aus dem wir uns das hier ausdenken sollten? Es ist peinlich hoch zehn. Aus Spaß würde ich so etwas niemals zugeben«, erklärt die Video-Amber und kommt noch immer recht cool rüber. Leider zum letzten Mal. Denn im Anschluss geht es darum, ob die Sportler sich komplett nackt ausziehen sollten. Ich verstecke mich wieder hinter meinen Händen. Höre wie Adrian bestätigt, dass er sich vor uns ausgezogen hätte, und verfluche die Technik, die gnadenlos auch die kompromittierendsten Momente festhält.

»So ein Glück, dass diese Bänder kaputt waren«, sagt Mathieu perplex. »Ich gehe doch recht in der Annahme, dass die Sportler in Wahrheit fliehen wollten.«

»Logisch wollten die fliehen.« Fiona hat kein Gespür dafür, wann man besser die Klappe hält. »Und die Bänder hatte Max vorher natürlich zerschnitten. Während Amber die PB-Group ins Leben rief und fast das Jungeninternat zugrunde gerichtet hat.«

Mit funkelnden Augen holt sie tief Luft und erzählt lang und breit alles über diese grässliche Rettungsaktion. Und ich stelle mich tot und frage mich, ob ich mich gleich im Klo ertränken soll oder mich besser aus dem Fenster stürze.

Die Jungs sind scheinbar nicht so entsetzt über mich, wie sie es sein sollten.

»Bist du doch nicht die Männerhasserin, für die du dich immer ausgibst?«, fragt Olivier mich nämlich mit einem eher beeindruckten Ton in der Stimme.

»Natürlich ist sie das nicht«, protestiert Fiona laut.

»Oh doch, das bin ich definitiv«, widerspreche ich in einer ähnlichen Lautstärke, aber viel nachdrücklicher.

»Eine Männerhasserin, die meinem besten Freund das Hirn rausvögelt und die jeden Prozess gegen Männer aufmischt und zum Platzen bringt?«, blafft er plötzlich.

»Bei Mathieu ist an Hirn noch alles drin.« Ich stemme empört die Hände in die Seiten. Der Typ regt sich über Angelegenheiten auf, die ihn nichts angehen. »Und die Prozesse mische ich nur auf, weil es Spaß macht. Und zu Übungszwecken, weil ich Anwältin werden will. Wenn es nach mir geht, könnten sie jeden von denen kastrieren und für immer wegsperren.«

»Das meint sie nicht so«, sagt Fiona. »Ich habe übrigens Brioche gefunden. Genug für uns alle. Und ich denke, ihr wärt friedlicher, wenn ihr etwas anderes als schwarzen Kaffee im Magen hättet. Habt ihr Tee?«

»Das meine ich genau so. Ich könnte jeden Mann auch eigenhändig kastrieren, wenn es nötig ist«, erkläre ich wütend und schiebe schnell eine ganze Scheibe Brioche in meinen Mund.

# kapitel 10

Gerade erkenne ich, dass Fiona ein unbezahlbares Talent hat. Außer sinnlos Männer anzuschmachten und so lange um den Finger zu wickeln, bis sie nach ihrer Pfeife tanzen. Sie ist nämlich eine wirklich talentierte Reporterin.

»Das nenne ich mal telegen«, stellt auch Olivier fest, der Fionas Auftritt über mein Handydisplay mit verfolgt.

»Du immer mit deinen Äußerlichkeiten. Kannst du nicht anerkennen, dass sie wahre Ausstrahlung hat.«

»Das meine ich doch.«

»Nein, du reduzierst sie auf ihr Aussehen. Hübsch allein reicht aber nicht. Fiona hat die Fähigkeit, die Message wirklich gut rüberzubringen. Aussagekräftig, auf den Punkt, einfach verdammt gut.«

»Hab ich doch auch gesagt. Ich habe überhaupt nichts reduziert, Kratzbürste.«

»Du darfst mich nicht mehr Kratzbürste nennen«, fauche ich ihn an.

»Sagt wer?«

»Sagt Fiona.«

»Die hört es gerade aber nicht«, antwortet er triumphierend.

»Ihr seid wie zwei kleine Kinder.« Mathieu ist in Hörweite und beobachtet uns kopfschüttelnd.

Dann wendet er sich wieder seinen Freunden zu.

»Kotzbrocken«, sage ich unbeeindruckt zu Olivier.

»Jetzt hast du es mir aber gegeben.«

Ich verdrehe die Augen. »Das war die höfliche Version von: Du bist der widerlichste Typ, der mir je über den Weg gelaufen ist.«

»So viele sind dir ja noch nicht über den Weg gelaufen. Ohne Vergleichsmöglichkeiten beeindruckt mich das nicht.« Olivier steht neben mir und hat die Hände tief in den Hosentaschen vergraben. Auf diese Art wirkt er genauso rechthaberisch, wie er klingt.

»Ha, sieh dich doch mal um.« Ich stehe aktuell mitten in einem Pulk Männer und deute in alle Richtungen. »Aber du hast recht, im Vergleich zu Hitler oder Jack the Ripper bist du natürlich nicht widerlich.«

»Das war jetzt schon ziemlich geschmacklos.«

Mag sein. Ich schieße gerne übers Ziel hinaus, wenn ich mich ärgere. Und in Oliviers Gegenwart ärgere ich mich ständig. Ich entschuldige mich trotzdem nicht.

Stattdessen nehme ich weitere Bilder der Demo auf. Denn genau da sind wir. Inmitten einer Demonstration für die Befreiung der englischen Männer. Und hier geht es nicht nur um die Sportler. Die und ihre spektakuläre Flucht haben das Ganze lediglich ins Rollen gebracht und den Fokus auf das gelegt, was in unserem Land so geschieht. Und die französischen Männer finden das nicht so lustig. Die deutschen auch nicht. Nicht die niederländischen und die belgischen und die des restlichen Europas. In jedem Land haben sich solche Gruppen gebildet, Gruppen, die Fiona enthusiastisch PB-Groups nennt.

Und aktuell filmen wir die Kundgebung und verbreiten das Ganze mit Fionas Ansagen über das Netz in die Welt. Und vor allem nach Hause.

Das Projekt Max-zu-Finden ist momentan etwas ins Stocken geraten, geschuldet meiner derzeitigen Planlosigkeit.

Aber das hier ist so oder so eine wichtige Aktion. Denn mit Max-Finden ist es ja nicht getan. Wir müssen ihr auch eine Alternative bieten, eine, die besser ist, als sich mit allen acht Olympiateilnehmern zu verstecken. Ich will nämlich, dass sie wieder nach Hause kommt. Und wenn das bedeutet, dass sie die Riesen mitbringt, dann sei es so. Vielleicht sind unbehandelte Männer ja in der Mehrzahl so wie Mathieu. Und nicht so wie Olivier. Denn dann könnte ich mich davon überzeugen lassen, ihnen dieselben Rechte einzuräumen wie Frauen. Die europäischen Frauen sehen es wohl so. Genau genommen ist es nur meine verzerrte Wahrnehmung, die mich glauben lässt, von wilden Männern umzingelt zu sein. Ich bin genauso von Frauen umgeben.

»Mathieu, wir brauchen solche Bilder auch aus den anderen europäischen Ländern«, rufe ich zu dem nettesten Mann der Welt. »Das ist echt eindrucksvoll.«

Er zeigt mir seinen emporgereckten Daumen.

»Krieg ich hin, Süße. Für dich mache ich doch alles.«

Ja, er hat tatsächlich verdammt gute Kontakte.

»Süße? Na, bei dem ist seit der Trennung von Monique aber so einiges aus den Fugen geraten«, spöttelt Olivier, der mir noch immer auf der Pelle hängt.

»Diese Monique ist doch nicht ganz bei Trost. Wie kann man einen so tollen Mann wie Mathieu betrügen?«

»Vielleicht ist er nicht so toll, wie du denkst. Ich fürchte, dir fehlen die Vergleichsmöglichkeiten.«

»Ich fürchte, dir fehlen Anstand und ein Verständnis von Freundschaft. Solltest du nicht deinen Kumpel verteidigen?«

»Habe ich. Ich habe diese Schlampe eigenhändig hinausgeworfen. Mathieu hätte das allein nie geschafft.«

»Vielleicht hast du die Schlampe auch eigenhändig im Wasserbett flachgelegt?« Wie um Gottes Willen komme ich eigentlich innerhalb von wenigen Stunden an diesen Wortschatz? Ich habe wirklich ein viel zu gutes Gedächtnis. Schnell lernen zu können, ist nicht immer von Vorteil.

Olivier schnaubt nur abfällig.

»Keine Ahnung, aus welchem Grund du mich für ein so mieses Schwein hältst. Das bin ich nämlich nicht. Die Freundinnen meiner Freunde sind tabu. Abgesehen davon war die echt nicht mein Typ.«

Ich kichere ein wenig gehässig.

»Und ich habe gehört, jede wäre dein Typ, die auf zwei Beinen läuft. Bis auf mich natürlich. Ich bin ja eine hässliche Hexe, bei der gar nichts geht.«

Olivier runzelt verwirrt die Stirn, dabei waren das seine eigenen Worte. Und dann fällt mir mein Fehler auf, denn das waren seine französischen Worte.

Ich starte rasch ein Ablenkungsmanöver.

»Fiona!«, rufe ich laut zu meiner Freundin, die mitten im Getümmel ist und es eindeutig genießt. Gerade lässt sie sich von einem kleinen, schmächtigen Franzosen zeigen, welchen Rhythmus er auf seiner Trommel spielt. »Ich nehme das auf. Kannst du den Trommler interviewen?«

»Kann ich nicht, er spricht nur Französisch«, brüllt sie zurück. »Wir behelfen uns mit Zeichensprache.«

»Ich übersetze, hässliche Hexe«, sagt Olivier leise zu mir und wirft mir einen Blick zu, der besagt, dass er meinen Patzer nicht vergessen wird.

Ich werde behaupten, dass Mathieu mir das gesteckt hat.

»Sehr, sehr gerne, Möchtegern-Casanova«, flöte ich zurück.

Ich finde ihn selbst ja auch extrem unattraktiv.

Es wird ein amüsantes Interview, immer wieder untermalt von gekonnten Trommelwirbeln des Franzosen und missglückten Nachahm-Versuchen von Fiona. Was niemanden kümmert, im Gegenteil. Der Trommler scheint es hinreißend zu finden, wie ungeschickt Fiona sich anstellt, und spart nicht an Komplimenten.

Ich habe das Video kaum an Sophie und Emily weitergeleitet, als ich schon eine Antwort bekomme.

»Unter der Bettdecke war von deinem bart- und zöpfchen-tragenden Franzosen ja nicht viel zu sehen, aber jetzt umso mehr.« »Ja, leider war der Dolmetscher immer wieder mit im Bild.« »Lächerlich würde ich ihn allerdings nicht nennen.« Das ist Sophie, die Neutrale. Ist sie inzwischen auch von dem Männervirus angesteckt?

»Er ist jedoch als genauso gefährlich einzustufen wie Maxines Sportfreaks«, schreibt Emily, die Einzige, die neben mir noch vollkommen bei Verstand ist. »Guck dir mal den Körper an.«

»Igitt, Emily«, antworte ich und lache leise. »Was ist denn das für eine Aufforderung? Aus deinem Mund! Wäre das nicht Erregung öffentlichen Ärgernisses?«

»Das ist eine Aufforderung, sich um sein Leben zu fürchten, du Blöde.«

»Ich wollte ja nur sagen, dass er in dieselbe Kategorie wie Paul fällt«, verteidigt sich Sophie. »Diesen Typ könnte man auch locker in einem der ausländischen Liebesfilme spielen lassen.«

»Die Prinzessin mit dem Zöpfchen?«, schreibe ich und füge noch ein paar Fragezeichen hinten dran.

»Ja, er kann es tragen.« Ich bin stark in Versuchung, Sophie aus meinen Kontakten zu streichen.

»Emily, ich habe hier den echt schweren Job, Fiona an der kurzen Leine zu halten. Um Sophies Geisteszustand musst du dich kümmern. Das schaffe ich aus der Ferne nicht auch noch.«

Schnell lege ich mein Handy weg, ehe weitere verstörende Tatsachen ans Licht kommen. Und sehe mich schon wieder von Olivier beobachtet.

»Ist was, Prinzessin?«, maule ich ihn an.

»Prinzessin?« Er zieht die Augenbraue hoch.

»Definitiv.« Theatralisch fahre ich mir durch die Haare und gebe vor, mir geziert einen Dutt binden zu wollen. »Bei Gelegenheit besorge ich dir ein Krönchen.«

»Ihr sollt doch nett zueinander sein«, schimpft Fiona, die sich von ihrem Trommler gelöst hat, mit mir. Wieso erwischt sie eigentlich immer nur mich?

»Ich bin nett. Ist Prinzessin etwa ein Schimpfwort?«

»Lass sie, Fiona«, wendet Olivier ein. »Ich habe es langsam kapiert. Amber gibt nur vor, so hart und unnahbar zu sein. Ihr weiches Herz und vor allem ihren weichen Körper hat sie heute Morgen schon präsentiert.« Er lächelt süffisant.

Fiona reißt erstaunt die Augen auf. Verstehen kann sie die Andeutung glücklicherweise nicht.

»Ist es in Ordnung, wenn morgen einige meiner Freunde vorbeikommen?«, fragt Mathieu am Abend, während er uns Spaghetti mit Tomatensauce serviert.

»Es ist doch deine Wohnung, da musst du nicht uns fragen«, antworte ich mit vollem Mund.

»Als guter Gastgeber schon. Außerdem wollen die Jungs euch kennenlernen, sie engagieren sich nämlich alle in der PB-Group.«

»Habt ihr sie auch so genannt?«, jubelt Fiona. Leider kleckert sie dabei Tomatensauce auf ihr Oberteil. »Oh nein, Amber, jetzt habe ich nichts mehr zum Wechseln. Das ist nur dein unnatürliches Packverhalten schuld.«

»Du kannst bei mir waschen«, winkt Mathieu ab. »Du kannst natürlich auch morgen mit mir shoppen gehen.«

Olivier lacht laut los.

»Mann, Mathieu, du gehst doch nicht mit einem Mädchen shoppen. Bist du dann ihr Tütenträger? Frag Marie und Louise. Die kennen sich mit Frauenkram eh besser aus.«

Mathieu wirkt irgendwie verunsichert.

»Ja, meinetwegen. Aber mit Monique bin ich auch immer shoppen gegangen. Und natürlich habe ich ihre Tüten getragen.«

»Und jetzt siehst du, was du davon hast.«

»Und wer von den beiden ist deine Exfreundin? Marie oder

Louise?«, erkundige ich mich mit breitem Grinsen bei Olivier. Langsam frage ich mich, ob er wirklich so schlimm ist, wie er immer tut. Gesehen habe ich ihn noch mit keiner Frau. Mathieu lacht. »Beide.« Dann schüttelt er den Kopf. »Die beiden verstehen sich inzwischen ausgezeichnet, nur mit Olivier reden sie kein Wort mehr.«

Oh, die muss ich unbedingt kennenlernen.

»Wenn Marie und Louise Zeit für uns haben, würde ich auch gerne zum Shoppen mitkommen«, beschließe ich. »Wir haben de facto minimalistisch gepackt.«

»Ach, jetzt plötzlich.« Fiona funkelt mich an. »Zu Hause hast du fast mein gesamtes Gepäck ins Meer geworfen und mit einem Mal ist es dir zu minimalistisch?«

»Du hattest einen Koffer dabei. Wie hättest du den durch die Dünen bugsiert?«

»Wenn es nach mir gegangen wäre, wären wir nie in den Dünen gelandet. Sondern direkt in Calais bei Clementine und Fabienne.«

Olivier sagt gar nichts, er widmet sich seinem Essen, als wäre ein Gespräch über mehrere Exfreundinnen und Fionas und mein Hickhack das Normalste der Welt.

»Übrigens fragen sich die Mitglieder, was an den Gerüchten über euer Land Wahrheit ist und was eben nicht. Vielleicht könnt ihr morgen auch in diese Punkte ein wenig Klarheit bringen.« Mathieu reicht den Nudeltopf zu mir herüber, denn meine Portion hat sich bereits in Luft aufgelöst. »Möchtest du ein Glas Wein dazu, Amber?«

»Nein, lieber keinen Wein. Den hatte ich gestern schon.«

Ich häufe meinen Teller zum zweiten Mal voll.

»Genau genommen fragt sich ganz Europa, was ihr Engländerinnen denn in Wahrheit mit euren Männern macht«, konkretisiert Olivier und betrachtet kopfschüttelnd meinen Teller. Bei seinem Blick nehme ich noch eine extra Gabel.

»Was nützt es, es nur ein paar Leuten zu erzählen? Alle müssen es hören.«

»Meinetwegen.« Fiona schiebt mir ungefragt die Sauce rüber. »Sollen wir dann ganz Europa bereisen und vor allen Gruppen sprechen?«

»Wir machen ein Interview mit euch und nehmen es auf.« Olivier zeigt mit seiner Gabel auf meinen Teller. »Am besten heute Abend, wenn du es schaffst, deine Vielfraßportion zu essen und dabei nicht zu platzen.«

»Ich brauche nicht lange.« Mit Feuereifer stürze ich mich auf die Nudeln. »Mathieu kocht eben einfach himmlisch.«

»Mathieu«, äfft Olivier mich blöde nach. »Du bist so himmlisch. In der Küche und im Bett.«

Leise kichere ich und Fiona beobachtet irritiert Oliviers wütendes Gesicht. »Finde ich auch«, sagt sie dann und ich kann mich vor Lachen nicht mehr halten.

Mathieu übernimmt nach dem Essen die Rolle des Kameramanns, Olivier stellt die Fragen und übersetzt es im Anschluss ins Französische. Ich bin gespannt, wie korrekt er es macht.

»Gibt es überhaupt Männer in England?«, schießt er ein wenig provokant die erste Frage ab, nachdem er uns vorgestellt hat.

»Ja, natürlich.« Fiona guckt treuherzig in die Kamera.

Ich schalte mich ein. Auf diese Art kommen wir ja nie zum Kern der Sache. »Es ist nicht vergleichbar mit der Situation in den anderen europäischen Ländern. Viele männliche Babys werden nicht mehr geboren, seit wir das Geschlecht des Kindes bestimmen können. Und diese Jungen wachsen in speziellen Jungeninternaten auf. Sie dürfen die Einrichtung erst verlassen, nachdem sie erfolgreich behandelt wurden und keine Gefahr für die Frauen darstellen. Und die wenigen erwachsenen Männer, die es gibt, halten sich freiwillig fern.«

Eine Weile diskutieren Fiona und ich darüber, dass wir vor der ganzen Olympiasache noch nie bewusst einen Mann wahrgenommen hatten.

»Was genau können wir uns unter der Behandlung vorstellen?« Da wird es schwierig. Wir müssen auf das zurückgreifen, was wir von Max erfahren haben und zu dem Zeitpunkt gar nicht hören wollten. Sie war so geschockt von den Nebenwirkungen und ich war geschockt von ihrer unverständlichen Anteilnahme. Denn diese Tiere bekamen ja nur, was sie verdienten.

Olivier und Mathieu werden blass bei unserer Schilderung. Ich genieße es ein wenig. Bei nächster Gelegenheit muss ich unbedingt das Wort Kastration einfließen lassen.

»Und wie genau ist eure Einstellung zu Männern zum jetzigen Zeitpunkt? Nachdem ihr uns kennengelernt habt?«

Die Antwort überlasse ich Fiona. Lang und breit erzählt sie, dass sie schon während der Olympiavorbereitung Zweifel bekam. Zweifel, die Max von Tag zu Tag immer mehr bestätigte. Fiona spricht über den Probewettkampf und wie nett sie die Sportler da fand. Ich bin etwas in Versuchung einzuwerfen, wie nett sie vor allem die Bizepsmuskulatur des Kugelstoßers fand. Dann beschreibt sie unser Treffen mit Anton, dem Boxer. Der so groß und stark ist. Und so ein hingebungsvoller Vater. Der uns so selbstlos unterstützt hat, obwohl er uns gar nicht kannte.

»Und jetzt sind wir bei Olivier und Mathieu. Und auch diese beiden sind Engel, wirklich. Wenn ich früher gewusst hätte, wie toll Männer sind, ich wäre schon vor Jahren auf die Barrikaden gegangen und hätte mich für die Befreiung der englischen Männer eingesetzt.«

Fiona macht das ausgezeichnet. Entspannt lehne ich mich zurück, während Olivier übersetzt und die Komplimente an Fiona zurückgibt. Jaja, nur Engel hier im Raum. Mich erwähnt er nicht. Ich will mich schon aus dem Bild verabschieden, denn meiner Meinung nach ist alles gesagt.

Aber Olivier hält mich zurück.

»Und du Amber? Wie ist deine Einstellung zu freien, unbehandelten Männern?«

Wütend presse ich die Lippen aufeinander. Ich weiß schon, wann ich besser Fiona reden lasse.

»Fiona hat das Wesentliche gesagt.«

»Ich denke, du bist zu klug, um dem nicht noch etwas hinzufügen zu können. Du wirst doch eine eigene Meinung haben.« Er hat mich am Haken und wird mich so lange zappeln lassen, bis ich rede. Ich hasse diesen Typen. Er weiß haargenau, dass Fiona unser Sonnenschein ist und meine Einstellung nichts, was man laut verkünden sollte. Zwischen uns herrscht noch immer Krieg und solange Fiona mit im Raum ist, wird er eben versteckt ausgetragen.

»Mathieu ist einer der tollsten Menschen, die ich je getroffen habe«, sage ich langsam und vorsichtig. »Mathieu, unser Kameramann, könntest du mal kurz in die Kamera winken.« Er macht es und wird ein wenig rot dabei. Ich finde ihn hinreißend. »Er ist der Typ Mann, für den ich meine Hand ins Feuer legen würde, dem ich mein Leben anvertrauen würde. Männer wie er demonstrieren eindrucksvoll, wie wenig auch die Engländer diese Behandlung verdient haben.«

Olivier übersetzt. Dann lächelt er mich boshaft an.

»Und ich, Amber?«

»Du? Du bist das pure Gegenteil. Wegen Typen wie dir wurden Männer bei uns weggesperrt und das zu Recht. Du nutzt deinen Körper, um mich einzuschüchtern, mir Angst zu machen, und du beleidigst mich ununterbrochen, weil ich nicht deinem dämlichen Schönheitsideal entspreche. Dabei bist du nur eine überhebliche, arrogante Prinzessin, die mehr Zeit damit verbringt, die Haare zu pflegen, als sich um wichtige Dinge zu kümmern«, platzt es aus mir heraus.

Ich hatte schon immer das Problem, schnell und laut zu verkünden, was ich wirklich denke.

Fiona schlägt sich erschrocken die Hand vor das Gesicht, Olivier sieht mich finster an und Mathieu lässt vor Lachen die Kamera fallen.

Dieses Interview ist beendet.

## kapitel 11

Wie gehabt sitze ich auch am nächsten Morgen als Erste mit einer Tasse Kaffee am Küchentisch und ärgere mich. Ärgere mich darüber, einfach nicht entspannt schlafen zu können. Ärgere mich über Olivier, der mich am gestrigen Abend konsequent ignoriert hat und stattdessen Fiona mit Aufmerksamkeit überhäufte. Ärgere mich über Fiona, die mich im Bett als undankbar und oberflächlich Olivier gegenüber bezeichnete. Missmutig übernehme ich Oliviers Laptop und sehe mir das Interview einmal mehr an. Er hat mich provoziert. Wer nachdrücklich danach fragt, wie man ihn denn findet, muss sich nicht über die Wahrheit wundern. Nein, ich habe mir wirklich nichts vorzuwerfen.

Unter dem Video sind zahlreiche Kommentare.

Viele bezüglich der grausamen Situation der männlichen, englischen Bevölkerung und ich weiß nicht recht, was ich davon halte. Denn nicht nur die Männer sind empört und geschockt und geben zu Protokoll, dass sie das so nicht wussten. Auch die Frauen reagieren ähnlich. Mit Mitleid. Und Entsetzen. Und dem unbedingten Willen das zu ändern. Und das kann ich nun mal nicht nachvollziehen. Gut, unsere Reise hat sich bisher als unproblematischer und ungefährlicher herausgestellt als gedacht. Die Männer sind nett, harmlos und wenig bedrohlich – bis auf Olivier. Und möglicherweise ist es nicht richtig, unsere Männer wegzusperren. Und so extrem unter Medikamente zu setzen. Vermutlich auch nicht rechtens, denn den Status des wilden, unberechenbaren Tieres, den sie bei uns haben und der ihre Behandlung rechtfertigt, kann ich ihnen nicht mehr zuerkennen. Aber es ist doch verwunderlich, dass die europäischen Frauen genauso auf die Barrikaden gehen wie die Männer.

Gut für uns ist es allemal.

Ich schicke eine Nachricht an Emily und Sophie und bitte sie, unsere Unterstützer auf die Reaktionen aus dem Ausland hinzuweisen.

Abgesehen davon gibt es eine Menge Kommentare, die mir das pure Vergnügen bereiten. Und die betreffen Olivier. Beziehungsweise meine Schilderung seines Charakters.

›Diese Amber hat so recht. Olivier ist ein Arsch.‹

›Befreit die Engländer und sperrt Olivier dafür weg. Damit ist allen geholfen.‹

›Im Bett hat er echt was drauf, leider ist davon im Anschluss nichts mehr zu merken.‹

Erfreut scrolle ich nach unten und kichere vor mich hin.

›Olivier, solltest du das lesen: Ich habe deine Zahnbürste noch hier, bitte hol sie ab. Ich habe übrigens das Klo damit geputzt, aber das hatte ich schon, bevor du sie das letzte Mal benutzt hast. Marie‹

Jetzt lache ich laut.

›Marie, solltest du die Marie aus Amiens sein, dann darf ich dich bitte, bitte treffen? Ich liebe dich schon jetzt, Amber‹, antworte ich auf den Post.

»Mein Laptop ist passwortgeschützt. Wie bist du da rein gekommen?«, knurrt mich eine angepisste Stimme von hinten an und schnell klicke ich den Post an Marie weg.

»Das nennst du passwortgeschützt?« Jetzt drehe ich mich um. Ja, der sieht genauso wütend aus, wie er klingt. »Ich habe ganze drei Versuche gebraucht, um da rein zu kommen.«

»Das kann nicht sein. Bist du eine Hackerin, oder was?«

»Nee, aber eine Kombination aus deinem Namen und dem Geburtsdatum ist wirklich jämmerlich.«

»Woher kennst du mein Geburtsdatum?«

»Aus der Aufenthaltsgenehmigung, du Blitzbirne. Glaubst du, das ist eine geheime Information?«

»Ich kann mir andere Passwörter halt nicht merken. Trotzdem ist das Privatsphäre und du hast da nichts verloren.«

»Ach was, es ist ja schließlich mein Interview, das ich mir angesehen habe. Du bist übrigens bei deinen Exfreundinnen nicht beliebt.«

»Niemand ist bei seinen Exfreundinnen beliebt.«

»Manche hassen dich regelrecht.«

Olivier ist hinter mich getreten und kontrolliert, was ich an seinem Rechner mache. Sein Blick fällt auf Maries Kommentar und er verzieht gequält das Gesicht.

»Das hat sie nicht wirklich gemacht. Das hätte ich doch gemerkt«, sagt er.

»Kommt drauf an.« Glücklich über seine Reaktion grinse ich zu ihm hoch. »Wenn du eh schon riechst wie eine Toilette, dann eher nicht.«

»Aber wie du hier lesen kannst, habe ich im Bett echt was drauf.« Er beugt sich ganz nah über mich, so nah, dass ich seine Körperwärme spüren kann. Ich muss mich zwingen, nicht wegzurücken. Da ich jedoch bei Hunden gelernt habe, dass man sich seine Angst nicht anmerken lassen darf, bleibe ich sitzen. »Die Frauen kommen nur nicht damit klar, wenn sie mich nicht mehr im Bett haben.«

»Du kannst dir auch alles schönreden. Das mit dem Bett hat nur eine Einzige geschrieben.«

»Wieso verstehst du das eigentlich? Die Kommentare sind auf Französisch.«

Mist, jetzt hat er mich.

Oder auch nicht. Mit einem Grinsen weise ich auf einen Button, der die Kommentare automatisch in andere Sprachen übersetzt.

»Alles versteht man auf diese Art allerdings nicht. Die automatische Übersetzung versagt bei Schimpfwörtern und langen Sätzen.« Ich weise auf ein besonders blumiges Wortgebilde, über das ich mich schon bestens amüsiert habe. »Das hier zum Beispiel. Was heißt das?«

»Dämlicher Flachwichser, Don Juan für Arme«, murmelt Olivier leise und klingt beleidigt. »Ich werde dir jetzt nicht erklären, was ein Wichser ist.«

»Pffft, immer wenn es interessant wird. Und das hier?«

Ein langer Text, in dem ein Mädchen in außergewöhnlich geschachtelten Sätzen beschreibt, wie sehr ihr Olivier am Arsch vorbeigeht.

»An die erinnere ich mich noch nicht mal«, sagt er patzig.

Er schnappt sich den Laptop und antwortet. ›Kennen wir uns?‹

Dann funkelt er mich an. »Und jetzt verzieh dich, Hexe. Ich werde nämlich mein Passwort ändern.«

»Kein Problem, ich habe eine Software, die alles knackt. Habe ich selbst geschrieben.«

Breit grinsend gehe ich ins Bad und lasse ihn über das perfekte Passwort grübeln. So ein Programm habe ich offen gestanden nicht, aber nachdem Fiona mich als das allwissende Supergenie beschrieben hat, kann ich das Gerücht ja durchaus zu meinem Vorteil nutzen.


Die Marie aus dem Internet stellt sich tatsächlich als die Exfreundin von Olivier heraus und wir verabreden uns zum Shoppen.

»Endlich!«, jubelt Fiona und rubbelt an dem Fleck Tomatensauce. »Ich kann so wirklich keinen Tag länger herumlaufen.«

»Ich fahre euch in die Innenstadt«, bietet Olivier an. »Ich muss eh noch ein paar Sachen besorgen.«

»Du bist ein Schatz.« Fiona strahlt.

Und ich verdrehe die Augen. Eine Fahrt mit dem Bus ist

bestimmt ungefährlicher als zusammen mit dem Irren in seiner Schrottkiste. Glücklicherweise kann man ja den Fahrer auswechseln.

In einer stillen Minute klaue ich den Autoschlüssel aus Oliviers Jackentasche und renne dann die letzten Meter zum Parkplatz. Olivier und Fiona sehen mir verwundert hinterher. Ich sitze triumphierend am Steuer, als die beiden am Auto eintreffen.

»Heute begeben wir uns mal nicht in Lebensgefahr«, erkläre ich breit grinsend Fiona, die es sich achselzuckend wie gehabt auf dem Beifahrersitz bequem macht.

»Vergiss es. An diesem Steuer hat noch keine Frau gesessen. Und hier wird auch nie eine Frau sitzen.«

»Genau in diesem Augenblick sitzt aber eine Frau hier, du Blindfisch.« Ich starte den Motor. »Steig ein oder bleib hier. Mir ist es egal.«

Ich versuche, die Fahrertür zu schließen, aber Olivier ist schneller. Er schiebt sein Bein in den Weg und nimmt mir mit einem raschen Griff die Brille ab.

»Selber Blindfisch. Komm jetzt da raus, dann kannst du das Monstrum zurückhaben.«

Siegesgewiss tritt er einen Schritt zurück. Dadurch kann ich die Tür schließen und losfahren. Und er steht mit meiner Brille in der Hand da und sieht uns perplex hinterher.

»Kannst du ohne Brille fahren?«, fragt Fiona verunsichert.

»Klar.«

Olivier läuft inzwischen hinter dem Wagen her.

Nach hundert Metern halte ich an und kurble das Fenster hinunter.

»Steigst du jetzt hinten ein und bist friedlich?«

»Du verrückte Hexe, du kannst doch gar nichts sehen. Bleib sofort stehen.«

Leise kichernd fahre ich in einem Tempo weiter, in dem er uns zwar folgen kann, aber nicht einholen. Meinetwegen können wir das bis in die Innenstadt so machen. Mal sehen, wie sportlich der Typ ist.

Olivier setzt zu einem Sprint an und ich drücke wieder aufs Gas. Schneller als sein Auto ist er natürlich nicht und ich lache laut vor Vergnügen.

»Du bist ja ganz schön gemein.« Fiona blickt besorgt zwischen mir und dem laut fluchenden Autobesitzer hin und her. Jetzt bleibt er schwer atmend stehen und sogar aus der Entfernung sehe ich, wie sauer er ist. So übel sind seine Sprintqualitäten nicht. Das werde ich ihm jedoch auf keinen Fall sagen.

»Gibst du auf?«, brülle ich aus dem Fenster. »Unser Zehnkampf-Olympiasieger würde mich vielleicht einholen, aber du lahme Schnecke doch nicht.«

Er richtet sich auf und zeigt mir den Mittelfinger. Ich lache noch lauter. Dann setzt er meine Brille auf. »Ich habe etwas, das du wiederhaben willst.«

»Ich werde dein Auto verkaufen und mir von dem Erlös eine neue besorgen«, rufe ich. Möglicherweise ist es doch an der Zeit, mich von dieser Brille zu trennen.

Olivier blickt sich erstaunt um. Dann nimmt er meine Brille ab und betrachtet die Gläser. Er setzt sie wieder auf und kommt langsam näher.

»Wie viel Dioptrien hast du?«

»Rat mal.«

»Überhaupt nichts?«

»Du bist ja doch nicht so blöd.«

»Du hast allen Ernstes eine Brille mit Fensterglas?« So fassungslos habe ich ihn noch nie erlebt.

Fiona stößt mich unsanft an. »Fensterglas? Jetzt echt?«

Ich kann nur die Schultern zucken. »Ich wollte schon immer eine Brille haben.«

Olivier hat uns fast erreicht. Langsam rolle ich wieder an.

»Okay, okay, bleib stehen. Ich setze mich auf die Rücksitzbank.«

Ich glaube es erst, als er die hintere Tür öffnet und sich schwer auf die Sitze fallen lässt.

Fiona ist noch nicht fertig mit mir.

»Ich bin deine Freundin. Und du lässt mich all die Jahre denken, du seiest halb blind. Warum hast du nie gesagt, dass du überhaupt keine Brille brauchst.«

»Ich brauche diese Brille doch«, verteidige ich mich. »Nicht zum Sehen, aber für mein Selbstwertgefühl. Mit Brille wirke ich viel eindrucksvoller.«

Olivier beginnt zu lachen. Haltlos. Er trägt nach wie vor meine Brille auf der Nase und sieht unbeschreiblich dämlich damit aus.

»Gib sie mir zurück. Dir steht sie nämlich nicht.«

»Dir steht sie auch nicht, Amber«, kichert er. »Es ist eine hässliche Brille. Und ich werde sie so lange tragen, bis du es einsiehst.«

Schmollend fahre ich weiter. Und werfe immer wieder einen Blick durch den Spiegel nach hinten. Die Brille ist wirklich scheußlich an ihm. Aber da kann ja die Brille nichts für. An mir finde ich sie nämlich echt gut.

Da Olivier mir nicht freiwillig den Weg weist und ich eher sterbe, als zu fragen, folge ich den Schildern Richtung Innenstadt. Dann wähle ich einen Parkplatz, stelle den Motor ab und gebe ihm seinen Schlüssel zurück.

»Hier. Tausche Schrottkarre gegen Brille.«

»Vergiss es. Ich behalte die Brille.« Mit diesen Worten wirft er mir den Schlüssel zurück und geht davon. Die Hände in den Hosentaschen vergraben und vollkommen ungerührt.

»Warte, Olivier«, ruft Fiona hinter ihm her. »Wo ist die Kathedrale? Wir sind da mit Louise und Marie verabredet.«

»Fiona, die Kathedrale kann man nicht übersehen«, antwortet Olivier, grinst und geht weiter, ohne auch nur eine Sekunde auf uns zu warten. »Aber ich muss selbst in die Richtung. Ihr könnt euch mir anschließen.«

Machen wir zwar, ich ziehe es allerdings vor, mit etwas Abstand hinter den beiden herzulaufen. Ziemlich eingeschnappt. Meine Aktion mit dem Auto war cool, aber jetzt sehe ich mich unbegreiflicherweise doch wieder als Verliererin.

»Ich will meine Brille zurückhaben. Ich fühle mich nackt so«, rufe ich empört hinter den beiden her.

Olivier dreht sich um und lässt seinen Blick provozierend an mir auf und ab wandern.

»Nee, ich kann dich beruhigen. Da ist kein Stück Haut zu sehen. Auf nackte Hexe kann ich auch echt verzichten.«

Himmel, ist der hässlich mit meiner Brille. Ich verziehe das Gesicht. Dachte ich nicht eh schon, er wäre hässlich. Dieser Dutt. Dieser Bart. Aber die Brille macht es echt noch schlimmer.

Wir erreichen die Kathedrale. Diese riesige Kirche ist in der Tat nicht zu verfehlen. Vor dem Portal warten zwei Mädchen auf uns, die sich bei Oliviers Anblick gegenseitig anstoßen.

»Du hast kein Brillengesicht«, sage ich im letzten Versuch, mein Eigentum zurückzuerobern. Körperlich habe ich leider keine Chance, mich durchzusetzen.

»Olivier, du hast übrigens kein Brillengesicht«, pflichtet mir eines der Mädchen auf Französisch bei, jedoch ohne es zu wissen.

Olivier lacht genervt auf. »Hast du nicht immer gesagt, einen schönen Mann könne nichts entstellen?«

»Nein, das warst du. Und damit hast du dich selbst gemeint«, sagt die andere und lacht ebenfalls. Gute Emotionen schwingen nicht mit.

Olivier reagiert gar nicht auf die Stichelei. Er wendet sich wieder an uns und klärt uns auf Englisch auf.

»Das sind Marie und Louise. Amber, du wirst dich trotz Sprachbarriere hervorragend mit ihnen verstehen. Ihr seid nämlich alle im Wir-hassen-Olivier-Club. Tut mir leid für dich, Fiona, ich hoffe, du fühlst dich nicht allzu ausgeschlossen, aber mit Klamotten kennen die beiden sich trotzdem aus. Marie spricht übrigens Deutsch. Das müsste doch zum ausgiebigen Lästern ausreichen.« Dann winkt er in die Runde und geht davon.

»Du bist hässlich mit meiner Brille«, brülle ich hinter ihm her. Vielleicht war ich eben nicht deutlich genug.

»Du bist ebenfalls hässlich mit deiner Brille«, ruft er zurück. »Und heute Abend sehe ich mir mal in Ruhe an, wie es mit deiner Optik ohne Brille bestellt ist.«

»Dann kaufe ich mir jetzt eben eine neue«, brülle ich noch lauter. »Meine Optik geht dich nämlich nichts an.«

Nun ist er außer Hörweite. Und ich habe die Brille nicht zurückbekommen.

»Er ist ein Kotzbrocken«, motze ich. Diesmal auf Französisch, denn ich habe wirklich keine Lust, noch mehr Leute zu belügen.

»Wem sagst du das.« Die Blonde grinst mich verschwörerisch an. Das ist Marie.

»Ist es jetzt nicht mehr geheim, dass du Französisch sprichst?«, fragt Fiona verwirrt.

»Für Olivier ist es noch immer geheim. Aber bei anderen habe ich keine Lust mehr, mich zu verstellen.«

Zaghaft lächle ich Marie und Louise an. Die beiden sind sehr hübsch, haben aber ansonsten null Ähnlichkeit miteinander. Man kann nicht behaupten, dass Olivier einen bestimmten Frauentyp hat. Außer umwerfend. Die blonde Marie ist klein und eher rund, lebhaft, quirlig und wirkt warmherzig. Louise dagegen ist der große, dunkelhaarige Typ und kommt reservierter rüber. Eine klassische Schönheit.

»Hast du das mit der Zahnbürste wirklich gemacht?«, frage ich mit einem gemeinen Lächeln.

»Hat sie«, bestätigt Louise, während Marie nur grinst.

»Eigentlich wollte ich noch das Katzenklo damit durchputzen, aber dann reichte die Zeit nicht mehr.« Marie hakt sich bei Fiona ein, die mit großen Augen nichts versteht. »Sprichst du Deutsch?«

»Ja, Gott sei Dank. Euer Französisch klingt wie Vogelgezwitscher. Sehr schön, aber wirklich nicht zu verstehen. Ich frage mich nur eins: Was habt ihr gegen Olivier?«

Eine heftige Diskussion entbrennt. Denn wir haben alle unterschiedliche Gründe. Marie ist der festen Überzeugung, er habe sie mit einer Discobekanntschaft betrogen.

»Bis heute streitet er es ab, der Lügner, aber eine Erklärung für den Lippenstift an seinem Hemd hat er auch nie geliefert. Und ich weiß aus Erfahrung, dass man Olivier nur an einem völlig unpassenden Ort die Hand in die Hose stecken muss und er dann einfach nicht widerstehen kann.«

Louise regt sich darüber auf, dass er im Bad immer länger brauchte als sie und eine Weile lästern wir über seinen Tick mit den Haaren. Nur Fiona sagt, dass ihr der Männerdutt gefällt. »Und den Bart finde ich ebenfalls sehr schön. Bei uns trägt niemand Bart.«

»Wie auch, Fiona. Einen Damenbart etwa?«

»Und du hast dich wegen dieser Badezimmersache von ihm getrennt?«, frage ich Louise ungläubig.

»Na ja, ich fand es einfach unmännlich. Außerdem war nach zwei Wochen das Kribbeln weg.«

»Außerdem war nach zwei Wochen Cedric da«, kichert Marie und Louise guckt böse.

»Mag sein. Kein Grund, mich als Flittchen zu bezeichnen und Cedric eine Prügelei anzudrohen.«

»Ihr beide habt wirklich keine Ähnlichkeit miteinander«, wirft Fiona ein.

»Wir haben eine grundlegende Gemeinsamkeit.«

»Jaja, ihr hasst Olivier.«

»Ach nein, wir sind eigentlich die einzigen Frauen, die was mit ihm hatten und ihn nicht hassen. Wir tun nur so. Weil wir diejenigen sind, die ihn verlassen haben und auch kein Interesse mehr haben. Alle anderen sind wütend, weil er sie nach kurzer Zeit abserviert hat. Häufig schon nach einer Nacht.«

Es ist ein wildes Gemisch aus Englisch, Französisch, Deutsch und ununterbrochenen Übersetzungen.

»Und du Amber? Welches Problem hast du mit Olivier?«

Wo soll ich anfangen?

»Welches Problem habe ich nicht mit ihm? Das solltest du besser fragen.«

»Hat er dich betrogen?«

»Natürlich nicht.«

»Hat er im Bett versagt?«

»Natürlich nicht.«

»Dich einmal gevögelt und dann die Nächste aufgerissen?«

»Himmel, Marie, es hat bei mir wirklich nichts mit Sex zu tun. Igitt.«

Mittlerweile stört es mich extrem, dass sich auf dem Festland alles um diesen Sex dreht. Von dem ich keine Ahnung habe. Ich hasse nichts so sehr, wie von etwas keine Ahnung zu haben. Und hier ist alles Neuland für mich. Ich kann es auf den Tod nicht ausstehen.

»Ach so.«

Die beiden sind ein wenig ratlos.

»Ich hasse ihn, weil …« Kurz sammle ich meine Gedanken.

»Er ist arrogant. Eingebildet. Überheblich. Er stichelt ununterbrochen. Weiß alles besser. Ehrlich, er macht mich echt aggressiv.«

»Ich finde ihn nett«, sagt Fiona völlig entspannt und zieht meine Tirade irgendwie ins Lächerliche.

»Du weißt aber schon, dass Olivier so ist, wenn er auf jemanden steht und merkt, dass er keine Chance hat«, wirft Louise ein und sieht mich interessiert an.

»Das ist doch Quatsch. Er mag mich genauso wenig wie ich ihn.«

»Aha, du stehst also auch auf ihn.«

»Nein, natürlich nicht. Ich hasse Männer grundsätzlich.«

»Bis auf Mathieu.« Fiona grinst. »Olivier sagt, du hattest was mit ihm. Im Wasserbett. Und so etwas, Amber, hätte ich nie von dir gedacht.«

»Fiona, nein.« Ich schnaube empört. Ich war mir so sicher,

sie hätte überhaupt nichts mitbekommen. »Das hast du komplett missverstanden. Mathieu und ich haben nur Olivier verarscht. Das war doch keine Realität.«

»Ach so.« Fiona sieht irgendwie enttäuscht aus. Es ist halt Fiona. Ich seufze laut und erzähle die Geschichte mit dem Wasserbett.

»Er steht auf dich.« Marie grinst.

»Er findet mich hässlich.« Ich grinse zurück. Leider verrutscht das Grinsen.

»Er lügt. Er lügt schnell, ehe er zugibt, dass ihm etwas nahe geht. Als sein Hund gestorben ist, meinte er plötzlich, Haustiere seien eh lästig.«

Ich schüttle unwillig den Kopf. Ich mag wirklich nicht mit einem lästigen Haustier verglichen werden. Auch nicht mit einem toten.

Inzwischen halte ich schon mehrere Taschen mit Klamotten in den Händen, obwohl ich eigentlich nichts kaufen wollte, denn das Transportproblem hat sich ja nicht in Luft aufgelöst. Aber Louise hat in der Tat ein unglaubliches Gespür dafür, was mir steht, und ich habe noch nie zuvor so tolle Kleidung an mir gesehen.

»Ehrlich, Amber, Olivier ist ein heilloser Macho, der es einfach nicht erträgt, nicht das letzte Wort zu haben.«

Das mag sein. Und es ist schwer, in meiner Gegenwart das letzte Wort zu haben, denn das beanspruche ich für mich. Allerdings erkenne ich durchaus Ablehnung, wenn sie mir begegnet. Es ist ja schließlich nicht das erste Mal.

## kapitel 12

Da ich nach wie vor den Autoschlüssel habe, fahre ich uns am Abend zurück zu Mathieu. Fiona versucht zwar, mir ein schlechtes Gewissen zu machen, Olivier einfach stehen zu lassen, aber ich denke, er ist ein erwachsener Mensch, der ohne Auto klarkommen sollte.

Kommt er auch.

Er sitzt nämlich schon im Wohnzimmer an seinem Laptop und hämmert wie irre in die Tastatur.

»Wegen dieser blöden Hexe habe ich mein Passwort geändert«, flucht er auf Französisch, sobald ich den Raum betrete.

»Olivier, so spricht man doch nicht über eine Dame.« Marie folgt mir auf dem Fuß und lässt sich breit grinsend auf das Sofa fallen. »Wo hast du denn die hübsche Sehhilfe gelassen? Zu deinen Manieren gepackt?«

Das will ich wohl ebenfalls wissen.

»Sie ist im Müll. Hättest du Amber auch nur einmal mit dieser Brille gesehen, wüsstest du warum.«

»Habe ich, ich kenne ja das Interview. Und ebenso die Reaktionen bezüglich deiner Person.«

»Was sagt er?«, gebe ich erneut vor, nichts zu verstehen, und Marie kichert.

Die Französinnen haben hoch und heilig geschworen, Olivier nicht zu verraten, dass mein Französisch astrein ist.

Mit einem breiten, gemeinen Grinsen. Marie übersetzt, Deutsch sprechen wir alle.

»Vielleicht will nicht jede Frau so hübsch wie möglich aussehen. Vielleicht wollen manche Frauen würdevoll wirken«, sage ich entsetzt. Ich mochte diese Brille wirklich. Sie hat es nicht verdient, im Müll zu landen. Und ich vermisse ihr Gewicht auf meiner Nase.

»Hässlich ist doch nicht würdevoll.« Olivier betrachtet mich nun genauer. Ich stehe mitten im Raum, mit neuen Klamotten und rein gar nichts in der Nähe, um mich unauffällig zu verbergen. Denn sein Blick macht mich echt nervös. Niemals zuvor hat mich ein Mensch so ungeniert gemustert. Verlegen lasse ich die Haare vor das Gesicht fallen. Ehrlich, ich hasse diesen Typen, erst recht, wenn er mich so ansieht.

»Du bekommst die Brille nicht wieder. Und wenn du wissen willst warum, frag Marie. Vielleicht kann sie dich ja überzeugen.«

Jetzt wendet er sich erneut seinem Laptop zu und wagt einen neuen Versuch. »Verdammte Scheiße.«

»Sie ist hässlich«, erklärt Marie lapidar.

»Na und?«

»Keine Frau will hässlich sein.«

»Ich schon.«

»Warum?«

»Warum denn nicht?«

»Weil Männer hübsche Frauen mögen.«

»Genau. Und ich mag keine Männer«, sage ich triumphierend.

In diesem Augenblick kommt Mathieu ins Zimmer und gibt mir einen Kuss auf die Wange.

»Oh, meine Süße ist wieder da.« Er mustert mich beeindruckt. »Und sie ist hinreißend gekleidet.«

Marie bricht in heilloses Gelächter aus und Olivier schlägt mit voller Wucht auf die Tastatur.

»Deine Süße hat meinen Rechner ruiniert.«

»Ich habe mir nur ein Video angesehen.«

»Und vorher hast du mein Passwort geknackt und meine Intimsphäre verletzt.«

Louise runzelt die Stirn. »Seit wann hast du eine Intimsphäre?«

»Was ist denn das Problem?«, fragt Fiona sanft und schafft es, Olivier mit einem einzigen Blick zu beruhigen.

»Ich musste wegen deiner Freundin mein Passwort ändern und jetzt habe ich es vergessen.«

Darüber kann ich nur lachen. Alle anderen auch.

»Gib mal her.« Grob reiße ich ihm den Laptop aus der Hand. Genauso wie er es heute Morgen bei mir getan hat. Dann mustere ich ihn konzentriert. Es war nämlich erschreckend simpel, sein Kennwort zu erraten. Und nachdem er sich so über mich geärgert hat, habe ich zumindest einen Verdacht.

Diesmal brauche ich vier Versuche, bis ich drin bin.

»Gut zu wissen, dass du mein Geburtsdatum kennst«, stelle ich spöttisch fest. »Die Hexe dabei finde ich allerdings extrem einfallslos, Flachwichser wäre doch ein viel schöneres Passwort gewesen.«

Es klingelt. Leider. Denn ich bin eigentlich noch nicht damit fertig, meinen Triumph auszukosten. Olivier sprachlos und seine Freunde zu Tränen amüsiert, sollte nicht so rüde unterbrochen werden. Außerdem ist der Besuch eine hübsche Brünette, die sich sogleich neben Olivier setzt und ihm eine Hand auf das Bein legt.

»Louanne«, sagt Olivier. »Lange nicht gesehen.«

»Allerdings, Olivier. Viel zu lange.« Sie lächelt und ich kann sie nicht ausstehen. Die beiden passen hervorragend zueinander.

»Ich räume mal meine Einkäufe weg«, murmle ich und verziehe mich in unser Zimmer.

Es klingelt noch mehrfach an der Tür, ehe ich mich der Gruppe erneut anschließe. Mathieu hat inzwischen Knabbersachen auf den Tisch gestellt und bietet einiges an Alkohol an. »Was trinkst du, Amber?«, fragt er mich sogleich. »Du bist der Typ für Rotwein, oder?«

»Ich lehne Rotwein zumindest nicht grundsätzlich ab.«

»Da haben wir ja schon wieder etwas gemeinsam.« Er stößt mit mir an.

Die Brünette hängt noch immer an Olivier. Und der Rotwein schmeckt gut. Mathieu muss mein Glas schnell ein zweites Mal füllen.

Dann stellt er mich einer Reihe seiner Freunde vor und ich gebe vor, ihn dabei nicht zu verstehen. Stattdessen verstecke ich mich hinter einem unverbindlichen Lächeln, ich habe kein großes Bedürfnis, mich mit all den Unbekannten zu unterhalten. Für meinen Geschmack sind einfach zu viele Personen im Raum. Zwei von ihnen belagern Fiona. Deutsch spricht nur einer und das nicht gut. Fiona amüsiert sich trotzdem. Oder gerade deswegen.

»Sie glauben es mir einfach nicht«, sagt sie mit großen Augen.

»Was glauben sie nicht?« Ich lasse einen finsteren Blick von einem zum anderen wandern, denn sie stehen eindeutig zu nah an meiner Freundin. Maxine könnte das wundervoll mit Gewalt lösen, ich muss es leider mit Worten klären.

»Dass ich vor unserer Reise noch nie Kontakt zu Männern hatte.«

»Du hattest Kontakt zu den Sportlern.«

»Das kann man doch nicht Kontakt nennen. Ich habe Max' Berichte über sie gehört. Videos von ihnen gesehen. Den Probewettkampf besucht. Und diesen Prozess. Mehr nicht.«

Mehr Kontakt also, als eine anständige Frau haben sollte.

»Und jetzt wollen sie das unbedingt ändern.«

Das werde ich verhindern. Das Wort ›Kontakt‹ ist leider auf sehr unterschiedliche Arten zu interpretieren und ich befürchte, Mathieus Freunde interpretieren es anders, als Engländer es tun.

»Das ist doch längst nicht mehr der Fall. Hier sind überall Männer.« Ich deute einmal im Raum herum, der absolut überfüllt ist. Die zwei Typen, die es auf Fiona abgesehen haben, lauschen verständnislos und ausgeschlossen unserer englischen Unterhaltung. »Seit fünf Tagen sind wir ununterbrochen gewaltigen Mengen an Testosteron ausgesetzt. Wenn das so weitergeht, wächst uns bald ein Bart.«

Fiona kichert. Dann sieht sie mich entsetzt an. »Sag, dass das ein Scherz war.«

»Ich weiß es nicht, Fiona. Europäische Frauen sind es ja gewohnt, auf die hat das keine Wirkung. Aber bei uns könnte es anders sein.« Mal sehen, wie lange Fiona braucht, um zu merken, dass das vollkommener Blödsinn ist.

»Amber, hör auf, deine Freundin zu verarschen.« Olivier hat sich von seiner Klette gelöst und sich unbemerkt an mich herangeschlichen. »Du bist so eine Testosteron-Killermaschine, da geht jedes Barthaare ein, ehe es nur den Hauch einer Chance hat. Und alles andere Männliche ebenfalls.«

»Er steht auf dich.« Marie schiebt sich an mir vorbei und flüstert in mein Ohr.

Die hat einen Knall.

»Was wollen deine komischen Freunde von Fiona?« Ich ignoriere sowohl Maries Unfug als auch Oliviers Beleidigung, denn meine unbedarfte Freundin ist erneut in eine Unterhaltung mit den beiden vertieft.

»Es sind nicht meine Freunde, es sind Mathieus.« Olivier steht viel zu dicht neben mir und blickt auf mich hinab. »Und sie wollen testen, inwieweit sich die englische Anatomie von der uns bekannten unterscheidet.«

Ach Scheiße, ich muss Fiona sofort aus den Klauen dieser Kerle befreien. Das ist ja noch schlimmer, als ich angenommen hatte. Erschrocken sehe ich mich nach ihr um.

Aber das macht sie schon selbst. Sie schiebt nämlich entschlossen die Hand des einen von ihrer Taille und schimpft. Ich grinse. Immer wieder unterschätze ich dieses Mädchen, dabei müsste ich es eigentlich besser wissen. Schließlich kenne ich sie seit ewigen Zeiten und alles in allem ist Fiona nicht immer ganz so hilflos, wie sie gerne vorgibt zu sein.

»Wie du siehst, wird Fionas englische Anatomie ein ungelüftetes Geheimnis bleiben«, stelle ich triumphierend fest. »Du dagegen kümmerst dich ja um mehrere Anatomien gleichzeitig, wie man hört.«

»Der Mist kommt von Marie, oder? Sie hat mir nie geglaubt, dass ich nichts mit dem Lippenstift zu tun hatte.« Olivier kneift angepisst die Lippen zusammen. Ich werde mir merken, dass ihn dieses Thema ärgert.

»Komisch eigentlich, dabei bist du doch so ein glaubwürdiger und charakterfester Mensch«, spotte ich.

»Oder der letzte Arsch, wenn man dich fragt«, kontert er.

»Falls du zu dem Zeitpunkt nicht passend zu deinem Zöpfchen Lippenstift getragen hast, dann gibt es keine andere Erklärung.«

»Es ist kein Zöpfchen, Modebanause, es ist ein Männerdutt. Würde dir vielleicht auch stehen, Hexe.« Er deutet auf mein Glas, in dem der Rotwein verlockend leuchtet. »Es war übrigens der Alkohol. Ich hatte so viel intus, dass ich mich an nichts erinnern kann. Definitiv an keine Lippenstiftträgerin. Und die Farbe war grausam.«

»Aber das bedeutet doch nicht, dass nichts passiert ist. Nur weil du es passenderweise aus deinem Gedächtnis gestrichen hast.« Provozierend trinke ich an meinem Rotwein. »Ich habe keine Probleme mit Blackouts, hatte ich noch nie. Vielleicht vertrage ich auch einfach mehr als du?«

Sophie dagegen ist das schon einmal passiert. Wir hatten es in der Cocktailbar an dem Abend richtig krachen lassen und auf dem Heimweg hat unsere ruhige, stille Freundin so laut auf der Straße einen alten Schlager gesungen, dass über uns ein Fenster aufgerissen wurde. Die ältere Dame drohte damit, die Polizei wegen nächtlicher Ruhestörung zu rufen, und Sophie lachte sie aus. Wir haben sie gemeinsam nach Hause geschleift und am nächsten Morgen hatte sie passenderweise einen Filmriss.

Olivier nimmt mir das Glas aus der Hand und trinkt daran. »Oho, Mathieu hat für dich seinen besten Tropfen geöffnet. Du musst im Wasserbett ja eine irre Nummer sein, du gelüftete englische Anatomie. Dann frag deinen Belami doch mal, ob ein Mann noch einen hoch bekommt, wenn er so betrunken ist, dass er sich nachher an rein gar nichts erinnert.«

»Tut er nicht«, sagt Mathieu fröhlich, der im perfekten Augenblick an meiner Seite erscheint und mir ein neues Glas reicht. »Und damit wäre Oliviers Unschuld bewiesen.«

Gut gelaunt geht er weiter und verteilt noch mehr alkoholische Getränke. Der Wein ist verdammt lecker. Ob ich Mathieus Aussage als schlagendes Argument durchgehen lasse, ist allerdings fraglich. Die Anwältin in mir erwacht.

»Wenn ich das als Beweis zulasse, und auch das ist nicht zweifelsfrei geklärt, bleibt immer noch deine ungestützte Behauptung, dass du dich an nichts erinnerst. Denn das kannst du nicht zuverlässig belegen.«

»Jetzt muss ich beweisen, dass ich einen Blackout hatte? Wie soll das denn gehen?«

»Mit einem Lügendetektor«, schlage ich vor.

»Den du natürlich im Gepäck hast.«

»Hätte ich gewusst, wie nötig er bei dir ist, hätte ich ihn logischerweise eingepackt«, fauche ich. Ich habe keinen seiner gehässigen, französischen Kommentare vergessen, bei denen er meinte, ich könne sie nicht verstehen.

Eine Frauenhand legt sich besitzergreifend um Oliviers Rücken und Louanne schmiegt sich an seine Seite.

»Olivier, Liebling, hier herrschen ungute Schwingungen. Brauchst du weibliche Unterstützung?«

Oliviers Blick wandert von mir zu ihr und langsam wieder zurück. Dann legt er seinen Arm um sie.

»Das ist doch mal eine nette Anatomie«, sagt er leise zu

mir, grinst und wendet sich an die Frau. »Louanne, du bist meine Rettung. Diese Engländerin ist so männerfeindlich, dass sie mich am liebsten eigenhändig kastrieren würde.« Das stimmt. Und er denkt mal wieder, ich verstehe kein Wort. »Ich habe Unterstützung definitiv nötig.«

»Sag mir, was ich machen soll. Ihr die Augen auskratzen? Sie in der Toilette baden?«

Olivier lacht. »Ihr Mädchen seid so gemein, dir fällt bestimmt etwas Schlimmeres ein als mir.«

»Im Normalfall würde ich ja Nacktfotos organisieren und sie dann ins Netz stellen. Aber an der ist ja rein gar nichts dran, was man offenlegen könnte.« Die dumme Pute schiebt ihre nicht zu übersehenden Brüste noch weiter nach vorn und betrachtet mich abfällig. Als ob mich das stören würde. Ich bin glücklich, keine große Oberweite zu haben. Ich wüsste eh nichts damit anzufangen.

»Nackte Hexe?«, murmelt Olivier und scannt mich noch einmal.

Leider darf mich mal wieder nicht wehren. Da ich ja offiziell rein gar nichts verstehe.

Es ist Mathieu, der mir zur Hilfe eilt. Er hat Louannes Auftritt misstrauisch beobachtet. Aber bevor er etwas sagen kann, bemerke ich, wie sein Blick zur Zimmertür wandert und er erstarrt. Wie er blass wird. Sich mühevoll räuspert und dann erneut zu mir schaut.

»Amber, dein Glas ist ja schon wieder leer. Lass es mich auffüllen«, sagt er lahm.

»Mathieu, du hast es doch gar nicht nötig, sie abzufüllen, um sie ins Bett zu bekommen. Die Wasserbettnummer war nicht zu überhören«, giftet Olivier.

»Wasserbettnummer?« Vor uns steht eine Frau. Dunkelbraune Haare, klein, zierlich, irgendwie niedlich. Und irgendwie verletzt. Von nur diesem einen Wort.

»Monique, ich wusste nicht, dass du in der PB-Group bist«, sagt Olivier erstaunt. Mathieu sagt gar nichts.

Das ist also Monique. Die Monique, die den nettesten Mann der Welt in seinem eigenen Bett zum Affen gemacht hat. Ihn so gedemütigt hat, dass er zwei Monate in einem Müllhaufen gelebt hat und sich nur von Pizza und Bier ernähren konnte. Der trotzdem keine andere Frau findet, die ihn trösten könnte. Da er immer noch nur Monique vor Augen hat. Ich schätze, ich habe inzwischen doch zu viel Wein getrunken. Anders ist nämlich nicht zu erklären, dass ich ausraste und beginne, Monique anzuschreien. Auf Französisch.

»Du blöde Kuh. Du warst über ein Jahr mit Mathieu zusammen und hast nicht gemerkt, dass er der tollste Mann der Welt ist. Der netteste. Der witzigste. Der freundlichste. Du hast ihn so fertiggemacht, er trauert dir noch immer hinterher und das hat er echt nicht verdient. Er hat eine Freundin verdient, die genauso herzensgut ist wie er, und keine, die ihn betrügt. Und so traurig macht. Du solltest dich so dermaßen schämen und ich fasse es nicht, dass du es wagst, hier zu erscheinen.«

Als ich Luft holen muss, reden alle durcheinander.

»Amber, sie ist keine blöde Kuh.« Mathieu ist empört.

»Du sprichst Französisch«, sagt Olivier entsetzt.

»Du warst mit der da im Wasserbett? In unserem Wasserbett?«, krächzt Monique. Langsam laufen ihr Tränen die Wangen hinab. Wieso sieht die eigentlich sogar hübsch aus, wenn sie heult? »Ich habe einen Fehler gemacht, ich weiß es doch, Mathieu. Ich wusste es auf der Stelle. Aber Olivier hat verhindert, dass ich mich auch nur entschuldige. Ich konnte noch nicht einmal um Verzeihung bitten, und es tut mir wirklich so leid. Deshalb bin ich heute hier. Und ich kann verstehen, dass du inzwischen eine andere Freundin hast, und ich hoffe echt, du wirst glücklich mit ihr, denn sie hat ja recht. Du bist der tollste Mann der Welt. Ich hatte es nur zwischendurch vergessen und ich hoffe, du kannst mir irgendwann vergeben. Wenigstens ein bisschen.«

Monique schluchzt inzwischen haltlos.

Mir hat es die Sprache verschlagen.

Auch Mathieu hat glasige Augen.

Nur Olivier ist angepisst und kein bisschen gerührt.

»Raus hier. Endgültig raus und lass meinen Freund in Ruhe, du betrügerische Schlange. Und lass dich nie wieder blicken.«

»Das sagt ja der Richtige.« Marie baut sich vor ihm auf. »Du bist doch selbst ein Betrüger.« Dann weist sie auf Louanne, die sich noch immer an Olivier krallt. »Und die da trägt übrigens denselben Lippenstift, der damals an deinem Kragen war. Scheußliche Farbe, habe ich noch an keiner anderen Frau gesehen.«

Louanne wird rot. Und sieht auf einen Schlag schuldig aus.

»Quatsch, Louanne kenne ich erst seit einem Jahr und das mit uns ist schon länger her, Marie. Der Lippenstift ist wohl kaum ein Unikat«, wehrt Olivier ab, schüttelt aber Louannes Hand unwillig von sich ab.

In mir erwacht die Neugierde. Und der Instinkt, etwas auf der Spur zu sein, treibt mich an.

»Mathieu, kennst du Louanne auch?«, frage ich unseren Gastgeber, der die weinende Monique nicht mehr aus den Augen lässt und ziemlich verunsichert aussieht.

Er nickt abwesend.

»Und seit wann?«

»Habe sie bei der Arbeit kennengelernt, so vor zwei Jahren.«

»Und war sie mal bei dir?«

»Klar, bei einem meiner Geburtstage. Da hat sie Olivier angeschmachtet, aber der war ja mit Marie zusammen. Er hat sie noch nicht mal wahrgenommen.«

Langsam fallen die Puzzleteilchen an ihren Platz. Nicht nur bei mir.

Olivier wendet sich an Louanne.

»Du warst auch in diesem Club? Dem Hippodrome?«

Sie zuckt die Schultern, eine gute Lügnerin ist sie jedoch nicht. »Daran kann mich nicht erinnern. Da war ich oft, aber ich weiß doch nicht mehr, an welchen Abenden das war.«

»Vielleicht kann ich mich ja doch an dich erinnern.« Olivier kneift die Augen zusammen. »Aber da lief definitiv nichts zwischen uns.«

Sie windet sich regelrecht. Und Olivier baut sich wütend vor ihr auf. »Hast du mir deinen dämlichen Lippenstift ans Hemd geschmiert? Ich war vollkommen weggetreten, du kannst keinem vormachen, dass ich dich auch nur angefasst hätte.«

Marie steht inzwischen dicht neben Olivier und funkelt ebenfalls Louanne an. Die zwei zusammen würden mir an Louannes Stelle Angst machen.

»Na ja, vielleicht war ich da. Vielleicht habe ich versucht, dich zu küssen«, sagt sie genervt und verdreht dabei die Augen. »Und dann ist eventuell mein Lippenstift verrutscht.«

»Du falsche Schlange«, zischt Olivier. »Du hast meine Beziehung ruiniert.«

Louanne hebt die Hände. »Chill mal. Das wusste ich doch nicht. Es ist außerdem nicht mein Problem, ihr regt euch über Peanuts auf. Wenn Marie dich wirklich geliebt hätte, hätte sie dir nämlich geglaubt.«

Sie schnappt sich ihre Jacke und rauscht aus dem Raum. Interessant.

»Dann steht ja jetzt nichts mehr zwischen Marie und dir und ihr könnt euch wieder vertragen«, stelle ich fest. Das war mal eine unerwartete Wendung. Ich nehme einen tiefen Schluck aus meinem Glas. Der Wein schmeckt ein wenig schal.

»Oh!« Marie wirkt überrumpelt und streicht sich bedächtig eine Haarsträhne aus dem Gesicht. »Olivier, ich hätte dir wohl glauben sollen.«

»Hättest du definitiv«, sagt er finster. »Ich betrüge kein Mädchen, mit dem ich zusammen bin.«

»Das sehe ich jetzt auch«, erklärt Marie. »Tut mir leid, ehrlich.« Sie klingt nach wie vor absolut verwundert.

»Prima, dann könnt ihr euch nun küssen und was Pärchen noch so machen und seid wieder glücklich«, beschließe ich entschlossen und ein wenig angeekelt und klatsche in die Hände. Ich kenne mich aus, das habe ich schon einmal in einem Film gesehen. Eventuell ist Olivier dann auch umgänglicher. »Es ist ja alles geklärt.«

»So einfach ist das aber nicht«, erwidert Marie und schüttelt den Kopf.

Auch Olivier sieht mich nur irritiert an. »Ich liebe Marie doch überhaupt nicht mehr.«

»Wieso denn das? Marie ist toll. So hübsch. Und nett. An der ist nun wirklich nichts falsch«, sage ich fassungslos.

»Aber das reicht doch nicht. Das mit uns ist lange vorbei.«

»Und warum streitet ihr dann noch immer?«

»Weil ich so sauer war, dass er mich betrogen hat«, erklärt Marie.

»Und ich war so wütend, weil sie mir nicht geglaubt hat. Aber da ist nichts mehr zwischen uns.«

Marie sieht mich entschuldigend an.

»Eventuell hat diese Louanne sogar recht. Wenn ich Olivier geliebt hätte, hätte ich nicht so leichtfertig Schluss gemacht.«

Verzweifelt raufe ich mir die Haare.

»Ich verstehe das alles nicht. Mit Männern und Frauen. Bin ich froh, dass ich nichts damit zu tun habe.«

»Du hast aber doch etwas damit zu tun. Du warst ja schließlich mit Mathieu im Bett«, sagt Olivier und ist auf der Stelle wieder wütend.

Und Monique schluchzt erneut auf.

»Aber doch nur im Bett«, erkläre ich. »Weil es ein Wasserbett ist und das ist so unglaublich witzig.«

»So fing es bei mir auch an. Pierre wollte nur einmal im Wasserbett probeliegen, weil er überlegte, sich eines zu kaufen. Und dann ist das irgendwie eskaliert«, murmelt Monique bedrückt.

»Du redest dich da jetzt nicht auch noch raus«, faucht Olivier sie an.

Mathieu dagegen wirkt gar nicht wütend. Nur traurig.

»Es hat dir nichts bedeutet?«, fragt er leise.

»Nein, ich weiß noch nicht mal, wie es passieren konnte. Wir haben so herumgeschaukelt und gealbert und er fing aus heiterem Himmel an, mich zu küssen, und ehe ich mich wehren konnte, standest schon du im Raum.«

»Er war halb nackt«, sagt Olivier fassungslos. »Ich stand nämlich auch im Raum.«

»Ich hatte ihm den Pullover nicht ausgezogen«, beteuert Monique leise. »Ich erwarte ja gar nicht, dass du mir einfach so verzeihst. Und ich weiß, dass du eine neue Freundin hast. Ist schon okay.«

»Sie ist nicht meine Freundin«, sagt Mathieu.

»Ich bin nicht seine Freundin«, sage ich gleichzeitig.

»Genau, die beiden führen eine offene Beziehung«, ätzt Olivier. »Oder eine Freundschaft plus. Ganz modern. Oder seid ihr nur Wasserbettentester.«

»Vielleicht sind wir ja auch nur Olivier-Verarscher.« Ich verdrehe die Augen über so viel Begriffsstutzigkeit. Müsste inzwischen nicht jeder kapiert haben, dass das nur ein Scherz war. Zumindest jeder, der mich kennt.

»Was meinst du damit?«

Jetzt kommt er bedrohlich näher und blickt wieder so auf mich hinab.

»Sie meint, dass wir nur so getan haben, als hätten wir Sex. Wir haben dir eine Show geboten. Und du bist voll drauf reingefallen.«

»Das war nur Show?« Olivier krächzt fast. »Das war das lauteste und wildeste Liebesspiel, das ich je erlebt habe.«

Ich kichere erfreut.

»Und das, obwohl Amber keine Ahnung hatte, was sie da

überhaupt macht.« Mathieu lächelt mich stolz an. »Ich sage doch, du bist ein Naturtalent.«

Ich bin in vielen Dingen ein Naturtalent. Ob das bei echtem Sex auch so wäre, werde ich jedoch nie herausfinden. Und wie das zwischen Männern und Frauen in Wahrheit ist ebenfalls nicht. Das ist aus einem einzigen Grund bedauerlich: Ich hasse es, schlecht informiert zu sein. Mir fehlt eine der wichtigsten Erfahrungen, die alle anderen in diesem Land haben. Wäre ich rascher zu dieser Erkenntnis gekommen, hätte ich Mathieu im Wasserbett durchaus um einen Kuss bitten können, denn Mathieu ist zwar ein Mann, aber einer, der mich berühren dürfte, ohne von mir geschlagen zu werden. Dazu ist es jetzt zu spät, beweist mir der Blick auf unseren Gastgeber, der erneut seine sehnsüchtigen Augen auf Monique richtet.

»Ich gehe dann besser auch«, sagt diese leise. »Vielleicht treffen wir uns ja noch einmal, Mathieu.«

Sie dreht sich um und geht zur Tür.

»Warte, Monique.« Mathieu rennt ihr hinterher. Das sieht irgendwie nach einem Happy End aus. Sagt mir zumindest meine Liebesfilm-Erfahrung. Zu irgendetwas muss die doch nützlich sein.

»Wann wolltest du mir eigentlich sagen, dass dein Französisch ausgezeichnet ist?«

Olivier ist noch nicht fertig mit mir. Leider. Leider bin ich ihn nicht an Marie losgeworden und er ist nach wie vor sauer auf mich.

»Nie«, antworte ich ehrlich.

»Und warum nicht?«

»Weil ich dir nicht traue.«

»Du traust mir nicht? Du? Du belügst mich bezüglich deiner Sprachkenntnisse. Du gaukelst mir vor, mit meinem besten Freund zu schlafen. Wer weiß, was du noch alles hinter meinem Rücken machst. Wahrscheinlich bist du doch eine englische Spionin und sollst die Sportler noch an Ort und

Stelle umbringen.« Anton hatte auch schon so eine abstruse Theorie. Was habe ich bloß an mir, dass die Männer mir so etwas zutrauen?

»Frag Fiona«, antworte ich nur augenrollend. »Fiona kann dir meine jahrelange Freundschaft zu Max bestätigen. Voraussichtlich erzählt sie jedoch gleichzeitig, ich hätte in Wirklichkeit ein gutes Herz und wäre liebenswert und so einen Scheiß. Glaub davon bloß kein Wort.«

»Käme mir nie in den Sinn.« Olivier ist noch nicht mit mir fertig. »Du hast ganz sicher jedes einzelne Wort verstanden? Von Anfang an?«

»Ja.« Ich sehe ihm geradewegs in die Augen und frage mich, ob er sich wenigstens ein wenig schämt. Anzusehen ist es ihm nämlich nicht. »Ich habe jede einzelne Beleidigung verstanden, die du dachtest, hinter meinem Rücken auszusprechen. Schon im Telefonat mit deinem Bruder. Ich habe mir tagelang angehört, ich sei die hässlichste Hexe der Welt, ein männermordendes Monster und ich habe auch die Aufforderung an Louanne, mich möglichst kreativ fertigzumachen, mitbekommen. Wenn du allerdings glaubst, dass mir das Angst macht, dann hast du dich getäuscht. Englische Mädchen haben auch fiese Tricks auf Lager, und ich habe sie alle überlebt. Weder du noch deine Louanne flößen mir Respekt ein.«

Fiona sitzt entspannt auf dem Sofa und hat sich das ganze Spektakel interessiert angesehen, ohne ein einziges Wort zu verstehen. Jetzt lächelt sie fröhlich.

»Bei uns in England ist es immer etwas langweilig auf Partys, muss ich sagen. Das liegt vielleicht am Männermangel, aber so herrlich ausgelassene Stimmung wie hier haben wir leider nie.«

## kapitel 13

Man glaubt es kaum, aber nach all dem Drama kommt an dem Abend dann doch noch etwas Sinnvolles heraus.

Die PB-Group entwickelt nämlich einen Plan, wie wir Max und die Sportler finden können. Und da hätte ich auch selbst drauf kommen können.

Leider muss ich für diesen Plan freundlich lächeln und nett und unschuldig aussehen.

»Schaffst du das, Hexe?«, fragt Olivier mich süffisant.

»Wenn du aus dem Raum gehst, fällt es mir leicht. Ich kann mich durchaus entspannen, solange nur nette Menschen um mich herum sind.«

»Klar, ich verpisse mich. Für dich und deine Entspannung mache ich doch alles«, sagt er und schlendert so auffällig ungerührt aus dem Raum, dass ich ihm nichts glaube. Der lügt auch, wenn er weiß, dass ich ihn verstehe. Und für all die Unverschämtheiten, die ich mir unfreiwillig anhören musste, hat er sich nicht einmal entschuldigt.

Fiona und ich nehmen auf dem Sofa Platz, während Mathieu mal wieder die Kamera auf uns richtet. Mit einer selig lächelnden Monique neben sich.

»Liebe Max, wir wissen, dass du irgendwo da draußen bist. Ganz allein und …«Fiona unterbricht mich mit einem groben Stoß in die Rippen.

Dann übernimmt sie das Wort. »Liebe Max, lieber Tobias, Paul, Simon, Sebastian, Adrian, Leo, Andrew und Jason.«

Himmel, die kennt ja sogar alle Namen. Ich bin schon stolz auf mich, wenn ich sie in Gedanken nicht mehr diese Monster nenne.

»Amber und ich sind auf dem Festland. In Amiens zu Gast bei einem wundervollen Menschen, der Mathieu heißt und Mitglied einer französischen PB-Group ist. Ja genau, diese Gruppe gibt es nicht nur bei uns, sie existieren inzwischen in ganz Europa.«

Fiona lächelt ihr begeistertes Lächeln und fährt fort, ausgiebig über die Gruppen und ihre Demos zu berichten, über unsere Befreiungsaktion bei den Trainern, unsere Reise zu Anton. Sie lobt nicht nur verständlicherweise Mathieu, sondern auch unverständlicherweise Olivier, und an dieser Stelle gerät mein Lächeln ganz schön in Schieflage.

»Bitte meldet euch bei uns. Wir wissen, dass ihr euch versteckt, und das ist auch gut so. Aber irgendwie werden wir es schaffen, die englischen Männer zu befreien und euch ebenfalls und solange wäre es wirklich günstig, wenigstens ein Lebenszeichen von euch zu erhalten.«

»Wenn es nur ein Lebenszeichen von Maxine ist, ist es auch in Ordnung«, füge ich schnell hinzu und kassiere erneut einen Stoß von Fiona. Seit wann ist die so brutal? »Aua. Ich meine ja nur, für den Fall, dass die Sportler zu scheu sind und sich lieber weiterhin verstecken wollen.«

Mathieu lacht bei meinen Worten in sich hinein, aber er lacht ja eh immer über mich. Fiona guckt nach wie vor böse und kein bisschen besänftigt und Olivier, der in der Tür steht und uns beobachtet, verdreht die Augen.

»Na, das schicken wir jetzt um die Welt. Irgendwie wird es sie erreichen. Oder jemanden, der sie kennt. Kein Mensch ist heutzutage ohne Internet. Und kein Mensch kann spurlos verschwinden. Erst recht keine neun Leute, die durch ihre spektakuläre Flucht und ihre Olympiateilnahme bekannt geworden sind wie bunte Hunde«, stellt unser Kameramann zufrieden fest und lädt die Nachricht hoch.

»Alle sind weg, Amber. Und wir sind ganz allein.«

Oliviers Stimme hat einen provozierend bedrohlichen Unterton. Und er hat recht. Mathieu hat es sich nicht nehmen lassen, Monique nach Hause zu bringen. Aus irgendeinem Grund hat er darauf bestanden, Fiona mitzunehmen, obwohl ich versucht habe, es ihr auszureden.

Ich denke, Mathieu und Monique sollten sich erst einmal unter vier Augen wieder näher kommen. Und ich denke, Olivier und ich sollten nicht allein in einer Wohnung sein.

»Ich habe keine Angst vor dir«, sage ich nachdrücklich. Eventuell um mich selbst zu überzeugen.

»Ich weiß, dass du keine Angst vor mir hast. Du hast Angst vor dir selbst.«

Jetzt muss ich allerdings laut lachen.

Dann räume ich ungerührt weiter Gläser in die Spülmaschine. Gläser, die Olivier aus allen Räumen anschleppt, denn aus irgendeinem Grund hat sich diese Versammlung, Party oder was genau es eigentlich war über die gesamte Wohnung verteilt. Und den Umstand, aus dem ich mich bereit erklärt habe, hinter allen herzuräumen, den muss ich auch erst noch analysieren.

»Das ist der größte Schwachsinn, den ich je gehört habe. Hast du schon alle Gläser geholt? Hier passt nämlich noch so einiges rein.«

»Bisher nur aus dem Wohnzimmer und eurem Schlafzimmer. Das Bett sieht übrigens benutzt aus. Hast du eine Ahnung, wer sich darin herumgerollt hat?«, fragt er grinsend.

»Wir machen das Bett nie. Du brauchst dir also keine Sorgen zu machen«, behaupte ich. Leider bin ich mir nicht allzu sicher. Ich habe es nicht gemacht, aber Fiona ist es durchaus zuzutrauen. Die andere Möglichkeit ist jedoch viel zu eklig, um sie auch nur gedanklich zuzulassen.

»Und ich dachte schon, du hättest mit Mathieu noch einmal die gefakte Wasserbettnummer nachgespielt.«

»Obwohl das Wasserbett in einem anderen Raum steht?«

»War wirklich alles nur gespielt? Hat er dich noch nicht einmal geküsst?« Olivier hat aufgegeben vorzutäuschen, er würde in der Küche helfen. Lässig lehnt er sich an den Küchentresen, die Hände hinter sich abgestützt und fixiert mich. Eine Frage, die ihn definitiv beschäftigt.

»Das geht dich nichts an.«

»Tut es doch.«

»Und aus welchem Grund bitteschön? Ich kann hier machen, was ich will.«

»Aber nicht mit meinem besten Freund. Der an einem gebrochenen Herzen leidet und echt keine weitere Verletzung gebrauchen kann.«

»Er hat kein gebrochenes Herz mehr. Hast du Moniques Auftritt etwa nicht mitbekommen?«

»Zu dem Zeitpunkt hatte er es aber noch. Und das zählt.«

Ich habe meine Spülmaschinenaktivität ebenfalls unterbrochen.

»Es gab keinen Kuss. Keine Berührung. Nur Geschaukel auf dem Wasserbett und viel Gekicher. Zufrieden?«, funkle ich ihn an. Diese dämlichen Überlegungen, wie es wohl sein könnte, werde ich ihm nicht verraten.

»Dann ist mir klar, warum du noch immer Angst hast.«

»Ich habe keine Angst, verdammt noch mal. Kapier das doch endlich.«

»Hast du doch. Deine ganze Körperhaltung zeigt das.«

Rasch blicke ich an mir herab.

Ich stehe mitten im Raum, mit verschränkten Armen und zugegebenermaßen verkrampften Schultern. Das liegt aber nur an der bescheuerten Unterhaltung.

Es zu ändern, würde ihm Recht geben.

»Meine Körperhaltung zeigt nur, dass ich dich nicht ausstehen kann.«

»Warum eigentlich nicht? Ich glaube, du bist die erste Frau, die mich nicht ausstehen kann.«

Hämisch lache ich auf.

»Muss ich dir noch mal die Kommentare auf das Interview zeigen?«

»Ich korrigiere mich. Du bist die erste Frau, die mich nicht ausstehen kann, obwohl ich noch nicht mit ihr im Bett war.«

»Das zeigt nur, dass ich klüger bin als andere Frauen«, triumphiere ich.

»Es zeigt, dass du Angst vor dir selbst hast.« Jetzt fängt er wieder mit diesem Scheiß an. »Du hast nämlich Angst davor, dass du tierisch auf das abfahren könntest, was ich mir dir machen kann. Dass dein Körper mich will, meine Hände auf dir, meine Zunge an dir. Davor hast du so viel Angst, dass du ununterbrochen um dich schlägst.«

Er ist bei seinen Worten langsam zwei Schritte auf mich zu gekommen und wirkt nun noch furchteinflößender als je zuvor.

»Wieso um Gottes Willen sollte das geschehen?«, frage ich provozierend und zwinge mich, nicht zurückzuweichen.

»Warum sollte es nicht geschehen? Was ist an deinem Körper so anders als an dem anderer Frauen?«

»Mit denen du dich ja so fantastisch auskennst.«

»In der Tat. Ich hatte schon so einige Frauen im Bett, die ich sehr, sehr glücklich gemacht habe.«

»Und die dich im Anschluss nicht leiden konnten.«

»Weil ich kein Interesse mehr hatte.«

Das habe ich inzwischen mitbekommen. Und ein paar der Frauen sogar getroffen. Ich will es aber nicht genauer wissen.

»Oder die dir einfach nur vorgegaukelt haben, dass es so sei«, sage ich also spöttisch.

»Und aus welchem Grund, Amber, hätten sie das machen sollen?« Mein Name aus seinem Mund klingt wie Schokolade, dunkle Schokolade, und erzeugt eine Gänsehaut auf meinen Armen. Schnell presse ich sie stärker an mich.

»Damit du zufrieden bist und ihnen nichts antust, Olivier«, antworte ich und sage seinen Namen auf dieselbe Art. Ich weiß doch, wie das früher gelaufen ist. Da man den Männern nicht entkommen konnte, musste man sie bei Laune halten. Ich habe es jahrelang in der Schule gelernt. Es kann durchaus sein, dass das nach wie vor so ist, obwohl die Frauen in diesem Land es nicht zugeben werden.

»Das ist lächerlich. Lass es mich dir beweisen.«

»Und wie bitte? Willst du sie herholen, vereidigen und dann aussagen lassen? Marie und Louise zum Beispiel, die dich beide verlassen haben? Oder Louanne, die intrigante Lippenstiftträgerin, die eh nur lügt?«

»Ich will es dich am eigenen Leib erfahren lassen.«

»Du und ich? Der Vorschlag ist wirklich ekelhaft«, fauche ich ihn an.

Denn obwohl ich mit dem Gedanken gespielt habe, dass Erfahrungen besser sind, als keine Ahnung zu haben, ist die Vorstellung, es mit Olivier zu testen, absurd.

»Ich werde es schon ertragen«, sagt Olivier grinsend und kommt noch einen Schritt näher. »Wenn es der Wahrheitsfindung dient, bin ich bereit, so einiges auf mich zu nehmen.«

Ich wäge meine Optionen ab. Mathieu ist raus und ich bin neugierig. Natürlich ist es ausgeschlossen, dass mir diese Art der körperlichen Zuwendung gefallen könnte, vor allem von Olivier, aber ich bin genauso der festen Überzeugung, dass man Dinge, die man nie erlebt hat, auch nicht ehrlich beurteilen kann. Habe ich zumindest bis heute immer behauptet. Ekel und Neugierde kämpfen in mir.

»Ich biete zwar kein Wasserbett wie Mathieu, aber den Spaß mit mir musst du nicht vorgaukeln.«

»Der Spaß war nicht vorgegaukelt, der war echt«, antworte ich und das ist die Wahrheit. Es hatte nur rein gar nichts mit Sex zu tun, auch wenn es sich so anhörte. »Mathieu muss toll im Bett sein, er ist nämlich schon umwerfend, wenn er es nur spielt.«

»Soll ich dir auch erst einen Orgasmus vorspielen? Macht dich das an? Ich wollte dir eigentlich das Gegenteil zeigen, deine eigene Lust.«

»Die es nicht geben wird.«

»Das glaube ich dir nicht.«

»Hörst du auf, sobald ich es sage?«

»Ich höre auf, sobald du es sagst. Oder mich wegschiebst. Oder auch nur einen Ton der Missbilligung von dir gibst. Natürlich höre ich auch auf, wenn es für mich zu schlimm wird«, bestätigt er mit einem so süffisanten Lächeln, als wäre es in der Tat für ihn eine Zumutung, mir körperlich näher zu kommen.

Das gibt den Ausschlag, denn es klingt so, als ob ich ihn damit quälen könnte.

Außerdem – rein wissenschaftlich betrachtet sollte ich es unbedingt selbst ausprobieren. Rein von der Vernunft her. Es ist der perfekte Zeitpunkt für solch ein Experiment und außer Olivier steht kein Mann zur Verfügung. Sobald ich erst wieder in England bin, ist die Gelegenheit ein für alle Mal vorüber.

Ich versuche zu schlucken, aber mein Mund ist knochentrocken. Irgendwie habe ich gerade Angst vor meiner eigenen Courage.

»Also gut«, sage ich trotzdem. Angst hat mich noch nie von irgendetwas abgehalten. »Bis ich dich wegschiebe. Oder es mich vor Abscheu schüttelt, was wahrscheinlich auf der Stelle geschieht. Es kann sich eh nur um Sekunden handeln.«

Olivier grinst wie ein Tiger, der seine Beute gestellt hat.

»Das glaube ich nicht. Wenn es dich schüttelt, dann vor Lust, Amber. Verwechsle das nicht.«

Inzwischen steht er genau vor mir. Und die letzte Chance, es zu beenden, bevor es begonnen hat, ist vertan, denn er beugt sich langsam vor, seine Lippen nähern sich meinen. In der letzten Sekunden gleiten sie jedoch an ihnen vorbei und wandern zu meinem Ohr. Sein Atem trifft dabei auf meine Haut und ich wundere mich, wie heiß Luft sein kann. Was auch immer er macht, ich werde es über mich ergehen lassen, es einfach nur analysieren und als Erfahrung verbuchen. So schlimm kann es ja nicht sein. Ein paar Sekunden sollte ich es ertragen können.

Wie ein Hauch gleiten seine Lippen an meiner empfindsamen Haut entlang.

»Ist es schon sehr schrecklich, Amber?«, flüstert er in mein Ohr.

Ich merke erst jetzt, dass ich die Augen geschlossen habe. »Es ist noch erträglich«, antworte ich und ärgere mich über meine Stimme. Denn die klingt nicht kühl und gelangweilt wie gewünscht, sondern leise und rau.

Seine Lippen erreichen mein Ohrläppchen und ich kann sein amüsiertes Lächeln spüren. Dann berührt seine Zunge meine Haut und seine Zähne knabbern sanft an mir, seine Hände legen sich zart auf meine Taille. Und ich halte den Atem an.

Es ist ja nicht nur das. Es ist ja auch, dass seine Körperwärme bis zu mir dringt und mich behaglich einhüllt. Es ist, dass seine Haare an meiner Wange kitzeln. Dass ich feststelle, wie gut mir sein Geruch gefällt, Männergeruch, anders als alles, was ich kenne, und dass dieser Geruch und seine Hände auf mir eine Gänsehaut erzeugen.

Die Sekunden, die ich ihm zugestanden habe, verrinnen.

Am besten sollte ich das Experiment abbrechen. Es auf der Stelle als gescheitert erklären und ihn und seine unerträgliche Überheblichkeit in Stücke reißen. Sollte ich wirklich. Mache ich auch gleich. Ich lasse ihn nur noch eine winzige Sekunde länger an mir knabbern. Nur noch ganz kurz abwarten, was er als Nächstes macht. Denn inzwischen gleiten seine Lippen an meinem Hals entlang, immer tiefer, und ich muss mich zwingen, wieder gleichmäßig zu atmen. Und bloß keine Geräusche von mir zu geben.

Eine Hand ist mittlerweile an meinem Kopf, seine Finger fahren durch die Haare und legen das andere Ohr frei. Olivier rückt ein Stück von mir ab und sieht mich an. Schnell reiße ich die Augen auf.

»Bist du fertig?«

Jetzt lächelt er wieder.

»Ich wollte nur mal schauen, ob du schon eingeschlafen bist. Da du ja so überhaupt nicht auf das stehst, was ich hier mache.«

»Es wäre besser, wenn wir zumindest den Fernseher anmachen könnten. Oder ich gehe mir noch rasch ein Buch holen.«

»Ein Buch, ja, das ist natürlich eine Möglichkeit.« Er lässt mich nicht los. Im Gegenteil, er fasst mich nun fester, sein Daumen gleitet von meinem Kiefer zum Ohr. »Wäre es allzu beängstigend, wenn ich dich jetzt küsse?«

»Es ist schon sehr unhygienisch«, antworte ich, aber gleichzeitig habe ich jeden Gedanken, das hier zu beenden, aufgegeben. Und ich kann nicht verhindern seinen Mund in Augenschein zu nehmen. »Wann hast du dir zuletzt die Zähne geputzt?«

»Nach dem Mittagessen.«

»Hm.«

Probehalber berühre ich seinen Mund einmal kurz mit meinen Lippen.

»Der Bart kitzelt.«

»Oh, Amber, du weißt wirklich, wie man einen Mann in den Wahnsinn treibt«, sagt er leise und zieht mich näher an seinen Körper. So nah, dass ich seinen Herzschlag spüre, sein Duft mich erneut einhüllt und ich ganz weich in seinen Armen werde. Obwohl ich das nicht will.

Trotzdem drücke ich meinen Mund erneut auf seinen, länger diesmal. Er bewegt sich nicht. Als ich mich entferne und in seine Augen sehe, hat sein Blick sich verändert. Keine Spur Überheblichkeit mehr darin.

»Wenn du das noch einmal machst, dann halte ich mich nicht mehr zurück«, sagt er leise, fast warnend. »Dann küsse ich dich richtig. Trotz Bart. Und nicht vorschriftsmäßigen Hygienestandards.«

Einer so offensichtlichen Warnung kann ich nicht widerstehen. Meine Lippen sind auf der Stelle auf seinen. Fest und nachdrücklich diesmal. Und dann öffnet sich sein Mund und aus meiner unbeholfenen Berührung wird ein Kuss. Und es ist etwas ganz anderes, als ich es mir vorgestellt habe. Es ist heiß und gierig und eine merkwürdige Mischung aus Liebkosungen und einem Kampf. Ganz bestimmt unhygienisch. Und ganz bestimmt nichts, bei dem man Lesen oder Fernsehgucken könnte. Nicht nur unsere Zungen kreisen umeinander, nicht nur unsere Lippen saugen und beißen sanft. Auch mein Körper presst sich inzwischen hemmungslos an ihn, während meine Hände sich in seinen Rücken gekrallt haben. Und leider bin ich nicht mehr lautlos, sondern gebe leise Geräusche von mir, ähnlich denen, die ich bei Mathieu gelernt habe.

Ich bin es nicht, die den Kuss abbricht. Es ist Olivier, der mich schließlich von sich schiebt. Mit einer völlig zerstörten Frisur, rot gebissenen Lippen und einem merkwürdigen Glanz in den Augen.

»Scheiße Amber, das ist nicht, was ich erwartet habe«, sagt er mit bebender Stimme. Dann fährt er sich durch seine Haare. »Du bist wirklich eine Hexe. Das ist echt…«, noch einmal holt er tief Luft, »nicht, was ich erwartet habe.«

# kapitel 14

Hellwach liege ich im Bett und grüble über Oliviers Worte nach. Der Kuss war nicht, was er erwartet hat. Gut, das kann ich genauso von mir sagen. Aber es war ja auch mein erster Kuss. Und das ist bei ihm nicht der Fall. Ich bin so verwirrt. Ich muss es ganz schön vermasselt haben. Kann er mir das wirklich vorwerfen? Er weiß doch, dass ich keine Erfahrung habe.

Leider hat er es umgekehrt überhaupt nicht vermasselt. Im Gegenteil. Ich würde ihn am liebsten auf der Stelle noch einmal küssen. Und seine Hände auf mir spüre. Seine Lippen, seine Zunge. Genau wie der arrogante Mistkerl es angekündigt hatte. Ach, Scheiße.

Dieses Experiment ist wirklich in die Hose gegangen. Ich bin nämlich mit dem Ergebnis alles andere als zufrieden. Dabei hatte ich mir doch nur eine Bestätigung erhofft.

Wütend werfe ich ein Kissen an die Wand. Ein Kissen! Etwas anderes habe ich nicht, um meine Gefühle hinauszulassen.

Leise schleicht Fiona ins Zimmer. Sie denkt, ich schlafe. Aber ich werde ganz sicher nie wieder einschlafen können, nicht mit all dem Wirrwarr in meinem Kopf. Und in meinem Herzen. Und in meinem Körper. Dieser blöde, verräterische Körper. Jetzt habe ich jedoch Fiona, um mich abzureagieren.

»Wo hast du dich herumgetrieben?«

Ich höre mich an wie meine Mutter. An jedem Abend, den ich mit den Mädels verbracht habe, wurde ich so empfangen, aber das ist ja jetzt vorbei. Ein für alle Mal.

Fiona kichert. Das habe ich mich nie gewagt.

»Weißt du doch.«

»Das hat aber lange gedauert.« Scheiße, schon wieder meine Mutter.

»Findest du? Also wir haben Monique noch in ihre Wohnung begleitet. Sie wohnt mit zwei anderen Mädchen zusammen. Die sind echt nett, nur verstanden habe ich niemanden. Mathieu musste alles übersetzen. Na ja«, jetzt kichert sie erneut, »als wir dann gehen wollten, haben Mathieu und Monique noch ewig lange rumgeknutscht. Also, ein Glück, dass du nicht dabei warst, du hättest ununterbrochen ›Igitt‹ und ›Ist das ekelhaft‹ gesagt.« Wie gut, dass es dunkel im Zimmer ist. Meine Gesichtsfarbe habe ich gerade nicht unter Kontrolle. »Ich frage mich nur, was du mit Olivier gemacht hast?«

»Wieso?«, krächze ich.

»Er sitzt in der Küche und sieht aus, als wäre ihm ein Gespenst begegnet.«

Ist es ja auch. Ein untalentiertes Kussgespenst. Wenn es allzu schlimm für ihn wird, hört er auf, hat er gesagt. Hat er dann ja auch getan. Dummerweise steigen mir jetzt sogar Tränen in die Augen. Dabei neige ich eigentlich nicht zum Heulen. Habe ich schon ewig nicht gemacht, obwohl es in letzter Zeit Grund genug dafür gab.

Apropos Küche.

»Ach Mist, ich hatte versprochen aufzuräumen«, murmle ich kleinlaut. Dabei wurde ich leider unterbrochen. Liebend gern würde ich diesen Kuss und das Ergebnis ungeschehen machen.

»Hast du doch. Die Wohnung sieht tipptop aus. Und ich weiß, dass es ein Schlachtfeld war, als wir gegangen sind.«

Oh, das muss Olivier zu Ende gebracht haben. Ich habe mich erst ins Bad zurückgezogen und dann ins Bett.

Fiona gähnt herzhaft und ist in Sekunden eingeschlafen. Und ich liege neben ihr und frage mich verzweifelt, warum mich ihre Atemgeräusche nicht schläfrig machen. Oder wenigstens die Erinnerung an Olivier aus meinem Kopf vertreiben.

Als ich am nächsten Morgen beschließe, nicht länger schlaflos im Bett liegenzubleiben, bin ich mir sicher, kein Auge zugetan zu haben. Nicht eine Sekunde lang. Das war die schlimmste Nacht meines Lebens. Ich schleiche in die Küche. An Olivier vorbei, der wie gehabt im Wohnzimmer liegt. Ich werfe keinen Blick auf ihn. Niemals darf ich vergessen, wie sehr ich ihn verabscheue.

Dann trinke ich Kaffee. Wie immer. Und noch mehr Kaffee. Dabei stelle ich fest, dass die Küche wirklich aufgeräumt und sauber ist. Und dass das Passwort des Laptops nach wie vor dasselbe ist. Lustlos klicke ich mich durch die aktuellen Reaktionen auf unsere Internetinitiative, während sich in mir ein neuer Plan entwickelt. Teile der gestrigen Unterhaltung haben sich in mein Gehirn gebrannt und nach und nach eine Frage aufgeworfen.

Ich bin eine Stunde intensiv beschäftigt, ehe ich unsanft aus meiner Konzentration gerissen werde.

»So langsam wird das hier zur Gewohnheit.«

»Was?«

»Der Diebstahl meines Eigentums.«

»Du kannst dir zum Ausgleich eine Tasse Kaffee nehmen.«

»Die du Mathieu geklaut hast.«

Laut seufzend drehe ich mich zu Olivier. Er sieht aus wie immer. Zerknautscht von der Couch und schlecht gelaunt, weil ihm der Rücken wehtut. Finster blickt er auf mich hinab.

»Stör mich nicht bei der Arbeit. Das hier ist wichtig. Geh duschen und vertrödle deine übliche Stunde im Badezimmer«, maule ich genervt. Ich bin nämlich einer wirklich interessanten Sache auf der Spur.

Wie gehabt macht er nicht, was ich ihm sage. Stattdessen nimmt er sich eine Tasse Kaffee und setzt sich genau neben mich. Na toll, so kann ich mich nicht mehr konzentrieren. Eine Weile blickt er mir nur bei meiner Recherche über die Schulter, aber schweigen, wie es angemessen wäre, kann er auf Dauer nicht.

»Was machst du da eigentlich?«

»Die englische Regierung zerstören«, antworte ich und kann den stolzen Unterton in meiner Stimme nicht ganz unterdrücken.

»Aha. Wie darf ich das verstehen?«

»Alle Menschen sind frei und gleich an Würde und Rechten geboren«, zitiere ich den Kern meines Plans.

»Ja, sehe ich auch so.«

»Auch Männer.«

»Das sehe ich genauso. Ich dachte, deine Meinung ist anders?«

»Es geht ja nicht um meine persönliche Meinung«, sage ich triumphierend. »Es geht darum, dass genau dieser Punkt in der UN-Menschenrechtscharta festgelegt ist.«

»Das ist mir durchaus bewusst, Amber. Ich bin weder ungebildet noch blöd, auch wenn du das gerne glauben möchtest.«

Ausnahmsweise ignoriere ich Oliviers patzigen Ton. Das hier ist wichtiger als unsere Abneigung.

»Mein Land hat damals ebenfalls für Ja gestimmt. 10. Dezember 1948. Leider ist die Erklärung der Menschenrechte ein Ideal und keine verbindliche Rechtsquelle des Völkerrechts und daher nicht einklagbar.«

»Dann nützt es doch nichts.«

»Wie man es nimmt. Moralisch nämlich schon. Und das ist uns wichtig, dass wir nicht als unmoralisch angesehen werden. Und als rückständiger als wir es 1948 waren. An dieser Stelle sind wir Engländerinnen sehr empfindlich. Wir haben in den letzten fünfzig Jahren so viel erreicht, so viel verbessert. Bessere Bildung, bessere industrielle Standards, mehr soziale Gerechtigkeit, kaum noch Kriminalität. Sogar die Monarchie ist abgeschafft.«

»Die Monarchie haben wir schon lange vor euch abgeschafft.«

»Ja, aber ihr habt sie geköpft. Das ist alles andere als fortschrittlich und moralisch«, halte ich abfällig dagegen und komme zurück zum Kern der Sache. »Wenn wir also beweisen können, dass Männer Menschen sind, kommt die Regierung ins Schleudern. Denn dann ist die Behandlung der männlichen Personen nicht mehr tragbar. Die Jungsinternate sind nicht akzeptabel, die unterschiedliche Rechtsprechung zwischen Männern und Frauen, die schlechte Bildung und niedrige Arbeit der Männer.«

»Ach, wir müssen nur beweisen, dass Männer auch Menschen sind?« Olivier sieht mich fassungslos an, dann beginnt er zu lachen. Leicht hysterisch. Und vor allem laut. Es dauert nicht lange, bis bei dem Krach Mathieu und Fiona schlaftrunken angedackelt kommen.

»Was ist denn mit euch los?«

»Du.« Olivier zeigt auf Mathieu. »Bist du ein Mensch?«

»Was soll ich sonst sein?«

»Frag Amber, die bezweifelt das nämlich.«

Genervt ziehe ich eine Schnute. »Olivier hat mal wieder alles falsch verstanden.«

»Olivier ist ja auch abgrundtief dumm«, ätzt Olivier.

»Wenn du es sagst«, kontere ich mit einem Lächeln.

Zufrieden erläutere ich meine Überlegungen erneut.

»Wenn also Männer Menschen wären und damit dieselbe Würde hätten, was bedeutet das dann genau?«, fragt Fiona verwirrt.

»Wären? Hätten?« Mathieu blickt Fiona entsetzt an »Du etwa auch«?

Olivier schlägt ihm auf die Schulter.

»Willkommen im Club der hirnlosen Tiere. Fiona versteckt es vielleicht besser, aber auch sie denkt, wir wären Nutzvieh.«

»Du bist nur Vieh, deinen Nutzen habe ich nämlich noch nicht erkannt«, sage ich so liebenswürdig wie möglich. Dann wende ich mich an Fiona. Denn alles in allem sind wir hier die Engländerinnen und diejenigen, die Max retten wollen. Und meinetwegen die Sportler auch.

»Es geht um die Menschenwürde und bedeutet, dass man Männer nicht gegen ihren Willen behandeln darf. Es bedeutet, dass man die männlichen Kinder nicht ihren Müttern wegnehmen kann, um sie in diese Internate zu stecken. Es bedeutet sogar, dass sie dasselbe tun und lernen dürfen wie Mädchen. Und dieselbe Arbeit machen. Denn sonst wäre es diskriminierend aufgrund ihres Geschlechts. Und das ist ausdrücklich gegen die Würde des Menschen. Und ihren Rechten.«

»Und wie bekommen wir jetzt raus, ob Männer Menschen sind?«

Mathieu schnappt schon wieder nach Luft und ich habe mit einem Mal die unbändige Lust, ihn und vor allem Olivier so richtig zu ärgern. Muss an dem Adrenalin liegen, das mir seit meiner Entdeckung durch die Adern schießt.

»Wir machen Experimente mit den beiden. Das zeichnen wir auf und senden es nach Hause. Dann können alle Frauen dort entscheiden, ob es Menschen sind oder nicht.«

»Oh, prima.« Fiona klatscht erfreut in die Hände. »Ich mochte Experimente schon immer.«

Stimmt, allerdings muss man auch ehrlich bleiben und dazu sagen, dass Fiona nie verstanden hat, aus welchem Grund es im Chemieunterricht immer brannte, sobald ihre Hände im Spiel waren. Hoffen wir mal, dass sie unsere männlichen Versuchskaninchen nicht zum Explodieren bringt.

Ich starte eine Videoaufzeichnung, während Fiona sich zufrieden zu mir an den Tisch setzt.

»Was also ist ein Mensch?«, frage ich langsam.

»Na, ich«, antwortet Fiona brav.

»Aber warum?«

»Ich kann sprechen.«

»Prima, das können wir leicht überprüfen.« Die Kamera richtet sich auf Olivier. »Kannst du denn ebenfalls sprechen?«, frage ich und grinse dabei. Himmel, macht das Spaß.

»Leck mich«, knurrt er.

»Das reicht aber nicht als Beweis.« Missbilligend schüttle ich den Kopf und wende mich an Mathieu. »Sag etwas.«

»Und was?« Er ist wie immer kooperationsbereiter.

»Etwas frei Formuliertes bitte, nachplappern kann auch ein Papagei.«

»Und was bitteschön?« So langsam klingt sogar Mathieu ziemlich angepisst.

»Eine Erklärung, warum du deiner Meinung nach ein Mensch bist, zum Beispiel. Gerne in allen Sprachen, die du sprichst.«

»Nee, Amber, ehrlich, das geht einfach zu weit«, sagt er. »Ich mach mich hier doch nicht zum Affen.« Mathieu setzt sich neben Olivier, weit weg von Fiona und mir, und reibt sich durch das Gesicht.

»Ups, wenn du dich zum Affen machst, bist du eindeutig kein Mensch«, kichere ich. Ich liebe Wortspiele. Dann schaue ich in die Kamera. »Das ist übrigens Mathieu. Ein französischer Mann, der neben dem offensichtlichen Französisch, noch Englisch und Deutsch spricht. Ich gehe davon aus, dass auch die englischen Männer Fremdsprachen lernen könnten, wenn man sie nur ließe.«

So, das war genug Spaß, eigentlich ist diese Aufgabe ja eine ernstgemeinte.

Ich beginne zu philosophieren.

»Aristoteles sagte, der Mensch sei ein Sinneswesen mit Vernunft.« In diesem Augenblick fällt mein Blick auf Fiona. Bei der zweifle ich häufig an der Vernunft. Aristoteles hilft uns nicht weiter. »Ich war aber schon immer ein Fan von Kant. Mathieu und Olivier, strebt ihr nach Wissen?«

»Olivier studiert doch«, antwortet Fiona.

»Stimmt. Der Punkt geht an die Männerfraktion. Könnt ihr hoffen und glauben?«

»Bei dir habe ich die Hoffnung definitiv aufgegeben. Du wirst für immer männerfeindlich bleiben«, motzt Olivier.

»Gut, das Thema Hoffnung geht also nicht an die Männer«, entscheide ich zufrieden. »Könnt ihr Gut und Böse unterscheiden? Euch moralisch verhalten?«

Fragend sehe ich die beiden an. Sie starren finster und eingeschnappt zurück. Olivier ist Marie damals ja doch nicht fremdgegangen und bei Mathieu und Monique war es in der Tat umgekehrt. Ich fürchte, ich muss auch das für das Männerteam verbuchen.

»Kant war übrigens ein Mann«, sagt Olivier schließlich und verdreht die Augen. »Sollte seine Definition dann nicht per se beinhalten, dass auch Kant ein Mensch war. Ein denkender. Ich habe nämlich so langsam keine Lust mehr, mich vorführen zu lassen.«

Ein überzeugendes Argument. Ich schaue noch einmal in meine Kamera und gebe ihm offiziell recht. Während Mathieu in der Küche rumort, um das Frühstück anzurichten, sende ich das Video an Emily und Sophie.

»Wenn die beiden das publik machen und im Anschluss den Inhalt der Erklärung zu den Menschenrechten, wird ein Aufschrei durch unser Land gehen«, stelle ich zufrieden fest.

Fiona sieht mich mit einem Mal sehr besorgt an.

»Meinst du nicht, dass deine Mutter ziemlich sauer auf dich wird, wenn du unser Land so aufmischst. Da ziehen doch jetzt schon wer weiß wie viele Mädchen und junge Frauen durch die Straßen und protestieren. Und sobald du mit Menschenrechtsverletzungen kommst, wird es eskalieren.«

»Das will ich wohl hoffen. Ich habe mir die ganze Mühe doch nicht umsonst gemacht.«

»Und deine Mutter? Die ist doch so streng.« Fiona hatte schon immer Angst, zu mir nach Hause zu kommen. Ich kann es ihr nicht verdenken, den anderen ging es nicht viel besser.

»Fiona, meine Mutter geht mir am Arsch vorbei.«

»Amber, ehrlich. So redet man nicht über seine Mutter«, schimpft sie aufrichtig empört. Mit einem freundlichen Blick nimmt sie von Mathieu Geschirr und Besteck in Empfang und verteilt es auf dem Tisch.

»Fiona, so redest du nicht über deine Mutter.« Und die anderen meiner Freundinnen auch nicht. »Und das zu Recht, denn deine Mutter liebt dich und steht zu dir, egal, was du machst. Aber meine ist anders und das wissen wir beide.«

»Trotzdem darfst du sie nicht so vor den Kopf stoßen.«

»Habe ich doch längst, Fiona. Ist auch egal«, sage ich resigniert.

»Wieso?«

»Sie ist doch längst sauer auf mich. Das hier kann es nicht noch schlimmer machen.« Ich muss dringend das Gerede über meine familiäre Situation beenden. Es ist mir nämlich leider nicht so egal, wie ich vorgebe. Und ich merke, dass meine ungerührte Miene nicht mehr lange halten wird. »Was machen wir eigentlich heute? Ein wenig demonstrieren? Ein paar Plakate basteln? Weitere Maxine-bitte-melde-dich-Videos drehen?«

Fast grob reiße ich Mathieu die Butter aus der Hand und knalle sie auf den Tisch.

»Eine Weile darüber reden, was bei dir zu Hause los ist«, insistiert Fiona. Wenn es um Emotionales geht, ist sie penetrant.

»Muss das sein?«, ziere ich mich trotzdem.

»Ja.«

Mathieu und Olivier sitzen schweigsam am Küchentisch, essen und geben vor, unsere Unterhaltung nicht zu beachten. Heute gibt es Baguette und ich starte ein Ablenkungsmanöver.

»Essen wir nicht erst mal was?«

»Man kann prima gleichzeitig essen und reden.«

Ja, Fiona kann das. Ich leider auch.

Eine Weile kaue ich. Meine Freundin lässt mich keine Sekunde aus den Augen und vergisst darüber sogar ihre eigene Mahlzeit. Ich werde hier nicht rauskommen, ohne die Hosen runterzulassen. »Na gut«, fauche ich schließlich. »Meine Mutter war nach dem Prozess gegen die Jungs schon wütend auf mich, da ich sie mit meiner Aussage bis auf die Knochen blamiert hatte. Dass ihre Tochter an oberkörperfreien Sportlerkörpern Interesse haben könnte, war indiskutabel. Sie wollte mich zwingen, es zu widerrufen.«

»Und dann? Ich weiß ja, dass du nicht widerrufen hast.« Fiona klebt mit großen Augen regelrecht an mir.

»Nichts weiter. Ich habe es nicht getan, sie hat mich rausgeworfen.« Ich zucke die Schultern und gebe mich cool. Das war nämlich der Teil, den ich Fiona nicht erzählen wollte. Ich kann mir ihren erschrockenen und mitleidigen Blick schon vorstellen, bevor er sich wie erwartet auf ihrer Miene abzeichnet. Und um das Ganze noch demütigender zu machen, guckt auch Mathieu mich so an. War der nicht gerade noch sauer auf mich? Kann er gerne bleiben, besser sauer als mitleidig.

Nur Olivier bleibt ungerührt. In diesem Augenblick ist er mir fast sympathisch.

»Wo schläfst du denn jetzt?«, fragt Fiona mit dieser Stimme, die ich nie, nie, niemals im Zusammenhang mit mir hören wollte. »Oh, ich weiß es. Im Wohnwagen.«

So ganz auf den Kopf gefallen ist sie nicht.

»Genau. Wie du siehst, ist also alles in Ordnung.«

»Nichts ist in Ordnung. Der Wohnwagen wird im Winter eiskalt. Er ist nicht dicht, er hat kein Badezimmer und nur eine Behelfsküche. Da kann man nicht auf Dauer wohnen.«

»Habe ich auch nicht vor. Wenn mein Studium beginnt, werde ich sicher im Wohnheim unterkommen. Habe ich doch schon alles beantragt.«

»Du kannst solange bei uns wohnen«, sagt Fiona entschlossen. »Warum hast du denn nichts davon gesagt?«

»Weil ich nicht wollte, dass ihr so ein Theater darum macht, wie du es gerade veranstaltest. Ich komme im Wohnwagen prima klar.«

»Keiner kommt im Wohnwagen prima klar, Amber. Kannst du nicht einfach mal Bescheid sagen, wenn du Hilfe brauchst?«

»Ich brauche aber keine Hilfe«, fauche ich.

»Doch, tust du. Es ist wieder genauso wie in der dritten Klasse. Glaubst du, ich wusste nicht, was Patricia und ihre Gang mit dir gemacht haben. Nur du warst zu stolz, um es den Lehrern zu sagen.«

Jetzt kommt sie wieder mit dieser alten Geschichte.

»Fiona, das ist ewig her.«

»Mag sein. Aber das Problem ist doch, dass du dir nicht helfen lässt.«

»Ich würde mir helfen lassen, wenn ich Hilfe benötige. Und jetzt reicht es.«

»Na gut, meinetwegen«, gibt Fiona klein bei, obwohl sie unzufrieden aussieht. Wahrscheinlich geht die Diskussion weiter, sobald wir zu Hause sind. Und dann gehen Sophie und Emily ebenfalls auf mich los.

»Was war denn in der dritten Klasse?«, fragt Olivier scheinheilig und streicht Butter auf ein Stück Baguette. Er wirkt, als ginge das Gespräch komplett an ihm vorbei. Nur diese dämliche Frage konnte er sich nicht verkneifen. Danke auch.

»Amber wurde gemobbt«, greift Fiona dankbar das Thema auf und ich überlege, ob es erlaubt ist, den besten Freund des Gastgebers zu erwürgen.

»War sie etwa nicht beliebt?« Olivier hebt erstaunt die Augenbrauen und grinst. »Kann ich mir bei ihrem sonnigen Charakter gar nicht vorstellen.«

»Sie hat immer die besten Noten geschrieben«, antwortet

Fiona geflissentlich. Ob sie die Boshaftigkeit hinter den falschen Worten gar nicht wahrnimmt? »Mit Amber in einer Klasse zu sein, ist nicht so lustig. Sie kann alles, sie weiß alles und alle Lehrer lieben sie.«

»Und alle Mitschüler hassen sie«, fügt Olivier lächelnd hinzu. Er freut sich unübersehbar über die Tatsache, dass nicht nur er mich hasst.

»Ich nicht«, wendet Fiona ein. »Ich mochte sie von Anfang an. Und ich habe den Lehrern immer wieder gesagt, dass die Mädchen gemein zu ihr sind.«

Aha, da kam das also her.

»Petze«, fahre ich Fiona an.

»Ich habe versucht, dir zu helfen.«

»Das wollte ich aber nicht. Die sind nur noch fieser geworden. Bevor die Lehrer sich eingemischt haben, haben Patricia und Maude mich nur verspottet. Schlimm wurde es erst danach.«

»Das wusste ich nicht.«

»Was haben sie gemacht?« Jetzt ist Olivier aufrichtig interessiert.

»Was du deiner intriganten Flamme nahegelegt hast, du Arsch.« Irgendwie bekommt Olivier das ab, was ich damals den mobbenden Mädchen gegenüber empfunden habe. Ich wette, er war genauso. Jemand, der jeden quält, der ihm nicht in den Kram passt, und sich dabei noch cool fühlt.

»Ich wurde früher auch als Streber fertiggemacht«, wirft Mathieu ein. »Und Amber hat recht, wenn sich Erwachsene einmischen, wird es nur noch schlimmer.«

Es gibt immer mehr Parallelen zwischen uns. Und unseren Ländern. Es scheint völlig egal zu sein, ob Mädchen unter sich sind oder gemeinsam mit Jungs aufwachsen.

»Mich hat damals Olivier gerettet. Einer der miesesten Typen hatte meine Brille und wollte sie im Klo versenken. Da kam Olivier, hat den Kerl verprügelt und mir die Brille zurückgegeben.«

»Und dann habe ich dich mit in den Judoverein genommen. Wenn man clever ist und auch so aussieht, sollte man sich wenigstens verteidigen können.« Olivier reicht die Kaffeekanne im Kreis herum und ich staune ein wenig. Er ist also nicht derjenige, der den Streber verprügelt. Sondern derjenige, der den verprügelt, der den Streber verprügelt. Kaum zu glauben.

»Und bei dir Amber. War deine ganze Schulzeit so?«

»Die Bekanntschaft mit dem Klo, die habe ich persönlich gemacht. Ich hatte da ja noch keine Brille, die man versenken konnte. Aber irgendwann sind Max, Emily und Sophie zu uns gestoßen. Und ab da hat sich niemand mehr an mich herangetraut.«

»Das lag an Max.« Fiona grinst. »Die hat nämlich einmal Patricia einen Zahn ausgeschlagen.«

»Ja, ich erinnere mich. Sie glaubt bis heute, wir wissen das nicht«, stimme ich ihr zu und lächle bei der Erinnerung. Max hat die Angewohnheit, Probleme auf die körperliche Art zu lösen. Und nicht immer auf die legale. Und sie denkt tatsächlich, wir bekommen nicht alles mit.

»So langsam habe ich aufrichtig Angst vor eurer Freundin«, beteuert Mathieu und schüttelt sich. »Ihr sagt, sie ist eine Kampfsportsau und jetzt stellt sich heraus, wie bereit sie ist, all ihr Können auch anzuwenden.«

»Hoffentlich wendet sie es an«, sage ich nachdrücklich. »Sie ist schließlich allein mit acht riesigen, unbehandelten Zehnkampfmonstern.«


»Du machst dir also Sorgen, weil deine Freundin mit unbehandelten Männern unterwegs ist?«, fragt Olivier und pirscht sich in der Küche an mich heran.

Mal wieder.

»Ja.«

»Und um dich und Fiona machst du dir keine Sorgen? Ihr seid von unbehandelten Männern umzingelt. Ich zum Beispiel bin momentan ganz allein mit dir hier im Raum. Und so unbehandelt, wie man nur sein kann.«

»Da mache ich mir inzwischen überhaupt keine Gedanken mehr«, stelle ich fest und halte meinen Blick konsequent in den Kühlschrank. »Zwischen uns ist ja alles geklärt.«

»Was ist zwischen uns geklärt?«

»Wir haben uns geküsst. Solange, wie du es ertragen hast, und das war nicht allzu lange. Aus welchem Grund sollte ich mir also Sorgen machen? Es war ja so schlimm für dich, dass du aufgehört hast.«

Meine Stimme ist glücklicherweise genauso kühl und entspannt, wie sie sein soll. Und nicht so, wie ich mich fühle.

»Es war schlimm für mich? Für mich?«, fragt er fassungslos.

»Ist schon okay. Ist doch klar, dass ich nicht küssen kann. Konnte ja auch keiner erwarten. Ich meine, woher sollte ich küssen können. Außerdem, ich gehe ja zurück nach England, da muss ich nicht küssen können. Du kannst mir echt nichts vorwerfen.«

Inzwischen habe ich mich für eine Sorte entschieden. Ich nehme einen Zitronenjoghurt und schließe die Kühlschranktür. Olivier steht genau vor mir und es bleibt kaum Platz.

Ich quetsche mich vorbei und wundere mich darüber, dass es mir nichts mehr ausmacht. Noch vor ein paar Tagen hätte ich mich nämlich bedroht gefühlt. Dann stelle ich meinen Joghurt auf den Tisch und will einen Löffel holen. Olivier ist mir jedoch gefolgt.

»Scheiße, Amber, ich habe gesagt, dass der Kuss nicht das war, was ich erwartet hatte«, erklärt er leise und mit rauer Stimme. »Ich habe nie gesagt, er war schlecht. Im Gegenteil.«

Er steht wieder genau vor mir. Ganz nah. Die Tischkante drückt sich gegen meine Oberschenkel und ich kann weder nach vorn noch nach hinten ausweichen. Nicht einmal zur Seite. Will ich auch gar nicht.

Olivier zögert diesmal nämlich nicht und er beginnt weder

sanft noch abwartend. Er umgreift mit beiden Händen meinen Kopf und drückt seine Lippen auf meine. Er schiebt seine Zunge hinterher. Gierig. Ungeduldig. Und ich reagiere. Ich öffne meinen Mund und lasse ihn hinein. Seufze laut auf. Atme seinen Geruch ein und drücke mich an ihn. Ich war mir so sicher, dass das hier nicht erneut passieren wird. Umso gewillter bin ich, alles auszukosten, was noch kommt. Oliviers Hände gleiten vom Kopf abwärts, umschlingen meinen Körper und ziehen mich ganz nah an sich. Er stöhnt. Stöhnt in meinen Mund und dieses Geräusch elektrisiert mich regelrecht.

»Amber«, flüstert er in einer winzigen Sekunde, in der er sich von meinen Lippen löst. Ein einziges Wort, mein Name, und er klingt dunkel und rauchig und voller Emotionen. Dann sind seine Lippen wieder auf mir. Und seine Hände rutschen tiefer und umfassen fest meinen Hintern. Vor einer Woche noch hätte das einen Aufschrei der Empörung und den Einsatz des Pfeffersprays ausgelöst, jetzt bewirkt es, dass meine Hüfte sich ihm ohne Zögern entgegenschiebt. Olivier hebt mich hoch und setzt mich auf den Küchentisch. Er steht zwischen meinen Beinen, ohne einen Millimeter Abstand. Ein Finger fährt sanft am Bund der Hose entlang, bewegt sich gemächlich höher und landet unter dem Shirt auf der bloßen Haut.

In aller Ruhe hebt er den Kopf und sieht auf mich hinab. Er beobachtet mich, während seine Hand nun langsam unter meine Kleidung rutscht. Wartet auf ein Zeichen des Widerstandes, aber ich gebe keines. Ich will seine Hand da haben. Entschlossen nehme ich die andere Hand und schiebe auch diese auf meinen Bauch. Eine weitere Aufforderung braucht er nicht.

Jetzt landet sein Mund an meinem Hals und saugt sich da sanft fest, während seine Hände meinen Oberkörper erkunden. Ich atme schneller. Ich drücke mich stärker an ihn. Ich will noch mehr von dem fühlen, was gerade durch meinen gesamten Körper schießt.

Eigentlich sollte es beängstigend für mich sein. Eigentlich sollte ich analytisch registrieren, dass die Theorie, dass diese körperliche Sache nur Männern gefällt, hinfällig ist und mich dann elegant aus der Affäre ziehen. Denn ich bin ja eine gut erzogene Engländerin und sollte wirklich nichts mit Männern zu tun haben wollen. Auch nicht, wenn dieser Mann gerade phantastische und überwältigende Dinge mit meinem Körper anstellt.

Aber was soll's. Ich bin eh zu Hause rausgeflogen, weil ich mich unmöglich benommen habe. Da kann ich mich genauso gut auch weiterhin unmöglich benehmen und es hemmungslos genießen.

Olivier schiebt mein Shirt bis zum Hals hoch und beginnt meinen Bauch zu küssen. Ich liege inzwischen auf dem Küchentisch und schiebe vorsichtig die Hände auf seinen Kopf. Ich mag, wie sich seine Haare anfühlen. Ich mag sogar, wie sich seine Frisur anfühlt. Vor allem mag ich, wie das Prickeln, das seine Lippen auf mir auslösen, sich im ganzen Körper verteilt. Meine Hüften heben sich und drücken mein Becken Olivier entgegen.

Er hebt seinen Kopf.

»Ich habe hier gleich eine nackte Hexe. Ist dir das bewusst?«, raunt er.

»Ja. Mach weiter. Solange du es erträgst«, quengle ich ungeduldig.

Ich kann das Lächeln auf seinen Lippen spüren, auf den Lippen, die sich nun meinen Brüsten nähern. Seine Finger lösen geschickt den BH-Verschluss und ich wundere mich ein wenig. Männer tragen doch keinen BH. Und leicht zu öffnen sind die Dinger nicht.

Aber dann sind seine Lippen auf meinen Brüsten und küssen und saugen und zupfen und mein Hirn hat keine Zeit mehr, zu hinterfragen. Mein Gehirn ist zum ersten Mal in meinem Leben einfach still und hat das Denken eingestellt. Oliviers Hände wandern langsam zurück zu meinem Hosenbund und jetzt gleiten die Finger darunter. Weit kommen sie so nicht. Auffordernd schiebe ich mich ihnen entgegen, denn das fühlt sich so gut an. Das fühlt sich so verdammt gut an.

»Ja«, sage ich und drücke mein Becken gegen ihn.

»Du treibst mich echt in den Wahnsinn«, flüstert Olivier und löst sich so weit von mir, dass er mich ansehen kann. Er befreit seine Finger aus der Hose, stützt dann beide Hände auf den Tisch ab, links und rechts neben meinem Kopf und sieht mich staunend an.

Ich schlinge die Beine um ihn.

Er berührt mich nun an dieser Stelle, der Mitte meines Körpers und das entlockt mir ein heiseres Stöhnen. Ja, das ist wohl Lust.

Ich will mehr davon.

Oliviers Blick ist verhangen.

Dann beißt er sich selbst auf die Lippe.

»Willst du mich hier auf dem Tisch? Willst du mich überhaupt? Ist das Realität, nicht nur Wunschdenken? Ich kann es nicht wirklich glauben.«

»Ich will dich.« Ich kann es auch nicht glauben.

»Bist du sicher, Amber«, flüstert er und schließt kurz die Augen. »Ich kann aufhören. Ich kann jederzeit aufhören. Du musst es nur sagen.«

»Okay. Ich will aber nicht, dass du aufhörst. Ich will, dass du weitermachst.«

»Dann solltest du vielleicht erst einmal sehen, worauf du dich einlässt. Und vergiss nicht, du kannst es jederzeit beenden.«

Langsam öffnet er seine Hose und ich richte mich auf. Überaus neugierig. Gespannt und ganz schön aufgeregt. Aber das Kribbeln in meinem Körper wird nicht weniger, während er den Bund der Hose gemächlich hinunterschiebt. Im Gegenteil.

Die Haustür öffnet sich. Es dauert drei Sekunden, ehe wir realisieren, was da geschieht. Drei Sekunden, in denen wir nur wie hypnotisiert zur Tür starren und uns nicht bewegen. Aber Fionas Stimme ist nicht zu überhören. Und dann kommt Mathieus vergnügtes Lachen dazu. Mit einem Satz springt Olivier zurück und schließt seine Hose. Er greift mein T-Shirt und zieht es mir über den Kopf. Schwerfällig und benommen rutsche ich vom Küchentisch. In der Realität bin ich noch nicht angekommen. Olivier ist da schneller als ich. Er drückt mir den Joghurtbecher in die Hand und einen Löffel dazu.

»Monique, bin ich froh, dass ihr zwei euch wieder vertragen habt«, quietscht Fiona. »Mit Amber und Olivier im Haus ist es anstrengend genug. So viel schlechte Schwingungen. Die beiden giften sich ununterbrochen an und ich wünschte wirklich, irgendein Wunder würde geschehen und uns Frieden bescheren.«

Ich höre wie Schuhe an der Garderobe abgestellt werden und sich Schritte der Küche nähern. Mehrere Leute. Matt lasse ich mich auf einen Stuhl fallen und öffne meinen Joghurt.

»Die beiden müssen ja nicht ihr Leben miteinander verbringen, wenn sie sich so abgrundtief hassen.« Mathieu brummt ein wenig vor sich hin. »Sobald ihr eure Freundin gefunden habt, seid ihr ihn wieder los.«

In dem Moment, in dem die Küchentür aufschwingt, fällt mein Blick auf den BH, der mitten auf dem Küchentisch liegt.

# kapitel 15

Olivier ist geistesgegenwärtig.

Mit einem einzigen Griff reißt er den BH an sich und steckt ihn in seine Hosentasche. Dann steht er jedoch genauso verloren im Raum, wie ich vor meinem Joghurt sitze.

»Mann, Amber, du isst ja schon wieder.«

Genau genommen nicht. Ich hatte eben zwar den festen Vorsatz, diesen Joghurt zu essen, aber in der Zwischenzeit ist mir Olivier und vor allem Oliviers Mund in die Quere gekommen und hat jeglichen Gedanken an Nahrungsaufnahme vertrieben. Mein Mund möchte gerade etwas ganz anderes machen. Trotzdem schiebe ich einen Löffel mit Joghurt hinein. Er schmeckt nach nichts.

»Ich habe Neuigkeiten, richtig tolle Neuigkeiten. Rate mal«, zwitschert Fiona fröhlich.

Hat sie den Mann ihres Lebens kennengelernt? Jemanden, der ihr den Verstand aus dem Hirn küsst und nur Watte zurücklässt.

Ich starre sie verwirrt an.

»Anton hat sich gemeldet.«

Anton. Nur schwerfällig bildet sich der Gedanke, dass ich einen Anton kenne.

»Anton, der Boxer?«

»Nee, Anton, der Tiefseetaucher«, pampt Fiona und rollt

die Augen. »Mann, Amber, was ist denn los mit dir? Natürlich Anton, der Boxer. Und Anton, der Vater der zuckersüßen Ella. Und Anton, der Ehemann der supernetten Denise. Welcher Anton denn sonst? Wir kennen doch nur diesen Anton.«

Jetzt schüttle ich den Kopf, um wieder klar zu werden. So kann das ja nicht weitergehen. Fühlen sich andere Menschen, dümmere als ich, immer so?

»Und wie geht es Anton so?«, frage ich höflich.

»Oh, ich weiß nicht. Davon hat er nichts gesagt.«

»Ja, das sind wirklich tolle Neuigkeiten«, ätze ich und freue mich ein wenig, dass meine gewohnte Persönlichkeit zurückkommt. Olivier wirft einen Blick auf mich und kann sich ein Grinsen nicht verkneifen.

»Nein, die Neuigkeit ist doch, dass Jule Kontakt zu Anton aufgenommen hat.«

Wer ist denn jetzt bitteschön Jule? Anton, Denise und Ella. Okay, die habe ich wieder auf dem Schirm. Aber einer Jule bin ich nie begegnet.

»Jule ist die deutsche Schwimmerin. Die mit unseren Leuten zusammen geflohen ist«, erklärt Fiona, die meinen geistesabwesenden Blick richtig deutet, zähneknirschend.

Ah, jetzt fällt es mir wieder ein. Wenn sie ›unsere Leute‹ also nicht mitten im Ausland allein und hilflos hat stehen lassen, sind das in der Tat gute Neuigkeiten.

»Jule? Meinst du Julia Rademacher? Das Schwimmass?«, fragt Olivier ehrfürchtig.

»Keine Ahnung. Max hat nur erzählt, dass sie schwimmt.«

»Und eine Goldmedaille nach der anderen abräumt?«

»Ja, das auch.«

»Oh Mann, die ist echt phänomenal.« Jetzt ist nicht zu überhören, wie begeistert Olivier ist. Mir gefällt das nicht, warum auch immer.

»Was hat das Schwimmass denn gesagt?«, frage ich ein wenig pikiert.

»Sie wäre bereit, sich mit uns zu treffen.«

»Wir wollen aber keine Schwimm-Goldmedaillenträgerin treffen. Wir wollen Max«, jammere ich laut.

»Ich würde sie auf der Stelle treffen«, bietet Olivier an. Das gefällt mir noch weniger.

»Wenn wir sie überzeugen, dass wir die Jungs nicht verpfeifen, dann bekommen wir Max schon«, tröstet Fiona mich entspannt. Sie hat leicht reden, Fiona überzeugt ja jeden im Handumdrehen von ihren guten Absichten. Bei mir sieht das anders aus. Den Grund kann ich nicht nachvollziehen.

»Na gut, wo treffen wir sie? Ich bin schon auf dem Weg«, sage ich trotzdem und schiebe entschlossen einen weiteren Löffel in den Mund. Es ist nämlich an der Zeit, sich um die wichtigen Dinge im Leben zu kümmern, und Oliviers Lippen gehören nicht dazu. Das bedeutet, erstmal den Joghurt zu essen, im Anschluss zu packen und danach zackig weiterzureisen.

»Das weiß nur Anton. Er kommt zu uns, sagt er.«

»Ach so.«

Ich lege den Löffel weg und schiele erneut unauffällig zu Olivier. Wir sind wieder im Wartemodus.

Es dauert den ganzen Tag, bis Anton sein Auto vollgeladen hat und Amiens erreicht. Mitsamt Kind und Kegel. Wobei in diesem Fall das Kind Ella heißt – und Fiona laute Entzückungsschreie entlockt – und der Kegel Denise ist.

Antons Van ist riesig. Trotzdem ist der Kofferraum so überladen, dass das Heck fast auf der Straße aufliegt.

»Fahrt ihr in Urlaub?«, frage ich leicht irritiert, nachdem der erste Begrüßungstrubel durch ist.

»Wir haben ein Baby«, antwortet Anton vorwurfsvoll.

Denise kichert.

»Ich konnte ihn nicht bremsen. Es ist unsere erste Reise mit Ella und er hat den gesamten Hausstand eingeladen. Mitsamt Kinderwagen, Reisebett und allem anderen, was ihm in die Hände fiel. Nur den Hund, den haben wir bei den Nachbarn gelassen.«

»Du wirst mir noch dankbar sein. Wir haben keine Ahnung, wo wir landen, schließlich ist es Jule, die uns durch die Gegend dirigiert. Und wer weiß, was Ella unterwegs vermissen könnte.«

Tja, ihren überdimensionalen Teddybär, den wird sie nicht vermissen, denn er nimmt neben ihr die restliche Rückbank ein.

»Wo dirigiert Jule uns denn hin?«, mischt Olivier sich ein. Bisher hat er sich still im Hintergrund gehalten.

»Olivier? Bist du das wirklich?«, schreit Denise und fällt ihm um den Hals. »Du bist ja groß geworden.«

Antons Blick wird finster.

»Zu groß«, knurrt er.

»Ich war ein Kind, als wir uns zuletzt gesehen haben, Denise.« Olivier grinst. »Zwölf oder so.«

»Kann sein. In jedem Fall hast du dich super gemacht. Ich wette, die Frauen stehen Schlange bei dir.«

Olivier zuckt bescheiden die Schultern, Anton schnaubt wütend und ich bin auch nicht allzu angetan von der Vorstellung.

»Hat wohl nicht viel Ähnlichkeit mit deinem Julien, der kleine Bruder, oder?«, ätzt Anton und richtet sich zu seiner vollen Größe auf.

Eine definitiv beeindruckende Körpergröße, finde ich.

Und ein definitiv beeindruckender Körperbau, vor allem, wenn er seine Arme so ineinander verschränkt wie in diesem Moment.

»Ach, doch, ich finde schon.« Denise dreht völlig entspannt Oliviers Gesicht hin und her. »Der Mund könnte eins zu eins von Julien sein und die Nase auch. Doch, doch, die Familienähnlichkeit ist eindeutig vorhanden.«

»Ich dachte, dein Ex wäre klein. Winzig hast du gesagt«, motzt Anton.

»Ist er«, sagt Olivier und betrachtet versonnen Antons Bizeps. »Viel kleiner als ich. Stört die Frauen jedoch kein bisschen, die fahren trotzdem auf ihn ab.«

»Weil er Charme hat.« Denise lächelt und zwinkert Olivier zu. Dann nimmt sie Ella aus Fionas Armen und schiebt Anton Richtung Kofferraum. »So, kümmre du dich um das Reisebett, sonst stehen wir ja morgen noch hier.«

»Wir können sofort weiterfahren«, widerspricht Anton. »Ich bin nach wie vor fit.«

»Aber Ella ist es nicht. Die hat lange genug im Autositz verbracht. Und da Mathieu uns netterweise eine Übernachtung angeboten hat, nehmen wir sie auch an.«

Mathieu zaubert uns wie immer ein Abendessen. Und ich realisiere, dass dies der letzte Abend ist, den wir mit den beiden Franzosen verbringen.

Das ist schmerzhaft. Denn Mathieu, der netteste Mann der Welt, ist mir inzwischen so unglaublich ans Herz gewachsen. Olivier dagegen ganz bestimmt nicht. Er hat nur die Neugierde in mir geweckt, was er mit meinem Körper anstellen könnte, eine Neugierde, die nun niemals gestillt wird.

Ausstehen kann ich ihn nämlich nach wie vor nicht.

»Woher kennt ihr euch eigentlich?«, fragt Denise, die im Handumdrehen die Unterhaltung an sich gerissen hat, und deutet dabei auf Olivier und Mathieu.

»Aus der Schule.«

»Ja, Mathieu war der Vorzeigeschüler und ich der Klassenclown«, grinst Olivier. »Ein unschlagbares Team.«

»Hier in Amiens?«, werfe ich ein.

»Ja.«

»Wohnen denn deine Eltern nicht mehr hier?«, frage ich erstaunt. »Und deine Schwester?«

»Doch.«

»Und warum besuchst du die dann nicht?«

»Habe ich doch. Als Fiona und du eure Shoppingtour gemacht habt. Oder soll ich es Lästertour nennen?«

Olivier trinkt sein Glas leer und beobachtet mich dabei über den Rand.

»Jetzt verstehe ich, wo der Haufen Exfreundinnen in dieser Stadt herkommt.« Ich rolle demonstrativ mit den Augen.

»Ist Olivier genauso drauf wie Julien?« Denise lacht laut. Es ist so offensichtlich, dass Anton sich überhaupt keine Sorgen machen braucht. Sie ist auch nicht ansatzweise an ihrem Ex interessiert.

Anton schnaubt trotzdem ungehalten.

»Dazu müsste man doch Julien kennen«, sage ich möglichst lässig. »Aber du scheinst, deinen Exfreund noch zu mögen, und das kann man von Oliviers Bettbekanntschaften nicht behaupten.«

»Ich bin wahrscheinlich auch eine Ausnahme. Es war eh nur eine Fernbeziehung und hat sich irgendwann im Sand verlaufen. Und dann kam Anton.« Bei dem Blick, den sie ihrem Mann zuwirft, wird Anton sanft wie ein Lämmchen. So macht sie das also.

Gedankenverloren sehe ich rüber zu Olivier, der an der Spüle steht und eine Flasche Wein öffnet, und frage mich, wie und wann er wohl so reagieren würde. Er grinst mich an und zieht in einem unbeobachteten Moment ein Stück meines BHs aus seiner Hosentasche. Ich schnappe nach Luft.

Eindeutig nie.

»Wo fahren wir jetzt also hin?«, fragt Olivier, der am nächsten Morgen eine Tasche in der Hand hält und erwartungsvoll neben Antons Auto steht.

»Die Mädchen und ich fahren nach Dijon. Und du schätzungsweise zurück nach Paris.« Anton ist damit beschäftigt, das Reisebett in den Kofferraum zu pressen. Theoretisch muss es reinpassen, denn es hat die Hinfahrt mitgemacht. Praktisch sieht es gerade schlecht aus.

»Ich komme mit.«

»Ist nicht nötig.«

»Ist es doch. Die Visa der Mädchen laufen auf mich.«

Anton gibt sein Vorhaben auf und dreht sich jetzt zu Olivier. »Dann ändern wir das. Überhaupt kein Problem.«

»Es hat mich schon all meine Überredungskunst gekostet, Visa für sie zu erhalten. Sie sind nämlich illegal eingereist. Und du hast sie illegal weiterreisen lassen.« Olivier kneift die Augen zusammen und fixiert Anton vorwurfsvoll.

»Dann kläre ich das eben in Deutschland«, faucht Anton. »Danach haben sie vernünftige Visa und keine personengebundenen.«

»Die deutschen Behörden sind doch noch viel umständlicher als die französischen. Das wird kaum klappen.«

»Das werden wir dann sehen.«

Irritiert starre ich zwischen den beiden hin und her. Ich dachte ebenfalls, Olivier macht sich auf die Rückfahrt nach Paris.

»Ich komme mit und du kannst es nicht verhindern.« Olivier umklammert den Griff seiner Tasche und ist drauf und dran, sie mit Gewalt in den überfüllten Kofferraum zu werfen.

»Im Auto ist kein Platz mehr. Leider.« Jetzt grinst Anton, deutet hämisch auf das vollgestopfte Innere und sieht sich als sicheren Sieger.

»Weil du viel zu viel eingepackt hast, Schatz. Ich habe schon mit Mathieu abgemacht, dass du alles Unnötige bei ihm zwischenlagern kannst.« Denise rauscht heran und zeigt entschlossen auf diverse Gegenstände. »Der Buggy reicht, dann bleibt der Kinderwagen hier. Den Monsterteddy mochte ich noch nie, der übernimmt Oliviers Schlafplatz auf dem Sofa. Diese Tasche mit warmen Klamotten für Ella brauchen wir auch nicht, wir werden nicht bis zum Wintereinbruch unterwegs sein.«

»Und wenn wir ins Hochgebirge fahren? Da liegt noch Schnee. Ich traue Jule alles zu, wirklich alles«, schnauft Anton. »Der Buggy ist auch nicht geländegängig.«

Er sieht dem Tausch Kinderwagen gegen gut aussehenden Franzosen nicht gelassen entgegen. Aber Denise zerrt schon alles Genannte aus dem Kofferraum. Mit einem Mal ist durchaus Platz im Auto. Für das Reisebett. Für Fiona und mich auf der Rücksitzbank. Für Olivier auf einem separaten Sitz im Kofferraum, denn Antons Wagen ist mühelos zum Siebensitzer umbaubar.

Mathieu schleppt jammernd die Winterklamotten-Tasche. »Ich bin zu alt für so einen schweren Gegenstand. In jedem Fall nach einer Nacht, die ich neben Olivier auf dieser Couch verbracht habe«, stöhnt er laut. »Ich wusste echt nicht, dass die so hart ist, wenn man mehr als zwei Stunden drauf liegt.«

»Das habe ich dir schon die ganze Zeit gesagt.« Olivier sieht sauer aus. »Was glaubst du, wie es mir geht.«

Denise ist glücklicherweise nicht in Hörweite, die hatte gestern schon Gewissensbisse, Mathieu sein Zimmer mitsamt Wasserbett wegzunehmen.

»Du hättest bei mir im Bett schlafen können.« Mathieu verdreht die Augen. »Habe ich dir oft genug angeboten.«

»Ja, zusammen mit dir. Nein, danke. Du hättest dich irgendwann an mich gekuschelt und mir Kosenamen gegeben.«

Ich muss ein wenig kichern. Fiona ist ebenfalls überaus besitzergreifend und wir kämpfen jede Nacht um die Bettdecke.

Es dauert noch eine Stunde, bis endlich alle im Auto sitzen, denn Ella ist in lauten Protest ausgebrochen, als sie sich von ihrem Teddybären verabschieden sollte. Nun ist der Teddy mit an Bord. Und ich bin mit der Sitzordnung überaus zufrieden.

Anton sitzt am Steuer.

Denise, die mir hoch und heilig versichert hat, Anton wäre ein sehr versierter Fahrer, daneben.

Fiona zwischen mir und Ella auf der Rücksitzbank, denn so bin ich vom Babydienst befreit und Fiona ununterbrochen mit albernen Geräuschen und überaus peinlichen Liedfetzen beschäftigt.

Und Olivier hockt auf dem Zusatzplatz im Kofferraum, eingekeilt zwischen dem Reisebett und einem Koffer, und hat den Teddybären auf dem Schoß, der fast so groß ist wie er selbst.

Er bietet einen lächerlichen Anblick und sieht alles andere als glücklich aus. Sogar Anton ist dadurch ein klein wenig besänftigt.

# kapitel 16

Knapp fünf Stunden können sehr schnell vergehen. Sie können aber ebenso lang sein. Manchmal sind sie sogar unerträglich.

Die letzten Stunden fallen eindeutig unter unerträglich. Von Fionas Versuchen, Klein-Ella bei Laune zu halten, bluten meine Ohren, denn die sind nicht dafür gemacht, ununterbrochen ›Backe, backe, Kuchen‹ und ›Ein Auto fährt, tut tut‹ zu hören. Ellas Ohren sind scheinbar genau dafür gemacht.

Hin und wieder werfe ich einen verzweifelten Blick zu Olivier und frage mich, wo mein BH gelandet ist. Zurückgegeben hat er ihn mir nämlich nicht. Und eine stille Sekunde, in der ich ihn zurückfordern konnte, gab es ebenfalls nicht. Aber von Olivier ist hinter dem Teddy nichts zu sehen. Wahrscheinlich benutzt er ihn als Schallschutz.

Als wir endlich Dijon erreichen und am Treffpunkt steif gesessen aus dem Auto klettern, bin ich im ersten Augenblick erleichtert, die Fahrt überlebt zu haben. Das hält nicht lange. Fiona versteckt sich mit einem Aufschrei hinter meinem Rücken. Da wäre ich jetzt auch ganz gerne, denn mit so einem Anblick habe ich nicht gerechnet.

Denise rettet die Situation, indem sie Jule stürmisch begrüßt. Hat sie keine Angst, sich an all den Gegenständen in diesem Gesicht zu verletzen?

»Oh, Julchen, ich weiß gar nicht, wo ich anfangen soll? Erst mal herzlichen Glückwunsch zu all den Medaillen! Du hast mal wieder alles gegeben. Und wo sind die Engländer und geht es ihnen gut? Und was ist mit Lukas und dir? Habt ihr euch jetzt endlich zusammengerauft?«

Julchen? Nee, echt nicht.

Das Schwimmass lacht.

»Erst einmal, danke. Die Engländer sind versteckt und es geht ihnen gut. Und mit Lukas und mir ist es schwierig. Wie immer.«

Dann fasst sie mich und die Teile von Fiona, die zu sehen sind, ins Auge. »Von euch habe ich schon so einiges gehört.«

Das kann gut oder schlecht sein. Da es von Max kommen muss, sollte es gut sein. Da sie uns ansieht, als planen wir einen Hochverrat, bin ich mir dann doch nicht so sicher.

»Ist es euch Ernst damit, Max und die Jungs zu sehen?«, fragt sie mit harter Stimme. Eine Frau ohne unnötige Schnörkel, ohne Umschweife, die klar und direkt auf den Punkt kommt. Wenn ich die Augen schließe, ist sie ganz nach meinem Geschmack. Trotzdem übernimmt mein Mundwerk schneller die Kontrolle, als ich es verhindern kann.

»Nee, weißt du, Fiona und ich machen hier eine nette kleine Urlaubsreise. Ist in unserem Land so ein übliches Ritual, um als vollwertige Frau eingeführt zu werden. Eine Woche Festland zwischen unbehandelten Männern überleben – nur wenn du das schaffst, wirst du in den inneren Zirkel aufgenommen.«

Fiona quietscht erschrocken auf. »Im Ernst? Das wusste ich ja noch gar nicht.«

Anton guckt erstaunt und Olivier lacht laut. Nur Jule sieht uns weiterhin prüfend an.

»Das ist überzeugend, Amber. Genau so hat Max dich beschrieben.« Wie nett. Jetzt grinst sie. »Und Fiona erfüllt auch all meine Erwartungen.«

Fiona lugt vorsichtig hinter meinem Rücken hervor.

»Jetzt echt? Wie kannst du das sagen, du siehst mich doch gar nicht?«

Jule kichert. »Wenn ihr es ernst meint, dann will ich eure Handys haben. Alle! Und zwar ausgeschaltet.«

Schweigen macht sich breit.

»Bin ich in einem schlechten Agentenfilm, Jule?« Anton empört sich als Erster. »Bin ich etwa nicht vertrauenswürdig? Ich, ausgerechnet ich. Ich habe eines der Fluchtautos gefahren. Ich habe hilflose Polizeibeamte für euch verprügelt. Ich habe sogar das Werkzeug bereitgestellt, als Maxine die Engländer fast abgeschlachtet hat.«

»Mann, Anton, wenn du all das nicht gemacht hättest, würde ich dich gar nicht mitnehmen. Aber es weiß ja mittlerweile jeder, dass du unser hartgesottener Superheld bist, und ich fürchte, dass dein Handy überwacht wird.«

»Ich schalte GPS aus.«

»Vergiss es. Du schaltest es ganz aus und nimmst den Akku raus. Und dann gibst du es mir. Oder du kommst nicht mit.«

Jule bleibt knallhart.

Denise zuckt ungerührt die Schultern und macht, was Jule fordert. »Hier. Ich denke auch, du übertreibst, aber was soll's. Ein paar Tage ohne Online-Wahn sind doch ganz nett. Oder etwa nicht, hartgesottener Superheld?«, fragt sie Anton mit einem breiten Grinsen. Entschlossen nimmt sie ihm sein Handy weg, obwohl er nach wie vor leise vor sich hin motzt.

»Und ihr?« Jule hat die Handys kommentarlos in ihre Tasche gesteckt und betrachtet ungerührt den Rest der Truppe.

Gute Frage. Ich hasse es, mich so herumkommandieren zu lassen. Ich hasse es, mich so auszuliefern.

Fiona versucht, ihres Jule zuzuwerfen, aus sicherer Entfernung. Das Handy fliegt in hohem Bogen an Oliviers Kopf.

»Aua. Warum machst du das?«

»Ups, ich hatte wohl nicht so gut gezielt.«

Jule lacht.

Leider sitzt sie am längeren Hebel. Hoffen wir mal, dass Max sich – und nun auch noch uns – nicht in die Hände einer gewissenlosen Psychopatin ausgeliefert hat. Einer, die aussieht, als würde sie kleine Kinder frühstücken und zuvor mit ihrem Gesichtsschmuck töten. Zögernd deaktiviere ich mein Smartphone und gebe es ihr.

»Ich mache das nur unter Protest. Nur weil ich Max wirklich liebe. Allerdings bezweifle ich, dass sie all das hier jemals wiedergutmachen kann.«

»Klar, ist registriert.«

Olivier hält Jule sein Handy ebenfalls hin. Sie nimmt es nicht.

»Wer bist du überhaupt?«

»Olivier.«

»Und was soll mir das sagen?«

»Er ist unser guter Engel. Unser Fremdenführer. Unsere Rettung«, erklärt Fiona.

»Der kleine Bruder meines Exfreundes.« Das ist Denise.

»Unnötiger Ballast«, knurrt Anton.

Und ich kichere ein wenig vor mich hin und freue mich, dass Olivier die nächsten Probleme bekommt.

»Und du, Amber. Jetzt würde ich gerne noch von dir hören, was er für dich ist«, fragt mich Jule amüsiert.

Was soll ich dazu sagen? Der Typ, der mich ununterbrochen wahnsinnig aufregt. Und aufwühlt. Der aus meinem Körper ein willenloses Instrument macht. Und aus meinem Kopf ein verwirrtes Knäuel. Der intime Kleidungsstücke stiehlt. Und der irgendwie gar nicht mehr hässlich ist, seit ich mich an den Anblick von zu viel Kopfbehaarung gewöhnt habe.

Ich werfe ihm einen Blick zu.

Olivier wartet ebenfalls gespannt auf meine Antwort.

»Sprichst du Französisch?«, frage ich Jule im Gegenzug.

»Ja.«

»Na ja, da hast du Glück. Und noch mehr Glück, dass er

es jetzt weiß. Wenn Olivier nämlich denkt, du verstehst es nicht, lästert er gnadenlos hinter deinem Rücken. Er wird wirklich fies.«

»Ich habe mich über deine Brille beschwert und das zu Recht. Sie hat dich verschandelt.«

»Und wenn schon. Ich habe das Recht, so hässlich zu sein, wie ich will.«

»Ist das bei euch im Grundgesetz festgelegt – statt der Menschenwürde? Das Recht auf Hässlichkeit?«

»Du kannst mich mal«, fauche ich.

»Na gut«, sagt Jule breit grinsend. »Das beantwortet meine Frage nach eurer Beziehung ziemlich eindeutig.«

»Das verstehst du falsch«, wendet Fiona schnell ein und ich verdrehe die Augen. »Das wirkt jetzt vielleicht feindselig, aber das ist es nicht. Nicht so schlimm, wie man denken könnte. Glaube ich.« Glaube ich jedoch schon.

»An feindselig dachte ich überhaupt nicht«, kichert Jule. »Das Ganze erinnert mich nur stark an mich selbst. Und jemand anderen. Ich verstehe hier also gar nichts falsch.« Dann dreht sie sich zu Olivier. »Warum willst du mitkommen?«

Er wirft mir einen langen Blick zu.

»Weil ich meinem Bruder versprochen habe, mich zu kümmern«, sagt er langsam. »Und weil mir inzwischen auch viel daran liegt, die Situation in England zu ändern.« Kaum zu überhören, dass das nicht die ganze Wahrheit ist. So wird Jule ihm definitiv nicht vertrauen. Sie kneift die Augen zusammen und schüttelt dann tatsächlich den Kopf.

»Ich weiß nicht, du bist nicht eingeplant. Max kennt dich nicht. Keiner legt seine Hand für dich ins Feuer.«

»Hab ich doch direkt gesagt, er geht geradewegs zurück«, triumphiert Anton und hat diesen Endlich-sind-wir-ihn-los-Blick drauf. »Wir mussten sogar wegen diesem Quatsch unentbehrliche Dinge ausladen.«

Jule sieht sich um. »Wer ist noch Antons Meinung? Sollen wir abstimmen, ob wir Olivier, den lästernden Engel, zurückschicken oder mitnehmen? Oder machen wir es kurz und es entscheidet direkt Amber, weil sie laut Max eh immer das letzte Wort hat und jeden an die Wand diskutiert?«

»Genau, Amber entscheidet«, stimmt Fiona zufrieden zu und verwirrt mich. Ich dachte nämlich, sie mochte Olivier.

»Amber entscheidet?« Olivier zieht eine Augenbraue hoch und sieht mich skeptisch an. Er holt tief Luft, wahrscheinlich um mich davon zu überzeugen, welche geheimen Qualitäten er noch so hat. Dann schweigt er jedoch.

Amber entscheidet also! Die Gelegenheit, den Typen endlich loszuwerden. Da er mich so dermaßen verunsichert. Und so wütend macht, immer wieder. Da er sich nach wie vor für keine einzige Beleidigung entschuldigt hat, die er mir heimlich und sogar oft genug offen ins Gesicht gesagt hat. Ich öffne entschlossen den Mund, um ihn gnadenlos und gerne auch ein wenig gemein abzuservieren. Denn das hat er verdient.

»Meinetwegen kommt er mit«, höre ich und schließe erschrocken den Mund. Das war nicht, was ich sagen wollte.

»Ich wusste, dass du so entscheidest«, zwitschert Fiona und fällt mir um den Hals.

Sie wusste es? Ich wusste es nicht!

»Oh Mann«, motzt Anton. »Dieser Julien-Verschnitt kommt aber nicht mehr in mein Auto. Den kannst du mitnehmen, Jule.«

Olivier sagt gar nichts. Er blickt mich nur an.

Jule kichert. Schon wieder. Dann nimmt sie Oliviers Handy und stopft es in die Tasche zu den anderen.

»Du kannst selbstverständlich mit mir fahren. Wenn du willst.«

»Liebend gern. Ich bin ein riesiger Fan.«

»Von mit mir fahren?«

»Von dir.« Er betrachtet Jule überaus beeindruckt, ihre breiten Schultern, ihre kräftigen Arme, sogar ihr Gesicht.

Ich denke, ich sollte auf der Stelle umentscheiden. Das war ein großer Fehler. War eh klar.

»Na dann.« Jule zuckt unbeeindruckt die Schultern. Lässig ist die schon.

»Ich fahre auch mit dir. Endlich wieder eine Frau am Steuer«, beschließe ich. Bisher hat Anton zwar nichts verbockt, mein Vertrauen in weibliche Fahrer ist jedoch nach wie vor größer. Außerdem muss ich aus diesem Van raus, ehe ich noch jemanden umbringe. »Ich brauche ein Durchschnittsalter über Teenager.«

»Hä?«, Fiona zieht verzweifelt ihre Nase kraus. »Wieso Teenager? Hier ist doch nur ein Baby.«

»Bleib du mal bei dem Baby. Du hast wahrscheinlich noch nicht alle Lieder durch, die du kennst.«

»Natürlich nicht. Babys lieben Wiederholungen.«

»Genau, und Ambers hassen Wiederholungen. Da bekommen ihre Gehirnwindungen Krämpfe.«

Wir verteilen uns auf zwei Autos. Das ist sehr viel angenehmer, nur die Sitzordnung hat ihren Charme eingebüßt.

»Hast du nicht dein Kuscheltier vergessen?«, frage ich scheinheilig an Olivier gewandt und weise auf den Riesenteddy, der nun neben Fiona auf der Rücksitzbank sitzt. »Ohne Teddy kann er nicht schlafen«, erkläre ich Jule.

»In einer guten Beziehung muss man auch mal Zeit ohne den anderen verbringen«, antwortet Olivier und macht es sich vorne neben Jule bequem. Umso mehr Platz bleibt für mich hinten. »Er hat viel interessantere Dinge zu erzählen, wenn er nachher zurückkommt.«

Wider Willen muss ich lächeln. Hat Mathieus Humor etwa auf Olivier abgefärbt?

»Wo fahren wir jetzt also hin?«, will er dann wissen.

Das hat Anton auch schon mehrfach gefragt. Und schon mehrfach keine Antwort erhalten. Männer haben definitiv Probleme damit, die Kontrolle abzugeben. Ich speichere es als nützliche Information.

»Werdet ihr schon sehen.« Jule zuckt nicht mit der Wimper, während sie Olivier zappeln lässt.

»Und wenn wir Anton verlieren?«

»Och, ein bisschen Risiko muss sein.«

Fiona zu verlieren, wäre problematisch. Obwohl sie ja bei Denise in guten Händen ist. Die kann auf ihre Baby-Tochter aufpassen, da schafft sie es sicher genauso bei einem allzu naiven, gutgläubigen Mädchen.

Ich entspanne mich ein wenig.

Jule erzählt von der Flucht. Bis zu uns waren ja nur Gerüchte gedrungen und auch Olivier ist nicht besser informiert. Vor allem der dramatische Endspurt zieht mich in seinen Bann. Die Striptease-Einlage im Hamburger Rotlichtbezirk verwirrt mich allerdings nur.

»Aus welchem Grund wollen Frauen nackte Männer sehen?«

Jule grinst. »Och. Mir hat das gefallen.«

»Aber warum?«

Olivier dreht sich zu mir um.

»Amber, ich muss dir tatsächlich noch so einiges zeigen. Ein Strip scheint auch dazu zu gehören.«

Darüber kann ich nur den Kopf schütteln. »Wohl kaum.«

Olivier lacht. »Bist du schon wieder skeptisch? Ich dachte, ich hätte dich von anderen Vorurteilen effektiv befreien können.«

Jules Blick weicht von der Fahrbahn neugierig zu uns. Dann grinst sie.

»Max war auch schwer zu überzeugen. Aber nachdem sie es kapiert hatte, war sie Feuer und Flamme. Ich denke doch, ihr redet über den körperlichen Aspekt zwischen Männern und Frauen?«

»Tun wir«, bestätigt Olivier entspannt, während ich wild mit dem Kopf schüttle.

»Ich kann noch immer nicht fassen, dass sie ausgerechnet den fiesen Adrian geküsst hat«, resigniere ich dann.

»Den fiesen Adrian?« Jule lacht laut los. »Adrian ist einer der heißesten Typen, die ich je gesehen habe. Wenn er nicht gar so uninteressiert gewesen wäre, hätte er im olympischen Dorf eine Frau nach der anderen flachlegen können.«

»Oder ermordet«, wende ich ein.

»Ach was, der tut nur so. Auf diesen Bad-Boy-Style fahren die meisten doch voll ab.«

»In England nicht.«

»Worauf fahrt ihr in England ab?«

»Auf Männer hinter Mauern.«

Jule kichert schon wieder.

»Deine Demonstration war wohl nicht so überzeugend«, sagt sie spöttisch zu Olivier.

»Scheint so. Ich muss womöglich gleich mal auf die Rückbank klettern und es besser machen.«

»Vielleicht bist du einfach ein schlechter Liebhaber.«

Jule hat eindeutig Spaß an dieser Unterhaltung. Ich eindeutig nicht, denn sie ist indiskret und unangebracht. Das werde ich mir aber nicht anmerken lassen. Lieber wahre ich mein Gesicht und mache mit.

»Ich denke langsam auch, ich hätte doch Mathieu und das Wasserbett testen sollen. Sein Orgasmus hat mir irgendwie gefallen«, wage ich mich auf ungewohntes Terrain. Da ich weiß, wie wütend die Vorstellung von mir und seinem besten Freund Olivier macht, ist es das wert.

Olivier schnallt sich ab. Bei seinem Blick wird mir Angst und Bang. Irgendwie hat mein provokanter Kommentar etwas ausgelöst, das ich so nicht erreichen wollte.

Viel Platz ist nicht zwischen Fahrer- und Beifahrersitz. Olivier schiebt sich trotzdem zu mir auf den Rücksitz, ungelenkig ist er nicht.

»Jetzt testest du aber Olivier und das Auto«, knurrt er.

»Oh bitte« Jule hat inzwischen Lachtränen in den Augen.

»Zeugt bloß keine Kinder in meinem Auto. Nicht während der Fahrt. Nicht mit mir am Steuer. Ich habe mich schon bei Max um den Aufklärungsunterricht kümmern müssen, so ein Gespräch brauche ich nicht noch einmal.«

»Keine Sorge, ich bin da Profi. Das Thema Bienchen und Blümchen übernehme ich persönlich.«

Oliviers Hand schiebt sich noch während seiner Worte unter mein Shirt und streichelt mir sanft über die Taille. Dann küsst er mich. Diesmal nicht ganz so gierig wie in der Küche. Mit mehr Gefühl. Ich könnte glatt auf die Idee kommen, ihm könne etwas an mir liegen. Etwas, das über das Körperliche hinausgeht.

Diese Art Kuss gefällt mir auch. Ich habe nicht auf der Stelle das Bedürfnis, mich schamlos an ihn zu pressen und zu reiben und mehr zu fordern, lieber möchte ich diese sanfte Berührung seiner Lippen auskosten und ihn ewig so bei mir haben. Oliviers Hände gehen auf Wanderschaft.

»Du trägst ja keinen BH«, murmelt er erstaunt.

»Du hast meinen BH«, flüstere ich zwischen zwei Küssen. »Ich habe nur den einen dabei.«

»Dann bekommst du ihn definitiv nicht wieder.«

Ich brumme unwillig.

»Es gefällt mir so nämlich sehr gut«, sagt er. Den Eindruck habe ich auch. Seine Hand umschließt meine Brust und spielt mit der Brustwarze. Das gefällt allerdings mir sehr gut.

»Ich unterbreche euch ja wirklich ungern«, meldet sich Jule zu Wort. »Aber Anton hinter mir winkt wie wild. Ich fürchte, ich muss auf den nächsten Rastplatz fahren.«

»Das geht nicht.« Oliviers Stimme ist nicht wie sonst, nicht gelassen und überheblich zugleich. »Ich muss hier weitermachen, bis ich Amber überzeugt habe.«

»Von was überzeugt eigentlich?« Ich habe ein wenig den Faden verloren.

»Davon, dass ich der tollste Liebhaber von allen bin.«

»Das ist doch gar nicht möglich. Ich habe ja keine Vergleichsmöglichkeiten.« Ich grinse ein wenig. »Lass mich überlegen, wo ich an Vergleiche kommen kann.«

»Ich schlage einen der englischen Sportler vor. Paul hat definitiv Erfahrungen gesammelt. Spanische Erfahrungen und die Dame war überaus angetan«, höre ich von vorne. »Und die anderen sind ebenfalls verdammt ansehnlich.«

Jule setzt den Blinker und Oliviers Hände trennen sich widerwillig von meinen Brüsten.

»Ich warne dich«, flüstert er dann in mein Ohr. »Ich teile nicht gerne.«

»Teilen kann man nur etwas, das einem gehört«, säusle ich zurück und richte meine Kleidung. Bei der nächsten Gelegenheit werde ich nicht so zurückhaltend sein. Dann wird Olivier im Anschluss seine Kleidung gerade rücken müssen. Oder anziehen. Oder zuknöpfen. Wie von selbst fällt mein Blick in seinen Schritt und ich denke an Maries Hinweis mit der Hand in der Hose. Vielleicht nicht unbedingt, wenn wir in einem fahrenden Auto sind. Obwohl die Fahrerin entsetzlich gelassen mit so einer unhygienischen Situation umgeht.

»Mit wem knutscht Fiona rum?«, fragt Jule, während sie nach einem Parkplatz Ausschau hält, der auch groß genug für Antons Monsterauto ist.

»Mit keinem«, sage ich empört. »Fiona ist ein anständiges Mädchen.«

»Im Gegensatz zu dir?« Olivier schüttelt erneut verständnislos den Kopf. Er braucht dringend eine Erklärung, denn langsam befürchte ich, er hat einen völlig irreführenden Eindruck von mir.

»Das siehst du falsch. Ich mache hier nur wissenschaftliche Experimente. Bei Fiona müsste man sofort mit dem Schlimmsten rechnen. Verlieben oder so ein Scheiß. Und das werde ich zu verhindern wissen. Ich passe auf sie auf.«

»Jetzt im Ernst? Ich bin ein wissenschaftliches Experiment?« Olivier klingt nicht begeistert.

»Was denn sonst?«

»Der Mann, der dich um den Verstand küsst.«

»Auch das wäre ein zu dokumentierendes Resultat, aber bisher habe ich meinen Verstand noch. Ich muss das alles in Ruhe auswerten. Lass mich überlegen: Kuss eins wurde vom männlichen Teilnehmer abgebrochen, nachdem ich gerade meinen Ekel überwunden hatte. Kuss zwei hat ohne Ekel begonnen, wurde dann jedoch rüde von nichtteilnehmenden Menschen unterbrochen und hat mich wichtige Kleidungsstücke gekostet.«

Jule kommt aus dem Lachen nicht mehr heraus.

So ein Glück, dass sie in diesem Moment den Motor abstellt und Zeit hat, sich die Tränen aus dem Gesicht zu wischen.

»Und Kuss drei?«

Olivier sieht mich finster an und reizt mich unglaublich, ihm und seiner Selbstgefälligkeit einen weiteren Dämpfer zu verpassen.

»Kuss drei war nicht allzu leidenschaftlich und profitierte von durch Kuss zwei fehlenden Kleidungsstücken. Ich brauche einen genaueren Plan für Kuss vier. Entweder stelle ich sicher, dass Kuss vier nicht unterbrochen werden kann und mit Experimenten am männlichen Körper fortgeführt wird oder Kuss vier findet mit einem anderen Teilnehmer statt. Mal sehen.«

Ich steige aus dem Auto, ehe Olivier mir eine Antwort geben kann.

»Ella muss gewickelt werden.« Anton baut sich vorwurfsvoll vor uns auf. »Außerdem kann sie nicht noch länger im Autositz hängen, egal, wie sehr sie von Fiona bespaßt wird. Sie braucht jetzt Bewegung.«

Bewegung heißt in diesem Fall durch den Dreck kriechen und sich die Klamotten versauen. Wenn Anton das gut findet, bitte.

»Dann komm mal mit, Zwerg.« Olivier hebt Ella mit Schwung vom Boden hoch, so dass sie vor Vergnügen laut kreischt. »Bringen wir dich mal da hinten auf das Gras, da bist du besser aufgehoben, als hier im Straßenstaub.«

Er wirft mir einen verächtlichen Blick zu.

Denkt er, ich bin beeindruckt, nur weil er Miniaturmädchen um den Finger wickeln kann? Meine Ansprüche sind größer als Ellas.

Wir machen eine lange Pause.

Bis in den Abend hinein. Bis für Ella Schlafenszeit ist und nichts dagegen spricht, noch mal ein paar Stunden im Auto zu verbringen. Denn dass es noch einige Stunden sind, zumindest das hat Jule inzwischen verraten.

# kapitel 17

Knapp dreitausend Kilometer in einer Woche. Auf diese Art kann man Europa wirklich kennenlernen. Auch wenn man wie ich das niemals wollte.

Es ist schon dunkel, als wir endlich ankommen. Trotzdem schwirren noch laut lachende Kinder über den Campingplatz und genießen das Wetter und die Freiheit des Sommers. Das würde ich auch gern. Aber ich werde nie wieder Sommerferien haben und zum ersten Mal wird mir wirklich bewusst, dass meine Kindheit endgültig vorbei ist. Ab jetzt bin ich eine Erwachsene. In meinem Fall eine obdachlose, enterbte Erwachsene, die aktuell vorhat, ihre Regierung zu stürzen und eventuell schon auf der Fahndungsliste steht.

Netterweise nicht in diesem Land. In diesem Land ist sogar das Auslieferungsabkommen wieder hinfällig, denn die Olympischen Sommerspiele dieses Jahres sind Geschichte und Deutschland hat sich erneut dem Normalzustand zugewandt. Und der besteht momentan aus Hitzewelle und Ferien. Sommerloch nennen sie das hier.

»Wir sind zurück in Deutschland? Du jagst mich quer durch Europa, nur um dann wieder fast in der Heimat anzukommen?«, fragt Anton fassungslos. »Echt Jule. Du hast sie doch nicht mehr alle. Mir tut der Arsch vom langen Sitzen so dermaßen weh.«

Mir auch. Ich hätte es nur etwas vornehmer ausgedrückt. Und vor allem mit weniger Körperteilen.

»Fast in der Heimat kann man das jetzt nicht nennen.« Jule ist unbeeindruckt von Antons Tirade. »Noch ein paar Kilometer und wir sind in Österreich.«

»Deutschland ist Deutschland«, knurrt der Boxer und sieht bedrohlich aus. Langsam habe ich allerdings kapiert, dass Anton definitiv unter laut bellen und nicht beißen fällt. »Das wäre einfacher gegangen.«

»Wenn du meinst. Ich wollte nur vorsichtig sein.«

»Das nennst du vorsichtig?« Ein Mann stellt sich uns in den Weg und mustert uns misstrauisch. Keiner der englischen Sportler, denn wider Willen habe ich die in der Zeit vor der Olympiateilnahme mehr als einmal gesehen. Außerdem spricht er akzentfreies Deutsch. »So viele Leute waren nicht abgemacht.«

»Ich bin Amber«, stelle ich mich vor. »Ich bin abgemacht, aber so was von. Den Rest kannst du gerne wieder wegschicken. Wo also ist Max?«

Der Typ ignoriert mich.

»Hast du sie überprüft?«, fragt er Jule ungehalten.

»Ja, habe ich. Aber mit meiner Methode. Nicht mit deiner, denn die ist hirnrissig.«

»Ist sie nicht. Dann muss ich es wohl selbst machen.«

Mein Gegenüber baut sich bedrohlich vor mir auf. »Wie ist deine Einstellung zur Kastration?«, fragt er mich leicht aggressiv.

»Ich finde sie furchtbar. Menschenunwürdig. Jeder, der das in Erwägung zieht, sollte auf der Stelle eingesperrt werden. So etwas darf man einem Mann auf keinen Fall antun«, antworte ich brav.

Jule beißt sich auf die Lippen, um das Lachen zu unterdrücken. Dann weist sie auf den Mann. »Das ist übrigens Lukas, der selbst ernannte Beschützer der englischen Manneskraft.«

Ah, dieser Lukas also. Jules Lukas. Der, mit dem es noch immer schwierig ist.

Interessant. Ich mustere ihn genauer.

Er wirkt harmlos, definitiv harmloser als Jule. Jule mit ihren Steckern und Ringen an allen möglichen und unmöglichen Körperstellen und ihren Tätowierungen auf jeder frei sichtbaren Hautfläche. Jule mit ihren halblangen, dunkelblonden Haaren, die sie zurückgebunden hat, so dass auch ihre Ohrmuscheln prima zur Geltung kommen. Lukas dagegen – blonde, raspelkurze Haare, babyblaue Augen – macht mir in etwa so viel Angst wie Ella. Von seinem schwachsinnigen Verhör abbringen lässt er sich allerdings nicht.

»Dann bist du also bereit, für die Revolution auf die Barrikaden zu gehen? Die Freiheit der Männer zu fordern? Ihnen alle Rechte zuzugestehen, die auch ihr habt?«

»Aber natürlich«, sage ich zuckersüß. »Ich bin ja schon dabei.«

»Siehst du.« Lukas sieht triumphierend zu Jule. »So macht man das.«

»Du bist also von mir überzeugt?« Ich lächle Lukas an. »Und sagst mir jetzt, wo Max ist?«

»Klar. Wir haben die letzten zwei Parzellen am Ende dieses Ganges. Direkt am See. Max und Adrian wohnen im blauen Zelt.«

Triumphierend setze ich mich in Bewegung.

»Lukas, vergiss bloß nicht, die anderen auch ganz intensiv zu überprüfen. Ich bin mir bei dem ein oder anderen nicht so sicher, ob er denn auch Kastration so dermaßen ablehnt wie ich«, kichere ich im Gehen. »Vor allem bei Olivier habe ich persönlich große Bedenken.«

»He, Amber, was meinst du damit?«, schreit Lukas hinter mir her.

»Sie meint, dass sie dich komplett verarscht hat«, sagt Olivier kopfschüttelnd. »Amber ist eine verlogene, kleine Hexe, der du kein Wort glauben darfst.«

»Das sagt ja der Richtige. Wer hat hinter meinem Rücken die gemeinsten Dinge über mich gesagt?«

Ich bin nach wie vor in Hörweite und drehe mich jetzt wieder um. Dann gehe ich ein paar Schritte zurück und packe meinen bedrohlichsten Blick aus.

»Immer diese rhetorischen Fragen. Noch nicht einmal du kriegst es hin, hinter deinem eigenen Rücken über dich zu sprechen.«

Olivier will mir folgen, aber Lukas packt ihn grob am Arm.

»Stopp. Was hast du hier eigentlich zu suchen? Warum habt ihr jetzt auch noch Franzosen im Gepäck?«

»Das ist Olivier. Er steht auf Amber«, sagt Jule lapidar.

Das zieht mir irgendwie den Stecker. Und bewirkt, dass ich noch ein paar Meter näher komme, um mir das restliche Schauspiel anzusehen.

»Ich stehe auf Amber?«, japst Olivier erschrocken. »Gott bewahre.«

»Er findet mich hässlich«, trumpfe ich auf, denn die Vorstellung ist wirklich beängstigend.

»Deine Brille war hässlich.«

»Ja, und meine Haare brauchen einen neuen Schnitt, denn sie hängen in einer ganz lahmen Farbe einfach so herab«, ätze ich zurück. »Du hättest doch gerne, dass ich mir einen Männerdutt zulege.«

Jule kichert mal wieder.

»Dann heißt es aber nicht Männerdutt, sondern nur Dutt, Amber. Ich kann dir gerne behilflich sein.«

»Auf keinen Fall. Ich will nicht aussehen wie eine lackierte Prinzessin und ich will auch keine Ähnlichkeit mit Olivier haben. Bei dem hilft noch nicht mal kastrieren, um einen vernünftigen Menschen aus ihm zu machen«, erkläre ich lauthals in die Runde.

»Ich denke, du findest kastrieren indiskutabel?«, schnauft Lukas.

»Ich habe gelogen. Glaubst du, es war nicht offensichtlich,

was du hören wolltest? Ich finde kastrieren super. Würde ich eigenhändig bei jedem Mann machen, wenn ich nur könnte.«

»Das alles meint Amber nicht so. Frag Max, die kann dir bestätigen, dass sie ein wirklich guter Mensch ist. Innen drin«, mischt sich Fiona erschrocken ein.

»Du musst Fiona sein. Von dir hat Max gesagt, dass du ein wirklich guter Mensch bist.« Lukas wirft mir einen wütenden Blick zu und von Jule bekomme ich ein Daumen-hoch-Zeichen. Ja, die Sache zwischen den beiden gefällt mir und ich freue mich, die weitere Entwicklung mit anzusehen. »Anton und Denise vertraue ich natürlich auch. Aber der Franzose kommt nicht mit. Der verrät uns wahrscheinlich, wenn alle schlafen. Schon in der kommenden Nacht.«

»Ich habe ihm sein Handy abgenommen. Ihm und allen anderen auch«, sagt Jule triumphierend. »Das ist effektiver, als auffällige Fangfragen zu stellen.«

»Und wenn er noch ein zweites dabei hat? Oder einen Peilsender wie die Engländer mitten im Körper? Oder eine Waffe?«

»Wer hat denn zwei Handys?«

»Spione, Jule. Spione haben all das.«

»Ich bin kein Spion. Soll ich dir jetzt etwa auch erläutern, wie ich zur Kastration stehe? Ich meine, ist nicht offensichtlich, dass ich meine Manneskraft in keinem Fall hergeben würde. Die brauche ich nämlich täglich und ich kann dir einen Haufen Frauen benennen, die das bezeugen können.«

»Stell dich da an das Auto.« Lukas deutet auf Antons Van. »Hände auf das Dach und Beine auseinander.«

»Spinnst du?«

»Ich will nur sichergehen, dass du nicht doch irgendetwas hereinschmuggelst. Entweder das oder du verschwindest.«

Anton und Denise amüsieren sich gerade unübersehbar. Ich ehrlich gesagt auch. Langsam schleiche ich noch näher.

Ich glaube nicht, dass Olivier das mit sich machen lässt. Wie ein Verbrecher an ein Auto gestellt zu werden, um sich filzen zu lassen. Das ist in der Tat wie in einem schlechten Agentenfilm. Oder in einer Komödie. Nur leider sieht Lukas das anders. Es ist ihm nämlich bitterernst. Und nach einigen Minuten macht Olivier, was er fordert, obwohl er währenddessen einen Gesichtsausdruck präsentiert, bei dem ich ihm nicht zu nahe kommen möchte. Vor allem mich bombardiert er mit wütenden Blicken, dabei bin ich ausnahmsweise nicht die Schuldige. Ich halte meine Hand vor den Mund, um nicht in lautes Gelächter auszubrechen.

Logischerweise hat Lukas keine Ahnung, was er da macht, und dementsprechend unbeholfen sieht es aus, wie er an Olivier tastet und klopft und sich bemüht, versteckte Waffen aufzustöbern. Wir kämpfen alle um unsere Fassung, leises Gekicher bahnt sich trotzdem hin und wieder den Weg.

»Kannst du mal bitte meine Eier in Ruhe lassen?«, raunzt Olivier Lukas an, während dieser in Oliviers Körpermitte zugange ist. Jule hat inzwischen vor unterdrücktem Gelächter einen Schluckauf. »Wenn ich dich so anmache, dann kannst du das auch direkt sagen.«

»Glaubst du, das macht mir Spaß? Ich wollte noch nie einen anderen Mann befummeln. Das ist echt ekelhaft.«

»Soll ich es machen?«, bietet Jule sich feixend an. »Ich finde Olivier alles andere als ekelhaft.«

»Auf keinen Fall«, knurrt Lukas und sieht mit einem Mal gar nicht mehr so harmlos aus. »Du befummelst mich und sonst keinen.«

»Ich befummle, wen auch immer ich befummeln möchte. Du hast mir gar nichts zu sagen.«

Lukas ist inzwischen an Oliviers Beinen angelangt und klopft sie ab.

»Ich denke, er ist sauber.«

Das gibt uns den Rest. Mir tun die Seiten weh vor Lachen und die angepissten Blicke, die Olivier mir nach wie vor zuwirft, machen es nicht besser.

»Hast du seinen Nacken kontrolliert? Wenn er einen Peilsender intus hat, kann man die Narbe noch sehen«, schlägt Jule vor.

»Ich bin ja nicht ganz blöd«, motzt Lukas. »Natürlich habe ich das gemacht.«

»Warum seid ihr ausgerechnet hier?« Denise hat sich von ihrem Lachflash erholt.

Langsam nähern wir uns der Zeltansammlung, in der unsere Leute untergekommen sind.

»Ich war hier mal im Urlaub. Ist echt schön. Total abgelegen und nah an der Grenze.«

»Genau, Schloss Neuschwanstein, das meist besuchte Touristenepizentrum in Deutschland, ist ganze fünf Kilometer entfernt. Total abgelegen«, ergänzt Jule.

»Aber hier an den See kommen die nicht. Die gehen zum Schloss, machen ihre Bilder und sind wieder weg. Außerdem vermutet uns doch niemand in Deutschland. Ich finde es perfekt.«

»Perfekt eher nicht, aber schön ist es wirklich. Der See ist toll, die Landschaft eh und wo genau wir stecken, ist auch egal. Da kann es durchaus idyllisch sein«, lenkt Jule ein. »He, Jungs, seht mal, wen wir hier haben.«

Ja, die Jungs sind da. Maxine kann ich allerdings nicht entdecken. Natürlich könnte es sein, dass ich sie hinter einem der Riesenkörper einfach übersehe. Tobias zum Beispiel könnte locker zwei Maxines verbergen.

Große Freude sieht anders aus. Sowohl auf meiner Seite, als auch auf Seite der Sportler. Wir mustern uns misstrauisch und wortlos. Der Einzige, der freundlich aussieht, ist Tobias, aber der würdigt mich mit keinem Blick. Er hat Fiona anvisiert. Ich sehe schon einen Haufen Arbeit auf mich zukommen, denn Fiona lächelt den Kugelstoßer mit einem dieser vernebelten Gesichtsausdrücke an, die sie leider nicht zum ersten Mal drauf hat. Nicht zum ersten Mal in Tobias' Gegenwart.

»Ich sehe Max nicht«, sage ich statt einer Begrüßung. Und dann fällt mir auf, dass ich auch Adrian nicht sehe. Bedeutet das, dass er sie schon missbraucht und ermordet hat und in genau diesem Augenblick ihren schlaffen Körper irgendwo in der Erde verbuddelt? Oder im See versenkt, der so friedlich und einsam daliegt.

Möglicherweise sind wir zu spät gekommen.

»Die Turteltäubchen machen jeden Tag einen Abendspaziergang.« Jule grinst mich an. »Romantischer Kram am See.«

»Mit Romantik hat Fräulein-ich-schwimme-allen-davon nichts am Hut, sobald sie Wasser sieht«, fügt Lukas hinzu. Glücklich klingt er nicht. »Sie denkt nur an Training.«

»Stimmt doch gar nicht.«

»Und wie nennst du es, wenn du jeden Tag schon im Morgengrauen zehnmal den See umkreist?«

»Das nenne ich Entspannung, ich schwimme nämlich langsam und gemütlich und sicherlich keine zehn Runden. Ich schwimme übrigens gerne, was man von einem Profischwimmer auch erwarten sollte.«

»So ein Glück, dass ich kein Profischwimmer bin, sondern nur ein popeliger Sportstudent.«

»Und der popelige Sportstudent hätte Interesse an romantischen Spaziergängen im Sonnenuntergang?« Jule sieht Lukas skeptisch an.

»Wieso nicht? Es kann ja nicht immer nur um Sex gehen.«

Da stimme ich ihm allerdings zu.

Es sollte auch hin und wieder um Maxine gehen und um die Hoffnung, sie doch noch lebend wiederzufinden.

Fiona macht einen Schritt auf Tobias zu. Grob ziehe ich sie am Ärmel zurück.

»Du bleibst mal schön bei mir«, sage ich streng. »Es reicht, wenn ich mir um Max Sorgen mache. Mehr Sorgen passen momentan einfach nicht in mich hinein.«

»Du brauchst dir gar keine Sorgen mehr zu machen, du

Dummkopf. Wir haben die Jungs gefunden, wir sind jetzt in Sicherheit.«

»Wir sind hier, um Maxine zu retten. Vor genau den Jungs, die wir gerade gefunden haben, du Scherzkeks. Sicherheit sieht anders aus, die beinhaltet nämlich keine unbehandelten, muskelbepackten Zehnkampfriesen«, flüstere ich.

Flüstern kann ich nicht gut und die Akustik vor Ort ist ausgezeichnet. Die Blicke der angesprochenen Jungs werden nicht freundlicher.

Und dann geschieht doch noch das erhoffte Wunder. Maxine erscheint im Lichtkegel der nächstgelegenen Laterne. Nicht allein, sondern Hand in Hand mit einem Mann.

Trotzdem übernehmen meine überaus erleichterten Reflexe die Kontrolle und ich stürme auf sie zu. Um mich herum höre ich lautes Kreischen und verdrehe innerlich genervt die Augen. Typisch Fiona.

Und absolut untypisch Max, aber was soll ich sagen. Maxine Summer, die kontrollierteste und beherrschteste Person im ganzen Universum, die sich mit ungerührter Miene einen in Großaufnahme gezeigten Filmkuss mit Zungeneinsatz ansehen kann, während alle anderen vor Ekel fast ohnmächtig werden, kreischt ebenfalls.

Ich leider auch.

Und dann liegen wir uns endlich in den Armen.

Und sie ist warm. Warm und lebendig und noch kein bisschen ermordet.

Irgendwann schiebt sich in all die Euphorie das Bild von Maxines Ankunft. Hand in Hand mit diesem Mann, den ich zuerst gar nicht erkannt habe, jetzt jedoch als Adrian identifiziere. Adrian mit langen Haaren und einem Lächeln im Gesicht. Das ist gruselig. Der Massenmörder mit einem glücklichen Gesichtsausdruck. Das kann nichts Gutes bedeuten.

»Geht es dir gut? Geht es dir gut?«, stammelt Fiona immer wieder und gibt Max überhaupt keine Gelegenheit, ihr zu antworten.

»Natürlich geht es ihr nicht gut«, motze ich, denn das ist ja logisch. »Sie ist auf der Flucht. Es sieht vielleicht aus wie Urlaub, aber wir wissen alle, dass Max noch immer in höchster Gefahr schwebt.«

»Seid ihr es wirklich? Fi, wie kann das sein? Bist du echt oder eine Halluzination? Und du, Amber? Ausgerechnet du? Mitten in Europa?« Maxine kommt aus dem Staunen nicht heraus, betrachtet uns ungläubig und kneift abwechselnd Fiona und mir in die Arme, um zu prüfen, ob wir aus Fleisch und Blut sind. Meine Sorgen und den Hinweis auf die unmittelbare Gefahr ignoriert sie komplett. »Ich kapiere es nicht, aber ihr seid real.« Sie wendet sich an Adrian. »Siehst du das? Du siehst sie doch auch, oder? Amber und Fiona.«

Adrian grinst. »Ich sehe sie auch.«

»Und wie kommen sie her?«

Empört schnaube ich auf. Sollte sie das nicht einfach Fiona und mich fragen, denn schließlich stehen wir genau vor ihr. Sie fragt jedoch Adrian.

»Sie haben wohl den Jule-Test bestanden.« Adrian lächelt Maxine liebevoll an. »Wir wollten dir lieber nichts sagen, für den Fall, dass es doch eine Falle ist. Die Enttäuschung wollten wir dir ersparen.«

Ach was, die wussten genau, dass Max uns persönlich abgeholt und niemals Jule allein geschickt hätte. Widerwillig muss ich ihnen recht geben. Meine Freundin ist nicht immer klug, nicht, wenn man auch wagemutig und gleichzeitig leichtsinnig sein kann.

»Wir haben sogar den Lukas-Test bestanden«, pflichte ich Adrian bei und muss dabei ein wenig kichern. Den Jule-Test habe ich dagegen gar nicht wirklich mitbekommen.

Später sitzen wir im Kreis um ein Lagerfeuer und berichten, was so alles geschehen ist. Auf Deutsch, denn das ist die Sprache, die inzwischen alle sprechen.

Sogar die Sportler. Ich bin schon beeindruckt, auch wenn

210

ich das nicht sein will. Aber die Jungs haben in Rekordzeit diese Sprache gelernt.

»Wir hatten ja nichts anders zu tun, seit unserer Flucht. Und davor hatten wir ja eh schon so einiges aufgeschnappt«, wiegelt Andrew Fionas offenkundige Bewunderung ab.

Leider habe inzwischen sogar ich alle Namen drauf und könnte theoretisch jeden persönlich ansprechen. Theoretisch. Ich ziehe es vor, sie weiterhin zu ignorieren.

»Mag sein, aber Amber, Max und ich lernen Deutsch seit sechs Jahren und nicht seit einer Woche. Ihr seid echt hochbegabt, kann ich nicht anders sagen«, flötet Fiona.

Hochbegabt würde ich das jetzt nicht nennen, bei dem Thema kenne ich mich aus. Aber schon nicht schlecht. Ich halte einfach mal meine Klappe.

Und beobachte abwechselnd Max und Fiona, denn beide darf man eindeutig nicht aus den Augen lassen. Fiona beabsichtigte eben, sich neben Tobias niederzulassen. Das habe ich jedoch in letzter Sekunde verhindern können. Jetzt befindet sie sich dicht an meiner Seite und immer wenn sie versucht, ein wenig abzurücken, rutsche ich hinterher.

»Amber, was ist los mit dir? Warum bist du mit einem Mal so anhänglich?«, fährt sie mich schließlich an.

Nur Sekunden zuvor hat sie Tobias schmachtende Blicke zugeworfen, denn der hat beim Holznachlegen hemmungslos seine Armmuskulatur spielen lassen.

»Ich bin nicht anhänglich. Ich bin…«, kurz fehlen mir die Worte, »… vorsichtig.« Fiona schnaubt abfällig.

Max macht mir nicht weniger Sorgen. Ich habe sie zwar von Adrian weglotsen können, indem ich sie an meine andere Seite gezwungen habe, mir ist jedoch schleierhaft, wie ich in den nächsten Tagen ununterbrochen beide beaufsichtigen soll.

Laut aufseufzend hake ich mich bei ihnen ein. Ich fürchte, dass ich diese Position nicht ewig aufrechterhalten kann. Wir müssen das Zeltlager so rasch wie möglich beenden und zurück in die Zivilisation kommen. Und das bedeutet alles in allem England.

Leider hat Jule mich all meiner Kommunikationsmöglichkeiten beraubt.

»Jule, wie soll ich eigentlich Kontakt nach Hause halten?«

»Sollst du ja nicht.«

»Ich muss immerhin Emily und Sophie Entwarnung geben. Und auch Max' Mutter möchte wissen, dass ihre Tochter noch lebt.«

»Besser nicht. Dann haben wir doch auf der Stelle wieder irgendein Sondereinsatzkommando auf den Fersen.« Hat Jule keine Mutter? Oder ist ihre Mutter so drauf wie meine?

»So ein Quatsch. Da draußen kämpfen Menschen für die Befreiung der englischen Männer und ihr macht hier Urlaub«, schimpfe ich. »Wie finanziert ihr das überhaupt?«

»Der Campingplatzbetreiber lässt uns gratis zelten. Und es ist kein Urlaub, eher eine Art Sprachreise.« Jule deutet auf die englischen Sportler, die mir schon zur Genüge demonstriert haben, wie effektiv sie gelernt haben. »Nein, Spaß beiseite. Die Jungs dürfen nicht gefunden werden, du weißt doch selbst, was ihnen in England blüht.«

»Ich weiß selbst, dass ich sie in England locker aus jeder Anklage heraushauen kann. Habe ich jetzt schon zweimal geschafft.« Ich muss es nicht unbedingt noch ein drittes Mal machen, denn es könnte weitere Peinlichkeiten nach sich ziehen. Aber hinbekommen würde ich es schon, inzwischen ist meine Erfahrung auf diesem Gebiet immens.

»Bist du mittlerweile eine Männerbefürworterin geworden?« Max klingt ein wenig erstaunt. Für meinen Geschmack jedoch zu wenig erstaunt, denn diese Unterstellung ist geschmacklos.

»Natürlich nicht. Igitt. Im Gegensatz zu dir, befürchte ich.«

»Verbring einfach mal ein paar Tage mit den Jungs, dann wirst du mich verstehen«, flötet sie lächelnd und klingt erschreckend nach Fiona.

»Danke, ich habe jetzt schon ein paar Tage mit Olivier verbracht. Das hat mich davon überzeugt, dass wir zu Hause alles richtig machen.«

Jule, die uns gegenüber sitzt und jedes Wort verfolgt, verdreht die Augen und lacht in sich hinein. Sie hat die Aktion im Auto völlig missinterpretiert.

»Gibt es nicht wenigstens einen Laptop hier? Da sind ein paar Videos, die alle Beteiligten mal sehen sollten.«

Wenn Max erlebt, was die PBs schon erreicht haben, kann ich sie eventuell doch aus ihrem Versteck locken. Den Kopf in den Sand zu stecken, ist auf Dauer keine Lösung.

»Einen Laptop habe ich dabei«, mischt Lukas sich ein.

Und so verbringen wir die nächste Stunde damit, Videos von Gerichtsverhandlungen zu sehen, von Demonstrationen quer durch Europa und von Demonstrationen in England.

Und das verschlägt sogar mir ein wenig die Sprache, denn inzwischen gehen zu Hause nicht nur Mädchen auf die Barrikaden. Auch gestandene Frauen haben sich der PB-Group angeschlossen und fordern lauthals Freiheit für ihre Söhne.

Anne Summer ist mitten unter ihnen.

# kapitel 18

Ich hätte so gerne ausgeschlafen. Aber schon im Morgengrauen versucht Max, sich möglichst geräuscharm aus dem Zelt zu schleichen.

Wohl oder übel krieche ich hinterher.

»Schlaf weiter, Amber. Eure Reise war so anstrengend, ruh dich lieber noch etwas aus.«

»Ich kann jetzt eh nicht mehr einschlafen«, brumme ich.

»Versuch es wenigstens. Du bist nämlich unausstehlich, wenn du müde bist.«

Ich bin unausstehlich, wenn ich im Ausland rund um die Uhr meine Freundinnen vor Dummheiten bewahren muss. Und wenn ich nicht ausgeschlafen bin, dann auch.

Heute kommt beides zusammen. Wie erwartet habe ich recht – mit jeder einzelnen meiner Befürchtungen. Denn vor der Zeltansammlung sitzt Adrian und wartet auf Maxine.

»Guten Morgen«, sagt er mit einem Lächeln. »Ich habe schon Kaffee gemacht.«

Bei mir schrillen alle Alarmglocken. Ein freundlicher Adrian kann nur eine Falle sein. Und ein Kaffee am Morgen ist für mich eine kaum abzulehnende Versuchung, was meine Überzeugung, dass dies eine Falle ist, noch bestärkt.

Maxine nimmt breit lächelnd eine Tasse an.

»Nein«, knurre ich.

»Huch, was ist denn mit dir passiert? Bist du nicht mehr koffeinsüchtig?«

»Was ist denn mir dir passiert? Für dich war Kaffee immer nur ein Notgetränk«, kontere ich.

»Stimmt. Inzwischen habe ich mich dran gewöhnt.«

Sie drückt mir eine Tasse in die Hand. Sie riecht himmlisch und ich kann nicht länger widerstehen. Und wenn es mein Tod sein sollte.

Misstrauisch lasse ich mich zwischen Max und Adrian nieder, obwohl ich wirklich nicht neben diesem Typen sitzen will. Aber besser ich als Max. Ich habe mir nämlich noch meine gesunde Skepsis bewahrt und bin auf der Hut. Leider kann ich nicht verhindern, dass die beiden sich um mich herum zu intensiv anschauen und ich fürchte, dass sie dabei auf eine mir unbegreifliche Art kommunizieren.

Mein Blick fällt auf den See, in dem eine einsame Schwimmerin unterwegs ist. Kraulzug um Kraulzug, wie eine präzise Maschine und in einem irren Tempo.

»Hör mal, Amber, ich bin gestern nicht dazu gekommen, mich bei dir zu bedanken«, sagt Adrian und lenkt mich von dem Anblick ab.

»Du hast auch keinen Grund dazu. Ich habe nichts für dich getan«, knurre ich und kneife die Augen zusammen. Und ich werde auch nichts für ihn tun, sagt mein Blick hoffentlich ebenso deutlich.

»Du hast Thomas und die anderen Trainer verteidigt. Und das phänomenal gut. Also danke dafür. Thomas hat mir so oft geholfen, er hätte es nicht verdient, im Gefängnis zu landen.«

Wenn er Adrian geholfen hat, wäre ich mir da nicht so sicher. Jetzt ist es aber zu spät.

»Wenigstens ist er nach wie vor unter ärztlicher Aufsicht«, muffle ich vor mich hin.

Max grinst. Dann nimmt sie mich in den Arm.

»Ich bin so froh, dass ihr da seid.« Da sagt sie zum ersten Mal etwas Wahres. Sie kann allein unter den Jungs nicht glücklich gewesen sein, die permanente Angst vor ihnen, die Verzweiflung, die Einsamkeit. »Die Jungs sind toll, aber ich habe euch echt vermisst.« Hm, vielleicht hat sie nur eine komische Art, das auszudrücken.

Langsam wachen immer mehr unserer Leute auf, obwohl der Campingplatz weiterhin ruhig daliegt. Langschläfer gibt es unter den Olympioniken wohl keine.

Lukas reckt sich neben mir und stört sich überhaupt nicht daran, dass sein Shirt hochrutscht.

»Kannst du dich nicht anständig bedecken?«, fauche ich ihn an. »Das ist nicht angemessen.«

Er wirft mir einen langen Blick zu, dann Max und schließlich grinst er.

»Ich habe schon völlig vergessen, wie du so am Anfang drauf warst, Max.« Mit einem Ruck zieht er sein T-Shirt aus. »Besser so, Amber?«

»Oh, Luke, ich habe auch schon fast vergessen, wie du am Anfang drauf warst.« Maxine schüttelt amüsiert den Kopf. »Zieh nicht dieselbe Nummer mit Amber ab.«

Olivier steht inzwischen ebenfalls vor dem Zelt und betrachtet Lukas mit finsterer Miene. Er ist in der Nacht in einem der Sportlerzelte untergekommen. Ich finde so einen halb nackten Mann in der Tat unangebracht, so wie Olivier guckt, werde ich mir das jedoch auf keinen Fall anmerken lassen.

»Definitiv besser«, sage ich daher und betrachte den Oberkörper intensiv. Dabei versuche ich, einen Gesichtsausdruck vorzutäuschen, der Anerkennung signalisiert. »Ziemlich durchtrainiert. Da kann wohl nicht jeder mithalten.«

»Schwimmer haben halt die geilsten Körper«, erwidert Lukas und wirkt unverhohlen zufrieden. Ich muss eine perfekte Schauspielerin sein.

Die Schwimmerin hat ihre Sporteinlage beendet. Es ist Jule, wer sonst. Auch meiner Meinung nach hatte das nichts mit einer gemütlichen, entspannten Runde im See zu tun, denn so eine Geschwindigkeit hätte ich nur einem Motorboot zugetraut. Jetzt steigt sie aus dem Wasser und ich halte den Atem an. Sie hat so gut wie nichts an.

Olivier pfeift leise vor sich hin.

»Vergiss es. Jule ist in festen Händen«, knurrt Lukas.

»So fest kamen mir die Hände nicht vor.« Olivier scheint unbeeindruckt und jetzt werde ich auch sauer.

»Tätowierte Haut ersetzt nicht die Kleidung«, fahre ich Jule an, die uns in diesem Augenblick erreicht.

»Ich weiß, ich trage doch einen Bikini«, sagt sie.

Mag sein. Auf den ersten Blick ist er kaum zu erkennen, so knapp ist er. Und wir sind hier nicht in England, dem einzigen Gebiet, in dem man sich so etwas leisten könnte.

»In diesem Land sind freilaufende Männer unterwegs, da kannst du dich nicht so halb nackt zeigen.« Ich packe meinen strengsten Blick aus. Fiona zittert, sobald ich sie so anschaue.

»So was Ähnliches hat meine Mutter auch immer gesagt.« Jule ist leider kein bisschen beeindruckt. »Trotzdem ist sie mit zwanzig ungeplant schwanger geworden und ich nicht, der Bikini kann also nicht das Problem sein.«

»So etwas kann bei uns nicht passieren«, erwidere ich triumphierend.

»Nee, aus Versehen ist noch keine Frau in der Kinderwunschklinik gelandet«, kichert Max.

Da ich mich erhoben hatte, um Olivier und Jule besser im Blick zu haben, hat sie die Gunst der Stunde genutzt und ist neben Adrian gerutscht. Die beiden berühren sich an den Händen. Und ehe ich einschreiten kann, krabbelt Fiona aus dem Zelt.

»Ich gehe mal zu den Waschräumen«, verkündet sie lauthals und folgt Tobias, der sich wenige Augenblicke zuvor in genau diese Richtung aufgemacht hat.

»Wir kommen mit«, entscheide ich rasch, reiße Maxine hoch und renne hinter Fiona her. Da geht der Stress schon los. Und blöderweise verliere ich dabei Olivier und Jule aus den Augen. Mir gefällt weder Jules allzu lockere Einstellung zu Kleidung und Körperlichkeiten zwischen den Geschlechtern noch Oliviers offensichtliche Bewunderung. Aber alle Brandherde kann ich nicht gleichzeitig unter Kontrolle halten.

»Ich brauche niemanden, der mich auf die Toilette begleitet«, protestiert Fiona, als wir sie einholen.

»Das möchte ich gar nicht machen, ich nicht«, erklärt Max und deutet auf mich.

»Ich habe euch zwei eben gern um mich«, sage ich und versuche, bei diesem Schwachsinn möglichst aufrichtig zu klingen. Leider kennen sie mich zu gut.

»Möchtest du noch mit in die Kabine?«, pampt Fiona ungehalten und schlägt mir die Tür vor der Nase zu.

»Seit wann ist die denn so unfreundlich?«, versuche ich, von mir abzulenken.

Max hat mich genau im Visier.

»Und was ist jetzt in Wahrheit los mit dir?« Sie war ja noch nie ein Mensch der unnötigen Worte.

»Maxine, wir haben dich wochenlang nicht gesehen und haben uns unglaubliche Sorgen gemacht. Keiner wusste, wo du abgeblieben bist und ob es dir gut geht. Du hättest verletzt sein können, tot oder verhaftet. Und da fragst du allen Ernstes, was mit mir los ist? Ich bin aus gutem Grund ein Nervenwrack.« Angriff war noch immer die beste Verteidigung.

»Und es hat nichts mit Adrian und mir zu tun?«

Ich schnaube und winke ab. Sie fällt nicht drauf rein.

»Ich kann verstehen, dass du dich damit schwertust. Das hätte ich vor diesem Projekt ja genauso gesehen. Aber gib ihm eine Chance. Gib den Jungs allen eine Chance. Sie haben sie verdient. Männer sind nicht so, wie es uns immer gesagt wurde. Sie können unglaublich nett sein, witzig, charmant. Ich habe bisher keinen Einzigen getroffen, der mir etwas Übles wollte. Und mir sind mittlerweile echt so einige über den Weg gelaufen.«

Ja, ich habe ja auch Mathieu kennengelernt. Aber Adrian ist bestimmt nicht so wie Mathieu.

»Ausgerechnet der fiese Adrian?«, flüstere ich. Und denke mit Schaudern an Jules Worte, Adrian wäre heiß. Die leidet auch unter Geschmacksverirrung.

»Adrian ist nicht so, wie er zunächst wirkt. Bitte, glaub es mir. Er ist ein toller Mensch. Er hat nur im Internat so einige üble Erfahrungen machen müssen.«

»Die anderen doch auch.«

»Bei ihm war es schlimmer. Aus irgendeinem Grund hasst Dr. Higgs ihn bis aufs Blut. Sie hat sich seit seiner Kindheit bemüht, ihn bei jeder Gelegenheit fertigzumachen. Wie hätte er da nicht finster und abweisend werden sollen?«

Zugegeben, mit Dr. Higgs habe ich ebenfalls negative Erfahrungen gesammelt. Aber ich war in der Lage, mich zu wehren, und das hat wirklich Spaß gemacht. Adrian nicht. Thomas' Aussage beim Prozess war eindeutig.

»Ich brauche unbedingt Kontakt zu Emily und Sophie. Eventuell kann man herausfinden, was Dr. Higgs Schwachstelle ist. Ich könnte mir durchaus vorstellen, da noch einmal vor Gericht in Aktion zu treten«, lenke ich ein.

»Du bist ein Schatz. Und du warst irre gut bei Thomas und den anderen, du wirst definitiv die meist gefürchtete Anwältin der Zukunft.«

Da hat sie wohl recht.

Fiona hat ihre Wascheinlage beendet. Ihre Laune hat das nicht gehoben.

»Du bist ja noch immer da«, faucht sie mich an.

»Ich wusste nicht, ob du den Rückweg findest«, flöte ich. Je erboster Fiona sich gibt, umso deutlicher wird mir, wie notwendig meine Aufsicht ist.

Zum Frühstück gehen wir zu Anton und Denise. Die beiden haben samt Ella einen Bungalow gemietet und sind nun Herr über eine voll eingerichtete Küche.

»Wie habt ihr bisher gegessen?«, wundert sich Fiona.

»Och, Brote auf die Hand. Und Kaffee machen wir mit dem Gaskocher. Geht alles.«

Das ist nicht die Maxine, die ich kenne. Die mochte Stühle, Tische und richtiges Geschirr. Die mochte nett dekorierte Cocktails und vornehme Restaurants.

»Hier Amber.« Paul reicht mir einen der wenigen Porzellanteller ohne Sprung. Dann weist er mir den bequemsten Stuhl zu. Die meisten von uns müssen sich nämlich auf den Boden der Terrasse setzen, weil der Bungalow nicht für sechzehn Leute und ein Baby ausgelegt ist. Das macht mich erneut misstrauisch, ich kann nur beim besten Willen keinen Haken an der Freundlichkeit finden.

Leo reicht mir ein aufgeschnittenes Brötchen. Andrew bietet mir den Schokoladenaufstrich an und Sebastian fragt, ob ich Butter brauche.

»Was wollen die von mir? Das macht mir Angst«, flüstere ich Max zu. Mal wieder zu laut.

Leo sieht mich zaghaft an.

»Wir versuchen nur, uns irgendwie zu bedanken. Das war irre, was du für unsere Trainer getan hast.«

»Ich weiß selbst, dass das brillant war. Aber ich habe das nicht für eure Trainer getan, um Gottes Willen. Ich habe das für mich getan. Weil ich Spaß daran hatte«, antworte ich ungehalten. Ich muss dringend meinen Ruf retten.

»Du würdest auch einen Massenmörder verteidigen? Nur weil es Spaß machen könnte?«, fragt Andrew mich verunsichert.

»Natürlich nicht. Ich würde keine unmoralische Tat rechtfertigen, im Gegenteil. Die Trainer hatten allerdings nichts verbrochen.«

»Außer Männer zu sein«, wendet Max ein.

»Stimmt, das ist per se falsch. Aber das war ja nicht Gegenstand der Anklage.« Die Jungs wechseln verunsicherte Blicke. Ich fühle mich langsam wieder wohler. »Man könnte sie prima bestrafen, weil sie Männer sind, da hätte ich niemals eingegriffen. Aber so ging es eben nicht«, schließe ich glücklich meine Ausführungen.

»Sie meint das nicht so«, sagt Fiona wie immer.

»Sie meint das genau so«, widerspricht Olivier ihr.

»Olivier hat recht, ausnahmsweise«, stimme ich zufrieden zu. »Schluss also mit unangebrachter Dankbarkeit. Ich kann euch nicht ausstehen. Ich will nur Maxine wiederhaben. Und dafür bin ich bereit, Kompromisse einzugehen.«

Fassungsloses Schweigen herrscht am Tisch, nur Olivier amüsiert sich.

»Sie meint das...«, stammelt Fiona, aber auch sie bringt nach meiner unerbittlichen Ansage diesen schwachsinnigen Satz nicht zu Ende.

»Wie auch immer, Amber, da du uns mittlerweile gefunden hast: Wie ist dein Plan?«, unterbricht Maxine sie. Hoffentlich ist ihr jetzt endgültig klar, dass ich nicht vorhabe, männlichen Wesen eine Chance zu geben. Es sei denn, sie heißen Mathieu.

»Ich brauche Kontakt nach Hause«, informiere ich sie.

»Nein, nur über meine Leiche«, tönt Lukas entschlossen.

»Ist okay, ich habe kein Problem mit deiner Leiche. Nicht mit einem See vor der Nase und genügend Steinen, um sie zu beschweren.« Zur Bekräftigung wedle ich mit meinem Messer in der Luft herum.

»Sie meint das nicht so«, sagen Fiona, Anton und Denise im Chor und alle lachen mit einem Mal. Leider fühle ich mich so nicht mehr ernst genommen.

Dadurch ringe ich Lukas auch nur das Zugeständnis ab, eine verschlüsselte Botschaft an Emily und Sophie zu senden, dass es Maxine gut geht. Hätte er Angst vor mir und meiner unerbittlichen Brutalität, wäre sicherlich mehr drin gewesen.

Der restliche Tag artet in einen Urlaubstag aus. Wir sitzen am See. Wir genießen die Sonne. Wir sehen den Badegästen beim Schwimmen zu und wundern uns über ihre freizügige Kleidung. Zumindest ist das bei mir der Fall, für die anderen ist der Anblick ja nicht neu. Mittags holen wir Pizza.

»Amber, bist du nicht auch der Meinung, dass man sich im Ausland aus Gründen der Höflichkeit an die Regeln des Landes halten sollte?«, fragt mich Maxine, als ich nach dem üppigen Mahl etwas wegdöse. Anderthalb Pizzen, die unerbittliche Sonne und eine viel zu kurze Nacht sind tödlich.

»Klar«, murmle ich also.

»Prima, dann machen wir das jetzt.«

Auf der Stelle bin ich hellwach und springe alarmiert in die Höhe. Denn im Ausland werden Frauen ungeplant mit zwanzig schwanger.

Schwanger wird zwar gerade niemand, ich schnappe trotzdem entsetzt nach Luft. Die Jungs ziehen sich nämlich aus.

»Du hast mich hereingelegt«, sage ich fassungslos zu Maxine.

»Ach was, du bist viel zu clever, um dich hereinlegen zu können«, erwidert diese mit einem gemeinen Grinsen. Dann zieht sie selbst ebenfalls ihr Top aus. »Ich muss jetzt echt schwimmen gehen, andernfalls bekomme ich einen Hitzekoller.«

Maxines Bikini ist nicht stoffreicher als der von Jule. Und auch die Badehosen der Sportler sind undiskutabel knapp. Ich weiß nicht, wo ich hinsehen soll. Bis ich Oliviers Blick auf mir bemerke, der sich überaus offensichtlich über mich amüsiert. Um das zu beenden, tackere ich todesmutig meine Augen an Lukas' Oberkörper fest und imitiere Oliviers Pfiff vom Vormittag. Lukas grinst geschmeichelt.

»Komm mit ins Wasser, Amber«, fordert er mich auf und zwinkert.

»Ich habe keine Badekleidung eingepackt.«

Ich habe auch keine Ahnung, wie angemessene Badesachen in so einer Situation sein könnten. Möglicherweise wäre ein Taucheranzug adäquat. Olivier dagegen hat eine Badehose. Er stellt sich mit finsterem Gesichtsausdruck neben Lukas. Ich schweife eine Weile von einem zum anderen. Doch. Olivier kann optisch durchaus mithalten.

»Einen Schwimmerkörper hast du ja nicht«, sage ich trotzdem zu ihm.

»Geh freiwillig ins Wasser oder ich werfe dich mitsamt deiner Kleidung rein«, knurrt er.

»Ich hab doch kaum was zum Wechseln dabei«, protestiere ich, aber er hat mir schon den Rückweg verstellt. Warum haben wir uns bloß mitten auf dem Steg in die Sonne gelegt? Leo springt mit einem lauten Schrei direkt neben mir in den See. Die Tropfen sind herrlich auf meiner erhitzten Haut, aber der Badeanzug fehlt eben nach wie vor. Olivier kommt drohend einen Schritt auf mich zu. Von ihm in den See befördert zu werden, ist das Letzte, was ich will. Und danach in tropfnassen Klamotten dazustehen ebenfalls.

Schnell schlüpfe ich aus meinen Shorts. Oliviers Augen bleiben an meinen Beinen hängen. Bis auf Leo ist noch keiner der Jungs im Wasser. Viel zu viel Aufmerksamkeit für mich und meine prekäre Situation. Hier hilft mal wieder nur eines. Mit Würde vorgeben, genau das so zu wollen. Ich ziehe das Shirt aus und wende mich dem Wasser zu.

»Amber!«, ruft Fiona völlig entsetzt. »Ausgerechnet du? Hast du kein bisschen Anstand?«

»Und du meckerst über meinen Bikini?«, fragt Jule irritiert. »Wenigstens trage ich ein Oberteil.«

Ach Mist, den BH hat ja noch immer Olivier. Mit einem Kopfsprung rette ich mich in den See und schwimme so schnell wie möglich davon.

»Du bist eine gute Schwimmerin.« Viel zu rasch taucht Lukas' Kopf neben mir auf, obwohl ich mich im Eiltempo vom Steg entferne. Meine Gesichtsfarbe hat nämlich noch immer nicht ihr Normal erreicht und ich habe keine Ahnung, wie ich je wieder aus dem See kommen soll. Ich werde aller Voraussicht nach schwimmen, bis es Nacht ist.

»Verschwinde«, knurre ich ihn an.

»Die Jungs paddeln wie Hunde durch den See, aber ihr Mädchen lernt ja eindeutig schwimmen.« Der Typ lässt sich nicht abwimmeln und egal, wie eilig ich versuche, ihm davonzukraulen, er hält mühelos Schritt. Ohne einen Hauch von Anstrengung. Und da fällt es mir wieder ein. Es ist ja nicht nur Jule im olympischen Schwimmteam, Lukas ist es ebenso.

Inzwischen haben wir ungefähr die Mitte des Sees erreicht und ich wage einen Blick zurück. Die Engländer bleiben nahe des Steges und es stimmt, was Lukas sagt. Sie halten sich nur mühsam mit wilden Arm- und Beinbewegungen über Wasser. Das nützt mir aber nichts, denn auch an einem abgelegenen Teil des Sees werde ich keine passende Kleidung finden.

»Verrat mir nur eins, war das gerade eine wohlkalkulierte Stripeinlage, um Olivier Schachmatt zu setzen, oder war das tatsächlich unbeabsichtigt?«

»Wie meinst du das?«

Mir wäre es durchaus recht, wenn mein blamabler Auftritt als gerissener Schachzug durchgehen könnte. Mir ist nur schleierhaft, wieso.

»Ich meine, dass der Franzose sabbernd auf dem Steg stand und in den nächsten Nächten nur noch deinen Anblick im Kopf haben dürfte. Toller Anblick nebenbei bemerkt, aber sag das bloß nicht Jule. Die reißt mir sonst den Kopf ab.«

Mir ist Lukas' Kopf vollkommen egal.

»Ich habe übrigens etwas für dich«, grinst er dann und mit einem Mal ist mir sein Kopf doch nicht egal. Denn er hat echt was gut bei mir. Schließlich hält er mir gerade breit grinsend meinen BH entgegen.

Ich habe Schwierigkeiten, ihn ohne festen Halt mitten im See anzuziehen. Bis Lukas mir die Ösen am Rücken schließt. Mit sanften Händen und keiner einzigen unnötigen Berührung. Eventuell ist Mathieu doch nicht der Ausnahmemann. Eventuell ist sogar ein Lukas, der es besser versteckt, eigentlich ein verdammt netter Kerl.

Mit langen Zügen schwimme ich überaus erleichtert zurück zum Steg, denn so langsam geht mir die Kondition aus.

Fiona und Maxine sind im Waschraum und zanken sich darüber, wer zuerst das einzige Shampoo benutzen darf. Als sie sich endlich darauf einigen, zusammen in eine Kabine zu gehen, atme ich auf und breche meine Observation für den Moment ab. Wenn ich nicht dringend mal eine Weile allein bin, bekomme ich einen Lagerkoller.

Langsam schlendere ich zurück zum Steg, der um diese Zeit wie ausgestorben daliegt, und setze mich an den Rand. Die Abendsonne taucht den See in ein mattes Licht, nach der Hitze und der flirrenden Luft des Sommertages, bleibt ein friedliches, sanftes Gefühl zurück.

Lange für mich bleibe ich nicht.

»Keine Ahnung, ob wir hier unterbrochen werden können, aber es ist definitiv Zeit für Experimente am männlichen Teilnehmerkörper.«

Olivier lässt sich neben mir nieder. Ich bin bereit, noch länger auf Einsamkeit zu verzichten, denn sein Blick ist jetzt schon verhangen und seine Stimme heiser und verlangend, obwohl er sich gerade erst langsam an mich heranschiebt und noch kein Körperteil von mir berührt. Nur Sekunden später fühle ich seine Lippen auf meinen, erneut so unnachgiebig und bezwingend wie in Mathieus Küche, heiß und gierig und mit dieser Wirkung auf mich, die ich mir echt nicht erklären kann.

Eine Weile gebe ich mich ganz seinem Mund hin und habe nichts dagegen, dass er den Körper halb über mich schiebt und mich hilflos auf den Boden drückt.

»Mir fehlt noch die Versuchsbeschreibung.« Mühsam löse ich meinen Mund von Oliviers. »Was für Experimente mache ich und welche Wirkung erwarte ich? Das muss ich doch vorher festlegen.«

»Wirkung bei mir oder bei dir?«

»Bei beiden.«

»Dabei kann ich dir helfen, ich kenne mich aus. Sag mir einfach, was du vorhast, und ich sage dir, was geschieht.«

»Die Wirkung auf mich kannst du aber nicht voraussagen.«

»Und ob ich das kann«, knurrt er und beißt leicht in meine Lippe. Ich seufze auf.

»Siehst du, das wusste ich vorher.« Ich spüre sein selbstsicheres Grinsen an meiner Haut. »Und jetzt bringe ich dich zum Stöhnen.«

Er fährt mit dem Mund an meinem Hals entlang und hinterlässt eine heiße Spur. Seine Lippen saugen und knabbern. Und ich habe große Mühe, seiner Ankündigung nicht Folge zu leisten.

»Oh, Amber, du spielst mit falschen Karten«, murmelt er schließlich an meinem Ohr. »Wenn du ehrlich bist, musst du zugeben, dass dich das absolut anmacht.«

»Was würde dich anmachen?«, weiche ich aus.

»Die Nummer am Steg heute Nachmittag war rattenscharf.« Olivier schiebt mein Shirt über den Bauch. »Leider hast du deinen BH wieder.«

»Ich dachte an etwas, das ich jetzt machen kann.«

»Sicher?«

»Klar.« Nee, sicher bin ich nicht. Nur neugierig. Olivier nimmt meine Hand.

»Fass mich an. Hier in der Öffentlichkeit«, sagt er. Oh, jetzt kommt der Teil mit der Hose.

Nach der Schwimmeinlage am Nachmittag habe ich eine grobe Vorstellung, was mich erwarten könnte. Ich wehre mich nicht, als Olivier meine Hand ganz langsam an seine Körpermitte zieht, mir tausend Gelegenheiten gibt, es abzubrechen, und schließlich gegen den Penis drückt.

Er hält die Luft an.

»Deine Hand an meinem Schwanz. Das macht mich an«, flüstert er mit rauer Stimme.

Eventuell auch die Gefahr, erwischt zu werden, Marie hat da so etwas angedeutet. Ich reibe über die Beule in seiner Hose und er stöhnt. Mutig drücke ich fester und er schiebt sein Becken gegen mich.

»Amber.« Sein Atem kommt schneller und auch ich spüre ein Sehnen und Ziehen in meinem Körper.

Trotzdem frage ich ihn möglichst lässig: »Was genau soll denn jetzt die Wirkung auf mich sein?«

»Sag du es mir. Lässt es dich kalt?«

»Hm.« Ich bin noch immer weit davon entfernt, all das zugeben zu wollen.

»Muss ich selbst herausfinden, ob es dich kalt lässt?«

»Wie machst du das?«

Seine Hand wandert an meinen Hosenbund und ein Finger schiebt sich hinein. »Lass mich in deine Hose und ich weiß Bescheid.«

Ich bin nicht abgeneigt. Mein Körper definitiv nicht, denn ich muss mich zwingen, gleichmäßig weiter zu atmen.

Anstatt zu antworten, intensiviere ich die Bewegungen meiner Hand. Olivier stöhnt lauter. Ich öffne den Reißverschluss mit einer Mischung aus Neugierde und Nervosität, und lasse meine Hand hineingleiten. Nun trennt nur noch dünner Stoff meine Hand von seinem Penis. Olivier reagiert immer heftiger.

»Scheiße, willst du, dass ich so komme?«

Möglich. Momentan möchte ich ziemlich viel und nichts davon kenne ich. Auch Mathieus Wasserbetteinlage hat mich auf diese Gefühle nicht vorbereitet.

Aber bevor ich mich zu einer Entscheidung durchringen kann, wird Olivier grob von mir runtergezerrt.

Anton steht fassungslos vor uns und hält Olivier an beiden Oberarmen.

»Du Schwein. Lass das Mädchen in Ruhe.«

Langsam und benommen rapple ich mich zum Sitzen empor. Gerade noch rechtzeitig, um zu sehen, wie Anton zuschlägt. Mitten in den Magen. Olivier geht mit einem schmerzerfüllten Keuchen zu Boden. Autsch, Anton weiß, wie man jemanden schlägt, keine Frage. Der ist nicht umsonst Olympiaboxer.

»Komm hoch und stell dich wie ein Mann«, brüllt Anton, aber Olivier krümmt sich auf dem Steg zusammen und röchelt. Anton zieht ihn hoch. Und schlägt ein weiteres Mal zu, jetzt ins Gesicht. Diesmal schreit Olivier auf und liegt dann auf dem Boden, ohne sich zu bewegen.

So langsam weicht der Schock, und ich realisiere, was gerade geschieht. Der Typ, der mich vor Sekunden noch küsste und fragte, ob er seine Hand in meine Hose stecken darf, wird von einem Boxer vermöbelt. Seine Erregung und die Beule in der Hose dürfte sich damit auch erledigt haben.

Nicht nur Anton ist wie aus dem Nichts aufgetaucht. Denise ist ebenfalls da und versucht laut brüllend, ihren Mann von seinem Opfer wegzuzerren. Es dauert nicht lange und alle englischen Sportler und deutschen Schwimmer versammeln sich um uns.

Fiona und Max kommen mit noch nassen Haaren angerannt.

»Was ist passiert?«, fragt Leo alarmiert.

»Ein klassischer Knockout«, sagt Lukas ehrfurchtsvoll und weist auf Olivier.

»Der Arsch hat Amber belästigt. Wenn er nicht wie eine Memme zu Boden gegangen wäre, würde er noch weitere Prügel einstecken.«

Vorsichtig knie ich mich neben Olivier auf den Steg und streiche ihm über die Stirn. Er stöhnt auf. Viel Licht haben wir nicht. Aber es reicht, um zu erkennen, dass Anton voll den Kiefer erwischt hat, der jetzt schon blau anläuft.

Ich ziehe mein Shirt aus, tränke es im Seewasser und kühle damit die verletzte Stelle.

»Bist du sicher, dass er sie belästigt hat?« Paul klingt zweifelnd.

»Ich habe ihn stöhnend auf ihr drauf erwischt. Auf Amber. Kannst du dir vorstellen, dass sie das wollte? Sie hasst den Typen. Sie hasst alle Männer. Sie ist Engländerin.«

»Ich bin auch Engländerin«, sagt Fiona zaghaft.

»Aber nicht so eine wie Amber. Was machen wir jetzt mit dem Arsch? Ihn so zusammenschlagen, dass er sich nie wieder in die Nähe einer Frau wagt? Oder ihn an die Polizei übergeben? Dann muss Amber allerdings aussagen und das ist für Opfer sexueller Gewalt immer schrecklich. Ich bin für Selbstjustiz.«

»Anton, komm mal runter.« Denise hat sich unauffällig zwischen Anton und Olivier geschoben. »Vielleicht hören wir erstmal Amber an, was wirklich geschehen ist.«

»Es ist … ich …«, stammle ich ein wenig vor mich hin. Ich kann doch unmöglich zugeben, dass Olivier mich mit meinem Einverständnis geküsst hat. Dass ich meine Hand freiwillig in seine Hose gesteckt habe. Wie stehe ich denn dann da? Mein Blick fällt auf sein geschundenes Gesicht. So langsam weicht die Benommenheit und er realisiert, was um ihn herum geschieht.

»Du musst nichts sagen«, flüstert er leise. »Ich kann es verstehen.«

Nicht zu übersehen, wie sehr ihn jedes Wort schmerzen muss. Weil er den Kiefer echt nicht bewegen sollte. Und weil die Worte an sich ihn wahrscheinlich ebenfalls schmerzen. Aber die Wahrheit ist und bleibt nun mal die Wahrheit, auch wenn sie unaussprechlich ist.

Zaghaft nehme ich seine Hand in meine.

»Es ist aber nicht, was du dachtest, Anton«, gebe ich dann zu, die Augen zu Boden gesenkt. War schon die gelogene Aussage vor Gericht, ich wolle Männermuskeln sehen, todespeinlich, das hier toppt alles. Mutig hebe ich den Blick. Ausnahmslos alle starren mich an.

»Was soll das heißen? Der Typ hatte schon seine Hose geöffnet.« Anton glaubt mir kein Wort.

»Genau genommen hat er das nicht. Das habe ich getan.«

»Amber!«, quietscht Fiona entsetzt.

Ich könnte mit der Nummer des wissenschaftlichen Experiments kommen. Wäre aber auch gelogen. Irgendwie hat

Olivier das nicht verdient, nicht, nachdem er schon die Schläge einstecken musste und aktuell mit offener Hose vor allen liegt. Entschlossen schließe ich den Reißverschluss und helfe ihm, sich zum Sitzen aufzurichten. Dann stelle ich mich hin und hebe trotzig den Blick. Es ist genau wie vor Gericht und ich merke, wie ich die Kontrolle über die Situation zurückgewinne.

»Olivier hat mich mit meinem Einverständnis geküsst. Nicht zum ersten Mal«, sage ich beherzt und fixiere jedes einzelne Gesicht. Jules wissendes, Denise verstehendes, Fionas geschocktes und einen Haufen irritierter. »Alles, was hier geschehen ist, wollte ich so. Ich!«

»Und wieso um Gottes Willen klebst du dann mir und Fiona ununterbrochen an den Fersen?«, fragt Max. »Wenn du doch nicht mehr die Männerhasserin schlechthin bist.«

»Wer sagt, dass ich das nicht mehr bin? Ich kann einen Mann küssen und ihn gleichzeitig hassen, das geht völlig problemlos.«

»Das meint sie nicht so«, sagt Jule und kichert. Na ja, Jule ist natürlich die Einzige, die das hier nicht komplett von den Socken haut.

»Als ob ich selbst noch wüsste, was ich meine. Kann mal irgendjemand ein wenig Verständnis für Fiona und mich haben«, platzt es aus mir heraus. »Wir haben doch keine Ahnung, was hier mit uns geschieht, was das für eine Wirkung ist, die Männer auf uns haben. Ich versuche nur, Fiona zu beschützen, denn ich selbst komme mit dem ganzen Chaos schon nicht klar. Und dabei bin ich tausendmal härter als Fiona.«

Mit diesen Worten stampfe ich ziemlich aufgelöst aus dem Kreis der geschockten Zuschauer.

»Das war dann mal ehrlich«, murmelt Lukas beeindruckt.

# kapitel 19

»Ich weiß das zu schätzen, Amber.« Olivier hat nach wie vor Schmerzen beim Sprechen. »Ich weiß, wie schwer dir das gefallen ist, also danke.«

Ich brumme ein wenig unwillig und er nimmt es als Einladung, sich neben mich zu setzen.

»Mein Ruf ist inzwischen nicht nur in meinem eigenen Land im Keller. Hier habe ich ihn nun auch ruiniert. Bald bleibt mir nur noch Australien.«

Olivier lächelt mühsam.

»Einen ruinierten Ruf würde ich das jetzt nicht nennen. Nur absoluten Unglauben und große Verwirrung. Wenn ich ehrlich bin, hätte ich nie damit gerechnet, dass du zugibst, mich freiwillig geküsst zu haben.«

»Anton hätte dich krankenhausreif geschlagen. Konnte ich ja wohl kaum zulassen.«

Ich habe mich auf der Terrasse einer unbewohnten Blockhütte versteckt, tief im Schatten und meiner Meinung nach nicht zu entdecken. Olivier hat mich trotzdem gefunden.

»Sicher? Ich hatte immer den Eindruck, du gönnst mir jeglichen Ärger.«

»Aber doch nur für Dinge, die du verdienst. Eben warst du ja ausnahmsweise unschuldig.« Meine Definition von unschuldig war auch schon mal anders. Kurz vergrabe ich das Gesicht in den Händen, aber das macht nichts besser.

Olivier schnaubt. »Und was ist das jetzt zwischen uns?«, fragt er und betrachtet mich aus den Augenwinkeln.

»Wie meinst du das?«

»Das ist die Frage, die alle mir gestellt haben, nachdem sie kapiert haben, dass ich nicht über dich hergefallen bin. Bis ich die Flucht ergriffen habe. Beantworten konnte ich sie nämlich nicht.«

Jetzt lässt er mich nicht mehr aus den Augen.

»Und du meinst, ich könnte das?« Ich werfe hilflos und ein wenig theatralisch die Hände in die Luft. »Ich verstehe ja nicht einmal, aus welchem Grund du überhaupt bereit warst, mich zu küssen. Du hast die hübschesten Exfreundinnen in Amiens und ich weiß, wie wichtig dir die Optik ist. Noch dazu jede Menge Frauen, die absolut auf dich stehen, und ausgerechnet mich küsst du. Die hässliche Schreckschraube, die für Männer unzumutbar ist. Das wirft in der Tat einen Haufen Fragen auf.«

Olivier ist bei meiner Tirade ein wenig blass geworden.

»Ich bin noch immer nicht darüber hinweg, dass du jedes Wort verstanden hast. Das ist echt …«

Er verstummt und zieht eine verzweifelte Miene.

»Ich bin froh, dass ich es habe. Und es macht mir nichts aus, ich kann damit umgehen.«

»Es stimmt aber nicht«, sagt Olivier so leise, dass ich meine, mich verhört zu haben.

»Natürlich stimmt es. Ich weiß, dass ich nicht attraktiv bin. Im Vergleich mit Marie und Louise bin ich sogar regelrecht hässlich, da hast du vollkommen recht. Und das ist völlig in Ordnung. Ich mochte meine Brille und ich mochte es, wie ich aussehe. Ich muss nicht hübsch sein.«

»Ich mag auch, wie du aussiehst.«

Irritiert schnaube ich. Falsche Höflichkeit ist bei mir nicht nötig und die hat es zwischen Olivier und mir bisher auch nicht gegeben.

»Ehrlich Amber, die Brille mochte ich nicht, das gebe ich ja zu. Aber jetzt, nachdem ich dein Gesicht richtig gesehen habe, finde ich dich verdammt attraktiv. Mathieu hat eindeutig bessere Augen als ich, er hat es nämlich auf der Stelle erkannt. Durch die Brille hindurch.«

»Du musst das nicht sagen, Olivier. Du hast es noch immer nicht verstanden. Es interessiert mich nicht, ob jemand mich attraktiv findet. Ich finde mich in Ordnung, so wie ich bin, bei uns sind diese Äußerlichkeiten nicht wichtig. Da zählen andere Dinge.«

Ich richte mich kerzengerade auf und streiche mir eine Haarsträhne aus dem Gesicht. Eine Mücke summt um meinen Kopf und ich schlage nach ihr.

»Hier zählen auch andere Dinge«, sagt Olivier nachdrücklich. Die Mücke bleibt hartnäckig in Hörweite, dabei mögen Mücken mich normalerweise nicht. Fiona ist ihnen tausendmal lieber, aber die ist ja gerade nicht vor Ort. »Für mich zählt zum Beispiel, dass du eben zu mir gehalten hast, obwohl das Eingeständnis dir so peinlich war. Kein Mensch hätte mir geglaubt, egal, was ich gesagt hätte.«

Kann schon sein. Ich bin so versessen darauf, Jura zu studieren, weil Ungerechtigkeit mich echt auf die Palme bringt. Ich bin ja sogar bereit, Männer zu verteidigen, denen Unrecht geschieht. Inzwischen mehr denn je.

»Aber es war ja die Wahrheit«, sage ich lahm. Diese Unterhaltung ist mir unangenehm. Gerede über Attraktivität oder darüber, was zwischen Olivier und mir läuft, ist nicht meine Kernkompetenz.

»Ich hatte es längst kapiert, schon bei Mathieu, als wir diese Videos gesehen haben. Wie loyal du bist, wie mutig. Du stehst zu deinen Taten, egal, wie übel die Folgen sind.«

»Wie meinst du das?«

»Du lässt dich von deiner Mutter rauswerfen, anstatt klein beizugeben und die Sportler zu verpfeifen. Trotz der Konsequenz. Für Menschen, die dir persönlich nichts bedeuten. Das nenne ich Eier. Da hast du mehr von als die meisten Leute, die ich kenne. Was glaubst du, wie beeindruckt ich nach dem Video von dir war.«

Der Ausdruck ist neu, ich nehme es mal als Kompliment. Obwohl ein Kompliment aus Oliviers Mund verstörend ist. Die ganze Unterhaltung ist genau genommen verstörend.

»Amber?« Maxine ruft laut meinen Namen. Ich stehe auf, um nach ihr zu sehen, ziemlich erleichtert, mich aus diesem Gespräch mit gutem Grund entfernen zu können. Wahrscheinlich macht sie sich Sorgen um mich, denn ich habe mich seit der Szene auf dem Steg nicht mehr blicken lassen.

»Amber, warte, ich …« Olivier holt tief Luft. Er hockt nach wie vor im Schatten und schaut zu mir herauf. »Ich wollte mich noch entschuldigen. Ich habe unglaubliche Scheiße gelabert, auf Französisch, und es tut mir wirklich leid.«

Da ist sie, die Entschuldigung, auf die ich so lange gewartet habe. Jetzt ist sie mir gar nicht mehr wichtig, denn, was ich gesagt habe, stimmt ja. Ich muss nicht hübsch sein, ich muss nur einfach ich sein. Und deshalb sollte mir die Behauptung, er fände mich inzwischen attraktiv, auch nichts bedeuten.

»Ja, ist schon okay. War nicht wirklich schlimm, was du da gesagt hast«, wiegle ich ab. »Außerdem war ich ja ebenfalls alles andere als freundlich zu dir. Ich hatte es durchaus verdient.«

Das nächste Verhör wird eindeutig schlimmer. Ich sitze nämlich wieder am Steg, nun zwischen Maxine und Fiona und komme aus dem Rechtfertigen gar nicht mehr raus.

»Natürlich bin ich nicht in Olivier verliebt. Wie kommst du denn auf die kranke Idee?«

»Ihr hattet Körperkontakt«, krächzt Fiona.

»Hast du das gesehen?« Gegenfragen sind ein beliebtes Mittel, um die Gegenpartei zu verwirren und abzulenken. Ich beherrsche es perfekt.

»Natürlich nicht. Aber Anton hat das gesagt.«

Wenn ich die Beine strecke, berühre ich mit den Füßen die Wasseroberfläche. Ich tauche die Zehen in das Wasser und spritze winzige Fontänen über den See.

»Anton hat überreagiert. Er hat das völlig falsch verstanden.«

»Er hat falsch verstanden, dass Oliviers Hose offen stand?« Max' Stimme ist eine Mischung aus Belustigung, Neugierde und schierem Unglauben. Leider weiß ich aus Erfahrung, dass sie weder so leicht abzulenken noch so leicht einzuschüchtern ist wie Fiona.

»Vielleicht hat er sich verguckt.«

»Ich habe es auch gesehen.« Maxines betrachtet mich aufmerksam, während ihre Füße langsam Kreise durch das Wasser ziehen. Sie hat deutlich längere Beine als ich.

Jetzt wird es heikel. Das mit der Hose war echt ein Fehler. Obwohl ich es wieder machen würde. Zumindest wenn ich sicher wäre, dass wir ausnahmsweise mal nicht erwischt werden. Aber Oliviers heißer Atem an meinem Gesicht, seine unkaschierte Erregung und das Gefühl eines völlig unbekannten Körperteils, das war einfach elektrisierend. Ich bin so voller Neugier, wie es weitergegangen wäre.

Augenrollend rücke ich mit einem Teil der Wahrheit heraus. »Das war ein Experiment.«

Maxine lacht mich aus. »So kannst auch nur du das nennen.«

»Was soll das denn heißen?«

»Ein Experiment? So wie im Chemieunterricht?« Fiona denkt gerade wieder an brennende Chemikalien. An den Gestank dabei.

»Kannst du nicht einfach zugeben, dass du auf Olivier stehst?«, beharrt Max.

»Klar, das könnte ich zugeben, wenn es so wäre.« Auf dem Steg liegen ein paar kleine Steine, die ich in die Hand nehme und ausgiebig betrachte. Es ist still um uns herum. Zwischen den Zelten und den Wohnwagen ist zwar noch jede Menge Betrieb, aber am Wasser ist die Badezeit längst vorbei. Ich werfe einen Stein so weit in den See, wie ich es schaffe. Es ist nicht sehr weit.

»Du willst mir ernsthaft erzählen, dass du aus reiner Experimentierfreude bei dem Typen in der Hose zugange warst, ohne dass es dich selbst angemacht hat?«

Verunsichert schweige ich. Ich verdrehe zwar gerne Tatsachen und wenn nötig lüge ich auch, aber nicht meinen Freundinnen gegenüber. Und es hat mich so was von angemacht.

»Ist das denn wichtig? Es ist ja nun einmal meine Privatsphäre, die könntet ihr schon respektieren.«

»Die könnten wir durchaus respektieren, wenn du das im Gegenzug bei uns auch machen würdest.« Es ist nicht klar zu erkennen, ob Maxine genervt oder amüsiert ist. Möglicherweise ist es beides. »Aber du klebst den ganzen Tag an Fiona und mir, nur um zu verhindern, dass wir irgendeinen Kontakt zu einem Jungen haben, und kaum bist du mal fünf Minuten aus den Augen, finden wir dich in Oliviers Intimbereich. Das ist doch unverständlich.«

»Bei mir existiert halt nicht die Gefahr, dass ich mich verlieben könnte. Bei euch ist das leider anders.« Endlich sind wir an dem Punkt angekommen, an dem ich gewinne, und ich lächle siegessicher. Ich habe beim Thema romantische Gefühle definitiv alles im Griff.

»Das ist doch längst zu spät, Amber.« Max streicht mir sanft über den Arm und lächelt leicht debil. »Ich habe mich schon vor Wochen in Adrian verliebt, noch bevor ich eine Ahnung hatte, was dieses Gefühl überhaupt sein soll. Und auch körperlich haben wir schon alles gemacht, was es gibt. Ich bin keine Jungfrau mehr. Ich habe mein Herz und meinen Körper an diesen Jungen verloren.«

Angewidert schüttle ich mich. Ich nenne ihn heimlich nach wie vor den fiesen Adrian und ich habe auch nach wie vor ein wenig Angst vor ihm.

»Meinetwegen«, lenke ich trotzdem ein, »wenn bei dir schon Hopfen und Malz verloren ist, dann passen wir halt gemeinsam auf Fiona auf.«

»Amber, du bist blöd. Auf mich braucht niemand aufzupassen. Ich habe nämlich keine Angst vor Gefühlen.« Fiona lässt sich nach hinten fallen und sieht in den Abendhimmel hinauf, an dem sich die ersten Sterne zeigen.

»Genau aus diesem Grund passe ich auf dich auf.«

»Musst du nicht«, fällt Maxine mir in den Rücken. »Bei dem Thema Fiona und Gefühle habe ich keine Zahnschmerzen. Auch nicht bei dem Thema Fiona und Männer. Die habe ich gerade nur bei dir. Ich mache mir nämlich Sorgen um dich und diesen heißen Franzosen, der dich kaum aus den Augen lässt.«

Heißer Franzose? Ich schnaube schon wieder abfällig.

»Wie ist das, Maxine?«, fragt Fiona und hat einen so sehnsüchtigen Ton in der Stimme, dass es mich schüttelt. »Wie ist das mit einem Jungen?«

»Du meinst im Bett?«

»Ja. Wenn man ein Bett hat. Denn mir ist durchaus klar, dass ein Bett gar nicht nötig ist«, kichert dieses schamlose Mädchen.

»Es ist wundervoll. Wenn es der richtige Junge ist. Ich habe vor Adrian einen anderen geküsst, einen amerikanischen Sprinter, und das war zwar ganz nett, aber nicht zu vergleichen mit Adrian.«

»Ist doch Quatsch. Man kann durchaus den Falschen küssen und es ist wundervoll«, widerspreche ich.

Maxine lacht. »Hast du gerade zugegeben, wahllos alles und jeden zu küssen, auch den Falschen, oder ist da mit Olivier mehr, als du zugeben möchtest?«

»Er ist definitiv nicht der Richtige«, insistiere ich und ignoriere die unangebrachten Andeutungen. »Für mich gibt es keinen Richtigen, denn sobald ich zurück in England bin, habe ich nie wieder etwas mit Männern zu tun. Gott sei Dank.«

»Ich weiß, wer der Richtige für mich ist«, sagt Fiona nachdrücklich.

Scheiße, genau das habe ich befürchtet. Ich muss in den nächsten Tagen noch viel aufmerksamer sein als bisher und darf Fiona nicht einmal mehr allein duschen lassen.

Wirklich schön ist die nächste Zeit nicht. Immer wieder streifen mich fassungslose Blicke, von ausnahmslos allen. Ich bin permanent angespannt und wachsam, denn Fiona versucht beharrlich, sich davonzuschleichen, schamlos wie sie ist. Natürlich fällt sie auf meine Märchen, warum ich mich ihr jedes Mal anschließe, nicht rein und wird von Minute zu Minute unausstehlicher. Und außerdem schaffe ich es nicht, Lukas davon zu überzeugen, mich wieder an die lückenlose Aufklärung des Status quos zu begeben.

So vergehen ungelogen zwei Tage. Zwei Tage für die Katz. Ich schlafe mies, denn Fiona hat keine Hemmungen, auch nachts Fluchtversuche zu unternehmen. Ich zweifle an meiner Überzeugungskraft, da Lukas all meine Argumente mit einem einfachen ›Das ist zu gefährlich‹ und einem gelangweilten Schulterzucken abschmettert. Und in den unmöglichsten Augenblicken schleicht sich Sehnsucht nach Oliviers Lippen in meinen Kopf. Dass Max und Adrian rücksichtslos aneinanderhängen und sogar öffentlich knutschen, macht es nicht besser.

»Mann, Amber, lass mich mal einen winzigen Augenblick allein. Ich ertrage es nicht, dass du ununterbrochen an mir klebst«, fährt Fiona mich an. Das sagt sie inzwischen ungefähr alle paar Minuten.

»Ich muss aber nun mal auf die Toilette. Das kannst du mir wohl kaum verbieten.«

»Dann halt wenigstens Abstand.«

Das ist drin. Ich bleibe fünf Meter hinter ihr, während sie stampfend weitergeht, missmutig trotz meiner Rücksichtnahme. Wäre es umgekehrt, ich hätte sie schon längst ermordet. Genau genommen brauche ich dringend Zeiten, in denen ich ganz allein bin. Regelmäßig. Aber entweder das oder die Unschuld meiner Freundin ist in Gefahr. In diesem Fall muss ich mich opfern.

Gedämpfte Stimmen sind zu hören. Und zu verstehen, denn wir sind noch leiser.

»Lukas, ich flirte nicht mit Olivier. Der ist überhaupt nicht mein Typ.«

Das will ich ja wohl hoffen. Außerdem – mit seinem albernen Zöpfchen wird er ja kaum einer Ausnahmeathletin, die mit mehr Gold dekoriert ist als ein Tannenbaum, imponieren.

»Ist er nicht? Er scheint der Typ jedes weiblichen Wesens auf diesem Campingplatz zu sein.« Ist er das? Ist mir noch nicht aufgefallen. »Und sogar die Eisprinzessin hat er flachgelegt.«

Wer ist die Eisprinzessin? Entweder bin ich es und ich rege mich erstens über die Bezeichnung auf und zweitens über das nicht erfolgte Flachlegen, denn wir wurden ja mal wieder unterbrochen, oder ich bin es nicht, und das wäre noch schlimmer.

Jule kichert. Die kichert ganz schön häufig.

Inzwischen habe ich Fiona erreicht, die stehengeblieben ist und ein wenig verzweifelt aussieht. Jule und Lukas befinden sich im Schatten hinter einem Baum und sind so mit sich beschäftigt, dass sie auch einen heraufziehenden Weltkrieg nicht mitbekommen würden, geschweige denn zwei Mädchen auf dem Weg zum Klo.

»Sie zanken schon wieder. Müssen wir Jule retten? Warum ist Lukas eigentlich ständig so wütend auf Jule?«, flüstert sie. Ich freue mich, dass sie überhaupt mit mir redet.

»Weil sie was mit einem Fußballer hatte. Im olympischen Dorf sind wohl Sitte und Moral hinfällig.«

»Dann würdest du ja prima hineinpassen.«

Ehe ich mich verteidigen kann, wechselt Jules Stimme und wird zu einem Schnurren. »Aber ich stehe nun mal auf Schwimmerkreuz und Knackarsch. Auf blaue Augen und eine talentierte Zunge, die nicht nur zetern kann.«

»Ach, immer wenn du es nötig hast, stehst du wieder auf der Matte«, knurrt Lukas, aber auch seine Stimme klingt nun anders. Rauer, tiefer, ein wenig heiser. Erinnert mich erschreckend an Olivier in gewissen Situationen.

Jetzt spricht keiner mehr. Sehen warum kann ich nicht, denn ich blicke selbstverständlich in eine andere Richtung. Fiona nicht. Sie bekommt große Augen.

»Jule muss eindeutig nicht gerettet werden. Wenn du nicht nackte, kopulierende Menschen live beobachten möchtest, solltest du wegsehen«, sage ich entschlossen und zerre Fiona weiter.

Jule und Luke bringen Fiona auch nicht auf bessere, anständigere Gedanken.

Und von mir will ich gar nicht reden.

»Was hast du eigentlich dagegen, dass ich Tobias küsse?«, fragt Fiona mich mit weinerlicher Stimme, sobald wir außer Hörweite sind. Scheiße, so weit ist es schon? Die beiden haben doch kaum ein Wort miteinander geredet, ich habe schließlich aufgepasst wie ein Schießhund. »Ich meine, Max hat Adrian, du hast Olivier und auch Jule und Lukas lassen sich nicht aus den Augen. Was also bitteschön ist das Problem mit mir und Tobias.«

Ich habe Olivier nicht.

»Du kennst ihn doch kaum.«

»Ja, stimmt und das ist dein Verdienst. Ich möchte ihn aber kennenlernen.« Jetzt schnieft sie auch noch.

»Er könnte dir wehtun«, erkläre ich. Ich tue das alles ja nur aus Liebe. Wenn Fiona mir gleichgültig wäre, würde ich sie mit jedem Mann in jedes Gebüsch klettern lassen.

»In welchem Sinne? Weil er so stark ist?«

Ja, das wäre durchaus eine Möglichkeit. Allerdings ist Tobias so schüchtern und zurückhaltend, dass es eher unwahrscheinlich ist. Und seine Muskelberge hat er wahrscheinlich im Griff, die sind ja nicht neu.

»Ich meinte eher, dass er deine Gefühle verletzten könnte.«

»Meine Gefühle sind schon so einige Male verletzt worden. Bisher bin ich prima damit klargekommen.«

Der Schein einer Laterne streift uns und ich kann Fionas Gesichtsausdruck erkennen. Die meint das bitterernst.

»Wie denn bitteschön das? Du hattest doch früher keinen Kontakt zu Jungs.«

»Aber zu euch. Glaubst du wirklich, es verletzt mich nicht, wenn ihr mir mal wieder die Deppenaufgabe zuschiebt und dann sagt, das wäre auch wichtig?«

Ich weiß nicht, was ich sagen soll. Ich dachte in der Tat, sie hätte das immer so geschluckt.

»Mit Männern ist es schlimmer«, beschließe ich entschlossen.

»Das ist doch Quatsch. Jeder, der dir etwas bedeutet, kann dir wehtun. Das ist nun mal so. Zwischen Männern und Frauen. Und zwischen Frauen und Frauen genauso. Ihr bedeutet mir übrigens sehr viel, nur falls du es noch nicht wusstest.«

Manchmal ist Fiona erschreckend scharfsinnig. Manchmal wahrscheinlich cleverer als ich. Zumindest sobald es um Gefühle geht.

Ich schnaufe ungehalten und erspare mir eine Reaktion. Glücklicherweise haben wir die Toiletten erreicht und ich verkrümle mich in einer Kabine.

Zurück am Lagerfeuer beobachte ich Tobias. Er wirkt durchaus harmlos und das, obwohl er den mit Abstand muskelbepacktesten Körper von allen hat. Und das will bei diesen Wettkampfathleten schon was heißen. Und die Blicke, die er Fiona zuwirft, versteckt und hilflos, drücken so viel Sehnsucht aus, dass ich langsam an meinen guten Absichten zweifle. Vielleicht schließe ich wirklich nur von meinen eigenen Ängsten auf meine Freundin.

Trotzdem — als sich Tobias nach einer Weile vom Feuer wegbewegt und Fiona mal wieder versucht hinterherzuschleichen, halte ich schnell meine Hand nah an die Flammen.

241

Es dauert nur Sekunden, bis ein Funke die bloße Haut erwischt und ich schmerzerfüllt aufschreien kann.

»Scheiße, Fiona, tut das weh. Mach was.«

Das ist eine neue Taktik. Eine Verletzung kann sie mir kaum vorwerfen. Außerdem tut es in der Tat verdammt weh. Wie geplant wendet sich Fiona mir erschrocken zu, Sorge und Enttäuschung gleichermaßen im Blick.

»Du musst das kühlen, Amber.«

Leo zieht mich entschlossen hoch und rennt mit mir zum See. Auf dem Steg hält er meine Hand ins Wasser. Sebastian kniet neben mir.

»Ich habe gleich gesagt, dass du zu nah am Feuer sitzt.«

Hat er nicht. Oder doch? Ich höre prinzipiell nicht auf ungebetene Ratschläge. Stimmen umschwirren uns und diskutieren, ob offenes Feuer nicht zu gefährlich ist.

»Ist es schlimm?« Sogar Adrian ist uns gefolgt und blickt mich ein wenig besorgt an.

Vorsichtig werfe ich einen Blick auf die Verletzung. An der Stelle bildet sich eine rote Schwellung, aber solange die Hand im Wasser ist, merke ich es kaum. Außerdem habe ich erreicht, was ich wollte. Sämtliche Aufmerksamkeit hat sich auf mich gerichtet und alle sind uns gefolgt. Umringen mich und machen sich Sorgen.

Zufrieden lasse ich meinen Blick über die Gesichter auf dem Steg schweifen.

Fionas ist nicht darunter.

Tobias ist auch nicht zurückgekehrt.

Ich stoße einen entsetzten Laut aus und Max lacht mich aus.

# kapitel 20

Am nächsten Morgen werde ich von aufgeregten Stimmen geweckt. Ein besorgter Blick bestätigt mir, dass nicht Fiona der Grund ist, denn die liegt ordnungsgemäß neben mir. Wieder. Tief schlafend und dem äußeren Anschein nach unverletzt. Es hat in der Nacht ewig gedauert, bis sie endlich auftauchte, und bis dahin hatte ich mich schlaflos von einer Seite auf die andere gewälzt und mich gefragt, ob ich nicht doch besser die Polizei rufen sollte.

»Meine Freundin ist zusammen mit einem Mann im Gebüsch verschwunden.« In meinem Land hätte das einen Großalarm ausgelöst. Hier nur amüsiertes Grinsen und den Hinweis, wo man Kondome erwerben kann.

Missmutig schäle ich mich aus dem Schlafsack und beschließe, mich um das Geschrei zu kümmern. Irgendjemand muss ja die Verantwortung übernehmen. Fiona schläft alles weg, was anstrengend sein könnte. Max vergnügt sich unter Garantie schon wieder mit ihrem laut-Jule-heißem-Typen und Jule hat auch nicht mehr Anstand im Leib. Denise hält mit ihrer Familie klugerweise einen Sicherheitsabstand ein und der Rest besteht aus Männern und damit aus Problemen und nicht aus Problemlösern.

Das Bild, welches sich mir bietet, ist auf den ersten Blick erwartungsgemäß. Es ist die Jungtruppe, die verunsichert und laut schnatternd zusammensteht. Der Grund ist effektiv hinter ihnen verborgen und mühsam und mit rücksichtslosem Ellbogeneinsatz mache ich mich daran, mich durch die Mauer aus Zehnkampfkörpern zu schieben.

»Sie haben uns gefunden.« Andrew ist der Panik nahe und hält mich auf. Ich kann noch immer nichts sehen, außer Muskeln und viel zu breiten Schultern, egal, wie weit ich mich recke und auf die Zehenspitzen stelle.

»Wer hat euch gefunden?« Vergeblich versuche ich, an Paul vorbeizuschielen. Wieso ist der auch gebaut wie ein Baum.

»Die englische Regierung.« Andrews Hände zittern regelrecht. »Sie haben eine Agentin geschickt. Was sollen wir denn jetzt tun?«

Das ist definitiv eine Hiobsbotschaft und ich verstehe den Schock, der die Jungs geradezu lähmt. Wenn eine englische Geheimagentin uns hier aufgestöbert hat und sich sogar präsentiert, ist ein Eingreiftrupp nicht mehr weit.

»Wir werden sie unschädlich machen«, informiere ich Andrew.

»Und wie?«

»Knebeln und fesseln. Aus ihr rauspressen, was sie schon weitergeleitet hat und wie viel Zeit uns noch bleibt. Notfalls mit Gewalt.«

Ich bezweifle, dass ich in der Lage bin, aus einer Geheimagentin brisante Geheimnisse zu zwingen, aber ich hoffe auf die einschüchternde Wirkung der Sportler. Die sind gruselig genug, um jeder Frau Angst zu machen. Ich plane in Gedanken schon, wie ich Adrian auf die Agentin hetzte und sie bei seinem Anblick in Todesangst ausbricht. So hartgesotten, um diesen Typen schweigend auflaufen zu lassen, kann keine Engländerin sein.

Adrian ist wie erwartet nicht hier. Maxine auch nicht. Wenn sie sich mal nützlich machen könnten, sind sie selbstverständlich beschäftigt. Als ob das ewige Turteln wichtiger wäre, als eine Geheimagentin auszuschalten. Genau deshalb ist Liebe ja so unnatürlich. Und weil Männer im Spiel sind.

Vehement schiebe ich mich jetzt an Paul und Sebastian vorbei und blicke der Gefahr direkt ins Auge. Ich muss jedoch eine Weile suchen, bis ich die Gefahr überhaupt entdecke. Sie ist nämlich winzig klein. Ein Meter fünfundfünfzig, um genau zu sein. Ein Meter fünfundfünfzig und einundachtzig Jahre alt, denn ich kann mich an ihren letzten runden Geburtstag verdammt gut erinnern. Da war noch niemand von uns volljährig, wir mussten den Alkohol daher heimlich trinken und hatten umso mehr Spaß.

Ich falle ihr um den Hals.

»Granny Summer«, juble ich dann. »Wie schön, dass du da bist. Wie schön, aber auch wie unerwartet.«

Sie ist es wirklich. Mit einem Koffer zu ihren Füßen und einem riesigen Sonnenhut auf dem Kopf.

»Amber, na endlich. Ich habe eine Weltreise hinter mir. Zwischenzeitlich dachte ich, der junge Mann da wolle mich doch noch an einer einsamen Stelle um die Ecke bringen, mich hilflose, alte Frau. Aber hier bin ich.«

Der junge Mann entpuppt sich als Mathieu, der verunsichert Abstand hält und weder die abweisenden Mienen der Sportler noch Granny so recht einschätzen kann. Ich begrüße auch Mathieu mit einer stürmischen Umarmung und erkenne mich selbst kaum wieder.

»Das ist keine Geheimagentin«, informiere ich dann die Jungs. »Das ist Max' Großmutter.«

Ob damit jegliche Gefahr gebannt ist, ist jedoch eine andere Frage.

»Bist du allein hier, Granny? Ganz sicher? Oder ist dir jemand gefolgt?«

»Ach Liebes, kein Mensch interessiert sich für mich alte Frau. Anne wird selbstverständlich auf Schritt und Tritt überwacht, aber ich doch nicht. Ich bin ja auch viel zu gebrechlich, um noch irgendwie Dummheiten zu machen.« Vergnügt wedelt sie mit ihrem Gehstock durch die Luft. Mathilde Summer ist alles andere als gebrechlich, aber wenn es drauf ankommt, kann sie das prima vortäuschen.

Jetzt nimmt sie die Jungs erneut ins Visier.

»Du da.« Sie weist mit ihrem Gehstock auf Tobias. »Du bist der mit der Kugel, oder?«

Tobias wird leichenblass und schluckt.

»Ja, das ist Tobias. Er hat olympisches Gold im Kugelstoßen geholt.« Wieso klinge ich jetzt eigentlich so stolz? Ist ja nun wirklich nicht mein Verdienst. Und es interessiert mich auch überhaupt nicht. Beeindruckt mich schon gar nicht. Pah.

»Kann der nicht selbst reden?« Der Gehstock knallt auf den Boden. Granny war schon immer unerbittlich. Da kann ich aus eigener Erfahrung sprechen. Mit schüchternen Menschen kennt sie kein Pardon und vor allem Sophie hatte es nie leicht mit ihr.

»Kann er schon. Tobias, komm doch mal her und begrüß Max' Großmutter«, locke ich den zitternden Riesen mit freundlicher Stimme näher. Ich habe seinen Wettkampf live im Fernsehen verfolgt. Da war er bis zum letzten Stoß genauso erbärmlich dran wie gerade jetzt. Er wird nämlich von Paul nach vorne geschoben.

»Hallo Mrs Summer«, krächzt er artig.

Paul rettet die Situation.

»Es ist uns eine unheimliche Ehre, Maxines Großmutter kennenzulernen«, sagt er und lächelt. Wenn er so strahlt, kann ich fast ein wenig verstehen, dass er sich im olympischen Dorf weibliche Fans gemacht hat. Fast. »Wenn Sie gestatten, gehe ich sie suchen.«

»Na, na, na, junger Mann, nicht so schnell. Ich möchte mir erst einmal einen Überblick verschaffen und dazu brauche ich kein wildes Durcheinanderrennen.« Der Stock fuchtelt schon wieder nachdrücklich durch die Luft.

»Stell du dich mal vor.« Sie weist auf Andrew.

»Ich heiße Andrew, Ma'am. Ich war beim Weitsprung

dabei.« Zwar nicht so erfolgreich, ich erinnere mich, aber recht unbekümmert. Das ist er auch jetzt, trotzdem ist nicht zu übersehen, dass Granny Eindruck hinterlässt.

Sie macht die Runde. Pickst jeden Einzelnen in die Brust und erwartet einen Namen und eine Disziplin.

Zum Schluss steht sie vor Leo.

»Und du, junger Mann?«

»Leo, Mrs Summer. Ich bin im Zehnkampf angetreten.«

»Ich habe dich gesehen.«

Was bedeutet, dass sie die anderen ebenfalls gesehen hat. Trotzdem lässt sie ihn jetzt nicht aus den Augen und fixiert regelrecht sein Gesicht. Was er ziemlich heldenhaft wegsteckt, meiner Meinung nach. Mathilde Summers Aufmerksamkeit verkraftet nicht jeder.

»War ein gutes Ergebnis, mein Junge«, sagt sie und ich schaue sie ungläubig an. Paul hat besser abgeschnitten, ihn hat sie jedoch nicht weiter beachtet. Und unser olympisches Zehnkampfgold ist ja auch noch irgendwo auf dem Campingplatz.

»Danke, im Rahmen meiner Möglichkeiten war ich zufrieden. Paul und Adrian waren schon immer weitaus besser als ich.«

Sie nickt und wirkt irgendwie einverstanden. Mit was auch immer.

»Und wo ist der Kerl, der seine Finger nicht von meiner Enkeltochter lassen kann?«

Wahrscheinlich irgendwo, wo er genau jetzt seine Finger an ebendieser Enkeltochter hat. Unbeobachtet. Denn im Zelt hat er Platz für Fiona und mich machen müssen.

»Ich kann ihn suchen gehen«, bietet Paul erneut freundlich an. Aber das ist nicht nötig. Weder Maxine zu suchen noch Adrian. Denn die beiden kommen gerade den Weg vom See herauf, Max auf Adrians Rücken und laut lachend. Ich glaube, ich habe sie noch nie so glücklich gesehen. Und ein trauriges Leben hat sie bisher ganz bestimmt nicht geführt.

»Oh mein Gott.«

Max hat ihre Großmutter entdeckt. Sie rutscht von Adrians Schultern und rennt auf sie zu. Der Stock fällt zu Boden und Granny Summer wird fast vom Schwung ihrer Enkelin umgerissen.

»Granny, ich fasse es nicht. Ist Mum auch hier? Habt ihr euch aus dem Land geschmuggelt? Wie habt ihr uns überhaupt gefunden?«

»Wer ist das?«, knurrt Lukas, der mitsamt Jule und der deutschen Kleinfamilie angerückt ist und kein Wort versteht, alarmiert. »Wer ist diese Frau und wie hat sie uns gefunden? Sie spricht Englisch, verdammt noch mal, das ist gefährlich.«

Wir haben mittlerweile genug Lärm veranstaltet, um alle zu wecken. Luke mustert fassungslos und mit verärgert verschränkten Armen die kleine Frau vor ihm. Er wird nicht beachtet.

Stattdessen fixiert Granny Adrian. Mit einem unheilvollen Blick. »Ein einziges falsches Wort, junger Mann, eine einzige falsche Berührung meiner Enkeltochter und du bist die längste Zeit ein Mann gewesen.«

Jule steht neben Lukas und pfeift beeindruckt.

»Ich vermute, das ist Mathilde Summer höchstpersönlich. Und sie ist Gefahr pur. Wie viele Männer haben Sie damals eigenhändig kastriert, Mrs Summer?«

»Jeden, der es verdient hat, junge Dame«, antwortet Granny in astreinem Deutsch. Eindeutig, woher Max ihr Sprachtalent hat. Jules Gesichtsschmuck weckt mehr Interesse als Lukas' drohende Körperhaltung. »Du machst selbst den Eindruck, dich verteidigen zu können. Ich hoffe, du hast ein Auge auf mein unbedarftes Enkelkind?«

»Wenn Sie damit meinen, dass ich die beiden mit Kondomen eingedeckt habe, dann ja. Die englischen Traditionen habe ich allerdings nicht versucht zu verteidigen.«

»Wäre auch zu schön gewesen«, murmelt Granny. Sie wendet sich wieder Adrian zu.

»Ich habe nicht vor Maxine zu verletzen, Ma'am«, sagt dieser und bewahrt mühelos Haltung. »Aber ich kann Ihre Sorge natürlich verstehen.«

»Nein, mein Junge, wenn du noch nie von drei Männern nacheinander vergewaltigt wurdest, dann kannst du das nicht verstehen. Ich gehe mal davon aus, dass das nicht der Fall ist?«

»Nein, ist es nicht.« Adrian hält noch immer ihrem Blick stand, obwohl er inzwischen ebenfalls an Gesichtsfarbe eingebüßt hat.

»Adrian hat allerdings auch so einiges einstecken müssen, Granny. Er war neunzehn Jahre lang Dr. Higgs ausgeliefert, die ihn hasst, seit er denken kann. Und die alles daran gesetzt hat, ihm das Leben zur Hölle zu machen«, mischt sich Maxine ein.

»Ja, Dr. Higgs. Ein Kapitel für sich.« Granny entlässt Adrian aus ihrem unerbittlichen Blick.

»Bist du denn allein hier?« Maxine lässt ihre Augen suchend über den Campingplatz wandern.

»Selbstredend bin ich das. Deine Mutter ist momentan unter ständiger Überwachung, obwohl die dilettantischen Damen denken, wir bemerken das nicht. Als ob man übersehen könnte, dass immer ein Auto in einigem Abstand hinter ihr herfährt.«

»Und wer ist Ihnen hierhin gefolgt? Ich habe echt keine Lust, schon wieder eine halsbrecherische Verfolgungsjagd quer durch Europa hinzulegen«, murrt Lukas.

»Und ich hatte den Eindruck, es hätte dir irren Spaß gemacht.« Jule grinst.

»Machst du Witze. Ich habe von der Grenze aus mit ansehen müssen, wie meine Freundin von Bullen durch ein Feld gejagt wird und schließlich in einer Rauchwolke verschwindet. Das Auto hätte explodieren können. Du warst zigmal kurz davor, dich zu überschlagen. Es ist ein Wunder, dass ihr alle unverletzt überlebt habt.« Lukas redet sich unübersehbar in Rage.

Und Jules Augen werden groß. »Deine Freundin?«

»Ja, was weiß denn ich. Zu dem Zeitpunkt dachte ich, es wäre so.«

»Weil du mich nur Stunden zuvor flachgelegt hattest? Mehrfach. Ohne mir auch nur ein einziges Mal mitzuteilen, ob du mir eigentlich verziehen hast oder noch immer nicht.«

»Ich hatte dir verziehen.«

»Und warum hast du es nie gesagt?«

»Weil es offensichtlich war. Sonst wäre ich doch nie mit dir im Bett gewesen.«

»Du warst mit mir im Bett, weil mein Zungenpiercing dich so scharf gemacht hat, dass du mit deinem Ständer nicht mehr anders klarkamst.«

»Das auch. Aber das hätte ich trotzdem nicht mit jeder gemacht.«

Granny verfolgt das Hin und Her überaus interessiert.

»Ja, ich erinnere mich«, sagt sie dann leicht amüsiert. »Das war der Teil zwischen Männern und Frauen, der schon immer für eine gewisse Komik sorgte.«

»Was meinst du damit?«, fragt Max.

»Männer kommunizieren einfach anders. Und dieser da«, sie weist auf Lukas, »kommuniziert vor allem laut und unlogisch.«

»Um dann mal leise und logisch zu kommunizieren: Wie genau haben Sie uns eigentlich gefunden? Und können andere das auch?«, murrt Lukas und wirft Jule verzweifelte Blicke zu.

»Ich habe sie hergebracht«, meldet sich Mathieu zu Wort. »Und da ich jetzt hier bin, kann das sonst niemand mehr.«

»Und wer bist du? Etwa noch so ein unwillkommener Franzose?« Lukas richtet seine Aufmerksamkeit auf Mathieu und versucht eindeutig, ihn allein mit Blicken zu verscheuchen.

»Sieht so aus.« Mathieu zuckt ungerührt die Achseln.

»Er ist der netteste Franzose der Welt«, mische ich mich ein.

Mathieu hat es ganz bestimmt nicht verdient, von Lukas beschimpft zu werden.

»Ach Scheiße, wenn du schon mit Olivier, den du nicht ausstehen kannst, rummachst, was machst du dann mit dem nettesten Franzosen der Welt?«, regt der sich trotzdem weiter auf.

Ich kichere, während Mathieu mich konsterniert mustert.

»Du machst mit Olivier rum?«

»Mit Mathieu genieße ich Wasserbetten«, erkläre ich und grinse breit.

»Und ich dachte, schon meine Enkelin wäre inzwischen vom Testosteroneinfluss komplett verwirrt.« Granny schüttelt verzweifelt den Kopf. »Aber Amber scheint es ja noch viel schlimmer erwischt zu haben.«

»Das ist ein Scherz, Granny Summer«, stelle ich richtig. »Mathieu ist einfach nur ein Freund, ein toller Mensch, und das mit dem Wasserbett war harmlos. Und diesem anderen Testosteron kann ich ebenfalls locker widerstehen, wenn es drauf ankommt. Das war doch nur ein Experiment.«

»Danke, Amber.« Das andere Testosteron steht unversehens mit verschränkten Armen neben Mathieu und ist unübersehbar angepisst.

Mathieu hat den Schock über Olivier und mich überwunden und deutet auf Granny.

»Gestern stand aus heiterem Himmel diese nette, ältere Dame vor meiner Wohnung, schlug mit ihrem Stock erst die Wohnungstür halb ein und zertrümmerte mir im Anschluss die Füße. Ich habe sie also unter Zwang hergebracht. Vielleicht gibt das ja mildernde Umstände?«

Meiner Meinung nach schon. Und ich bin die angehende Juristin.

»Kannst du dich nicht gegen eine Omi durchsetzen?« Lukas rollt entnervt die Augen. »Du Weichei.« Das war ein Fehler. Mathilde Summer ist nämlich nur rein äußerlich eine nette, harmlose Omi. Lukas bekommt ihren Stock zu spüren.

»Aua, halt. Das können Sie doch nicht machen. Das ist Körperverletzung.« Ja, den Gehstock gegen die Schienbeine zu donnern, ist äußerst effektiv. Lukas' Schmerzensschreie klingen schön schrill.

»Sei mal leise, Junge. Meiner Enkelin zuliebe, die du ja aus Deutschland mit rausgeschafft hast, habe ich gerade Gnade vor Recht ergehen lassen. Ich weiß sehr wohl, wo man einen Mann nachhaltig verletzen kann. Und ich habe keine Hemmungen, es anzuwenden.«

»Und wie bist du auf Mathieu gekommen, Detektiv-Oma?«, wundert sich Max und hat keinen einzigen mitleidigen Blick für Lukas übrig. Jule auch nicht. Ich grinse ein wenig gehässig, denn ich finde, das geschieht ihm recht. Ich selbst habe ebenfalls ein Hühnchen mit ihm zu rupfen und freue mich über die Erkenntnis, wie effektiv reine Gewalt ist.

»Im Wir-suchen-Max-Video haben deine Freundinnen ziemlich deutlich gemacht, wo man Amber und Fiona finden kann. Apropos Fiona? Wo ist denn das kleine Goldstück?«

»Schläft«, sage ich entnervt. »Sie hat eine harte und überaus kurze Nacht hinter sich.«

Ich auch. Aber ich bin ja kein Jammerlappen. Tobias wird rot. Übernächtigt sieht er jedoch nicht aus.

»Granny, seit wann guckst du Videos? Seit wann weißt du, wie das geht?«

»Seit sie mein Land betreffen. Und ein Europa, das englische Männer befreien möchte. Und meine Enkelin, die verschollen ist. Irgendwie muss man sich ja informieren, wenn die Premierministerin beschließt, alles totzuschweigen, was ihr nicht passt.«

»Aus genau diesem Grund haben wir Mathieu ja nie verraten, wo wir die Sportler verstecken.« Jule wirkt verzweifelt. »Mein Plan war einfach und genial. Ich habe Anton zu Mathieu geschickt, um unauffällig die Lage zu sondieren, und nur wenn die Luft rein war, durfte er Amber und Fiona zum Treffpunkt bringen.«

»Und Olivier.« Lukas hat sich vom Omi-Angriff erholt, hält jedoch einen überaus großen Abstand zu ihr ein. Er mustert misstrauisch den Gehstock, der aktuell so fest in den Boden gedrückt wird, als benötige Granny Summer ihn unbedingt als Stütze.

»Ja, eigentlich nicht, aber egal. Und Anton selbst wusste ja nichts. Wäre es eine Falle gewesen, er hätte auch unter Folter kein Wort verraten können.«

»Du hättest mich foltern lassen?« Anton realisiert den Plan nicht ganz so erfreut.

»Ach, das war doch nie eine ernsthafte Gefahr. Als ob eine europäische Regierung so weit gehen würde«, sagt Jule entspannt.

»Die sind nicht mal mehr europäisch. Die sind aus allem ausgetreten. Vor Ewigkeiten schon.«

»Kontinental gesehen ist es Europa.«

»Aber wir wissen alle, dass sie Männer kastrieren.« Anton hyperventiliert fast. »Die hätten mich kastrieren können.«

»Du hast doch schon ein Kind.« Jule verdreht die Augen. »Hätte ich etwa Lukas schicken sollen? Der braucht seine Zeugungsfähigkeit definitiv noch.«

»Ich doch auch. Die kleine Ella hätte gerne eine Schwester. Und einen Bruder. Und überhaupt. Es geht ja nicht nur ums Kinderzeugen.«

Die kleine Ella hockt auf dem Arm der Mama und patscht unbekümmert gegen Denise Stirn. Sie macht sich keine Sorgen um die Zeugungskraft ihres Vaters. Denise auch nicht.

»Du hattest doch mich dabei. Ich hätte dich schon verteidigt.«

»Das ist nach wie vor keine Erklärung. Denn Mathieu wusste nicht, wo wir gelandet sind«, insistiere ich. Der Rest lässt sich immer so verdammt schnell vom Kern des Problems ablenken. Gut, dass ich dabei bin.

Mathieu wirft verzweifelte Blicke zu Olivier.

»Ähm«, stammelt der.

Ist ja klar, dass alles wieder Oliviers Schuld ist.

»Du hast doch ein zweites Handy«, fährt ihn Lukas an.

»Wo hattest du es versteckt? Ich war so gründlich.«

Olivier schüttelt den Kopf.

»Du warst viel zu gründlich, vor allem im Intimbereich. An Jules Stelle würde ich genauer nach deiner sexuellen Orientierung fragen. Und vielleicht solltest du zur Sicherheit bei Mrs Summer ebenfalls eine Leibesvisitation vornehmen?«

Lukas wird blass.

»Nicht nötig«, murmelt er. »Die gehört ja zur Verwandtschaft. Aber ich will jetzt wissen, wo du es hattest.«

»Ich habe kein zweites Handy. Ich habe einfach an der Rezeption telefoniert, du Idiot. Wir sind ja nicht auf einer abgeschiedenen Insel.«

Da hat er recht.

Verdutzt beginne ich zu lachen. Nicht nur Lukas hat einen Laptop. Internetzugang hätte ich sicherlich ebenfalls an der Rezeption erhalten.

Langsam entspannt sich die Stimmung.

Leo bietet Granny eine Tasse Kaffee an.

»Habt ihr keinen Tee? Eine echte Lady bevorzugt schwarzen Tee.«

»Am Zelt haben wir nur den Kaffee. Und keine Sitzgelegenheit. Ich könnte einen Stuhl von Denise und Antons Bungalow holen. Und dort einen Tee kochen.«

»Das ist sehr zuvorkommend, junger Mann.«

Leo rennt los.

Gerade als sich alle entspannt niederlassen, kriecht Fiona aus dem Zelt und gähnt laut. Wie sie das ganze Drama mal wieder verschlafen konnte, ist mir ein Rätsel. Sie ist so verwuschelt wie an keinem anderen Morgen und an mir liegt das definitiv nicht.

Dann fällt ihr Blick auf Tobias.

»He, du. Hast du auch so gut geschlafen wie ich?«, flötet sie und kuschelt sich glücklich an ihn.

»Fiona, also ehrlich. Nicht auch noch du!« Granny lässt ihren Gehstock auf den Boden fallen. »Hat denn keines der englischen Mädchen irgendetwas in ihrer Jugend gelernt?«

»Doch, ich«, muss ich uns verteidigen. Antworten auf Fragen, egal, wie rhetorisch sie sind, konnte ich noch nie unterdrücken. »Algebra und Analysis zum Beispiel. Zellbiologie und Genetik. Das Periodensystem. Das Atommodell. Und noch viel mehr. Soll ich es alles aufzählen?«

»Hör auf, so vorlaut zu sein, Amber.«

Strenge Worte. Aber ein Lächeln im Gesicht. Bei meiner Mutter hätte ich eine Ohrfeige und zwei Wochen Hausarrest kassiert.

# kapitel 21

Granny Summer wirbelt ganz schön viel Staub auf. Mir ist unbegreiflich, woher sie bloß all die Energie nimmt. Sie verbringt den Tag damit, alle möglichen Leute auszufragen. Denise und Jule zum Beispiel. Wie so ihre Erfahrungen mit freilaufenden Männern sind. Wie Anton sich als Ehemann und Vater macht. Wieso Jule sich immer wieder körperlich zu Lukas hingezogen fühlt, obwohl sie ständig streiten. Und sie ist auch nicht zimperlich in ihrer Wortwahl. Keine Ahnung, ob Maxine oder ich schockierter ist.

»Und das ist es wirklich wert? Ein bisschen körperliches Vergnügen für die ständige Unsicherheit, missbraucht werden zu können?«

Jule muss sich sammeln, bevor sie antworten kann.

»Mrs Summer, ich weiß, was Sie durchgemacht haben. Jeder in meinem Land weiß das. Und ich kann sowohl ihre Zweifel als auch ihren Hass den Männern gegenüber verstehen. Aber es sind nur Ausnahmen, die so sind. Schlechte Menschen gibt es überall. Auch unter den Frauen. Aber mehr als 99,9 Prozent der Männer sind tolle Kerle, die niemals eine Frau anrühren würden, die das nicht will.«

»Es ist nicht so, dass ich Männer grundsätzlich hasse.«

Granny lässt ihren Blick über das wilde Treiben auf dem Campingplatz wandern. Väter, die laut lachend mit ihren Kindern Ball spielen, junge Männer, die den Arm um ihre Freundin gelegt haben. »Nur diese drei von damals. Aber auch dieses Gefühl ist im Laufe der Jahre abgeklungen. Ich wollte nur immer verhindern, dass meiner Tochter so etwas geschieht. Und meiner Enkeltochter und allen anderen Frauen. Es schien mir der einzige Weg.«

»Aber man kann nicht ein Unrecht verhindern, indem man ein anderes Unrecht begeht«, wende ich ein und muss selbst ein wenig über mich staunen. Ich sage das nämlich nicht nur, weil die zukünftige Anwältin in mir es für ein gutes Argument hält, sondern weil es die reine Wahrheit ist.

»Das mag so sein, Amber. An die Männer hat seit fünfzig Jahren niemand mehr einen Gedanken verschwendet. Ich am Allerwenigsten.«

»Das stimmt so nicht ganz. Mum hat ihren Sohn nie vergessen«, mischt sich Max leise ein. Ihr Blick fällt unbewusst auf Leo und mit einem Mal ist mir alles klar. Klar, warum Max immer wieder Leos Nähe sucht und warum auch Granny Summer ihre volle Aufmerksamkeit auf ihn richtet.

Gerade spielt er mit Sebastian, Jason und Andrew Federball. Eine Weile betrachte ich ihn staunend.

»Weiß er es?«

»Wer? Was?« Max hat noch nicht kapiert, dass sie sich verraten hat. Ich verdrehe genervt die Augen.

»Verkauf mich nicht für dumm, Maxine«, sage ich streng. »Ich kann Worte und Blicke kombinieren.«

»Zu was kombinieren?« Jule steht noch immer auf dem Schlauch.

»Nein, er weiß es nicht. Und es ist nicht an mir, es ihm zu sagen. Das muss Mum schon selbst machen.«

»Ja, das stimmt wohl.« Obwohl ich an Maxines Stelle nicht schweigen könnte. Da hat sie eindeutig mehr Selbstbeherrschung.

»Das sehe ich anders«, widerspricht Granny entschlossen.

»Um was geht es hier eigentlich?« Jule wird langsam

unzufrieden.»Ist das ein Das-verstehen-nur-wir-Engländerinnen-Gespräch? Das ist nämlich absolut unhöflich.«

»Du verstehst es gleich.« Granny erhebt sich mit Schwung von ihrem Stuhl. »Leo!«, brüllt sie dann quer über den Rasen.

»Nein, Granny, ich habe mit Mum abgemacht, dass ich es ihm nicht sage.« Maxine ist panikerfüllt. Sie springt von der Decke auf, auf der wir es uns bequem gemacht haben.

»Wovor hast du Angst, mein Schatz?«

»Ist das nicht offensichtlich.« Leo hat seinen Schläger Tobias in die Hand gedrückt und kommt auf uns zu. »Er wird mich auf der Stelle hassen.«

»Warum sollte er?«

»Weil ich eine Mutter hatte, die mich liebt, und er in ein Internat abgeschoben wurde.«

»Aber das weiß er doch schon.«

»Aber er weiß nicht, dass es dieselbe Mutter ist.« Max zerrt inzwischen an Grannys Ärmel. »Sag es ihm nicht.«

Leo erreicht uns.

»Mrs Summer, was kann ich für Sie tun? Es ist entsetzlich heiß, oder? Vielleicht können wir für Schatten sorgen?«

Granny lächelt. Dann sieht sie Maxine streng an.

»Tu ich auch nicht. Du sagst es ihm selbst.«

»Auf keinen Fall.«

»Doch Maxine, du bist es ihm schuldig.«

Diese kleine Frau kann entsetzlich streng sein. Ich schlucke. Maxine hat keine Chance, sich zu widersetzen.

Leo wird allmählich nervös. Ihm ist aufgegangen, dass es nicht um Schatten geht. Oder um ein Getränk gegen die Hitze. Sondern, dass es um ihn höchstpersönlich geht.

»Habe ich Scheiße gebaut?«, fragt er beklommen.

»Nein, nein, auf keinen Fall. Du nicht«, stottert Maxine. »Aber vielleicht ich.«

»Maxine, du machst mir Angst. Müssen wir hier weg? Werden wir ausgewiesen? Mein Kopf stellt gerade die schlimmsten Szenarien zusammen.«

»Es hat nichts damit zu tun. Es hat nur etwas mit uns beiden zu tun. Aber…« Maxine wirft einen hilflosen Blick zu ihrer Großmutter. »Ich kann nicht.«

»Du kannst.«

»Du liebst doch Adrian.« Leo ist etwas blass um die Nase geworden. »Und er dich. Ich …  ich kann nicht … Ich will nicht …«

»Nein, Leo, stopp, jetzt bist du wirklich auf dem Holzweg. Das soll keine Liebeserklärung werden. Also, vielleicht schon, aber ganz anders, als du gerade denkst.«

»Du liebst Leo?«

Manche Menschen haben ein Talent dafür, die Worte zu hören, die alles noch komplizierter machen. Adrian scheint dazuzugehören. Maxine schluckt verzweifelt und Adrian wirkt, als gehe in diesem Augenblick die Welt unter.

»Ich liebe Leo, weil er mein Bruder ist«, platzt es aus ihr hinaus.

Schweigen herrscht.

»Bruder?«, stammelt Leo. »Wieso Bruder? Es gibt keine Brüder.«

»Na ja, wie auch immer ihr das mit der Vaterschaft regelt, sei mal dahingestellt. Aber wer dieselbe Mutter hat, ist Bruder und Schwester. Sogar in eurem Land«, sagt Jule überglücklich, dass sie endlich verstanden hat, worum es geht.

Leo hat es die Sprache verschlagen. Er sieht Max an, als sähe er sie zum ersten Mal. Maxine genauso, sie verschlingt ihn ebenfalls mit den Augen.

»Dann bist du meine Schwester?«, fragt er schließlich.

»Das bezweifle ich nun allerdings«, mische ich mich entsetzt ein. »Maxine ist ziemlich intelligent. Das sollte man von ihrer näheren Verwandtschaft doch auch erwarten. Und du hast dich gerade disqualifiziert.«

»Ach was, da irrst du dich, Amber. Drei meiner Töchter haben den IQ einer Bergziege«, wendet Granny fröhlich ein. »Der Rest ist ganz passabel und nur Anne sticht hervor.«

»Ich bin deine Schwester. Und du mein Bruder«, flüstert Maxine völlig andächtig.

»Dann hat Maxine selbst eher die Bergziegen-Gene abbekommen«, schließe ich verwirrt. Wie konnte sie mich all die Jahre so täuschen? »Wie hat sie bloß die Schule geschafft? Und das mit hervorragenden Noten.«

»Mann, Amber, die beiden sind ergriffen. Das kannst du doch nicht ernst nehmen.« Jule knufft mich unsanft in die Seite. »Stell dir vor, einer der anderen Jungs entpuppt sich als dein Bruder. Was würdest du denn dazu sagen?«

Ob ich auch einen Bruder habe? Meine Mutter hat niemals erwähnt, dass sie ein männliches Kind zur Welt gebracht hat, und wir hatten nie ein Verhältnis, bei dem man so etwas fragen konnte. Mein Blick wandert unentschlossen über die Jungs, die sich am See verteilt haben. Sie spielen Federball, springen ins Wasser oder liegen einfach nur lesend oder dösend in der Sonne. Nein, in keinem kann ich etwas von meiner Mutter erkennen. Glücklicherweise, denn sie ist kein netter Mensch.

»Nichts würde ich dazu sagen. Es ist nämlich völlig unerheblich«, beschließe ich.

»Für meine Mum ist es nicht unerheblich.« So langsam ist Maxine geistig wieder bei uns angekommen. »Sie hat dich nicht leichten Herzens im Internat abgegeben. Das solltest du wissen, Leo. Sie leidet bis heute darunter.«

»Ich bin übrigens deine Großmutter, Junge.« Granny Summer ist allerbester Laune. »Du darfst mich Granny nennen.«

»Granny?« Mit blassem Gesicht setzt Leo sich auf das Gras und beginnt, Grashalme auszurupfen. Hier erkenne sogar ich, dass er unter Schock steht.

»Bring dem Jungen doch mal ein kühles Getränk«, schickt Granny Adrian los, der ebenfalls irritierte Blicke zwischen Leo und Maxine hin- und herwandern lässt. »Es ist bestürzend, unverhofft Verwandtschaft präsentiert zu bekommen. Und es gibt grässliche Verwandte, das sage ich dir. Meine Tante Paula zum Beispiel war ein wahrer Drachen, aber mach dir keine Sorgen, die ist längst tot.«

Maxine setzt sich neben Leo. »Diese Großtante habe ich auch nie kennengelernt. Unsere Tanten sind alle völlig in Ordnung. Nur etwas zahlreich, ehrlich gesagt.«

Granny lacht. »Da spricht das Einzelkind.«

Die beiden beginnen, alle Tanten mitsamt ihren Sprösslingen aufzuzählen, und ich schalte ab. Maxines Stammbaum konnte ich mir noch nie merken. Außer meiner Mutter und mir gibt es in meiner eigenen Familie niemanden. Glücklicherweise. Weitere Frauen, die kaltherzig und lieblos sind, braucht die Welt wirklich nicht.

»Und deine Mutter, Maxine? Wie ist die so?«

»Unsere Mutter, Leo«, flüstert Maxine. »Sie brennt darauf, dich kennenzulernen. Sie hat mich Löcher in den Bauch gefragt, nachdem wir rausbekommen haben, wer du bist.«

»Okay.« Er lächelt verlegen.

»Mum ist echt toll. Oder muss ich das als Tochter so empfinden?«

»Nein, musst du nicht«, stelle ich richtig.

»Oh ja, stimmt, du bist das Gegenbeispiel, Amber.« Max zuckt entschuldigend die Schultern. »Also, Mum ist freundlich, im Gegensatz zu Ambers Mum. Sie ist klug und witzig und meistens gut gelaunt. Sie erträgt sogar meine Launen mit Fassung, nur meine Unordnung hasst sie. Sie ist übrigens selbst sehr ordentlich. Und ehrgeizig. Und eine begnadete Rednerin.«

»Ein bemerkenswerter Mensch also. Wie du, Maxine.« Leos Stimme kann seine Sehnsucht nicht verbergen.

Maxine lächelt.

»Und wie du.« Plötzlich schreit sie leise auf. »Eine Sache allerdings noch, Leo. Eine Sache musst du wissen, sonst könnte euer Treffen in einem Fiasko enden. Es gibt einen Fehler, den du niemals machen darfst.«

Leo sieht alarmiert hoch. »Respektlos sein? Frech? Ungehorsam? Würde ich nie.«

Maxine schnaubt.

»Ich war mein Lebtag respektlos, frech und ungehorsam. Den Kummer ist sie gewohnt. Es wäre nett, wenn du nicht der perfekte Mustersohn wirst. Nein, du darfst sie unter keinen Umständen jemals singen lassen. Und sie wird es versuchen, glaub mir.«

Laut lache ich auf. Ich habe Anne Summer noch nie singen hören, denn bei der Karaokeparty auf Maxines Geburtstag hat das Geburtstagskind selbst sich kaum vom Mikro trennen können. Und ihre Granny war noch schlimmer. ›Er gehört zu mir‹ und andere Schlager aus ihrer Jugendzeit waren nur mit jeder Menge Alkohol zu ertragen.

»Du darfst Leo selbst unter keinen Umständen singen lassen«, wirft Adrian ein, der Leo eine Flasche mit eiskalter Cola in die Hand drückt. Er muss einen Sprint zum Kiosk hingelegt haben. »Die einzigen Situationen, in denen ich ausnahmsweise keinen Ärger hatte, da Leo allen Ungemach auf sich zog.«

Paul kommt in diesem Augenblick tropfend aus dem See und hat irgendetwas vom Gespräch aufgeschnappt.

»He Leute, was passiert, wenn Leo singt?«, brüllt er in die Runde. Die Jungs beginnen zu lachen und halten sich die Ohren zu.

»Lass ihn bloß nicht singen«, johlt Sebastian.

»Wenn Leo singt, ist das Körperverletzung«, ruft Andrew.

Paul grinst.

»Nur unsere Chorleiterin hat nie verstanden, dass es schlicht und einfach Unvermögen ist. Sie hat Leo eine Strafarbeit nach der anderen aufgebrummt, weil sie dachte, er singt mit Absicht immer den falschen Ton.«

Leo zuckt verlegen die Schultern.

»Ich habe es echt versucht. Aber je mehr Mühe ich mir gegeben habe, desto schlimmer wurde es.«

»Das kenne ich. Mum gibt sich auch immer besonders viel Mühe. Da altert man beim Geburtstagsständchen schon vor Qual um mehrere Jahre.«

So langsam wird mir das zu viel rührseliges Familientheater. Ich springe lieber in den See und drehe ein paar Runden. Durch Jule und ihre unerschöpfliche Schwimmausrüstung haben sowohl Fiona als auch ich inzwischen angemessene Badebekleidung. Sofern man bei Badebekleidung im Beisein von Männern überhaupt von angemessen sprechen kann. Aber besser als Slip und oben ohne ist es durchaus.

Granny nimmt sich im Laufe des Tages jeden der Jungs persönlich vor. Nachdem sie stundenlang mit Leo unter vier Augen gesprochen hat, werden die anderen einzeln zum Gespräch gebeten und alle haben eine Scheißangst davor.

»Was hat sie dich gefragt?«, wird jeder belagert, der das Verhör überlebt.

»Ach, nichts Bestimmtes.«

»Hat sie dir verboten, darüber zu sprechen?«

»Nein, eigentlich nicht.«

»Ich brauche einen Schnaps«, jammert Tobias. »Am besten eine ganze Flasche.«

»Oder noch ein Piercing«, schlägt Jule vor. »Wie gefällt dein Lippenpiercing eigentlich Fiona? Ich meine, beim Küssen ist das doch schon ganz nett, oder?«

Tobias wird rot und beginnt zu stottern.

In diesem Augenblick erscheint Andrew etwas mitgenommen und zerzaust. »Tobias, Mrs Summer würde dich gerne sprechen.«

Tobias trottet resigniert los, als würde er mal wieder zur Schlachtbank geführt. Granny thront unter mehreren Bäumen nett im Schatten auf ihrem Stuhl, während sie auf ihr nächstes Opfer wartet. Tobias bleibt mit Sicherheitsabstand vor ihr stehen und ich fürchte, ich kann ihn sogar von hier aus zittern sehen.

»Der Arme«, sage ich zu Fiona und muss fast ein wenig kichern. »Hat er vor dir auch so viel Angst?«

»Mach dich nicht über die Jungs lustig«, faucht sie mich an. Wie eine Tigermama, die ihre Jungen beschützt. »Du musst dran denken, wie die aufgewachsen sind. Natürlich haben sie einen Heidenrespekt vor einer Dame wie Granny Summer. Und das Wissen, was sie damals mit diesen Männern gemacht hat, macht es nicht besser.«

»Ist ja gut«, lenke ich ein.

Tobias wird der zweite Stuhl zugewiesen. Leider kann man von hier aus sein Gesicht nicht sehen, aber ich würde liebend gerne Mäuschen spielen.

Ich kenne Maxines Granny. Sie schafft es, so beiläufige, harmlos scheinende Fragen abzufeuern, dass man im Anschluss nicht in der Lage ist, davon irgendetwas zu wiederholen. Oder auch nur zu erkennen, worauf sie eigentlich hinauswollte. Aber ein System steckt ganz sicher dahinter. Irgendwann muss ich mir diese Taktik aneignen, denn sie ist für meine zukünftige Laufbahn Gold wert.

Während die englischen Sportler weiter in die Mangel genommen werden, einer nach dem anderen, fällt mir auf, dass Olivier mich nicht aus den Augen lässt. Immer wieder hängt sein Blick an mir und betrachtet meinen Körper, der für meine Begriffe absolut schamlos entblößt ist. Trotzdem versucht er kein Mal, das Wort an mich zu richten oder auch nur in meine Nähe zu kommen, egal, ob ich allein im See schwimme oder über den Campingplatz gehe.

Ich habe inzwischen nicht nur Max' Beschattung aufgegeben, sondern ebenso Fionas und daher rein gar nichts mehr zu tun. Nach dem Stress der letzten Tage erscheint mir das als Langeweile pur und ich könnte mir durchaus vorstellen, mit Olivier gegen die Langeweile anzugehen.

Leider scheint er mit Gucken zufrieden zu sein, was nicht wirklich den Vorurteilen entspricht, die ich mein Lebtag Männern gegenüber hatte.

Eine Weile beobachte ich leicht frustriert Fiona und Tobias, der sein Verhör unbeschadet und unübersehbar erleichtert überstanden hat, und bemühe mich, mir weitere Sorgen um Fionas Unschuld zu machen. Oder um ihr Herz. Umsonst. Denn Fionas Herz ist deutlich erkennbar glücklich und Tobias lässt auch nicht ansatzweise erkennen, dass er mehr machen möchte, als Fionas Hand zu halten und ihr verliebt in die Augen zu sehen. Das ist nur leider abgrundtief langweilig. Jule und Lukas sind im Normalfall unterhaltsamer, denn die beiden beginnen nach spätestens drei Sätzen, miteinander zu streiten. Heute gehen sie sich jedoch aus dem Weg und daher ist auch dort keine Zerstreuung in Sicht.

Gerade als ich beschließe, die Sache mit Olivier selbst in die Hand zu nehmen und ihm bei nächster Gelegenheit unauffällig zu folgen, wird auch er zu unserer neuen Königin zitiert. Die Zeit des englischen Königshauses habe ich zwar nicht erlebt, eine Audienz bei der Queen damals stelle ich mir jedoch so vor wie Granny das heute zelebriert. Nicht unbedingt auf einem klapprigen Stuhl unter Bäumen auf einem Campingplatz, aber diese gewisse Ausstrahlung hat Max' Granny durchaus.

»Wieso will sie mit mir sprechen? Ich bin kein Engländer. Ich habe mit der ganzen Sache rein gar nichts zu tun«, will der Zöpfchenträger sich weigern.

»Du hast Angst vor ihr«, stelle ich hämisch fest.

»Natürlich nicht.« Er verdreht die Augen.

»Was hindert dich dann daran, mit ihr zu sprechen?«

»Nichts hindert mich. Sei nicht lächerlich. Ich mag nur nicht wie ein Schuljunge zu ihr bestellt werden.«

»Sag ihr das doch. Vielleicht kommt sie ja dann zu dir.«

»Ich bin auch nicht respektlos einer alten Dame gegenüber.« Mit forschem Schritt marschiert er los. Meiner Meinung zu forsch, zu selbstbewusst und zu schnell, um natürlich zu wirken.

Sie reden lange. Und ich lasse sie keine Sekunde aus den

Augen. Ich würde sonst was dafür geben, jetzt lauschen zu können. Ungelogen.

Schließlich erhebt Olivier sich und geht weg. Mit raschen Schritten und nicht in meine Richtung. Schnell springe ich auf und laufe ihm hinterher. Max wirft mir einen wissenden und leicht überheblichen Blick zu, als ich mich auf den Weg mache. Was soll's.

»Warte auf mich.«

»Wieso?«

»Wieso denn nicht? Schließlich bist du wegen mir hier.« Eine gewagte Behauptung. Merkwürdigerweise widerspricht er nicht.

Eine Weile marschieren wir schweigend nebeneinander her, entfernen uns vom Campingplatz und laufen auf dem Weg um den See.

Es ist idyllisch hier. Bisher habe ich immer Urlaub am Meer bevorzugt, aber der Blick auf die Alpen ist phänomenal. Schneebedeckte Gipfel mitten im Sommer. Ich bin nicht sonderlich sportlich, eine Tour in die Berge würde mich jedoch reizen. Hier, am Fuß des Gebirges, ist es eben, aber nur ein paar Kilometer entfernt geht es steil bergauf.

Außerhalb des Platzes ist kein Mensch unterwegs, nicht mehr um diese Zeit. Der See liegt in einer geruhsamen Stimmung da, so als wäre die Menschheit ewig weit entfernt. Sogar ich werde ruhig und entspannt und irgendwie friedvoll.

Leider habe ich Mühe, mit Olivier Schritt zu halten.

»Willst du drüber reden?«, breche ich schließlich das Schweigen.

»Worüber?«

»Über das Gespräch mit Granny, das dich so aufgewühlt hat.«

»Hat es das?«

»Na ja, du hattest bisher nie das Bedürfnis, dich ganz allein auf einen Marsch im Renntempo zu begeben. Ein klares Zeichen.«

»Vielleicht nur ein Zeichen, dass ich in Ruhe nachdenken muss.«

»Oh, dann störe ich wohl.« Ich bleibe stehen. »Ich sollte dich allein lassen.«

Nach ein paar Schritten hält auch Olivier an. Er wendet mir jedoch weiterhin den Rücken zu.

»Weißt du, ich habe mich noch nie für jede einzelne Beziehung und Bettbekanntschaft, die ich bisher hatte, rechtfertigen müssen. Ich sollte erklären, warum es immer nur kurze Affären waren. Sie hat mich allen Ernstes gefragt, ob ich frauenfeindlich wäre, Frauen benutze und sie dann austausche. Das ist doch lächerlich. Ich bin nicht frauenfeindlich, nur weil ich bisher nicht die Richtige gefunden habe. Nur weil die Beziehungen mich bis dato immer so schnell gelangweilt haben. Und ich habe nie was mit einer Frau gehabt, die das nicht ausdrücklich wollte.«

Der ganze Redeschwall kommt ungefiltert aus Olivier raus. So ehrlich habe ich ihn noch nie erlebt. Ich sage nichts und sehe nur leicht staunend seinen Rücken an. Bis er sich doch mir zuwendet.

»Sie ist wie du. Sie hält mich genau wie du für ein Dreckschwein. Ich hatte echt Mühe, mich zu verteidigen.«

»Bei mir schaffst du das immer einwandfrei.«

»Ich schaffe es überhaupt nicht einwandfrei. Du drängst mich doch genauso in die Ecke. Manchmal weiß ich schon selbst nicht mehr, aus welchem Grund sich überhaupt jemals eine Frau mit mir eingelassen hat.«

Olivier ist absolut von der Rolle.

»Ich weiß es schon«, murmle ich.

Er zieht die Augenbrauen hoch. »Ach?«

»Ich weiß es, wenn du mich küsst. Wenn sich mein Körper so lebendig anfühlt, so fiebrig, so schwach und stark zugleich.«

Wie von selbst habe ich die Distanz zwischen uns verringert. Olivier rührt sich nicht.

»Das ist doch genau der Vorwurf. Dass ich Frauen auf ihren Körper reduziere«, sagt er.

Ich müsste mich gerade abgrundtief schämen. Denn ich will in diesem Augenblick auf meinen Körper reduziert werden. Ich will Oliviers Hände auf mir spüren, seine Lippen und was auch immer da noch kommt.

»Ich will das nicht mit dir machen, Amber.« Er ist so leise, kaum zu verstehen.

»Du willst das Körperliche nicht mit mir machen?« Ich trete rasch einen Schritt zurück. Die Enttäuschung fließt mir aus jeder Pore. Denn ich will es inzwischen so sehr.

»Doch, das will ich absolut. Aber du verstehst mich wieder falsch. Ich will nur nicht erneut denselben Fehler begehen. Nicht mit dir, Amber.«

»Und deshalb kannst du mir nicht zeigen, wie das zwischen Männern und Frauen ist?«, frage ich verwirrt.

»Genau.«

»Ich muss es aber wissen.«

»Warum?«

»Wie soll ich so eine Meinung haben? Wie soll ich so entscheiden können, was ich von Männern halte, von ihren körperlichen Bedürfnissen und von meinen? Wenn ich nicht weiß, wie es ist. Was es bedeutet. Wie es sich anfühlt«, beharre ich.

»Bin ich wieder ein beschissenes Experiment?«

Ist er nicht, nicht wenn ich ehrlich bin. Ich überwinde die wenigen Schritte, die uns trennen, und drücke meine Lippen auf seine.

»Soll ich das mit einem anderen machen?«, kontere ich mit einer Gegenfrage.

Er gibt einen gequälten Ton von sich. »Willst du es so unbedingt wissen? Dass dir egal ist mit wem?«

»Nein, eigentlich nicht. Ich will es mit dir.« Mein Mund ist nach wie vor nur Zentimeter von seinem entfernt und auch mein Oberkörper schmiegt sich an seinen.

»Kann es sein, Amber, dass du mich gerade auf meinen Körper reduzierst. Ist das nicht ausgesprochen männerfeindlich?«, flüstert er leise und unser Atem vermischt sich.

»Aber wir wissen doch beide, dass ich männerfeindlich bin.«

Olivier überwindet erneut den letzten Zentimeter und erwidert meinen Kuss. Ich versuche, ihn ins Gras zu ziehen.

»Amber, hier? Das ist doch nicht dein Ernst.«

»Wieso?«

Kein Mensch ist hier. Unwahrscheinlich, dass gleich wieder unsere ganze Gruppe auftaucht, um uns in flagranti zu erwischen.

»Das ist unbequemer Boden. Wenig Gras, zu viele Steine, überall kleine Äste und Tiere. Dein erstes Mal soll etwas Besonderes werden.«

Vor allem sollte mein erstes Mal überhaupt mal werden. Ich bin nicht so eine Mimose.

»Und wo dann?«, frage ich trotzdem.

Er zögert erneut. Dann gibt er sich geschlagen.

»Der Bungalow neben Denise und Anton steht leer. Da schleichen wir uns rein.«

»Wie denn das? Bist du ein Einbrecherkönig?«

Olivier grinst, während er seine Lippen an meinem Hals entlangwandern lässt und mir ein Seufzen entlockt.

»Die Terrassentür schließt nicht gut. Ein Ruck mit einem Taschenmesser und sie ist auf.«

»Woher weißt du das? Hast du das geplant?«

Ich bin ein wenig stolz darauf, dass mein Gehirn noch funktioniert, obwohl Olivier inzwischen an meinem Ohr knabbert und seine Hände unter das Shirt gewandert sind.

»Ich habe bei Denise bemerkt, dass es Probleme mit deren Terrassentür gibt, und es dann bei den Nachbarn getestet. Und ja, ich habe es geplant. Bis Granny mir die Leviten gelesen hat.«

»Warum warst du bei Denise?«

Scheiße, höre ich da Eifersucht in meiner Stimme? Ich habe echt keinen Grund dazu. Auch wenn er mit Denise ganz allein in ihrem Bungalow war und es offensichtlich ist, dass sie ihn attraktiv findet. Aber das ist nicht mein Problem, denn ich bin hier mit niemandem verheiratet und Olivier ist nicht der Vater meiner Kinder. Oliviers Hände umfassen fest meinen Hintern und schieben mich ganz nah an sich heran. Sein Körper ist hart und heiß und so verlockend interessant. »Ich habe auf Ella aufgepasst. Damit die beiden mal eine Weile allein sein konnten«, sagt er und beißt mir sacht in die Lippe. Ich stöhne auf. Keine Ahnung, ob wegen der Lippe oder meiner Erleichterung. Ich bin nämlich wirklich froh für Anton, dass da zwischen Olivier und Denise nichts läuft.

Olivier löst sich widerstrebend von mir und zieht mich hinter sich her.

»Komm mit, sonst vergesse ich diesen Bungalow und nehme dich doch hier im Gras. Und du wirst danach so einige blaue Flecken haben.«

Hm, wie gesagt, ich bin keine Mimose. Ich kann Schmerzen wegstecken. Ich jammere auch nicht über blaue Flecken. Aber gegen ein Bett ist nichts einzuwenden.

Olivier hat recht. Der Bungalow liegt still und verlassen da und die Tür öffnet sich mit einem einzigen Ruck. Ich habe mir nicht nur vorgenommen, jetzt und auf der Stelle meine Unschuld zu verlieren. Ich habe mich auch entschlossen, nicht diejenige zu sein, die als Erste verwuschelt und zerwühlt aussieht und ohne Kleidung dasteht. Sobald Olivier die Tür hinter uns geschlossen hat, ziehe ich ihm das T-Shirt über den Kopf.

»Amber«, sagt er ein wenig fassungslos.

Meine Finger gleiten andächtig über seinen Bauch. Ich mache mich an seiner Hose zu schaffen.

»Warte mal bitte. Das geht mir jetzt zu schnell.« Seine Hand umschließt meine und hindert mich daran, die Stelle Männerkörper zu erkunden, auf die ich so gespannt bin. Sein

Griff hält mich zwar auf, aber das Raue in seiner Stimme bettelt darum, dass ich ihn nicht beachte. »Wenn du nämlich so weitermachst, komme ich in ein paar Minuten, und eigentlich sollte es heute um dich gehen. Ich muss ein ganzes Geschlecht repräsentieren. Sonst hast du danach noch immer eine schlechte Meinung über den Nutzen von Männern.«

»Es geht doch gerade um mich. Deinen Oberkörper habe ich beim Schwimmen gesehen, das ungelöste Geheimnis ist jedoch hier. Ich habe dich gefühlt, jetzt will ich dich sehen.«

Sanft stoße ich gegen seine Körpermitte und er stöhnt leise auf.

»Ich dachte, das ungelöste Geheimnis ist, wie sich Sex anfühlt.«

»Das auch. Können wir hiermit beginnen?«

»Unter einer Bedingung.« Olivier löst sich von mir und geht einen Schritt zurück.

»Und die wäre?«

»Du lässt solange die Hände von mir. Ich habe dir nämlich so einiges zu beweisen und dafür brauche ich keine kleine Hexe, die mich in den Wahnsinn treibt, bevor ich auch nur die Chance bekomme, ihr zu zeigen, wie gut Sex für Frauen sein kann. Ich will mein Pulver nicht zu früh verschießen, ich kann mich an die Wirkung deiner Hand auf mir nämlich noch allzu gut erinnern.«

Hm, das ist nicht so ganz in meinem Sinne.

»Na gut«, stimme ich trotzdem zu und verschränke die Arme vor dem Körper, um meine guten Absichten zu demonstrieren. Mein Herz klopft inzwischen vor Aufregung, obwohl ich mir sage, dass es dazu keinen Grund gibt. Nur ein einziges Wort und Olivier bricht die Sex-Demonstration auf der Stelle ab.

Jetzt knöpft er selbst die Hose auf. Er schlüpft aus den Schuhen und zieht die Hose ein Stück hinunter. Der Bereich unter dem Bauchnabel ist genauso flach und gut trainiert wie der Rest des Bauches. Warum sehe ich nicht so aus? Ich beobachte ihn gebannt und auch er lässt mein Gesicht nicht aus den Augen.

»Willst du mehr?«, sagt er und grinst.

»Ich will alles«, antworte ich frech.

»Ja, das habe ich inzwischen auch bemerkt.« Die Hose rutscht ein kleines Stück weiter hinunter und enthüllt schmale Hüften und ein Dreieck, das mich noch neugieriger macht.

»Du forderst meine Geduld ganz schön heraus«, beschwere ich mich.

Er grinst.

»Strippen ist harte Arbeit. Das geht nicht einfach so. Nicht zack alles ausziehen und nackt sein.«

»Nein?« Irgendwie fühle ich mich provoziert. Ich ziehe mein Oberteil aus und werfe es auf den Boden. Der BH folgt.

»Dann ist das hier wohl nicht strippen.«

»Nein, strippen würde ich das nicht nennen.«

Ich öffne meine Hose.

»Dann gefällt es dir nicht?«

»Es gefällt mir sogar sehr. Aber es ist nun mal ausziehen und nicht strippen.«

Jetzt ziehe ich meine Hose nur ein kleines Stück hinab, genauso weit wie er. »Besser?«

»Hm. Könntest du dich bitte umdrehen, deinen Hintern rausschieben und dann die Hose schön langsam hinunterziehen?«

»Ganz bestimmt nicht.«

»Soll ich es so machen?«

»Nein, du sollst dich jetzt einfach ausziehen. Ich wollte nie einen Strip sehen, sondern bloß dich.«

Olivier lacht. Und dann zieht er sich aus.

Endlich.

Den Reiz, Dinge, die man haben will, hinauszuzögern, habe ich noch nie verstanden.

»Halt, Amber. Du hast versprochen, nur zu gucken.«

Ups, ich habe mich Olivier genähert, ohne es zu bemerken. Schnell verschränke ich die Arme wieder.

»Ich mache gar nichts.«

Außer gucken. Ein wenig mulmig wird mir bei dem Anblick schon. So ein Penis ist größer, als ich erwartet hatte. Und theoretisch weiß ich, was Geschlechtsverkehr bedeutet.

»Ist alles in Ordnung, Amber?«

»Ja, alles prima.«

»Du siehst mir nicht mehr ins Gesicht.«

»Dein Gesicht kenne ich.«

»Du musst das nicht machen.«

Mist, ist mir meine Verunsicherung jetzt etwa anzumerken?

Schnell schlüpfe ich aus den restlichen Klamotten.

»Meinetwegen«, sagt Olivier leise. »Dann machen wir weiter. Aber wir können jeden Moment aufhören.«

Er steht jetzt genau vor mir. Und küsst mich wieder. Ich spüre seinen nackten Körper an meinem, seine Hände wandern an mir entlang und rein gar nichts mehr trennt uns voneinander. Wilde Erregung mischt sich in die Nervosität. Ich lege die Hände ebenfalls auf ihn, aber brav auf den Rücken und lasse sie dann auf seinen Hintern gleiten. Dagegen sollte er nichts haben. Trotzdem wird sein Atem an meinem Mund heißer und heftiger. Sein Penis drückt sich gegen mich und sanft bewege ich mich an ihm.

»Amber.« Olivier stöhnt meinen Namen und zaubert mir ein Lächeln ins Gesicht. Das hier gefällt mir noch besser, als das Knutschen und Fummeln mit Klamotten am Leib.

Olivier hebt mich hoch und trägt mich zum Sofa. Er legt mich darauf ab und beginnt, meinen Körper zu küssen.

Meinen ganzen Körper. Ich vergesse Zeit und Raum. Meine Hände zerwühlen seine Frisur, solange sein Kopf in Reichweite ist, danach krallen sie sich in den Sofabezug.

»Du hast unglaublich niedliche Füße.«

»Füße, Olivier? Ich glaube, du hast dich verirrt.«

»Wieso denn das?«

»Füße gehören nicht zu den Geschlechtsmerkmalen. Soweit kenne ich mich aus.«

»Ach was. Dein ganzer Körper gehört dazu. Oder magst du das nicht?«

Er knabbert an meinem Knöchel. Rutscht mit den Lippen tiefer und ich beginne zu kichern. »Hör auf, ich bin kitzelig.«

»Wie schade.« Jetzt küsst er sich vom Knöchel an hinauf. Kurz bevor es wirklich interessant wird und ich schon versuche, mich ihm entgegenzuschieben, wechselt er die Seite und landet am anderen Knöchel.

»He«, protestiere ich.

Ich kann das Lachen an meinem Bein fühlen. »Du bist verdammt ungeduldig.«

»Ach, das hast du auch schon gemerkt?«

Er erreicht mein Knie. Bin ich froh, dass ich nur zwei Beine habe und er gleich keinen Grund hat, wieder von vorne zu beginnen.

»Dein allererster Satz hat mir das bereits klargemacht. Ich will zur Polizei. Und zwar so schnell wie möglich. Und zack, schon bist du losmarschiert.«

Hm, kann sein. Seine Lippen sind endlich an meinem Oberschenkel. Ich fahre mit den Fingern in seine Haare und werde definitiv verhindern, dass er sich wieder verirrt.

Tut er auch nicht. Sein Mund küsst die Haut unterhalb meines Bauchnabels, aber seine Hände haben meine intimste Stelle erreicht. Ein Finger gleitet sacht zwischen die Beine und liebkost mich. Ich stöhne auf und hebe das Becken. Ihm entgegen. Inzwischen prickelt mein Körper vor Lust und die Neugierde überwiegt die Bedenken. Das hier ist elektrisierend, genau so wie jeder Kuss und jede Berührung von Olivier es schon versprochen haben.

»Worauf wartest du?«, frage ich, als ich realisiere, dass er noch immer keine Anstalten macht, diese Sexsache in die Praxis umzusetzen.

»Darauf, dass du bereit bist.«

»Ich bin bereit. Du kannst es tun.«

»Amber, du kannst noch reden. Solange du das noch kannst, bist du nicht bereit genug.«

Er lässt sich während unseres Wortwechsels nicht davon abhalten, weiter an mir zu reiben und mich heftiger reagieren zu lassen.

»Ich bin immer in der Lage zu reden«, murmle ich, aber dann erreichen seine Lippen meine Körpermitte. Das ist noch besser als der Finger. Und ausnahmsweise kommen aus meinem Mund keine zusammenhängenden Sätze mehr und Worte sind es auch nicht.

»So gefällst du mir, kleine Hexe«, höre ich Olivier, als er seinen Mund langsam löst. Seine Stimme ist dunkel und heiser. »Ich kann es so zu Ende bringen. Willst du das?«

»Ja«, stöhne ich auf und will seinen Mund schon zurückschieben. Ganz bestimmt will ich das. Ich habe noch nie etwas so sehr gewollt. Dann aber geht mir auf, was das bedeutet. Denn ich wollte echten Sex erleben.

»Nein«, sage ich also schnell. »Ich will ich dich jetzt. Mach es. Bitte.«

Aus den Augenwinkel kann ich sehen, dass er etwas aus der Hosentasche holt, es auspackt und sich an seinem Penis zu schaffen macht. Dann kniet er zwischen meinen Beinen.

»Sicher?«

»Sicher.«

Seine Penisspitze berührt mich, drängt sich näher, langsam, ganz langsam. Und Oliviers Lippen küssen wieder meinen Hals und dann meinen Mund und vertreiben die Nervosität, die sich einen winzigen Augenblick bemerkbar machte. Er lässt sich Zeit, unglaublich viel Zeit. Zu viel Zeit für einen Menschen wie mich.

Entschlossen öffne ich meine Beine noch weiter und umschließe ihn. Ich schiebe mich ihm entgegen, bis er mit einem kurzen Schmerz in mich gleitet.

Einen Moment halten wir beide inne.

»Hexe«, murmelt er schwer atmend an meinem Hals. »Ist es okay für dich?«

»Ja.« Das Gefühl, Olivier auf mir liegen zu haben und seinen Penis in mir, ist mehr als okay. Mittlerweile ist mir endgültig klar, dass Sex nichts mit Unterdrückung zu tun hat. Dass Frauen das genauso wollen wie Männer. Dass ich das genauso will wie Olivier.

»Ich habe dir nicht wehgetan?«

»Olivier, hör endlich auf zu reden.« Ich lege meine Hände auf seinen Hintern und fahre seine Form nach. »Mach, dass mir wieder die Worte fehlen.«

Mit einem leisen Auflachen beginnt er, sich in mir zu bewegen. Erneut langsam und so vorsichtig, als wäre ich zerbrechlich, aber wie gehabt bin ich zu ungeduldig und kralle mich so lange an ihn, bis er heftiger wird und lauter stöhnt und mich mitreißt.

So weit, bis ich beim besten Willen keine Worte mehr für das habe, was ich empfinde.

# kapitel 22

Dieses kleine, glückliche Grinsen kann ich einfach nicht aus meinem Gesicht vertreiben. Olivier sieht nicht besser aus, was ich unverständlich finde. Für ihn war diese Sexsache ja schließlich nichts Neues. Sogar Granny fällt es auf, sie wirft mir jedoch nur einen missbilligenden Blick zu und fährt dann fort, über ihre weiteren Pläne zu reden.

»Nachdem ich nun sicher bin, dass zumindest die hier anwesenden Herren keine Rechtfertigung dafür sind, Männer im Allgemeinen wegzusperren und zu behandeln, müssen wir aktiv werden.« Schon merkwürdig, denn sie hat auch lange mit Olivier gesprochen. Und der hatte den Eindruck, eine üble Strafpredigt kassiert und dabei definitiv keine passable Vorstellung hinterlassen zu haben.

Ich werfe ihm einen fragenden Blick zu, aber er zuckt nur mit den Schultern. Granny richtet sich kerzengerade auf und fixiert uns dann streng.

»Maxine, Amber, Fiona, die nette Zeit, sich hier zu verstecken und den Sommer zu genießen, ist vorbei. Ab jetzt sind wir im Krieg.«

Hui, das sind heftige Worte aus dem Mund einer über achtzigjährigen Dame, aber sie sind ganz nach meinem Geschmack. Ein wenig theatralisch und überzogen. Noch dazu hochmotivierend.

»Was sollen wir machen, Granny?«, fragt Fiona hilfsbereit, die unter Garantie das Wort Krieg überhört hat. »Ich bin echt talentiert im Plakate-Basteln. Nicht wahr, Amber? Du mochtest sie auch.«

»Ich habe sie geliebt, Fi. Die leuchtenden Farben! Die tollen Motive! Der Hammer.« Das sollte sarkastisch klingen, aber mein Ton sagt etwas anderes und Olivier lacht in sich hinein.

»Nichts gegen Plakate, Liebes, diesmal muss allerdings etwas mehr her«, erklärt Granny mit einem leisen Lächeln. »Wir gehen zurück nach London und werden die Premierministerin persönlich angreifen.«

»Aber doch nicht ohne Plakate?«, fragt Fiona hoffnungsvoll. »Mit Reden und Argumenten und all dem Kram bin ich nicht so gut, weißt du.«

»Meinetwegen, mach ein paar Plakate, Fiona. Schön bunt«, lenkt Granny ein. Sie ist definitiv kompromissbereit. »Aber benutz bitte richtig feste, belastbare Pappe. Gerne auch etwas Härteres, vielleicht sogar Holz.«

Ich kichere ein wenig.

Max dagegen rollt mit den Augen.

»Und dann, Granny? Wenn wir also mit schön bunten Holzplakaten die Premierministerin persönlich verhauen haben und nach einem schön bunten Gerangel mit dem Sicherheitsdienst im Gefängnis sitzen, wie geht es dann weiter?«

»Genau aus diesem Grund hockst du ja noch immer gemütlich und tatenlos mit deinem Kerl am See. Weil du dir zu viele Sorgen machst. Weil du auf ein Wunder hoffst. Hast du denn nicht gesehen, was in unserem Land los ist? Niemand steckt uns einfach so ins Gefängnis. Die Rebellion wartet nur auf uns.«

»Und was machen wir?«, mischt sich Paul ein.

»Ihr bleibt hier und übt euch in Geduld. Die Deutschen können auf euch aufpassen.« Granny zeigt vage in die Richtung, in der der Bungalow von Denise und Anton liegt.

»Ähm, eigentlich brauchen wir niemanden mehr, der auf uns aufpasst«, wendet Paul zaghaft ein. Wirklich auf den Putz zu hauen, traut er sich nicht, aber schon diese vorsichtigen Widerworte erfordern Mut.

»Abgesehen davon werde ich Maxine nicht allein in den Kampf ziehen lassen. Nicht wenn es gefährlich wird. Ich komme mit«, sagt Adrian und der hat kein Zögern in der Stimme.

»Du kommst mit? Und was willst du da bewirken, Junge?« Granny schüttelt unwillig den Kopf.

»Dasselbe, was ihr bewirkt. Ich kämpfe für das Recht der Männer auf Selbstbestimmung und ein freies Leben. Ich kann demonstrieren. Stehe für Interviews zur Verfügung. Wenn es sein muss, kann ich auch Plakate basteln.« Maxine kichert. »Doch Maxine, solange ich nicht lügen muss und es für mich einen Sinn ergibt, kann ich ein Interview geben. Ohne dabei unhöflich zu werden.«

»Das ist ja sehr ehrenwert, junger Mann, aber das überlässt du dann doch mal lieber den Frauen. Wir sind Kämpfe gewohnt. Wir sind hart im Nehmen und haben keine Angst. Vor nichts und niemandem und bestimmt nicht vor der Premierministerin oder der englischen Polizei.«

»Jetzt gerade behandeln Sie mich wieder wie einen unmündigen, dummen Mann, der nicht in der Lage ist, selbst etwas zu bewirken. Ich kann doch nicht dasselbe Recht für Männer einfordern und dann Frauen für mich kämpfen lassen.«

Wow. Ich applaudiere laut, so beeindruckt bin ich von diesen Worten.

»Und wenn sie dich verhaften und dann behandeln? Oder kastrieren? Niemand kann dir garantieren, dass das nicht geschieht«, sagt Maxine leise.

»Ich muss das machen, Max.« Adrian legt sacht seine Hand auf ihre. »Ich muss doch für mich selbst kämpfen. An deiner Seite, liebend gerne, aber ich kann nicht hier bleiben und nichts tun, während ihr alles riskiert.«

»Das stimmt.« Leo nickt heftig mit dem Kopf. »Ich bin zwar nicht so kämpferisch veranlagt wie Adrian, aber recht hat er allemal. Deshalb komme ich ebenfalls mit.«

»Da zeigt mal jemand Eier«, sagt Olivier beeindruckt.

»Ja, und würde sie auch liebend gerne behalten.« Leo ringt sich mühsam ein Lächeln ab. Es ist mehr Grimasse als Lächeln.

»Ihr könnt euch ja als Frauen verkleiden«, schlägt Lukas vor.

»Niemals. Sieh dir mal ihre Gesichter an. Die gehen alle beide nicht als Frauen durch«, lehne ich mit einem Schnauben ab. Ich habe es lange genug an Olivier gesehen, lange Haare allein reichen nicht, um auch nur ansatzweise weiblich zu wirken. »Wir informieren die PB-Group. Das sind inzwischen so viele, da werden wir schon eine Art Bodyguard-Truppe draus machen können.«

»Ich bin auch dabei.« Andrew muss sich sehr überwinden, um das zu sagen. Ich kann mir den freundlichen Andrew mit seinen niedlichen Sommersprossen echt nicht als Rebell vorstellen. Schon eher mit einem hübschen Plakat, auf dem ›Free Love‹ steht und das über und über mit Blumenranken dekoriert ist.

»Ich auch.« Tobias blickt nur Fiona an, die nicht einverstanden aussieht.

»Du musst das nicht machen, um mich zu beeindrucken«, sagt sie leise. »Ich finde dich toll, so wie du bist.«

»Es geht hier um mehr als nur um uns.«

Nach und nach bekunden alle ihre Bereitschaft, mitzugehen. Da schwingt jede Menge Angst mit durch, jede Menge Sorge, sich wieder in das Land zu begeben, das sie so übel behandelt hat.

»Ich könnte auch mitkommen«, schlägt Jule vor.

»Und ich«, sagt Lukas.

»Du nicht.« Jule tippt Lukas an die Stirn. »Wenn dir jemand an die Eier will, ist das für dich ein Todesurteil.«

»Das ist es für jeden Mann.«

»Nein, ihr könnt so oder so nicht mitkommen«, mische ich mich ein. »Wir dürfen uns nicht strafbar machen, indem wir illegale Einwanderer einschmuggeln. Wir dürfen uns auf keinen Fall angreifbar machen.«

Außerdem machen die beiden keinen guten Eindruck. Nicht, wenn sie zusammen sind. Entweder sind sie einfach nur unmoralisch intim oder zanken sich. Wir können keines davon brauchen.

Jule mosert unwillig herum, Lukas scheint erleichtert.

Granny hat sich das Hin und Her interessiert angeguckt. Jetzt zuckt sie mit den Schultern.

»Meinetwegen. Gebt aber nicht mir die Schuld, wenn euch doch Dr. Higgs in die Finger bekommt. Ich habe euch gewarnt.«

»Mit Dr. Higgs werde ich fertig«, protze ich. »Auch locker noch einmal.«

»Genau, Amber zerstört sie im Gerichtssaal und außerhalb warte ich sehnsüchtig auf die Gelegenheit, ihr mal die Meinung zu geigen.« Max klatscht mich ab. Ich wette, sie hat nicht vor, ihren Standpunkt mit Worten auszudrücken. Maxine neigt manchmal ein wenig zu Gewalt, die Kampfsportarten fallen ihr nicht so leicht, weil sie besonders pazifistisch veranlagt ist.

Und damit ist es beschlossene Sache.

Gleich am nächsten Tag treten wir die Heimreise an.

Wie geplant mit Maxine im Gepäck.

Wie befürchtet mit allen acht Sportlern.

Völlig unerwartet mit Granny.

Und wie nie für möglich gehalten ohne meine Unschuld, dafür aber mit einer überwältigenden neuen Erfahrung.


Die Zelte sind abgebaut. Die Koffer und Rucksäcke wieder gepackt. Mir ist beim Umräumen das Pfefferspray in die Hände gefallen. Leider habe ich es nie anwenden können. Eine

Weile lasse ich es unentschlossen von der einen Hand in die andere wandern. Ich werde es wohl auch nie anwenden können. Unbehandelte Männer sind nämlich einfach nicht so wie erwartet. Noch nicht einmal Olivier.

Mit einem letzten bedauernden Blick werfe ich es in den Müll und betrachte dann den aufgeregten Haufen, der sich um die Autos schart und versucht, die besten Plätze zu ergattern. Ich habe wohlweislich erst meinen Sitzplatz organisiert und im Anschluss gepackt.

Jetzt liegt nur noch eine letzte Aufgabe an.

Mich von Olivier zu verabschieden.

Olivier, der allein vor mir steht und mich intensiv mustert.

»Okay, ich geh dann mal.«

Ich hasse langwierige Abschiede. Rührselige sowieso. Wir werden uns nie wiedersehen. Das ist eine Tatsache. Und sicherlich werde ich ihn irgendwann vergessen. Könnte eine Weile dauern, aber mein Verstand ist optimistisch, dass ich nach vielen, vielen Jahren darüber hinwegkommen werde.

Ich habe mich schon immer an meinem Verstand orientiert. Alles andere ist Gefühlsduselei und damit nicht mein Ding.

»Amber, ich habe dir den Platz neben mir freigehalten. Ich bin so froh, dass wir diesmal ohne Umweg nach Calais fahren«, ruft Fiona und winkt ungeduldig.

Ja klar, auf der Rücksitzbank von Jules Auto, zusammen mit Tobias und Fiona und so vielen Hormonen, dass da so oder so kein Platz mehr für ein Mädchen wie mich bleibt.

»Ich sitze schon bei Mathieu im Auto. Habe ich Granny versprochen«, rufe ich zurück und täusche Bedauern vor.

Dann wende ich mich Olivier noch einmal zu. Es ist Zeit, ein paar Dinge auszusprechen.

»Danke übrigens. War echt toll, dass du uns unterstützt hast.« Na bitte, ich kann es doch. Olivier sagt nur leider nichts. Er sieht mich nur weiterhin an. Das ist nicht hilfreich. »Ja, also dann. Mach's gut.«

Ich will mich schon abwenden, da greift er nach meiner Hand.

Das ist jetzt noch weniger hilfreich.

»Amber«, sagt er leise.

Und dann nichts mehr.

Lukas hupt ungeduldig.

»Jetzt lass ihnen doch noch einen Augenblick«, kann ich Mathieu vernehmen.

»Sicher, dass Anton dich nicht hier stehen lässt?«, versuche ich mich an einem Witz.

Anton wird noch ein paar Stunden länger brauchen, bis er fertig gepackt hat. Denise hat sich mit Ella längst an den See zurückgezogen, denn dass der Boxer während des Packvorgangs kein entspannter Mensch ist, habe ich schon in Amiens erlebt.

Olivier sagt wieder nichts und dieses schweigende Anstarren bringt uns jetzt echt nicht weiter.

Er erwartet doch nicht einen Abschiedskuss von mir?

Vor aller Augen.

Ich beiße mir auf die Lippe und erwäge ernsthaft, mich einfach loszureißen.

Dann holt er aber doch tief Luft.

»Hexe, du hast mir echt den Kopf verdreht.« Olivier hat feuchte Augen und ich weiß nicht, was ich dazu sagen soll. Heulende Männer sind nicht nach meinem Geschmack. Das ist jetzt eh der denkbar ungünstigste Zeitpunkt für so ein Geständnis. Das ist ihm glücklicherweise klar.

»Ich weiß schon, dass du jetzt losmusst. Und ich will dich auch nicht aufhalten oder Gefühle erzwingen oder was auch immer. Ich wollte nur, dass du es weißt. Dass ich mich so dermaßen in dich verliebt habe. Das ist mir noch bei keiner Frau passiert. Und es ist nicht erst seit gestern, meine Gefühle sind schon länger so. Viel länger, als ich es wahrhaben wollte.« Er streicht mir sanft eine Haarsträhne aus dem Gesicht und presst die Lippen hart aufeinander. »Und jetzt lauf. Geh und stürz deine Regierung in die größte Krise der englischen Geschichte und sorg für Gerechtigkeit. Ich weiß, dass du das kannst, und ich werde es mit Freude in den Nachrichten verfolgen.«

»Okay.« Das ist das einzige Wort, das über meine schockierten Lippen kommt. Ein erbärmliches Wort. Ich schäme mich, aber mehr kriege ich nicht hin.

Dann drehe ich mich um und gehe.

Ich habe viel zu viel Angst, um mich noch einmal umzuwenden.

# kapitel 23

Es sieht ein wenig aus wie ein Lynchmob.

So kommt es auf jeden Fall den Jungs vor, denn während wir im Hafen von Dover einlaufen, werden sie der Reihe nach blass.

»Das sind ja ganz schön viele«, murmelt Sebastian eingeschüchtert.

»Ja, und alles Frauen.« Andrew fährt sich durch die Haare, so dass seine Locken in alle Richtungen abstehen. »Ich habe mich noch nicht an den Anblick von so vielen Frauen gewöhnt.«

»Auf dem Campingplatz waren doch auch so einige«, wundere ich mich.

»Aber nicht nur. Und ähm, die englischen Frauen sind irgendwie anders. Woran erkennen wir, ob sie uns wohlgesonnen sind oder an Ort und Stelle kastrieren wollen?«

Ungehalten schnaube ich. Vor mir hatte Andrew nicht so viel Schiss und das ärgert mich. Ich bin sicherlich gefährlicher als alle anderen Frauen, die ich kenne, zusammen. Mit der Zunge definitiv. »Ihr habt mich überlebt. Schlimmer können die nicht sein«, sage ich also.

Andrew steht dicht neben mir und sieht mich stirnrunzelnd an. Dazu muss er weit hinunterblicken. Dann lächelt er.

»Genau, Amber. Du bist ein ganz harter Hund.«

Ich fühle mich beim besten Willen nicht ernst genommen.
»Warum jetzt bitteschön diese unangebrachte Ironie?«
»Weil du niedlich bist.« Nun grinst er noch mehr. »Und weil wir längst kapiert haben, dass du wie einer dieser winzigen Hunde bist, die alles ankläffen, was größer ist, aber niemals beißen. Und selbst wenn du beißen würdest, könnte es nicht wehtun.«

»Granny Summer ist viel kleiner als ich. Und über achtzig. Und vor ihr hattet ihr eine Heidenangst«, fauche ich empört. Ich bin weder klein noch harmlos.

»Ja, schon. Wir wissen ja, was sie getan hat. Und sie ist Max' Großmutter und Max sollte man echt nicht unterschätzen. Weißt du, dass sie sich im olympischen Dorf mit einem Judoka angelegt hat? Sogar Anton hat Respekt vor ihr.«

Das ärgert mich noch mehr.

»Ich habe vielleicht keinen schwarzen Gürtel in einer Kampfsportart, aber ich bin sehr überzeugend. Wenn ich also unserem Empfangskomitee da unten nachdrücklich erkläre, was für miese Typen ihr seid, dann brauche ich ganz bestimmt nicht mehr selbst Hand anlegen.«

Andrew sackt sichtlich in sich zusammen.

»Aber das würdest du doch nicht machen, oder?«

Noch einmal kneife ich die Augen zusammen und bemühe mich, möglichst einschüchternd zu wirken. Andrew ist jedoch echt niemand, dem man lange böse sein kann. Nicht, wenn er so zerknirscht guckt.

Wir legen an.

»Oh Scheiße, ich geh da nicht raus«, jammert Sebastian.

»Sieh mal, da vorne steht schon Emily. Direkt daneben Sophie. Das sind unsere Leute, es ist alles bestens«, jubelt Max.

»An Emily erinnere ich mich sehr gut.« Sebastian grinst panisch. »Deshalb gehe ich da ja nicht raus.«

Haben die jetzt sogar vor Emily mehr Angst als vor mir? Was hat mir denn so dermaßen den Ruf versaut? Es müssen diese erbärmlichen Prozesse gewesen sein, allen voran der erste, bei dem ich breit lächelnd sagen musste, wie sehr ich auf muskulöse Männeroberkörper stehe. Bitte möglichst nackt. Seitdem ist es mit mir nur noch bergab gegangen.

Die Gangway wird ausgefahren und Max rennt laut schreiend los. In Emilys Arme. Dann in Sophies.

Emily dirigiert den inneren Kreis der Wartenden so, dass eine freie Fläche für uns entsteht, nahtlos geschützt von Frauen, die sich untergehakt haben.

»Die sind alle überprüft, alle definitiv PB-Group-getestet. Ihr könnt runterkommen.« Die Worte sind in Ordnung. Der Ton jedoch bewirkt nicht, dass jemand von den Jungs sich willkommen fühlen könnte. Oder sicher. Er signalisiert laut und deutlich, dass all das nur Max zuliebe geschieht. Ich grinse, denn genauso war ich auch noch vor kurzem.

Adrian geht als Erster. Äußerlich ungerührt und ziemlich cool. Nachdem ich ihn zusammen mit Max erlebt habe, gelöst, mit einem Lächeln im Gesicht und diesem unerträglich verliebten Blick, ist mir klar, dass diese Miene nur seine wahren Gefühle versteckt. Der hat unter Garantie genauso die Hosen voll, wie die anderen, die es nicht so gut verbergen können. Kichernd schiebe ich Paul hinterher.

»Los, hopp, hopp, ihr seht sonst aus wie ein Haufen verängstigter Hühner.«

»Amber, wir sind ein Haufen verängstigter Hühner.« Ein wenig Humor hat Andrew sich bewahrt. Galgenhumor.

Gnadenlos scheuche ich den Rest der Truppe die Gangway hinunter. Gerade noch rechtzeitig, um zu erleben, wie Adrian Emily begrüßt.

»Hallo Emily«, sagt er und versucht sich an einem Lächeln. »Schön dich wiederzusehen.«

»Schön?« Sie zieht die rechte Augenbraue hoch, auf diese einmalige Emily-Art. Um diesen Trick beneide ich sie kolossal, denn die Mischung aus Verächtlichkeit und Coolness kommt so genial rüber. »Was ist daran schön?«

»Frag Max. Für sie ist es schön«, werfe ich ein.

»Für mich ist es unbestreitbar schön.« Maxine lacht laut und zwinkert Adrian zu. »Jetzt fehlt noch meine Mutter und dann habe endlich alle Menschen, die mir etwas bedeuten, um mich versammelt.«

Emily schnaubt.

Leo führt Granny Summer am Arm die Gangway hinab. Granny winkt wie eine Königin in die wartende Menge. Jetzt wird es laut. Bisher haben die Zuschauer und Beschützer die Ankunft der Sportler mit Schweigen begrüßt, aber Granny Summer ist eben eine eindrucksvolle Persönlichkeit. Und überaus beliebt, obwohl sie sich schon so lange aus dem aktiven Geschehen zurückgezogen hat.

Auch ich sehe mir die Masse an Frauen genauer an, aber ja, mein erster Eindruck hat mich nicht getäuscht. Es sind nicht nur wie erwartet junge Mädchen, die die ursprüngliche PB-Group gegründet haben. Es sind Frauen jeglichen Alters, die mit Plakaten bewaffnet hier stehen und diesen absolut undurchdringlichen Ring um uns bilden. ›Wir wollen unsere Söhne zurück‹ steht auf ziemlich vielen Plakaten. Es ist nicht nur Anne Summer, die Leo schweren Herzens im Internat abgegeben hat. Eine schiere Armada an Müttern hat sich vor Ort versammelt, junge Mütter, manche mit Babys im Gepäck, aber auch ältere Frauen, deren Söhne in der Zwischenzeit längst erwachsen und behandelt sein müssen.

Emily beobachtet Leo und Granny während ihrer langsam zelebrierten Ankunft überaus misstrauisch. Dann wandert ihr Blick zu Adrian, im Anschluss zu Paul. Vorsichtig schleiche ich näher, denn Emily nimmt nun Maxine ins Visier.

»Leo jetzt auch noch? Hast du inzwischen alle geküsst?«, flüstert sie.

Alle? Geküsst?

Maxine kichert.

»Denkst du, ich habe Leo geküsst?«

»Soll ich denken, dass deine Oma Leo geküsst hat?«

Maxine bekommt einen Schluckauf vor Lachen.

»Meine Oma hat Leo wirklich sehr ins Herz geschlossen. Du wirst es schon noch sehen.«

Emily leidet sichtlich und sie tut mir ein wenig leid. Es ist nicht allzu lange her, dass ich selbst überzeugt davon war, alle Männer seien getarnte Ungeheuer und ich persönlich für die Gefahrenbeseitigung verantwortlich.

»Das hat nichts mit Küssen zu tun. Leo ist Max' Bruder. Und damit hat er gerade seine eigene Oma im Arm«, informiere ich Emily und werfe Maxine einen strafenden Blick zu.

Emily verstummt. Und starrt fassungslos Leo an.

»Bruder? So wie Schwester?«

»Genau, nur als Junge. Ich bin gar kein Einzelkind«, erklärt Max überaus zufrieden. »Vielleicht finden wir für dich auch noch einen Bruder.«

»Vielen Dank, ich habe ganz bestimmt keinen Bedarf an einem Bruder. Meine Schwester geht mir schon gehörig auf die Nerven, noch mehr Verwandtschaft kann ich echt nicht brauchen. Vor allem nicht, wenn die Verwandtschaft ohne angemessene Behandlung Testosteronprobleme hat.«

Inzwischen muss sogar ich lachen.

»Hast du wenigstens Fiona im Griff gehabt?«, faucht Emily mich an. »Sophie war meiner Meinung nach etwas zu enthusiastisch in der PB-Group beteiligt, aber aktives männliches Hormon war ja glücklicherweise nicht in der Nähe. Bisher.« Mit einem tiefen Seufzen winkt sie ab. »Ach was, eine blöde Frage. Wenn ich mich bei einem Menschen darauf verlassen kann, seinen Verstand nicht zu verlieren, dann bist du es, Amber.«

Ich schweige mal lieber. Maxine wendet sich auch ab, schnell genug, dass Emily ihr feixendes Gesicht nicht zu sehen bekommt. Mir ist es leider nicht entgangen.

In diesem Augenblick erreicht Fiona strahlend und bester Laune festen englischen Boden. Sie begrüßt stürmisch Sophie und kommt dann zu uns rüber.

»Emily, sieh mal, wer völlig unversehrt wieder aus dem Auslandseinsatz im Krisengebiet Europa zurückgekommen ist.« Sie grinst ziemlich frech. »Warst nicht du es, die mich zu Hause lassen wollte, weil ich ungeeignet wäre?«

»Das war Amber.«

»Das waren wir beide«, stelle ich richtig. Ich denke noch immer, dass sie ungeeignet ist. Völlig ungeeignet, Tobias zu widerstehen.

»Und vollkommen unnötig. Mit mir war alles bestens«, strahlt unser blonder Barockengel. »Mehr als bestens. Tobias, komm doch mal her.«

Besser nicht. Emily wird mir den Kopf abreißen. Aber Tobias ist leider lammfromm. Wenn Fiona pfeift, kommt er brav angetrabt.

»Tobias, darf ich dir meine Freundin Emily vorstellen?«

Tobias schluckt.

»Ich kenne Emily. Sie war schon im Internat und hat Kuchen für uns gebacken.«

»Du hast Kuchen gebacken? Im Internat?« Fiona ist nicht allzu erfreut.

»Nicht freiwillig, das kannst du mir glauben.«

»Ich hätte es freiwillig getan. Warum war ich nicht eingeladen?«

»Genau aus diesem Grund. Weil du distanzlos bist. Wie man gerade schon wieder sehen kann. Hat Amber nicht auf dich aufgepasst?«

»Amber?« Fiona lacht laut. »Amber war damit beschäftigt, sich von einem Franzosen abschlabbern zu lassen. Ein Hund und ein Knochen – nichts dagegen. Und wir haben es alle gesehen.« Mit diesen Worten zieht sie Tobias zu Sophie und überlässt mich Emily.

»Du hast für einen Franzosen Knochen gespielt?«

»Das war ein Experiment, Emily. Du kennst mich doch. Ich habe in den sauren Apfel gebissen, um mitreden zu können.«

»Du ekelst dich ja echt vor nichts.« Jetzt habe ich auch Emily vor den Kopf gestoßen. Und sie kennt nur einen Bruchteil der Wahrheit. Es ist Granny, die mich rettet.

»Emily, du Goldkind. Wie hast du denn unsere Weiterreise organisiert?«

»Wir bringen euch zu Carmen Fitzgerald. Sie hat angeboten, ihre Praxis als Basislager zur Verfügung zu stellen.«

Carmen hat in unserer Abwesenheit wahre Wunder vollbracht. Nicht nur, dass sie den drei Trainern ein neues Zuhause gegeben hat, sie hat ihr Haus zu einem Haus-der-offenen-Tür für die PB-Group gemacht. Es gibt diverse Kaffeemaschinen, die ununterbrochen laufen, Thermoskannen mit Tee und kühle Getränke. Es gibt einen Bastelraum für Plakate, in dem laut und enthusiastisch Slogans diskutiert werden. Erleichtert nehme ich zur Kenntnis, dass ich doch nicht komplett mutiert bin, denn Parolen wie ›Make love not war‹ oder ›The future is male‹ befremden mich noch immer.

Fiona ist schon mit Farbe bekleckert, sobald wir den Raum betreten haben. »Amber, was für ein Plakat soll ich für dich entwerfen?«

»For human rights«, sage ich geistesabwesend. Dann bringe ich mich in Sicherheit.

In Carmens Arbeitszimmer finde ich Max und einige der Sportler, die zusammen mit Carmen, Emily und den Trainern die aktuelle Situation im Land diskutieren. Dieses Thema liegt mir schon eher.

»Hat Richterin Martin eigentlich inzwischen Dr. Higgs fertiggemacht?«, frage ich hoffnungsvoll.

»Dr. Higgs hat sich im Internat verschanzt und den Notstand ausgerufen. Der Premierministerin scheint es recht zu sein. Die fährt eine ähnliche Taktik.«

»Das ist nicht gut.« Adrian sieht besorgt aus. »Da sind noch so viele Jungs, vor allem viele kleine. Ich weiß, wie rücksichtslos Dr. Higgs werden kann.«

»Wenn sie auf die Idee kommt, die noch früher zu behandeln, kann das üble Folgeschäden nach sich ziehen.« Carmen sieht ebenfalls unglücklich aus. »Sie hat im Internat absolut freie Hand.«

Eine Dr. Higgs, die sich in die Ecke gedrängt fühlt, ist gefährlich. Das sehe ich genauso.

»Dann müssen wir das ändern. Als Allererstes.« Äußerlich gelassen spüre ich im Inneren leider schon wieder so eine irre Vorfreude. Ich kann endlich einen neuen Plan aushecken, um Chaos zu verbreiten. Diesmal stürmen wir das Internat. Das wird noch besser als beim letzten Mal.

»Wie willst du das ändern? Dr. Higgs lässt nicht einmal Richterin Martin hinein. Die hat das nämlich schon mehrfach versucht.« Carmen betrachtet mich interessiert. »Auf dich wird sie nicht besser reagieren.«

»Ist Richterin Martin etwa auch Mitglied der PB-Group?«

»Nein, das dann doch nicht.« Emily sitzt auf der Fensterbank und lässt die Beine baumeln. Jede ihrer Bewegungen wird von den anwesenden Männern angespannt und misstrauisch beobachtet. »Aber dein Hinweis auf die Menschenrechte hat sie aufgeschreckt. Und dann wollte sie die Lebensumstände der Jungs persönlich kontrollieren.«

»Okay, ich überlege mir etwas«, sage ich. »Dazu brauche ich Leute, die sich im Inneren des Internats auskennen. Und zwar in jeder Ecke. Und alle Sicherheitsvorkehrungen im Schlaf runterbeten können. Am besten noch die Einsatzpläne der Wachleute.«

»Das wäre dann wohl mein Job«, sagt Thomas und sieht mir zum ersten Mal in die Augen.

»Und meiner«, schließt sich Adrian an. »Ich bin nachts so oft durch die Gänge geschlichen, ich kenne mich ebenso gut aus wie Thomas.«

Na prima.

Niemals wollte ich eine Straftat ausgerechnet mit diesen beiden planen. Aber Max sieht mich gerade so strahlend und zuversichtlich an, dass ich es nicht über mich bringe, ihren Freund zu beleidigen.

»Ja, gut«, murmle ich widerwillig.

»Ich habe deine Strafakte gelesen. Und alles, was Dr. Higgs mit dir gemacht hat.« Carmen fixiert Adrian, der bei ihren Worten zusammenzuckt. »Ich werde trotzdem nicht zulassen, dass du dich an ihr rächst. Nur damit das klar ist.«

»Ich habe nicht vor, mich zu rächen.« Adrian sieht Carmen geradeheraus ins Gesicht. »Auch wenn es mir lieber wäre, Sie hätten es nicht gelesen. Und Max hätte es nicht gelesen. Ich will ganz bestimmt kein Mitleid.«

Er macht mich neugierig. Und die Gefahr, Mitleid mit Adrian zu bekommen, ist bei mir definitiv nicht gegeben. Egal, wie übel Dr. Higgs ihm mitgespielt hat.

»Das kann ich von mir nicht behaupten.« Max ist zu ehrlich, um den Mund zu halten. Sie kneift wütend die Lippen aufeinander. »Ich werde nicht hinnehmen, was sie mit Adrian gemacht hat. Und eine persönliche Rechnung habe ich ebenfalls mit ihr offen. Sie hat in Kauf genommen, mich schwer zu verletzen oder sogar zu töten. Und Adrian hätte sie vor meinen Augen am liebsten die Infusion in den Arm gerammt. Ich weiß zu viel, um es einfach so zu akzeptieren.«

»Dann muss sie dafür vor Gericht gestellt werden.« Carmen bleibt unerbittlich. »Du wirst dich nicht persönlich an ihr rächen, darauf bestehe ich.«

»Vertrau auf Richterin Martin. Wenn sie Dr. Higgs in die Finger bekommt, wird sie schon ein gerechtes Urteil fällen.« Ich respektiere die Richterin. Sie zeigt zwar zu schnell Bereitschaft, Männer gnadenlos auch für kleinste Vergehen abzustrafen, aber unfair war sie bisher nicht.

»Ich wüsste nur gerne, warum sie ausgerechnet Adrian so malträtiert hat«, murmelt meine Freundin nach wie vor uneinsichtig.

»Weil ich immer nur Ärger gemacht habe. Ich habe nicht gehorcht, ich habe Widerworte gegeben. Ich war ein schlechtes Vorbild für alle anderen und sie muss Sorge gehabt haben, dass sie sich ähnlich verhalten.« Das nenne ich mal ehrliche Selbsteinschätzung. So sehe ich Adrian nämlich auch.

Max dagegen schüttelt unwillig den Kopf.

Und Thomas mischt sich ein. »Nein, Adrian. Da mag später was dran gewesen sein, aber sie hat dich schon gehasst, als du ein Baby warst. Ich habe sie an deiner Wiege stehen sehen, mit einem mörderischen Ausdruck im Gesicht. Seitdem habe ich versucht, dich im Auge zu behalten, aber vor der Internatsleitung kann man kein Kind beschützen. Vor allem kein Kind, das sich immer wieder als Übeltäter anbietet.«

Maxine zuckt unwillig die Schultern.

»Wir werden es wohl nie herausfinden. Aber das heißt nicht, dass sie nicht ihre gerechte Strafe bekommen wird. Nicht wahr, Amber? Du wirst sie vor Gericht fertigmachen. Für Adrian. Und für mich.«

Für Maxine auf jeden Fall. Ich lächle.

Leider bedeutet das jetzt, dass ich mich mit Thomas und Adrian, dem Straftäter, zusammensetzen muss.

# kapitel 24

So schlimm ist es gar nicht.

Ich bin inzwischen durch Olivier extrem abgehärtet und kann problemlos mit zwei Männern allein in einem Raum sitzen. Dass einer davon nicht behandelt ist, fällt mir erst auf, als Emily kurz hereinkommt und mir unauffällig ein Brotmesser in die Hand drückt.

»Hier, habe ich aus Carmens Küche geklaut. Für alle Fälle«, flüstert sie.

»Was soll ich damit machen?«, zische ich zurück. »Sie in Scheiben schneiden und mit Käse belegen?«

»Wenn es sein muss.«

Emily hatte doch mal Sinn für Humor.

»Also, wenn wir den Haupteingang mit einer Protestaktion überrollen, konzentriert sich sicherlich alles auf diesen Bereich und der Rest bleibt unbewacht. Das haben wir schon einmal erlebt«, widme ich mich wieder der echten Gefahr.

»Vor dem Internat wird seit Tagen ununterbrochen demonstriert.« Thomas ist auf dem aktuellen Stand. »Das wird keinen Eindruck mehr machen.«

»Dann müssen wir etwas Überraschendes bieten. Kann etwas ganz Schreckliches sein. Oder etwas sehr Schönes«, überlege ich laut.

»Drinnen bekommt man nicht mit, was draußen geschieht.

Die Jungs nicht. Die Wachen natürlich schon. Die Außenkameras erfassen ja fast jede Bewegung.« Diese Erfahrung hat Adrian persönlich gemacht. »Es muss Aufsehen bei den Wachmännern erregen.«

»Nackte Frauen, oder was?«

Das war pure Ironie. Aber Adrian sieht mich an, als hätte ich die ultimative Idee geäußert.

»Das war nicht ernst gemeint«, sage ich schnell.

»Würde aber klappen.« Er zuckt noch nicht einmal mit der Wimper und ich schnaube empört.

»Und wer bitte schön sollte das tun? Es müssten ja Frauen bereit sein, sich da auszuziehen. Englische Frauen genau genommen, denn die tabulosen, europäischen haben wir ja nicht mitgebracht.« Ich schüttle den Kopf. Jule in einem Bikini, der jede Tätowierung und jedes Piercing enthüllt, würde das Internat effektiv lahmlegen. Aber wir müssen mit dem Material arbeiten, das wir haben.

»Außerdem sind die Wachmänner behandelt. Die würde das doch nicht aus dem Konzept bringen, oder?«, vergewissere ich mich. Männliche Wachleute sind vor allem im Internat tätig, außerhalb kümmern sich meistens Frauen um die Sicherheit.

Ich sehe von Adrian zu Thomas.

»Also, mich würde das extrem aus dem Konzept bringen«, gibt Adrian zu.

»Du bist nicht behandelt.« Diese Tatsache laut auszusprechen ist nichts, was mir leichtfällt. Trotz Olivier. Ich höre selbst, wie vorwurfsvoll ich klinge.

Thomas blickt verlegen auf die Tischplatte.

»Mich würde das auch aus dem Konzept bringen«, stimmt er dann zu. »Ich bin mir sicher, dass die Wachleute nicht wissen, was sie in diesem Fall tun sollen.«

Nach den Erfahrungen, die ich in der letzten Zeit mit freien Männern gemacht habe, weckt Thomas meine Neugierde. Ich weiß von Carmen, dass die Trainer nach wie vor behandelt werden. Und zwar, weil sie es so wollen. Weil sie sich an den Status quo gewöhnt haben und sich nicht zutrauen, mit der Veränderung klarzukommen. Trotzdem schlagen sie sich auf die Seite der Jungs, die das System stürzen wollen und absolute Panik vor der Behandlung haben.

Die Idee mit den nackten Frauen kommt trotz allem nicht in Frage. Es ist unmoralisch und sexistisch und keine anständige, englische Frau wäre dazu bereit.

»Gehen wir die Sache anders an. Wo sind die Schwachstellen am Gebäude?«, frage ich entschlossen.

Die beiden erläutern eine Weile, wo sich Türen befinden und wie diese gesichert sind.

»Maxine und Emily sind früher einmal durch ein Kellerfenster eingestiegen«, werfe ich ein.

»Die beiden waren das?« Thomas sieht mich erstaunt an. »Ich kann mich noch an den Aufruhr erinnern. Wochenlang wurde danach umgebaut und die Wachen neu geschult.«

»Ja, das haben alle mitbekommen. Konrad und Michael haben ewig im Mittelpunkt gestanden, weil sie echte Mädchen gesehen hatten. Wir wussten nur nicht, ob wir sie beneiden oder bedauern sollten.«

Ich verdrehe die Augen und plädiere für Bedauern.

»Ich habe mich damals geekelt, als ich im Nachhinein von der Aktion gehört habe«, erkläre ich nachdrücklich.

Adrian sieht mich skeptisch an. Ich fürchte, er denkt genau wie ich in diesem Augenblick an Olivier.

»Maxine hat eh vor nichts Angst«, sagt er und verschont mich mit peinlichen Andeutungen.

»Dann musst du erst einmal Emily kennenlernen. Die ist schlimmer als zehn Maxines.« Ich grinse breit. Jeder weiß, wer von den beiden der Unruhestifter ist. Und wer unbedingt ins Internat wollte. Auch wenn man das heute nicht mehr vermuten sollte.

Thomas malt einen Plan vom Gebäudekomplex auf. Die Anlage ist immens groß. Aber Zugänge gibt es nur wenige.

»Die Kellerfenster sind winzig. Erwachsene passen da nicht durch«, zerschmettert Adrian meinen Vorschlag.

»Kommt man an der Fassade hoch?«

»Die Fenster nach außen sind vergittert.«

Am liebsten würde ich einen Angriff über das Dach planen. Ich sehe uns schon in schwarzen Ninja-Anzügen die Mauern hochklettern, über das Dach eilen und uns im Innenhof wieder abseilen. Mit Seilen, Karabinern, Klettergurten und anderen eindrucksvollen Gerätschaften, die ich noch nicht einmal mit Namen kenne. Von der Innenseite aus ist das Gebäude extrem angreifbar.

Leider hat niemand eine Geheimspion-Ausbildung. Oder auch nur Klettererfahrung.

»Dann bleiben nur die Türen«, murmle ich ein wenig enttäuscht. Der Boden der Tatsachen ist manchmal verdammt hart.

Wir skizzieren, wie man die Türen öffnet. Welches Werkzeug hilfreich ist und eingepackt werden sollte. Adrian ist da sehr kreativ. Nicht nur im Ausbrechen, auch im Einbrechen scheint er Potential zu haben.

Als wir den Raum verlassen, steht der Plan. Er ist nicht annähernd so cool, wie ich ihn gerne hätte, aber er entspricht unseren Möglichkeiten.

In einem schwarzen Ninja-Outfit sehe ich mich trotzdem.

An der Haustür treffe ich auf Anne Summer.

»Amber«, werde ich freudestrahlend begrüßt. »Das hast du toll gemacht. Du hast mir wohlbehalten mein Mädchen zurückgebracht. Vielen Dank.«

»Es war mir ein Vergnügen, Anne.« Ja, das ist eine Floskel. Aber so im Nachhinein betrachtet war es das durchaus. »Ich hoffe, wir haben nicht zu viel Geld ausgegeben. Die Eintrittskarten für den Boxkampf mussten wir einem Verbrecher abkaufen und ich hätte eigentlich die Polizei einschalten müssen.«

Zu dem Zeitpunkt hatte ich noch kein Pfefferspray und war einfach zu zimperlich Männern gegenüber.

Anne lacht laut.

»Im Gegenteil, Amber. Ihr wart viel zu sparsam. Es gab keine einzige Hotelabbuchung.« Na gut, an Geld hat es im Hause Summer noch nie gemangelt.

»Beziehungen«, grinse ich. »Warum kannst du überhaupt herkommen? Ich dachte, du wirst rund um die Uhr bewacht?«

Anne lacht und zieht mich weiter.

»Klar werde ich bewacht. Aber es ist ja kein Geheimnis, wo ihr alle steckt. Und rund ums Haus steht ein Pulk Frauen und lässt niemanden hinein, der nicht zur PB-Group gehört. Meine Eskorte befindet sich abgehängt außerhalb und zieht böse Mienen. Es macht also doppelt so viel Spaß herzukommen.«

Wir betreten das Esszimmer, in dem ein paar der Jungs den Tisch decken. Anne versteinert, als ihr Blick auf Leo fällt. Dann zwingt sie ein professionelles Lächeln auf ihre Lippen.

»Hallo, ich bin Anne Summer, Maxines Mutter. Erst einmal herzlichen Glückwunsch in die Runde. Sowohl zu eurem sensationellen Wettkampf, als auch zur gelungenen Flucht.«

Die Jungs erstarren ebenfalls. Sie sehen erschrocken zu Anne, dann zu Leo.

Und Leo starrt mit hochrotem Kopf auf den Boden.

»Vielen Dank, Mrs Summer.« Paul fängt sich als Erstes. »Für so einiges. Vor allem für die Warnung.«

»Das war doch gar nichts. Mehr konnte ich leider nicht für euch tun. Paul, richtig?«

Paul nickt.

»Und Simon, Sebastian und Andrew. Und Leo«, geht Anne die Runde ab und schüttelt Hände. Bei Leos Namen zittert ihre Stimme.

»Mrs Summer.« Leo wagt es noch immer nicht, hochzublicken.

Himmel, da steht ein hünenhafter Mann, laut Olympiateilnehmerliste ein Meter fünfundachtzig und knapp neunzig Kilo, und sieht aus wie ein kleiner Junge vor dem Bonbonladen, der tausend Wünsche, aber kein Geld hat. Offensichtlich, dass Anne noch immer nicht weiß, dass Leo längst im Bilde ist.

»Da trifft ja endlich Singstimme auf Singstimme«, sage ich fröhlich, weil ich einfach nicht schweigen kann. Tausend Andeutungen liegen mir auf der Zunge. Eine lustiger als die andere. Ich kann abgesehen davon nach wie vor nicht glauben, dass Anne eine schlechte Sängerin ist. Sie hat nämlich eine tolle Sprechstimme.

Jetzt sieht sie mich geschockt an.

»Leo kann nicht singen, sagen die Jungs«, rechtfertige ich meine Worte. »Ich habe es persönlich noch nicht gehört.«

»Wirst du auch nicht. Ich habe mir schon vor langer Zeit geschworen, nie wieder zu singen. Nicht freiwillig«, sagt Leo und wagt einen zaghaften ersten Blick auf seine Mutter.

»Lass dich bloß nicht vom Singen abhalten, Leo.« Anne lächelt vorsichtig und hat keine Ahnung, warum wir ausgerechnet darüber reden. Angeblich ist ihr gar nicht klar, wie schrecklich sie singt. »Ich singe liebend gerne. Maxine bekommt jedes Jahr ein Geburtstagsständchen. Und…« Sie verstummt. »Wie auch immer. Es ist auf jeden Fall unglaublich schön, euch endlich alle persönlich zu treffen.«

»Hatte ich schon erzählt, dass Leo sich rührend um Granny gekümmert hat?«, plaudere ich weiter.

»Tatsächlich?« Anne ist irgendwie erfreut. Irgendwie auch besorgt.

»Sie ist eine tolle Frau«, sagt Leo leise.

»Ja, ihr hattet eine Heidenangst vor ihr, fand ich super.« Ich kichere ein wenig vor mich hin. Oliviers Gesicht, als er erfuhr, dass auch er ein Vier-Augen-Gespräch mit Granny Summer führen sollte, war Gold wert.

»Leo hatte keine Angst vor ihr«, platzt Simon heraus.

»Hatte ich schon. Ein wenig definitiv.« Leo wagt noch einen Blick auf Anne. Vergleicht er sie gerade mit Granny? Mit Maxine? Oder mit sich selbst?

»Granny hat es ihm übrigens gesagt«, mische ich mich wieder ein. Diese versteckten Blicke, dieses Gestammel, diese Sehnsucht, die im Raum steht. Das ist ja alles nicht zu ertragen.

»Was hat sie ihm gesagt?«, flüstert Anne.

»Ja, Leo, was hat sie dir bloß gesagt? Also genau genommen war es ja Maxine, aber Granny hat sie dazu gezwungen.«

Leo windet sich. Ich dagegen bin der Meinung, genug Andeutungen gemacht zu haben. Erwartungsvoll schaue ich auf Leo und harre der Dinge, die jetzt kommen werden. Es könnte amüsant sein.

»Maxine hat gesagt…« Sein Blick ist herzerweichend. Der Junge hat so viel Angst. Wovor bloß? »Sie sagte, sie sei meine Schwester.«

Anne starrt. Dann schluckt sie.

Leo hebt die Hände.

»Ich weiß, dass das nichts bedeutet. Ich sollte es auch nicht wissen. Ich kann so tun, als ob ich nichts wüsste.«

Jetzt ist dem kleinen Jungen sein Lolli auf den Boden gefallen. Zumindest dem Gesicht nach zu urteilen.

»Aber es bedeutet mir sehr viel. Ich habe dich nie im Internat abgeben wollen. Ich wollte dir doch eine Mutter sein.« Anne heult fast. »Und ich wollte es dir selbst sagen. Bei passender Gelegenheit. Und es erklären. Damit du nicht so sauer auf mich bist.«

»Er ist ja noch nicht einmal sauer«, mische ich mich wieder ein. »Versteh ich zwar nicht, denn ich finde, er könnte ruhig auch mal sauer sein. Aber Leo ist halt nett, echt viel zu nett.«

Ja, in der Tat. Er ist so ein Typ wie Mathieu. Vielleicht tatsächlich zu nett. Ich habe ihn nämlich noch nie aufbrausend oder ärgerlich erlebt. Obwohl da gerade eine Mutter vor ihm steht, die ihn neugeboren in einem Heim abgegeben hat. In Hände wie die von Dr. Higgs. Ich wäre stinksauer. Und hätte kein Verständnis.

Oh Mann, habe ich wirklich so sehr meine Meinung geändert? Über Männer. Und Jungs. Und das Internat. Und den Umstand, dass sie ätzend aufwachsen. Und weiterhin scheiße behandelt werden, sobald sie erwachsen sind. Bin ich ernstlich der Ansicht, sie sollten sauer sein und sich endlich wehren? Mit unserer Unterstützung.

Ja.

Ich mache das hier nicht mehr Maxine zuliebe. Ich mache es inzwischen aus Überzeugung.

Mit ungewohnt ergriffenen Gefühlen sehe ich mir an, wie ein riesiger, erwachsener Mann heulend seiner unbekannten Mutter in die Arme sinkt. Und ich finde es noch nicht einmal jämmerlich.

# kapitel 25

Die Tür öffnet sich mit einem Ruck, Adrian ist in der Tat ein begnadeter Einbrecher. Ich schätze, ich selbst hätte trotz Stemmeisen nichts bewirkt, zum einen mangels Muskelkraft, zum anderen mangels Technik. Leider ist die Tür jetzt hinüber. Und wenn alles nach Plan läuft, wird das nicht Dr. Higgs Problem sein, sondern unseres.

Dahinter liegt der Flur, der laut Skizze in die Waschküche führt, in absoluter Dunkelheit und ist ein wenig unheimlich. Allein würde ich nicht hineinschleichen, aber ich bin ja in guter Gesellschaft. Außer Adrian und Max, befinden sich noch Leo, Andrew und eine Menge PB-Frauen an meiner Seite.

»Genau hier hast du mich überwältigt«, flüstert Adrian Maxine zu. »Ich kann mich noch immer am Boden sehen, hilflos in deiner Gewalt und völlig am Ende.«

»Und es tut mir noch immer leid.« Sie nimmt seine Hand und drückt sie. »Ich wusste nicht, was ich da tat. Und vor allem nicht, was es für Konsequenzen haben würde.«

Jaja, Max ist schon eine Kampfmaschine. Deshalb habe ich mich ja geschickterweise in ihre Gruppe organisiert.

»Allein draußen wäre es eh scheiße für Adrian gelaufen«, murre ich die beiden an, um das Geturtel zu unterbrechen. In Erinnerungen zu schwelgen, wird uns Dr. Higgs nicht vom Hals schaffen. Wir haben schließlich eine Mission. »Wenn er nicht in Windeseile wieder eingefangen worden wäre, wäre er entweder verhungert oder irgendwie anders verreckt. So wie es war, hat es doch hervorragend funktioniert.«

»Abgesehen davon, dass Adrian Todesangst hatte«, faucht Maxine. »Hast du den Prozess vergessen? Die angedrohte Strafe? Dass er die Nächte mit diesem Wissen allein klarkommen musste?«

»Lass gut sein, Max. Sie hat ja recht.« Adrian führt unser Team an und zieht Maxine nun entschlossen hinter sich her. Ihm ist zumindest keine Angst anzumerken, obwohl er ja persönlich die allerschlechtesten Erlebnisse an diesem Ort hatte. Man muss schon echt Eier haben, um freiwillig zurückzukommen. Um es mit Oliviers Worten zu sagen.

»Glaubst du, die anderen sind inzwischen auch im Gebäude?«, fragt Andrew mit leiser Stimme.

»Bestimmt. Wir haben doch die Uhren aufeinander abgestimmt, damit alle Angriffe gleichzeitig stattfinden. Das wird schon gutgehen.« Leo legt Andrew beruhigend die Hand auf die Schulter, während die zwei vor mir herschleichen. Wie geschickt von mir, mich ausgerechnet hinter den beiden zu verstecken, sie sind wie ein Schutzwall und ich lasse keinen Meter zwischen uns Platz.

Ich wundere mich ja ein wenig darüber, dass wir nun schon in der Waschküche stehen und noch immer keinen Alarm ausgelöst haben. Aber vielleicht haben die Wachen ja an allen anderen Eingängen so viel zu tun, dass sie niemanden mehr für uns übrig haben. Das war der Plan. Am Haupteingang befindet sich nämlich der größte Teil unserer Leute und versucht, mit jeder Menge Radau und roher Gewalt durch diese gut gesicherte Tür zu gelangen. Nicht, dass wir ernsthaft damit rechnen, dort Zugang zu erhalten, es soll vor allem die Wachen dorthin locken. Die anderen Türen werden nämlich genau wie bei uns leise und hoffentlich unbemerkt von weiteren Teams geöffnet. Auf diese Art überrumpeln wir sie von allen Seiten gleichzeitig.

Die Jungs, die das riesige Gebäude kennen wie ihre Hosentasche, gehen entschlossen weiter. Unser Ziel ist Dr. Higgs' Büro. Und vor allem Dr. Higgs selbst. Wir sind das Team, das sich um die Internatsleitung persönlich kümmern soll.

Oder darf. Denn das mache ich mit dem allergrößten Vergnügen.

Mittlerweile laufen wir eine Treppe hoch.

»Sind wir in dem Trakt, in dem ihr untergebracht wart?«, fragt eine der PB-Frauen.

»Nein.« Leo wendet sich zu ihr. »Von unserem Bereich aus gab es weit und breit keine Tür nach draußen. Wir gehen durch die Kinderunterkünfte.«

Obwohl hinter den verschlossenen Türen jede Menge kleine Jungs schlafen, ist kein Ton zu hören. Ich finde es extrem gruselig. Bei unseren Schulausflügen hat niemand die Nacht durchgeschlafen. Wir sind ständig laut kichernd über die Flure gerannt. Und wurden erwischt, ausgeschimpft und wieder ins Bett geschickt. Nur um nach ein paar Minuten erneut loszuschleichen. Unsere Lehrerinnen waren nie besonders streng und auch nie beeindruckend, wenn sie schimpften.

»Wenn wir quer über den Sportplatz laufen, sind wir am schnellsten im Verwaltungsbereich«, informiere ich die Frau an meiner Seite. Ich meine, mich zu erinnern, dass sie Lisa heißt. »Und mit etwas Glück stößt eines der anderen Teams dort zu uns.«

Wir verlassen das Gebäude und ich atme auf. Bisher lief es glatt, viel glatter als erwartet. Seit einer Woche weiß niemand, was genau hier drin los ist, und ich hoffe ein wenig darauf, dass Dr. Higgs mit der Situation so überfordert ist, dass sie die Nerven verliert.

Auf dem Sportplatz sammeln wir uns und lauschen angespannt nach den anderen. Es herrscht atemlose Stille.

Kein Lichtschein dringt aus dem Gebäude, das uns umschließt. Nur dem wolkenlosen Nachthimmel ist es zu verdanken, dass wir die Taschenlampen nicht benötigen, denn der Mond spendet ausreichend Licht. Es ist geradezu idyllisch. Hohe Bäume trennen die Sportbahn vom Rest des Innengeländes, Bäume, die sich sanft im leisen Wind wiegen und Ruhe und Frieden vermitteln. So wirkt es alles andere als das Gefängnis, das es ist.

»Wir warten nicht länger«, beschließt Adrian nach einer kurzen Pause. Es ist nicht zu erkennen, was an anderer Stelle geschieht. »Sobald wir Dr. Higgs haben, haben wir auch das Kommando über alle. Sie ist und bleibt unser Primärziel.«

Er klingt eindeutig, als wäre er im Krieg. Was jedoch noch erschreckender ist – er klingt so, als wäre er es gewohnt. Für mich das deutlichste Zeichen, wie es ihm hier ergangen ist.

Aber ehe wir uns unbemerkt auf den Weg machen können, erstrahlt der Sportplatz im Flutlicht. Die Strahler sind auf unsere Gruppe gerichtet und blenden so, dass ich eine Hand vor die Augen halten muss.

»Scheiße!«, flucht Maxine. »Sie haben uns entdeckt.«

Nicht nur entdeckt. Sie haben uns ebenso umzingelt. Im taghellen Licht ist auch durch meine zusammengekniffenen Augen zu erkennen, dass rundherum Wachleute stehen und uns eingekreist haben. Sie sind wie aus dem Nichts gekommen. Uns bleibt auf einer Seite nur die Mauer und die ist ohne Türen oder Fenster.

»Wieso sind das so viele? So viele Wachen waren hier noch nie«, stammelt Adrian fassungslos. Seine Gesichtsfarbe ist nicht gut. Ich kann mich nicht entscheiden, ob es eher kreideweiß oder leicht grün ist. Andrew und Leo sehen nicht besser aus, die Erinnerung, auf diesem Gelände überrumpelt zu werden, ist frisch.

Die Wachmänner sind mit Schlagstöcken bewaffnet, die sie drohend auf uns richten. Und sie zeigen Bereitschaft, sie auch einzusetzen.

»Was machen wir jetzt?«, fragt eine der PB-Frauen erschrocken. Sie hat den Arm der neben ihr stehenden Frau ergriffen und klammert sich an ihr fest. Wachen mit einsatzbereiten Stöcken waren nicht eingeplant. So viele Gegner waren nicht eingeplant. Wir wollten sie doch überraschen und mit der schieren Masse an Frauen überrennen.

»Wir greifen an.« Ja, da kommt die Kampfsau wieder durch. Max hat keine Hemmungen auf jemanden loszugehen. Und das nötige Können hat sie auch. »Wir schlagen eine Lücke und laufen zu den Büros. Ich will Dr. Higgs in meiner Gewalt haben. Dann ist egal, wie viele Wachmänner vor Ort sind.«

Ohne Zögern rennt sie los. Die Jungs folgen ihr wie ein Rudel Wölfe ihrem Anführer.

Ich habe keine Ahnung, was ich machen soll, wenn ich die Wachen erreiche. Ich habe noch nie gekämpft. Noch nie jemanden angegriffen. Noch nie jemanden auch nur so berührt. Außer Olivier, aber das war ja kein echter Kampf.

Trotzdem laufe ich hinterher.

Max hebelt dem ersten Wachmann, den sie erreicht, die Beine weg. Dem zweiten verpasst sie einen Schlag in den Magen, so hart, dass er zu Boden geht. Adrian ist ebenfalls nicht zimperlich und auch er bringt einige Männer zu Fall. Danach sehe ich nur noch wildes Gerangel. Ich stoße eine Wache aus dem Weg, die sich in das Getümmel um Leo einmischen will. Als er sich drohend vor mir aufrichtet, weiche ich jedoch zurück. Ich habe doch nicht ernsthaft damit gerechnet, hier körperlich agieren zu müssen. Dann hätte ich mir von Max einige Tricks zeigen lassen. Aber so, wie ich bin, bin ich hilflos.

Wie konnte ich nur so dumm sein, das Pfefferspray zu entsorgen. Nur weil mich nach dem Sex die postkoitale Glückseligkeit schwummerig machte und ich meinen Verstand zeitweise eingebüßt hatte. So ein Glück, dass ich nie wieder Sex haben werde.

Es werden immer mehr Wachmänner, so kommt es mir zumindest vor. Eine Reihe von ihnen scheucht mich und die anderen Frauen erbarmungslos zurück zur Mauer. Die Mehrzahl stürzt sich in den Kampf, den Maxine und die Jungs ihnen liefern.

Die PB-Frauen und ich starren abwechselnd uns und die Wachmänner an, ohne auch nur den Hauch einer Idee, wie wir helfen können. Das Licht blendet mich nach wie vor und durch die Mauer an Wachen kann ich nicht erkennen, was auf dem Schlachtfeld geschieht.

Es kommt, wie es kommen muss. Als ich endlich eine Lücke in der Wachtruppe entdecke und hindurchschiele, liegen sowohl Adrian als auch Leo und Andrew mit gefesselten Händen auf dem Boden, die Gesichter im Dreck und jeweils eine Wache auf dem Rücken. Die wild um sich tretende Maxine wird von einer schieren Masse an Männern in Schach gehalten.

»Fesselt auch ihr die Hände.« Eine durchdringende Stimme schallt über den Platz.

»Dr. Higgs, sie ist doch eine Frau«, protestiert eine der Wachen.

»Sie ist eine Gefahr. Und die muss beseitigt werden. Auf der Stelle.« Nicht verwunderlich, dass die Internatsleitung sich erst blicken lässt, nachdem alle überwältigt sind. Sie ist nicht der Typ Frau, der sich die Hände selbst schmutzig macht. Sie ist der Typ, der andere vorschickt und dann die Lorbeeren einheimst.

Entsetzt beobachte ich, wie Max' Hände zusammengebunden werden. Dabei gehen noch einmal drei Männer zu Boden, aber für jeden erledigten Gegner rückt auf der Stelle ein neuer nach. Maxine hat keine Chance. Wir alle hatten keine Chance.

»Sie haben tatsächlich geglaubt, uns hier überfallen zu können? In unserem eigenen Haus?« Dr. Higgs Stimme trieft vor Hohn, während sie sich Maxine nähert. »Wir haben Kameras. Rund ums Gebäude. Niemand dringt unbeobachtet ein.«

Dann weiß sie auch von den anderen Teams. Ob die

ebenfalls bereits unschädlich gemacht wurden? Alle gefesselt und wie eine Herde ängstlicher Kühe zusammengetrieben? Wenn die Wachleute schon mit unserer Truppe so leichtes Spiel hatten, sieht es bei den anderen noch schlechter aus. Die haben keine Maxine dabei.

Dr. Higgs gefällt sich in ihrer Rolle als triumphierende Siegerin. Sie stolziert über den Platz und baut sich vor meiner Freundin auf. Selbstverständlich nicht, ohne einen gewissen Sicherheitsabstand zu wahren.

»Ich habe seit Tagen neue Wachmänner vor Ort. Seit diese irre Horde Frauen vor dem Internat protestiert. Die wissen doch gar nicht, was sie da fordern. Die wissen doch nicht, dass unbehandelte Männer nicht unter Kontrolle gehalten werden können. Nur diese hier sind harmlos.«

Dr. Higgs deutet auf ihre Armee aus Wachmännern. So harmlos kommen die mir gar nicht vor.

Leider.

Maxine presst wütend die Lippen aufeinander und spart sich eine Antwort. Mit einem Schulterzucken reibt diese grässliche Frau sich die Hände und wendet sich dann uns zu.

»Treibt die Frauengruppe in eines der Sportler-Schlafzimmer und schließt sie dort ein«, weist sie die Wachen an. »Von da können sie sich ansehen, wie wir die nächste Gruppe hereinlassen und festnehmen.«

Warum sind wir nicht in einem Gerichtssaal? Da würde ich mich nicht fühlen wie ein hilfloses Kind. Mit Worten bin ich gut, aber die nützen hier nichts. Dr. Higgs entdeckt mich und ihre Augen blitzen auf. Mit mir hat sie ebenfalls noch eine Rechnung offen.

»So sieht man sich also wieder, Miss Wilson-Smith.« Ich halte es wie Maxine und schweige. Obwohl mir das alles andere als leichtfällt. Leider hindert es Dr. Higgs nicht daran, weiter ihren Sieg zu zelebrieren. »Das kommt davon, wenn kleine Schulmädchen, die keine Ahnung von der Realität haben, Erwachsene spielen«, zischt sie mich an. »Solange

Richterin Martin Ihnen den Rücken stärkt, haben Sie eine große Klappe, aber davon ist jetzt nicht mehr viel übrig.«

Okay, ich gebe auf. Würdevoll schweigen, ist eben nichts, was im Rahmen meiner Möglichkeiten liegt.

»Dr. Higgs, Sie begehen ein Verbrechen nach dem anderen. Und das hier nennt man Freiheitsberaubung. Dafür werden Sie erneut vor Gericht landen, und dann werden Sie erleben, was ein kleines Schulmädchen bewirken kann.«

»Ganz sicher nicht. Die Tage von Richterin Martin sind gezählt und ich habe die volle Unterstützung der Premierministerin.« Wütend zeigt sie zwischen Maxine und mir hin und her. »Zeigen Sie Respekt den Erwachsenen gegenüber. Gestandene Frauen wie ich behüten unsere Nation schon seit Jahren vor den Gefahren des männlichen Geschlechts. Ich werde mir das nicht von Kindern kaputtmachen lassen.«

Mit großen, wütenden Schritten geht sie zu Adrian und sieht gehässig auf ihn hinunter. Adrian vor ihr im Dreck muss das Paradies für sie sein.

»Ich will alle acht Olympiateilnehmer zurückhaben. Diese drei sind nur der Anfang.« Sie tritt Adrian mit ihren hochhackigen Schuhen grob in die Seite. Er krümmt sich zwar schmerzerfüllt zusammen, gibt aber keinen Ton von sich.

Es war nicht clever von mir, diese Frau wütend zu machen, und ich schäme mich aufrichtig. Denn Adrian ist es, der die Wut nun abbekommt, nur weil ich meine Klappe nicht halten konnte. So langsam geht mir auf, dass das von Anfang an eine Falle war. Nur unser Team hat das Internat betreten. Nur unsere Leute sind bisher von der schieren Übermacht in die Ecke gedrängt und überrumpelt worden. Und wir sind viel zu wenige. Der Plan sah vor, mit allen Mann gleichzeitig von allen Seiten zu kommen. Und zwar unentdeckt. Und der Plan sah die normale Anzahl an Wachmännern vor und keine Armee.

Wir haben nicht einmal eine Chance, die anderen zu warnen.

Maxine hat ihre Gegenwehr eingestellt. Bei dem Tritt gegen Adrian keucht sie auf, als wäre er gegen sie persönlich gegangen.

»Lassen Sie Adrian in Ruhe. Die Jungs obliegen nicht mehr ihrer Gewalt«, brüllt sie.

»Ich werde sie noch ordnungsgemäß dem Gericht übergeben.« Dr. Higgs grinst gehässig. »Aber zuerst kommen sie in den Ärztetrakt und dort werde ich zu Ende bringen, was längst fällig ist.«

»Sie machen sich strafbar. Noch viel mehr, als Sie es bisher getan haben«, rufe ich quer über den Platz.

»Das ist nicht zulässig. Sie haben keine Befugnis, sie zu behandeln«, schreit Maxine gleichzeitig und versucht mit aller Gewalt, sich trotz ihrer Fesseln zu befreien. Es ist hoffnungslos.

»Wer redet denn von behandeln. Ich werde dafür sorgen, dass nichts mehr rückgängig gemacht werden kann, und da ist mir eine Behandlung viel zu unsicher.« Jetzt lächelt Dr. Higgs wie eine Schlange, die ihr Opfer im Würgegriff hat und genießt, wie es langsam erstickt. »Ich werde sie auf der Stelle kastrieren lassen und bei diesem hier fange ich an.«

Sie tritt Adrian noch einmal fest in die Rippen und diesmal schreit er auf.

»Nein.« Seine Stimme ist panikerfüllt.

Mir wird eiskalt.

Hatten wir den Jungs nicht versprochen, auf sie achtzugeben. Sie hatten eine Höllenangst davor, dieser Frau wieder in die Hände zu fallen. Sie hatten regelrecht Todesangst vor genau der Situation, in der sie sich aktuell befinden. In die ich sie geführt habe. Und sie sind trotzdem mitgekommen.

Ich hatte doch angekündigt, dass ein Haufen Frauen sie beschützt. Frauen, die nun zum größten Teil vor der Tür stehen und nicht wissen, was hier drinnen geschieht. Und die paar wenigen, die hier sind, sind wie gelähmt und völlig hilflos. Ich allen voran.

»Nun, Miss Summer, wollen Sie zusehen? Da Sie ja so großes Interesse an dem Intimbereich dieses Mannes entwickelt haben.« Dr. Higgs lacht jetzt. »Aber wir sind ja keine Unmenschen. Dr. Parker bereitet schon die Betäubung vor, obwohl es meiner Meinung nach ohne Schmerzunterdrückung ginge. So als abschreckendes Exempel wäre das sehr wirksam.«

Auch Max schreit jetzt.

Und unverhofft schleicht sich eine aberwitzige Idee in meinen Kopf. Ich habe lebhaft das Bild vor Augen, wie ich zusammen mit Adrian und Thomas diesen Plan schmiedete. Diesen völlig missratenen Plan. Und ich habe auch den Teil vor Augen, den ich nur im Scherz vorschlug.

Langsam blicke ich an mir hinab.

Wie angedacht trage ich eine schwarze Leggings, ein schwarzes Langarmshirt und habe die Haare ninjamäßig zurückgebunden. Ich kam mir so cool vor, als ich mein Outfit zusammenstellte. Jetzt komme ich mir alles andere als cool vor. Aber das lässt sich eventuell ändern.

Die Wachmänner haben uns mittlerweile an die Wand gedrängt, was keine große Kunst war, da wir ängstlich und ohne Gegenwehr immer weiter zurückgewichen sind. Hin und wieder mussten sie kurz Hand anlegen und eine der Frauen schubsen, die nicht schnell genug reagierte. Niemand von uns ist Kämpfe gewohnt. Niemand außer Max. Aber ich kenne etwas, das die Wachmänner nicht gewohnt sind.

Ehe ich länger drüber nachdenke und doch noch Bedenken bekomme, ziehe ich mit einem Ruck Oberteil und BH aus. Das habe ich so schon einmal gemacht. Ich habe damals auch beide Teile genauso entschlossen auf den Boden gepfeffert, wie ich es jetzt mache. Genauso und doch ganz anders. Denn sich vor Olivier auszuziehen, hatte etwas sehr Elektrisierendes an sich. Sein Blick auf mir, der dunkel wurde und verlangend, hat mir unglaublich gefallen. Aber das ist der falsche Zeitpunkt, sich an den Sex mit Olivier zu erinnern.

Das hier ist der Zeitpunkt, einen nackten Frauenkörper zu einer Waffe zu machen.

Die Wachen haben noch nicht bemerkt, was ich getan habe. Nur zwei der Frauen, die bei mir stehen, sehen mich ziemlich perplex an.

»Ist dir so warm?«, fragt die eine.

»Nein, ich setze nur das einzige Mittel ein, das ich habe.«

Adrian, Leo und Andrew werden vom Boden hochgezogen. Die Wachen wollen sie abführen, direkt in den Ärztetrakt, direkt zur Schlachtbank. Adrian wehrt sich, indem er verzweifelt um sich tritt. Dann lässt er sich fallen. Die Männer schleifen ihn hinter sich her.

Höchste Zeit, meine irrsinnige Aktion zu starten.

Zielstrebig gehe ich auf die Wachen zu, die uns nicht mehr allzu viel Aufmerksamkeit widmen, zu gefesselt sind sie von dem Drama um die drei Sportler und Maxine.

»Der hat immer nur Ärger gemacht. Jeden Tag eine neue Strafe, jeden Tag neue Schläge, Einzelhaft, Essensentzug. Bin ich froh, wenn der unters Messer kommt«, sagt ein Wachmann zu seinem Nebenmann. »Ich finde, er bekommt endlich, was er verdient.«

»Ich denke, Sie sollten ihm Respekt zollen. Er war nämlich schon in Sicherheit und ist nur zurückgekommen, um für die Freiheit aller Männer zu kämpfen. Auch für Ihre Freiheit«, mische ich mich ein.

Nun landen erschrockene, fast entsetzte Blicke auf mir.

Die Wachen werden blass und gehen ein Stück zurück.

»Bedecken Sie sich bitte.«

Ich denke nicht daran.

An irgendetwas erinnert mich das hier. Etwas aus dem Ausland. Ich fühle mich stark und unverwundbar. Obwohl ich nackt bin. Das scheint ein Widerspruch zu sein, aber ich wette, ich bin nicht die erste Frau, die ihren Körper als Waffe einsetzt. Um Aufmerksamkeit zu erregen. Denn dafür funktioniert es einfach zu gut.

Entschlossen gehe ich weiter vor und die Männer weichen Schritt um Schritt zurück. Ohne eine einzige Berührung, einen einzigen Widerstand durchbreche ich den Kreis der Wachen, die uns an der Mauer eingeschlossen haben.

Adrian hat aufgehört zu schreien. Er lässt inzwischen den Kopf hängen und hat jegliche Gegenwehr eingestellt. Die Männer schleifen ihn weiter, seine Knie rutschen über den Boden.

In diesem Augenblick erreiche ich Max, die entsetzt hinter Adrian hersieht und ebenfalls am Ende ist. Hilflos schluchzt und zittert sie. Maxine in Tränen aufgelöst, ist ein wirklich furchtbarer Anblick. Ich kenne sie nur stark und kämpferisch. Als jemanden, der nie aufgibt.

Den Wachen, die sie in Schach halten, fallen bei meinem Erscheinen die Augen aus dem Kopf. Sofort lassen sie Max los und weichen zurück. Sie sehen erschrocken zu Boden.

»Hast du ein Messer?«, frage ich meine Freundin, die zuerst die Wachen und dann mich perplex mustert. Ihre Hände sind mit Kabelbindern gefesselt. Nichts, was man einfach so mit den Fingern lösen könnte.

Auf der Stelle versiegen die Tränen, die aus ihren Augen strömen, und neue Hoffnung keimt auf.

»In meiner Hosentasche.« Maxine mustert mit hochgezogenen Augenbrauen meine Brüste. »Das ist von Anton. Damit habe ich den Jungs die Peilsender aus dem Körper geholt.«

Wahrscheinlich klebt noch ihr Blut dran. Mit dem bloßen Auge nicht zu sehen, aber ich weiß, dass Blut immer mikroskopisch kleine Spuren hinterlässt, egal, wie lange man ein Messer säubert. Man braucht nur die richtigen Hilfsmittel, um sie sichtbar zu machen.

Trotzdem schneide ich Maxine damit die Fesseln durch.

Sie pfeift leise und deutet auf meine Brüste.

»Das hier ist nicht die Amber, die ich mal kannte.«

Dann grinst sie. Die Tränen sind passé. Die Verzweiflung

auch. In Maxines Augen erwacht ein neues Funkeln und sie zieht ebenfalls ihr Shirt aus.

Dr. Higgs hat mittlerweile bemerkt, dass etwas nicht stimmt.

»Nehmt die beiden fest. Ihr Trottel, seht ihr denn nicht, was da passiert?«, keift sie.

Die Wachen wissen nicht, wie sie uns aufhalten können. Sie trauen sich ja noch nicht einmal, zu uns hinüberzusehen. Wie sollen sie uns so festnehmen?

»Amber, du bist genial«, grinst Max und schleudert ihren BH in eine Gruppe Wachleute, die auseinanderspringen, als wäre das Kleidungsstück eine Granate. Dann tritt sie dem Wachmann, der sie bis gerade eben noch festhielt, ohne Vorwarnung in den Magen. Lautlos geht er zu Boden.

»Ich wünschte, ich könnte das auch«, sage ich andächtig.

Keine Ahnung, ob ich überhaupt das Bein so hoch heben kann, wie Max es macht. Noch dazu mit dieser eleganten Drehbewegung. Es sieht so schön aus, wie sie die Wachleute vermöbelt, dass man ganz übersieht, dass es nicht wirklich nett ist und höllisch wehtun muss.

»Hier nimm das.« Maxine nimmt dem Wachmann, der sich stöhnend auf dem Boden windet, den Schlagstock aus dem Gürtel. »Damit kann jeder umgehen.«

Zu zweit sehen wir uns aufmerksam um.

Entgeistert werden wir von allen Seiten beobachtet. Die Wachmänner blicken mit hochroten Köpfen entweder zu Boden oder zu uns hin und wieder weg. Auch diejenigen, die Adrian abtransportieren wollten, sind wie erstarrt. Unsere Mitstreiterinnen haben zwar selbst Brüste, sind aber leider noch allzu unentschlossen, ob sie die ebenfalls so einsetzen wollen, wie wir es vorführen. Dr. Higgs zetert weiterhin, hat ihren Einfluss jedoch eindeutig verloren.

»Ich übernehme Adrian. Und du befreist Leo und Andrew«, entscheidet Max.

Das ist ein Plan. Endlich mal ein guter.

Ich stürme zu den beiden Jungs, die noch immer von ihren Wachmännern festgehalten werden. Dabei schwenke ich wie wild den Schlagstock hin und her. Die Wachen weichen mit hochroten Mienen von meinem Ziel ab. Ich fürchte nur, es ist weder dem Schlagstock noch meinem eindrucksvollen Sprint geschuldet, sondern eher den Brüsten, die bei den schnellen Schritten und völlig ohne Halt lustig auf- und abhüpfen. Mit inzwischen fast geübten Bewegungen durchtrenne ich die Fesseln bei Leo und Andrew. Die beiden sehen verzweifelt auf den Boden.

»Herrje, stellt euch nicht so an. Ihr habt mich am Badesteg auch schon so gesehen«, motze ich.

»Da habe ich genauso weggeschaut«, murmelt Andrew.

»Warum?«

»Weil es …«, krächzt er.

»Weil es sich so gehört«, ergänzt Leo.

»Ist ja süß«, erwidere ich. Ich finde es tatsächlich süß. »Ich dachte aber, ihr hättet sowohl bei Olympia als auch dort am See genug halb nackte Frauen gesehen, um etwas gelassener zu reagieren.«

»Nein, eigentlich nicht.« Leo bekommt ein schiefes Grinsen zustande. »Du warst eindeutig die nackteste.«

»Könntet ihr euch jetzt trotzdem Schlagstöcke organisieren und mir helfen, die Wachmänner zu verkloppen?«, frage ich erstaunt. Laut Maxine war bei Olympia doch ununterbrochen nackte Haut im Einsatz. Und sowohl Leo als auch Andrew sind verdammt attraktive Männer. Alle nichtenglischen Frauen müssen überaus interessiert gewesen sein.

Lisa und eine andere PB-Frau haben inzwischen ebenfalls blank gezogen und durchbrechen mühelos die Reihe aus Wachmännern.

»Schnappt euch ihre Schlagstöcke«, rufe ich ihnen zu und recke enthusiastisch den Daumen in die Höhe.

Das Blatt hat sich gewendet. Angriffslustig sehe ich mich um. Ich bin nämlich aktuell durchaus gewillt, diesen Stock einzusetzen. Vorzugsweise bei Dr. Higgs. Die steht stocksteif und leichenblass mitten auf dem Platz und kann noch gar nicht fassen, dass weibliche Körperteile ihre Wachen so mir nichts dir nichts schachmatt setzen. Gerade nähert sich Maxine ihr mit irrem Gesichtsausdruck. Adrian, nun wieder ohne Fesseln und in der Lage, sich selbst zu bewegen, folgt ihr wie ein Schatten. In diesem Augenblick tut sie mir fast leid. Ich kann mir keinen bedrohlicheren Anblick vorstellen, als eine zutiefst aufgewühlte und wütende Maxine Summer, Trägerin eines Schwarzgurtes im Judo und im Jiu Jitsu, und eines Adrians, der schon beängstigend wirkt, wenn er gutgelaunt ist.

Folgerichtig beginnt sie zu kreischen.

»Haltet sie endlich auf. Das sind nur Frauen. Die können nicht kämpfen. Und haltet vor allem diese beiden da auf. Tun Sie endlich was.« Panikerfüllt blickt sie sich um. Aber immer mehr Frauen beginnen, sich zu entkleiden, nachdem sie verstehen, dass die Wachen sie danach weder ansehen noch anfassen, und mit einem Mal ist die Situation eine komplett andere. Die Frauen drängen die Wachmänner an die Wand.

»Schließt sie in den Schlafräumen der Sportler ein«, rufe ich. »Leo, Andrew, helft ihnen.«

Der Plan, der gut genug war, um uns wegzusperren, sollte auch für die Wachen funktionieren.

»Nein, Sie können mich nicht allein lassen. Nicht mit dem Mörder. Sie wissen doch alle, dass er ein Mörder ist.«

Dr. Higgs kann nur Adrian meinen.

Ich weiß allerdings nicht, dass er ein Mörder ist. Auch wenn er durchaus so aussieht. Aber das allein macht ihn nicht schuldig. Da kommt doch wieder die Anwältin in mir durch.

»Jeder ist unschuldig, bis seine Schuld bewiesen ist«, brülle ich Dr. Higgs an. »Sie dürfen ihn nicht Mörder nennen, wenn Sie keine Beweise haben.«

»Aber ich habe Beweise. Natürlich habe ich Beweise. Ich war doch selbst dabei.«

Adrian sieht langsam so aus, als klappe er jeden Moment zusammen. Kein Wunder. Noch vor fünf Minuten war er hilflos gefesselt und auf dem Weg zu seiner eigenen Kastration, und jetzt wird er beschuldigt, ein Mörder zu sein. Das würde niemand einfach so wegstecken.

»Gibt es weitere Zeugen?«, frage ich reflexartig. Eigentlich sollte ich das verzweifelte Geschwafel der Frau nicht ernstnehmen, denn offensichtlich versucht sie sich nur wieder an einem Trick. Die eine Falle hat nicht funktioniert, aber sie hat schon eine neue parat. Doch ich kann mich nicht davon abhalten, in diese Juristenrolle zu schlüpfen. Keine Chance, das abzuschütteln.

»Natürlich gibt es die. Die Hebamme war dabei.«

Eine Hebamme als Zeugin für eine Mordanklage. Es wird immer abstruser. Maxine hat inzwischen Dr. Higgs erreicht und fesselt ihr wortlos die Hände vor dem Körper. Grob. Sie geht mit keinem Wort auf die Anschuldigung ein.

»Was? Was meinen Sie damit?« Adrian krächzt. Er gibt ein wirklich übles Bild ab. Aufgewühlt. Leichenblass. Verängstigt und wütend zugleich. Mittlerweile kann ich mich in diesen widerspenstigen Typen, der nur Maxine an sich heranlässt, hineinversetzen. Und Max hat recht. Er ist ein ganz anderer Mensch, als er auf den ersten Blick erscheint. Da sind so viele versteckte Gefühle, die ihn über all die Jahre echt fertiggemacht haben müssen. Ich mache meinen Frieden mit Maxines Wahl. Sie hat es eindeutig schon länger erkannt.

»Du hast deine eigene Mutter ermordet. Das meine ich damit. Du bist ein Mörder, der schlimmste Mörder, den man sich vorstellen kann.«

Adrian vergräbt sein Gesicht in seinen Händen.

Und ich schüttle ein wenig verzweifelt den Kopf.

Wie soll er das denn bloß gemacht haben?

Keiner der Männer oder Jungs hat Kontakt zu seiner Mutter. Keiner weiß auch nur, wer seine Mutter ist. Keiner außer Leo. Sie verbringen ihr gesamtes Leben in diesen vier

Wänden, solange bis sie erfolgreich behandelt sind. Und Adrian ist nicht behandelt. Er hat vor der Olympiareise das Haus nie verlassen.

»Welche Hebamme?«, frage ich und kombiniere zaghaft die Worte Mutter und Hebamme.

»Na, die Hebamme, die vor Ort war. Ich kann ihren Namen heraussuchen. Sie ist inzwischen in Rente. Aber sie wird aussagen. Und dann wird er verurteilt. Und bestraft. Zum Tode. Endlich.« Dr. Higgs wird immer hysterischer.

»Sie wollen damit sagen, dass Adrians Mutter bei seiner Geburt gestorben ist. Richtig?« Für ein kleines Schulmädchen ziehe ich viel zu logische Schlüsse, aber ich will nicht so kleinlich sein und da weiter drauf herumreiten.

»Selbstverständlich.« Dr. Higgs kreischt noch immer. »Was soll ich denn sonst meinen?«

»Und deshalb hassen Sie ihn schon sein Leben lang«, führe ich fort.

»Er hätte niemals weiterleben dürfen. Der Mörder. Er hätte zumindest mit ihr sterben müssen. Wenn er auch nur einen Funken Anstand im Leib gehabt hätte.«

Leo und Andrew kommen zurück, während wir noch immer fassungslos auf die aufgelöste Internatsleitung schauen.

»Die Wachmänner sind weggesperrt. Das Team öffnet soeben alle Türen, damit die anderen hineinkommen.«

»Ist gut«, murmelt Max.

Aber so richtig realisiert sie es nicht. Die Wahrheit über Dr. Higgs Hass auf Adrian hat uns ganz schön aus der Bahn geworfen, auch ich blicke irritiert zwischen Dr. Higgs und Adrian hin und her, während meine Gedanken in meinem Kopf kreisen. Der Vorwurf ist so abstrus, da muss mehr dahinterstecken.

»Kannten Sie Adrians Mutter?«, frage ich schließlich.

»Gekannt?« Dr. Higgs heult jetzt fast. »Ich habe sie nicht nur gekannt. Amanda war meine beste Freundin. Ich habe sie geliebt.«

Endlich fallen auch die letzten Puzzleteilchen an ihren Platz. Sie musste mit ansehen, wie ihre Freundin starb, ausgerechnet bei der Geburt eines Jungen. Ein Trauma, definitiv. So schlimm, dass es ihr Realitätssinn und Vernunft weggespült hat. Ich tausche einen Blick mit Maxine. Dann zucken wir unisono die Schultern. Der Frau ist eindeutig nicht mehr zu helfen. Nicht von uns, da müssen schon Profis ran.

»Sperrt sie ebenfalls in einen der Schlafräume«, bitte ich Leo und Andrew. »Wir müssen erst für Ordnung sorgen, bevor wir uns um die Gefangenen kümmern.«

Adrian starrt noch immer geschockt auf Dr. Higgs. Er ist längst verstummt. Keine Ahnung, was jetzt in ihm vorgehen muss. Max dreht sich zu ihm und nimmt ihn in den Arm.

Um uns herum feiern die Frauen der PB-Group. Lisa zückt einen Lippenstift und schreibt quer über meinen Oberkörper ›FREIHEIT‹. In knallrot.

Dann posen wir für ein Foto.

»Muss das sein?«, protestiere ich. »Ein wenig geschmacklos ist das schon, so nackt wie wir sind.«

Die anderen Frauen sehen nicht besser aus. Eher schlimmer. Nicht nur ›Freiheit‹ ziert ihre Brüste, sondern durchaus Slogans, die ich auch nach Wochen auf dem Festland nicht in den Mund nehmen würde.

»Das nennt man Öffentlichkeitsarbeit.« Lisa grinst. »Ich mache normalerweise PR. Das hier ist wichtig, glaub mir.«

Wenn sie meint.

Und wenn sie ihre Brüste unbedingt im Internet wiederfinden möchte. Zusammen mit meinen.

»Ähm, Amber.« Andrews Gesichtsfarbe konkurriert mit seinen Haaren. Mit dieser verlegenen Miene ist er irgendwie noch niedlicher. »Könntest du dir wieder etwas anziehen?« Er hält mir sowohl den BH als auch mein Oberteil hin, ohne mich dabei anzusehen. »Die Wachen sind ja alle aus dem Weg geräumt und ich würde sehr gerne meinen Herzschlag wieder unter Kontrolle bringen.«

Leise kichere ich.

Er hält ja nicht nur meine Klamotten in der Hand. Da hat er noch jede Menge Arbeit vor sich, ehe er alle Frauen ordnungsgemäß bekleidet hat, denn die haben sich in ihrem aktuellen Zustand verdammt gut eingelebt.

# kapitel 26

Wir haben unseren Job erfolgreich hinter uns gebracht. Ganz so dramatisch war es zwar nicht geplant, aber der Erfolg rechtfertigt ja bekanntlich die Mittel.

Jetzt ist Granny am Zug. Und so, wie ich Granny kenne, ist sie schon mittendrin. Mathilde Summer in voller Aktion, das lasse ich mir auf keinen Fall entgehen.

»Max, ich denke, wir können Dr. Higgs und das Internat getrost in Emilys Hände übergeben. Die Action geht jetzt in der Downing Street weiter.«

»Wieso denn das? Granny wollte zum Parlament.«

Maxine ist nicht ansatzweise auf der Höhe ihrer Aufmerksamkeit. Nicht nur Adrian hat die Aufregung um seine körperliche Unversehrtheit und die Nachricht vom Tod der Mutter mitgenommen. Die beiden hocken in Dr. Higgs' Büro, halten sich an den Händen und zeigen keine sinnvolle Aktivität. So kenne ich meine Freundin nicht.

Ich bin heilfroh, dass ich Olivier nie wiedersehen werde. Maxine ist nämlich weder schlauer noch konzentrierter geworden, seit sie mit Adrian dieses unerträgliche Pärchending durchzieht. Und das sollte mir um jeden Preis erspart bleiben.

»Die Premierministerin verschanzt sich aber in ihrem Wohnsitz. Schon seit Tagen. Hast du das vergessen? Wir müssen da hin und sie rausholen.«

Ich setze mich mit Schwung auf den Schreibtisch und lasse meinen Blick durch den Raum gleiten. Diverse verschließbare Aktenschränke, ein bequemes Sofa und dieser pompöse Tisch samt Chefsessel. Dr. Higgs hat sich hier eleganter eingerichtet als die Politikerbüros, die ich kenne. Dazu die Aussicht auf den Innenhof. Sie muss sich gefühlt haben wie eine kleine Königin.

»Soll Adrian das Schloss knacken?«, fragt Maxine, während Adrian nach wie vor vor sich hinstarrt.

»Es gibt kein Schloss.« Ich verdrehe die Augen. Wir haben schon alle mitsamt unserer Klasse Downing Street 10 besucht, natürlich nur von außen. Und der Clou an diesem Haus ist nicht nur, dass es seit ewigen Zeiten der Wohnsitz der aktuellen Premierminister ist, sondern auch dass es in Ermangelung eines Schlüssellochs nur von innen geöffnet werden kann. Das kann sich jeder anschauen. »Aber ich wette, Granny ist momentan vor Ort und kann etwas Unterstützung gebrauchen.«

»Granny hat noch nie Unterstützung gebraucht.« Maxine kommt langsam wieder in der Realität an. »Eher jemanden, der sie bremst, sie schießt gerne übers Ziel hinaus.«

Tut sie.

Auch noch mit einundachtzig Jahren.

»Wenn wir also verhindern wollen, dass sie unsere Premierministerin kaputtmacht, sollten wir einschreiten«, stimme ich ihr zu.

Den Hinweis, dass die Premierministerin zumindest nicht in Gefahr schwebt, von ihr persönlich kastriert zu werden, spare ich mir. Zu frisch ist die Panik in Adrians Gesicht. Ein wenig ärgere ich mich, dass kein Mensch mitbekommt, wie nett ich in diesem Moment bin. Endlich einmal zeige ich echtes Einfühlungsvermögen und niemand realisiert es.

»Und du meinst, dass Emily hier mit allem klarkommt?«

»Maxine, hast du nicht gesehen, wie jeder einzelne Mann auf Emily reagiert? Sogar Adrian zeigt aufrichtiges Entsetzen vor unserer gemeinsamen Freundin. Sie ist perfekt für diese Aufgabe.«

Und ich verstehe es noch immer nicht. Denn eigentlich hätte ich liebend gerne dieselbe Reaktion auf meine Person. Ich pike Adrian fest gegen den Arm.

»Du, warum habt ihr so viel Angst vor Emily?«

Er zuckt mit den Schultern. Dann erhebt er sich langsam. »Ich weiß es nicht. Sie erweckt irgendwie den Eindruck, zu allem fähig zu sein. Kaltherzig, rücksichtslos, gefährlich.«

»Das bin ich auch«, protestiere ich. Scheiße, ich bin verdammt gefährlich.

Adrian spart sich einen Kommentar, aber ein kleines Grinsen schiebt sich in seine Mundwinkel. Olivier hat mir den Ruf ein für alle Mal versaut, daran muss es liegen. Das werde ich ihm nie verzeihen.

»Dann komm, Tiger«, lacht Max mich offen aus. »Gehen wir und legen meine Oma an die Leine. Ehe sie noch die komplette Insel im Meer versenkt.«

Downing Street ist voll.

Wir machen es nicht besser, denn wir haben die Hälfte der PB-Frauen aus dem Internat im Schlepptau. Ohne Adrian, Leo und Andrew hätten wir keine Chance, bis zum Ort des Geschehens durchzukommen, aber die drei sind wahre Eisbrecher. Mein Ellbogen kommt trotzdem hin und wieder zum Einsatz.

»Scheiße, sind die groß«, flüstert eine Frau zu meiner Rechten. »Darf man die wirklich unbehandelt in Freiheit lassen?«

Oh Mist, da geht es schon los. Und das ist eine Frau, die eigentlich in unserem Team ist. Entschlossen greife ich Andrew am Arm und drehe ihn zu der besorgten älteren Dame.

»Los, stell dich vor«, herrsche ich ihn an. Andrew mit seinen babyblauen Augen und den Sommersprossen sollte den Mutterinstinkt in jeder Frau wecken.

»Ich heiße Andrew, Ma'am«, sagt er gehorsam. »Und Sie können sich nicht vorstellen, wie dankbar wir sind, dass Sie uns unterstützen. Das bedeutet uns so unendlich viel. Es gibt einfach keine Worte, die das ausreichend beschreiben könnten.«

Es klappt. Die Dame ist Wachs in seinen Händen und sogar ich schmelze bei diesen Worten ein wenig dahin. Schade, dass ich kein Leckerli dabei habe, um ihn zu belohnen. Ich beschließe, die weitere PR-Arbeit in seine und Fionas Hände zu legen. Die beiden in einem Interview, das öffentlich gesendet wird, sollte unsere komplette Nation butterweich machen. Nur Adrian stülpen wir besser eine Tüte über den Kopf.

Wir erreichen Hausnummer 10.

Wie erwartet steht Granny hier – mit einem Megafon in der Hand und einem kleinen Plakat. Ich erkenne Fionas Handschrift, Fionas bevorzugte Farbwahl und ebenso ihre geliebten Herzchenmotive. Es muss eine Spezialanfertigung für Granny sein, denn es ist handlich und äußerst robust. Allerdings bezweifle ich, dass meiner Freundin bewusst war, dass Granny gedenkt, es als Schlagwaffe einzusetzen.

»Kommen Sie auf der Stelle raus, Sie Feigling«, brüllt Mathilde in das Megafon und erschrocken halte ich mir die Ohren zu. Sie hat eh ein Organ, das keine Unterstützung benötigt.

In diesem Moment bemerkt sie mich.

»Amber, Darling, wie heißt diese nichtsnutzige Frau nochmal, die aktuell unser Land so überaus peinlich repräsentiert?«

Ich kichere ein wenig, schlucke die unangebrachte und unprofessionelle Reaktion aber schnell wieder hinunter. Dieses dämliche Gekicher habe ich mir auch erst in Frankreich angeeignet.

»Penelope Parker«, antworte ich dann brav. »Du brauchst übrigens kein Megafon, wenn du mit mir sprichst, Granny Summer.«

»Penelope Parker, kommen Sie sofort raus. Wenn Ihnen

daran gelegen ist, das hier ohne Blutvergießen zu beenden, dann verlassen Sie das Haus und stellen sich.«

»Granny!«, ruft Maxine entsetzt. »Du kannst doch nicht mit Gewalt drohen. Das ist unzivilisiert.«

»Liebling, ich halte es für deutlich zivilisierter, mit Gewalt zu drohen, als sie ohne Ankündigung anzuwenden.«

Ich kichere schon wieder. Das muss sich ändern.

»Parker raus!«, brülle ich also aus Leibeskräften. Ich habe ebenfalls eine Stimme, die sich hören lassen kann. Der Pulk der PB-Frauen fällt begeistert in meine Rufe ein und wir veranstalten einen Höllenlärm. Mal wieder.

Die Tür zur Downing Street 10 öffnet sich langsam und das Geschrei klingt ab. Atemlose Stille macht sich breit. Endlich zeigt diese Frau genug Eier, um sich der Menge zu stellen. Endlich zeigt sie sich ihrer Position würdig. Ob sie eine Rede halten wird? Ob sie eine Lösung parat hat? Irgendetwas, das uns zufriedenstellt.

Einige Sekunden lang geschieht nichts.

Dann wird eine Gestalt nachdrücklich auf die Straße geschubst. Es ist die Premierministerin persönlich, die auf der Stelle versucht, sich zurück ins Haus zu retten. Aber die Tür ist bereits mit einem lauten Knall ins Schloss gefallen.

Von wegen Eier.

Die Unmutsäußerungen prasseln von allen Seiten auf sie ein und Granny Summer marschiert entschlossen auf die jämmerliche Gestalt zu.

»Penelope Parker, ehe ich Sie mit dem korrekten Titel anspreche, müssen Sie mir beweisen, dass Sie dessen auch würdig sind. Was also gedenken Sie in dieser Zeit des Umbruchs zu unternehmen?«

Das Megafon wird unbarmherzig in ihr Gesicht gehalten und fängt jedes Krächzen auf, das sie von sich gibt.

»Es darf keinen Umbruch geben«, stammelt sie zögerlich. »Wir machen alles richtig. Unbehandelte Männer sind eine Gefahr.«

Okay, wahrscheinlich ist es nicht hilfreich, dass ausgerechnet Adrian direkt neben Maxine in der ersten Reihe steht und Mrs. Parker ihn genau vor Augen hat. Sie fixiert ihn nämlich wie eine Maus die Katze, fluchtbereit und gleichzeitig gelähmt vor Angst.

Die Tür öffnet sich erneut und ein Koffer wird mit Schwung vor die Tür gestellt. Die Ansage ist wohl bei den Bediensteten des Wohnsitzes nicht gut angekommen. Diesmal bin ich schnell genug, mein erfreutes Kichern hinter einem vorgetäuschten Hustenanfall zu verstecken.

Granny Summer hat das Problem genauso korrekt erkannt wie ich. Sie klopft Adrian nachdrücklich auf den Oberarm.

»Junge, nimm mich auf deine Schultern, die Leute können mich ja gar nicht sehen.« Ja, ein Adrian, der brav den Packesel spielt, könnte trotz allem positiv ankommen. Granny weiß sehr genau, wie man Menschen beeinflusst. Ich liebe sie.

Aus der angeforderten Höhe kann sie die gesamte Straße überblicken. Sie lässt ihre Augen überaus zufrieden über die Menschenmasse wandern. Dann klopft sie Adrian auf den Kopf.

»Dieser junge Mann hier sieht aus, als wäre er der Leibhaftige persönlich. Sie können sich also vorstellen, wie begeistert ich war, als meine eigene Enkeltochter live und in Farbe der versammelten Menschheit demonstrierte, wie ausgiebig er küssen kann.« Maxine verdreht die Augen, aber das kann nur ich sehen. Grannys megafonverstärkte Stimme ist dagegen schätzungsweise in ganz London zu vernehmen. »Und obwohl er körperlich in der Lage ist, mich alte Frau mit einem einzigen Knacks durchzubrechen, hat er mich bisher so zuvorkommend behandelt, wie ich es schon seit Jahren nicht mehr erlebt habe. Weder von meinen Töchtern noch meinen Enkeltöchtern. Weder von meinen Nachbarn noch Bekannten. Und auch nicht von Behörden und ... he, Sie da ...« Granny winkt heftig mit ihrem Plakat. »Sie sind doch vom Fernsehen. Kommen Sie schon her und machen endlich mal

Ihren Job. Seit Wochen schweigen Sie alles tot, nur weil diese Person hier, die sich Premierministerin schimpft, Sie an der kurzen Leine hält. Ohne dieses neumodische Internetzeugs hätte das ja geklappt, aber glücklicherweise hat unsere Amber hier, die Internetrevolution erfunden.« Na ja, so würde ich das nicht nennen, gefallen tut es mir jedoch ausgezeichnet. »Wie viele Leute filmen aktuell meine Rede und diese Versammlung und stellen es online?«

Dem Augenschein nach zu urteilen, alle. Jedes einzelne Smartphone ist auf Granny und Adrian gerichtet und unter Garantie sind da einige bei, die es live senden.

»Also, dieser nette junge Mann, der mich so geduldig auf seinen Schultern trägt, hat nicht nur das Herz meiner Enkelin gewonnen, sondern meines noch dazu. Nicht nur er. Ich habe die letzten Tage auf dem Festland verbracht ...«

»Ich wusste gar nicht, dass du Konkurrenz bekommen hast«, flüstere ich Maxine zu, während Granny von ihren Verhören berichtet, von ihren Gesprächen mit den Sportlern und den unbehandelten, frei erzogenen Männern des Festlandes.

»Wusste ich auch nicht«, erwidert Max. »Aber es bleibt ja in der Familie.«

Wenn man eine nette Familie hat, kann teilen ja noch angehen. Aber die Vorstellung, wie meine Mutter Olivier begegnet, ist irgendwie absurd. Entweder würde sie ihm auf der Stelle ein Messer in den Leib rammen oder sich auf ihre übliche Art präsentieren, so dass er sich nach drei Sekunden freiwillig vom Acker macht. Keine Alternative ist positiv und ich bin noch mal mehr froh, die Olivier-Familien-Problematik nicht zu haben.

Aktuell ist Leo in Grannys Fokus gerückt und sie erklärt, wie berauschend sie es findet, einen Enkelsohn zu haben. Wie überglücklich Anne ist, endlich ihren Sohn wieder in den Armen halten zu dürfen, den sie keine Sekunde ihres Lebens vergessen hatte. Leo laufen Tränen der Rührung über die Wangen und bringen alle anwesenden Frauen ebenfalls zum

Schluchzen. Bis gerade eben hatte ich ja noch jede Menge Spaß, aber jetzt schüttelt es mich. Ich hasse Sentimentalität.

Unsere amtierende Premierministerin nutzt die Gunst der Stunde auf ihre Art, indem sie nach ihrem Koffer greift und sich unauffällig in die Menge schiebt.

»Sie will abhauen«, verpetze ich sie.

»Ich will nicht abhauen«, widerspricht sie laut. »Ich höre mir das nur nicht länger an, dieses Land ist irre geworden. Ich danke ab. Suchen Sie sich doch eine andere Dumme, die dieses durchgedrehte Volk regiert.«

Mit diesen Worten rauscht sie ab und die Menschen machen ihr bereitwillig Platz. Das nächste Problem hat sich soeben in Wohlgefallen aufgelöst.

»Wir wollen Mathilde Summer als Premierministerin«, ruft eine laute Frauenstimme. Der Mob fällt ein. Granny hört sich das eine Weile an. Dann schüttelt sie milde den Kopf und setzt sich dank Megafon stimmgewaltig durch.

»Ich erkläre mich durchaus bereit, die Übergangsregierung zu bilden, aber spätestens in einem Monat sollten Neuwahlen ein wenig Ruhe in unser Land bringen. Voraussichtlich wird meine Tochter für dieses Amt kandidieren und meine volle Unterstützung erhalten.«

Leise geht in ihrem Rücken erneut die Tür zur Downing Street 10 auf. Diesmal verlässt nichts das Haus, freiwillig oder unfreiwillig. Diesmal ist es einfach nur eine Einladung an die neugebackene Premierministerin des Landes. Auch wenn das die ungewöhnlichste Neuwahl war, die unsere Nation jemals gesehen hat.

Die Juristin in mir schlägt die Hände über dem Kopf zusammen. Die Rebellin in mir dagegen jubelt genauso laut und ausgelassen, wie die PB-Frauen, die sich in der Straße zusammengerottet haben.

## kapitel 27

Erneut stehe ich vor dem Gerichtssaal und bin zu spät. Diesmal nicht mit Absicht. Ich zupfe mir noch einmal die Kleidung zurecht, denn ich habe mich heute in diesen Rock geschmissen, der so seriös aussieht, dass ich mich selbst beeindrucke. Der Rock ist auch der Grund für die Verspätung, denn er war leider nicht im Wohnwagen deponiert, sondern im Haus meiner Mutter.

In Gedanken reibe ich mir über die Wange, die noch immer brennt und nur mit einer Schicht Make-up passabel aussieht. So ein Glück, dass ich von Louise damit eingedeckt wurde, denn die meinte, ich wäre ohne das Zeug zu blass vor der Kamera, die unsere Revolutionsvideos aufzeichnete.

Meine Mutter hat mir häufig eine Ohrfeige verpasst, fast wöchentlich, wenn ich ehrlich bin, aber dieser Schlag war der übelste, den ich jemals einstecken musste. Nur mit letzter Kraft konnte ich die Tränen zurückhalten, die der Schmerz mir in die Augen trieb. Vor meiner Mutter zu heulen, wäre echt die größte Schande gewesen. Die Schimpfwörter, die ich mir im Anschluss anhören konnte, waren dagegen halb so wild.

Ich habe so schnell wie möglich alles eingepackt, was ich in Zukunft brauchen werde und allein transportieren konnte. Denn ich werde dieses Haus nie wieder betreten. Ich werde diese Frau nie wiedersehen. Und nichts könnte mich zu einem glücklicheren Menschen machen.

Ein letztes Mal straffe ich die Schultern, setze meine professionelle Miene auf und öffne die Tür zum Gerichtssaal.

»Das darf doch wohl nicht wahr sein«, stöhnt Richterin Martin auf, sobald sie mich bemerkt. »Sie haben mir wirklich noch gefehlt, Miss Wilson-Smith.«

Langsam lasse ich den Blick über die Versammlung gleiten. Meine Freundinnen sitzen ganz vorne und haben mir einen Platz freigehalten. Ich gehe die Treppe hinunter. Wie erwartet ist der Saal überfüllt. Eine Menge Frauen quetschen sich auf eine Seite und ausnahmslos alle wenden sich mir zu, während ich mir Zeit lasse.

Nicht erwartet habe ich, dass die zweite Hälfte des Raumes mit Männern angefüllt ist. Junge Männer, alte Männer, manche klein und zusammengefallen, andere groß und breit, alle dick. Ich wusste gar nicht, dass nach wie vor so viele Männer in unserem Land leben. Der Prozess gegen Dr. Higgs hat sie aus ihren Löchern geholt.

»Sie wollen sich jetzt aber nicht als Verteidigerin anbieten?«, lenkt die Richterin meine Aufmerksamkeit auf sich zurück.

»Selbstverständlich nicht«, antworte ich so liebenswürdig wie möglich.

»Als Anklägerin?« Das wäre durchaus eine Option, ich habe nämlich Anklagepunkte en masse gegen diese Frau.

»Das überlasse ich Ihnen«, sage ich trotzdem. »Ich schaue nur zu.«

Ich habe die anvisierte Reihe erreicht und lasse mich auf den Sitz neben Emily fallen.

»Sie sind noch nicht mal Zeugin?« Richterin Martin ist nach wie vor nicht von meiner Statistenrolle überzeugt.

»Nicht, wenn es sich vermeiden lässt.« Nee, der Auftritt als Zeugin war so blamabel, das möchte ich wirklich nicht wiederholen.

Der misstrauische Blick der Richterin weicht nicht von mir, trotzdem donnert sie nun ihren Hammer auf den Tisch.

»Dann bitte ich darum, die Anklagepunkte weiter zu verlesen.«

»Was ist mit deinem Gesicht passiert?«, flüstert Emily mir zu.

»Nichts.« Louise hat mir auch beigebracht, wie das Zeug zu verteilen ist, damit ich nicht aussehe, wie in einen Farbtopf gefallen.

»Warum kann ich dann einen Handabdruck erkennen?«

Ach, Scheiße. Ich war doch zu sparsam. Jetzt hilft nur eiskaltes Lügen.

»Ich habe eine neue Creme ausprobiert und auf der Stelle allergisch reagiert. Was habe ich verpasst?«

»Es war deine Mutter, mal wieder. Sie hat kein Recht, dich zu schlagen, du darfst dir das nicht gefallen lassen.« In meinem Kopf rattert es wie irre. Wieso sagt sie ›mal wieder‹? Wieso kommt sie darauf, dass es meine Mutter war? »Echt, deine Mutter gehört vor Gericht, genau neben Dr. Higgs. Du musst sie anzeigen, Amber.«

Das Mitgefühl in Emilys Stimme macht mich wahnsinnig. Ich habe kein Problem, wenn man mich als Biest bezeichnet, als eiskaltes Miststück, meinetwegen kann man mich auch vor versammelter Gesellschaft als hässliche Hexe beschimpfen. Das lässt mich alles kalt. Aber Mitleid verkrafte ich eben nicht.

»Du irrst dich, Emily. Meine Mutter hat mich nicht geschlagen und ich würde jetzt ausgesprochen gerne wissen, wie hier der Stand der Dinge ist. Wenn ich nämlich doch noch einschreiten muss, um Dr. Higgs fertigzumachen, sollte ich das so bald wie möglich auf dem Schirm haben.«

Emily presst die Lippen aufeinander.

»Okay, ich wechsle das Thema. Aber glaub nicht, dass du mich so leicht loswirst. Wir wissen seit Jahren, wie deine Mutter ist.«

Sie wissen von den Ohrfeigen, die ich bei jedem falschen

Blick kassiere? Leider interpretiere ich Emilys Antwort so und das ist erschreckend. Ich bin nämlich eine Person, die ausgezeichnet selbst mit allem klarkommt und niemals Hilfe braucht. Und das wird sich auch nicht ändern.

Ich ziehe es vor, mir die Angeklagte genauer anzusehen. Dr. Higgs, das Schreckgespenst der männlichen Bevölkerung, wirkt heute wie eine kleine graue Maus, die keiner Seele etwas zuleide tun könnte. Seit sie gestanden hat, aus welchem Grund sie Adrian so verabscheut, ist sie in sich zusammengefallen und weckt nur noch schwache Emotionen in mir.

Ich beuge mich zu Maxine rüber. »Hassen kann man sie so nicht mehr, oder?«

»Sie wollte Adrian kastrieren.« Okay, Maxine nimmt das noch immer persönlich und wenn ich an Olivier und seine Männlichkeit denke, kann ich das durchaus nachvollziehen.

Nachdenklich betrachte ich die Männer, die sich eng aneinanderkauern und beeindruckt dem Prozess lauschen. Keiner von ihnen trägt die Haare auch nur ein wenig länger. Keiner von ihnen hat einen Bart. Wie kommt es, dass ich auf einmal den Anblick dieses albernen Zöpfchens vermisse?

Ich schaue mir eine Weile Adrian an, der neben Maxine hockt und eine undurchdringliche Miene zeigt. Max hat mir in der Zwischenzeit seine Strafakte gezeigt, damit ich informiert bin, falls die Anklage gegen Dr. Higgs ins Stocken gerät und doch meiner Unterstützung bedarf. Wenn da vorne die Frau säße, die mir all das angetan hat, würde ich nicht hier hocken und mir ohne Regung anschauen, wie ihr der Prozess gemacht wird. Ich würde aufstehen und ihr all meinen Hass entgegenschleudern. Ich würde sie laut beschimpfen und die härtesten Strafen fordern. Vielleicht würde ich sie auch eigenhändig attackieren.

Egal, wie jämmerlich sie aktuell ist.

So viel Selbstbeherrschung ist beeindruckend.

Dann schaue ich erneut nach vorne. Wenn man einem Prozess nur als Zuschauer beiwohnt, ist er irgendwie öde. Ich rutsche unzufrieden auf meinem Platz hin und her und langweile mich.

»Ich denke, du willst Jura studieren«, fährt Emily mich schließlich an, nachdem ich zum wiederholten Male gegen sie gestoßen bin.

»Will ich ja auch.«

»Dann zapple nicht so rum und hör zu. Das ist deine Zukunft.«

»Meine Zukunft ist ganz sicher nicht auf der Zuschauerbank. Meine Zukunft ist genau vor dem Richterpult mit einem Mandanten, der knietief in der Scheiße sitzt und ein Wunder von mir braucht. Das hier ist lahm. Dr. Higgs versucht ja noch nicht mal, sich zu verteidigen.«

»Komm jetzt bloß nicht auf die Idee, das zu übernehmen.«

Emily wirft mir einen bitterbösen Blick zu.

Habe ich nicht vor. Obwohl mich die ausweglose Lage durchaus reizt. Aber Moral und Anstand verbieten es.

Trotzdem wird Emily nervös.

»Amber langweilt sich«, zischt sie Maxine zu.

Die fährt alarmiert auf.

»Wieso denn das? Sie liebt Gerichtsprozesse.«

»Aber nicht als Zuschauer. Sagt sie selbst.«

»Ich kann euch hören«, werfe ich ein.

»Die Damen in der zweiten Reihe sind wohl nicht allzu sehr am Geschehen interessiert«, höre ich in diesem Moment Richterin Martin vorwurfsvoll sagen. Ich fürchte, sie meint uns. »Wenn sie lieber ein Schwätzchen halten wollen, schlage ich vor, dass sie das nächste Café aufsuchen und dort weiterplaudern.«

»Verzeihung«, sagt Max und verzieht schuldbewusst das Gesicht. Ich schnaube nur. Meinetwegen können wir liebend gern ein Café aufsuchen, ich habe aktuell unbändigen Appetit auf Marzipantorte. Trotzdem halte ich die Klappe und bemühe mich, Thomas zuzuhören, der momentan berichtet, wie der Tagesablauf im Internat so geregelt ist. Das einzig Interessante dabei ist die Richterin, die noch immer nicht in Thomas' Richtung schauen kann, ohne gleichzeitig an ihren unbekannten Vater zu denken. Ihr Gesicht spricht Bände.

»Und wie werden die Jungen gemaßregelt, wenn sie nicht gehorchen?«

Adrian presst die Lippen hart aufeinander und wird blass. Er schaut nicht mehr zu Thomas, sondern auf den Boden zu seinen Füßen.

»Das ist unterschiedlich, Richterin Martin. Es hängt von der Schwere des Vergehens ab und auch davon, wer es ist.«

»Es hängt davon ab, wer es ist?«

Maxine greift nach Adrians Hand. Ich möchte momentan nicht in seiner Haut stecken. Der ganze Saal wird erfahren, was er in seiner Kindheit erlebt hat, wie er immer wieder als Problem, als Querulant bestraft wurde. Ich will auch um keinen Preis der Welt, dass jemand erfährt, wie oft ich die Hand meiner Mutter im Gesicht hatte, und das ist nicht ansatzweise das, was dieser Typ erlebt hat.

Ehe ich mich versehe, springe ich auf.

»Wir wissen doch längst, dass Dr. Higgs Adrian gequält hat, wo sie nur konnte. Es sollte nicht nötig sein, es weiter auszuführen, nicht solange Kinder im Raum sind.« Ja, glücklicherweise sind Kinder vor Ort und untermauern meine Forderung. Denn das Hauptproblem sind mal wieder die Handykameras, die unerbittlich alles aufzeichnen, aber die kann ich nicht anführen.

»Das verstehen Sie also unter ›einfach nur zuschauen‹, Miss Wilson-Smith?« Die Richterin klingt resigniert.

»Ja, tue ich. Da können Sie jede fragen, die mit mir zur Schule gegangen ist. Wortloser als in der letzten halben Stunde hat es mich noch nie gegeben. Und wird es auch nie.« Wie von selbst tragen meine Füße mich die Stufen hinab und vor das Richterpult. Und zu Dr. Higgs.

»Sagen Sie, Dr. Higgs, ihre Freundin Amanda, die bei Adrians Geburt gestorben ist, das war nicht einfach nur so eine Freundin, oder?« Dieser Gedanke hat sich nach und nach in meinem unterforderten Gehirn entwickelt, während ich darauf wartete, dass endlich etwas Action in den Prozess kommt. Was wahrscheinlich ohne mein Eingreifen nie geschieht.

»Meine beste, allerliebste Freundin.« Dr. Higgs schaut mich zwar nicht an und wird auch nicht munterer, aber sie redet. Mehr brauche ich nicht.

»Oder mehr als eine Freundin?«

»Was meinen Sie damit?«, mischt sich Richterin Martin ein.

»Ich meine damit, dass Dr. Higgs Amanda geliebt hat. Das hat sie selbst gesagt. Und mit geliebt meine ich nicht nur gemocht, sondern wirklich und wahrhaftig geliebt. Wie ein Paar. Wie früher Mann und Frau, früher und im Ausland.«

Man könnte eine Stecknadel fallen hören, so leise ist es im Raum.

»Ich habe sie geliebt«, stimmt Dr. Higgs mir dann zu. »Sie war mein Ein und Alles, der Sinn meines Lebens, alles, was ich je wollte.«

»Und sie wollten zusammen Kinder haben«, locke ich sie weiter.

»Ja, wollten wir, wir wollten eine richtige kleine Familie gründen. Aber dann setzte Amanda sich in den Kopf, dass sie zuerst einem Jungen das Leben schenken wollte, sie sah es als ihre Pflicht.«

Inzwischen habe ich doch ein wenig Mitleid mit Dr. Higgs. Sie musste mitansehen, wie ihre Geliebte bei der Geburt starb. Und das noch nicht einmal für die erwünschte Tochter, sondern für einen Jungen, den niemand wollte. Trotz allem keine Rechtfertigung diesem Jungen im Anschluss das Leben zur Hölle zu machen.

»Dann sind Sie Adrians zweite Mutter«, ziehe ich den logischen Schluss.

Na ja, nicht im biologischen Sinne, zugegeben. Aber im moralischen Sinn durchaus. Eine Antwort auf mein Resümee bekomme ich nicht, nur geschockte Stille im Gerichtssaal. Abgesehen davon habe ich erreicht, was ich wollte. Ich habe Adrian die Demütigung erspart, öffentlich seine Strafakte präsentiert zu sehen, und gleichzeitig etwas Action in die schnarchige Runde gebracht. Vergnügt hüpfe ich zurück zu den anderen, fasse Adrian an der Hand und ziehe ihn hinter mir her aus dem Gerichtsgebäude.

»Wie erstaunlich, da haben wir beide echt was gemeinsam«, erkläre ich dabei. »Ich habe eine ätzende Mutter und du ebenfalls. Ich denke, wir sollten uns über unsere erbärmlichen Familienverhältnisse mit Marzipantorte hinwegtrösten.«

Das tun wir dann auch.

Zwei Tage später treffe ich die Mädels im Wohnwagen.

»Mann, Amber, kannst du echt keine fünf Minuten die Klappe halten. Noch nicht einmal in einer Gerichtsverhandlung«, schimpft Emily auf der Stelle los.

»Nö«, antworte ich. Das sollte nichts Neues für sie sein.

»Du hast Adrian den Schock seines Lebens verpasst«, zetert sie weiter.

»Das sollte dich freuen«, pampe ich zurück. »Jeder geschockte Mann ist doch in deinem Sinne.«

»Adrian wird schon drüber wegkommen«, wirft Max entspannt ein. »Er ist vor allem erleichtert, endlich zu wissen, wo dieser Hass ihm gegenüber herkommt. Er hat sein Leben lang geglaubt, verabscheuungswürdig zu sein. Nur wegen seiner Person.«

»Schläfst du noch immer im Wohnwagen?« Fiona lässt ihren Blick aufmerksam umherwandern, seit sie unser Hauptquartier betreten hat, aber ich habe jeden Beweis für meine hier verbrachten Nächte akribisch vernichtet.

»Natürlich nicht«, antworte ich daher wie gehabt und rolle die Augen.

Sophie kichert. Dann steckt sie mir unauffällig einen liegengebliebenen BH in die Hand. Mist, ganz so ordentlich, wie es in prekären Situationen angebracht wäre, bin ich leider nicht. Es sind immer die BHs, die ich übersehe. Schnell stopfe ich ihn in meine Hosentasche.

»Du kannst bei uns wohnen«, beharrt Fiona. »Tobias mag dich.« Na klar, ich lebe mitsamt Tobias bei Fionas Familie. Nach spätestens fünf Minuten könnte man mich in die Klapsmühle einweisen.

»Welche Strafe hat Dr. Higgs eigentlich kassiert?«, frage ich, ehe noch mehr Kleidungsstücke von mir auftauchen oder weitere unnötige Wohnungsangebote eintrudeln. Auf Maxine und Adrian kann ich ebenso verzichten. Sophie hat zu viele kleine Schwestern und Emily würde mich ununterbrochen wegen Olivier in die Mangel nehmen.

Ich sehe Dr. Higgs schon für immer in Ketten und hinter dicken Mauern. Oder in ein Land mit freien Männern deportiert. Richterin Martin war nach dem letzten Prozess so herrlich angepisst.

»Dank deines Eingreifens überwog zum Schluss das Mitleid und sie ist milde davongekommen.« Ich kann nicht sagen, ob Maxine deswegen sauer auf mich ist oder nicht. Sie zieht es vor, mir ihr Pokerface zu präsentieren. »Sie ist strafversetzt in den Norden, in irgendein Kaff, in dem es eine psychiatrische Klinik gibt. Da ist sie nun eine popelige, unwichtige Ärztin, die sich um die Irren kümmern muss.«

Politisch äußerst unkorrekt ausgedrückt, aber da das innerhalb unseres geschlossenen Kreises erfolgt und mir dann doch demonstriert, wie unzufrieden Max mit dem Urteil ist, drücke ich mal ein Auge zu.

»Es sind ja verrückte Frauen, da sollte sie nicht allzu viel Unheil anrichten können«, stelle ich fest.

Sophie macht sich am Schrank zu schaffen und holt unsere Keksdose hervor. »Hattet ihr etwa Zeit, neue Plätzchen zu backen, während Fiona und ich uns im Ausland in Lebensgefahr begeben haben?«, frage ich entsetzt. Ich habe die Dose komplett geplündert zurückgelassen.

»Ich musste das machen«, verteidigt Sophie sich. »Es hat mich beruhigt, etwas für eure Rückkehr vorbereiten zu können.«

»Du bist so lieb, Sophie«, schnurrt Fiona, macht aber keine Anstalten, nach den Keksen zu greifen. Ich nutze die Gunst der Stunde und reiße mir die ganze Dose unter den Nagel.

»Bist du krank?«, erkundige ich mich dann bei Fiona.

»Nein, wie kommst du darauf?«

»Du liebst Sophies Ingwerkekse.« Normalerweise kämpfen wir um diese Süßigkeit. Maxine, Fiona und ich.

»Ach, ich habe keinen Hunger.« Sie lächelt mit irrem Gesichtsausdruck und wirft den Plätzchen keinen einzigen Blick zu.

»Sie ist doch krank«, sage ich zu mir selbst.

»Sie ist verliebt.« Maxine lacht mich aus. »Einfach nur glücklich und verliebt. Deshalb braucht sie keine Kekse.«

Emily macht Würgegeräusche und ich stecke mir drei Stück gleichzeitig in den Mund. Dann fällt mir auf, dass auch Sophie keine Kekse isst.

»Was ist mit dir?«, fahre ich sie an. »Hast du dich ebenfalls schon in einen der Sportler verguckt?«

Emily stößt mich grob in die Seite.

»Im Gegensatz zu dir nehme ich meine Aufgabe sehr ernst. Ich habe darauf geachtet, dass Sophie keiner Gefahr ausgesetzt wird. Wir haben schon Maxine und Fiona verloren und bei dir frage ich mich ebenfalls, wie der Stand der Dinge ist.«

Sophie schüttelt nur milde lächelnd den Kopf.

»Dabei bin ich mir sicher, dass Paul auf dich steht, Emily«, flötet Fiona und stört sich nicht ansatzweise an Emilys schockiertem Gesicht. »Er hat panische Angst vor dir und trotzdem nutzt er jede Gelegenheit, um in deine Nähe zu kommen.«

Maxine lächelt bestätigend.

»Sehe ich auch so. Echt, Emily, Paul ist toll. Nett, witzig und extrem gut aussehend. Gib ihm eine Chance.«

»Und wen machen wir für Sophie klar?«, überlegt Fiona laut.

»Andrew«, platzt es aus mir heraus, dabei wollte ich mich raushalten.

»Ihr seid ekelhaft.« Emily ist von ihrem Sessel aufgesprungen und dreht sich zwischen uns umher. »Ich habe ein echt glückliches Leben geführt und wollte es auch nie ändern. Keine Ahnung, wie ich mich damit anfreunden soll, wenn in Zukunft Männer nicht mehr behandelt werden. Das ist schon verstörend genug. Und keine Ahnung, wie ich mit dem Liebesfilmgesäusel von Fiona und Maxine klarkommen soll, ohne mich ständig übergeben zu müssen und im Anschluss Bulimie zu haben. Aber ich schwöre bei dem Leben meiner Schwester, dass ich niemals einen Mann berühren werde. Niemals!«

»Ich wusste schon, dass du dich häufig mit deiner Schwester streitest, aber ihr jetzt den Tod anzudrohen, finde ich echt daneben«, sage ich tadelnd. Ich erkenne mein altes Ich in Emily und eines weiß ich haargenau. Egal, wie lange und wie laut sie schimpft und zetert und sich weigern möchte, die Jungs als das zu sehen, was sie sind, auf Dauer wird sie das nicht durchhalten. Und ich traue Paul zu, Emily um seinen Finger wickeln zu können. Dauert wahrscheinlich keine Woche.

Sophie zeigt mal wieder nur ihr neutrales Lächeln und verrät mir mit keiner Regung, wie sie eigentlich zu Männern steht. Oder zu Andrew.

So oder so, interessante Entwicklungen stehen in diesem Land an. Ich werfe einen Blick auf die Uhr und erhebe mich. Mit Schwung nehme ich meinen Rucksack auf die Schulter. Derselbe, der mich nun schon eine ganze Weile begleitet.

»Ich muss los«, sage ich dann zu den vieren.

»Wohin?«, fragt Emily.

»Nach Paris. Oder Amiens, mal sehen.«

# epilog

Heute ist nicht mein Tag. Missmutig schaue ich hinaus und stelle fest, dass es nach wie vor regnet. Und Regen vertragen meine Haare nicht.

»Olivier, gehen wir einen Kaffee trinken?«

»Heute nicht, Nadine.«

Nadine stört mein Bad-Hair-Day nicht und früher hätte ich meine Stimmung mit einem schwarzen Kaffee und Nadine in irgendeinem Bett kuriert. Aber diese kleine englische Hexe hat mich vollkommen aus dem Konzept gebracht. Am sinnvollsten wäre es, sich Nadine zu widmen, denn die hat einen hervorragenden Körperbau und sollte mich effektiv von diesem zarten und überaus bissigen Hexenkörper heilen können. Sagt mir mein Verstand. Nur leider möchte mein dummes Herz das einfach nicht.

Mein dummes, dummes Herz, das mich immer wieder zwingt, im Internet nach Videos zu suchen, die die Revolution in England betreffen. Und dann doch nur nach der Person schaut, die wie erwartet überall mitmischt und überall Ärger verbreitet. Ärger, der äußerst effektiv ist und schon verdammt viel ins Rollen gebracht hat.

»Warum nicht?« Nadine ist äußerst attraktiv und es gewohnt, dass ihre Einladungen angenommen werden. Jetzt ist sie irritiert.

»Keine Zeit«, erwidere ich. Die Wahrheit ist das zwar nicht, aber die Wahrheit ist aktuell nichts, was Nadine hören möchte. Oder ich.

»Sag bloß, du willst lernen?«, fragt sie und runzelt die Stirn. »Klar will ich lernen«, antworte ich mechanisch. Das Semester ist noch frisch, aber Mangel an Lernstoff gibt es nie.

»Seit wann bist du so ehrgeizig?«

Seit mir eine Brillenschlange ins Gesicht gesagt hat, Männer wären zu beschränkt, um Wirtschaftswissenschaften zu studieren. Himmel, dieses Mädchen weiß wirklich, wie man einen Mann so richtig fertigmacht. Das Schlimmste an dem heutigen Tag ist, dass ich mir ununterbrochen einbilde, sie zu sehen. Schon auf dem Weg zur Vorlesung habe ich mich ein paar Mal umgesehen, weil ich dachte, ihren braunen Schopf erkannt zu haben. Aber Amber ist keine auffällige Person, nicht solange sie schweigt.

Eine Gruppe von Studenten, die Taschen über ihre Köpfe halten, stürmt die Treppe zum Gebäude hinauf und drängelt sich in den Eingang an mir vorbei. Ein Mädchen schüttelt ihren Regenschirm genau vor mir aus und ich mustere sie finster, weil ich gefühlt jeden einzelnen Tropfen abbekomme.

»Ey, Olivier, sehe ich dich heute Abend? Wir können ein paar Weiber klarmachen.« Patrice, ein Kumpel, mit dem ich mich oft zum Feiern treffe, kommt ebenfalls durch die Eingangstür und wischt sich den Regen aus dem Gesicht.

»Keine Lust«, murmle ich.

»Er möchte lernen«, sagt Nadine und verdreht die Augen. Unübersehbar, dass sie angepisst ist.

»Glaub ihm kein Wort, Nadine, das ist nur eine Taktik, um sich interessant zu machen und dich ins Bett zu bekommen.« Patrice zwinkert Nadine zu. »Wende ich selbst auch gerne an«, ruft er, während er sich den anderen Studenten anschließt.

Ich muss hier weg. Nadine geht mir auf den Keks. Patrice geht mir auf den Keks. Mein altes Leben, das ich noch im letzten Semester geliebt habe, geht mir auf den Keks.

Wohl oder übel wage ich mich in den Regen hinaus, die geschlossene Wolkendecke verkündet überaus nachdrücklich, dass sich da in den nächsten Stunden nichts ändern wird.

»Bis morgen, Nadine«, verabschiede ich mich von meiner Kommilitonin, die mehr Interesse an ihren männlichen Mitstudenten als am Lehrplan zeigt und mir nun mit Schmollmund hinterherschaut.

Es dauert nur wenige Minuten, bis ich komplett durchnässt bin. Was für ein Scheißtag! Ein Auto fährt rabiat und viel zu nah an mir vorbei, mitten durch eine tiefe Pfütze. Nun läuft mir das dämliche Wasser nicht nur über das Gesicht und klebt meine Haare am Kopf fest, jetzt ist auch die Hose triefend nass und schlammig. Pariser sind rücksichtslos und wütend drehe ich mich um, um dem Mistkerl hinterherzubrüllen.

Und dann bleibt die Zeit stehen.

Denn genau hinter mir ist sie.

Amber.

Diesmal live und in Farbe und definitiv echt. Mit einer wetterfesten Jacke und einer Kapuze über dem Kopf.

Sekundenlang starre ich sie nur an und sie starrt zurück.

»Echt, siehst du scheiße aus, Olivier«, sagt sie schließlich.

Alles wie gehabt und ich beginne zu lachen, bis mir die Tränen in die Augen steigen. Mein Gott, wie habe ich dieses Mädchen und ihre bissigen Kommentare vermisst. Wie sehr habe ich mich gelangweilt. Ich habe mich sogar nach der unbändigen Wut gesehnt, die mich in ihrer Gegenwart immer wieder überrannte. Die Wut und die anderen Gefühle, die ich so noch nie einer Frau gegenüber hatte.

Mit zwei schnellen Schritten bin ich bei ihr, reiße sie in meine Arme und presse meine Lippen auf ihre.

»Scheiße, Hexe, ich war der festen Überzeugung, dich nie wiederzusehen«, murmle ich zwischen zwei Küssen.

»Ich auch«, antwortet sie.

**Hallo!**
**Ich bin Leslie.**

Das war's!
Nach drei Bänden eine Geschichte zu beenden, bedeutet, sich von echt guten Freunden zu trennen. Das ist hart.

Ich tröste mich auf eine ganz simple Art:
Ich schreibe weiter :-)

Und da mich der Genrewechsel nicht Kopf und Kragen gekostet hat, wage ich es erneut. Diesmal geht es in die Krimirichtung, aber … naja, New Adult ist es nach wie vor: Es wird also ein New-Adult-Krimi namens »Blossom Blue«.

Während ich mich mit »Blossom Blue« ablenke, kann ich euch die Bücher empfehlen, die bisher von mir erschienen sind:

Ginger – Fee & Ben
Fawn – Hannah & Jackson
Fakezone

»Ginger« ist mein Debütroman und von daher für immer etwas ganz Besonderes für mich. Hier trifft Fee, die auf den ersten Blick das schönste und glücklichste Mädchen der Welt sein muss, auf Ben, der gerade Probleme magisch anzieht.
»Fawn« ist in gewisser Weise die Fortsetzung von »Ginger«, denn auch hier konnte ich mich nicht von meinen Protagonisten trennen. Trotzdem ist es eine eigenständige Geschichte darüber, wie Hannah Jackson begegnet und mit ihm den Fehler ihres Lebens begeht. Fee und Ben aus »Ginger« spielen eine wichtige Rolle.

In »Fakezone« habe ich mich zum ersten Mal an eine Protagonistin gewagt, die einen ähnlich eigenen Charakter hat wie Amber. Wenn ihr Amber nicht mochtet, legt »Fakezone« weg. Wenn aber doch …

Die virgo-Reihe wurde in ihrer Entstehung begleitet von einigen überaus wichtigen Menschen, denen ich nicht genug danken kann:

Andrea von Feder und Eselsohr

Aylin

Ramona

Isabell

Nicole

Denkt euch bitte an dieser Stelle unendlich viele Herzchen, denn die habt ihr verdient :-)

Zum Schluss eine Übersicht über alle drei Bände:

virgo Hearts     978-3-7526-0462-7
virgo Feelings   978-3-7526-0621-8
virgo Lovers     978-3-7526-0629-4

Ich hoffe, wir lesen uns bald wieder!